Mea Suna

Seelensturm

Band 1

Any Cherubim

Widmung
Für Anja H. aus F.

Solange ich stehen kann,
kämpfe ich für dich,
solange ich atme,
verteidige ich dich,
solange ich lebe, liebe ich dich.

Autor unbekannt

Skala

Grün:	gemischte Gefühle, durcheinander
Gelb:	emotional, besorgt, unausgelassen
Orange:	nervös, aufgeregt, beunruhigt
Rosa:	verliebt, Freude, fröhlich
Gold:	romantische Stimmung, leidenschaftlich
Rot:	wütend, aggressive, verärgert, genervt, beunruhigt
Lila:	absolut glücklich
Schwarz:	ängstlich, verzweifelt, traurig, Angst, Gefahr
Grau:	gelangweilt, frustriert, beleidigt
Blau:	entspannt, gelassen, ruhig, ausgeglichen
Weiß:	geheimnisvoll, verschwiegen

Luca de Nondelli

Ein leiser Piepton riss mich aus dem traumlosen Schlaf. Das dünne Leintuch hatte sich um mein Bein und um den schönen jungen Körper neben mir verheddert. Vorsichtig befreite ich mich aus den Armen, die mich die ganze Nacht umschlungen hatten. Die Nacht war nicht nur stickig, sondern auch heiß gewesen - sehr heiß! Die Erinnerung löste ein befriedigendes Gefühl in mir aus. Ein kurzer Blick auf die Blondine und meine Lust war sofort wieder erwacht. Sie war schön, sie kannte ihre Reize und wusste sie auch gekonnt einzusetzen. Mit Erfolg hatte sie mich dazu gebracht, meine trüben und dunklen Gedanken zu vertreiben. Wobei ich mir nicht sicher war, ob der Tequila den größten Teil dazu beigetragen hatte.
Die blonde Schönheit stöhnte im Schlaf und drehte sich um, sodass ich ihren Rücken bewundern konnte. Sie gefiel mir, doch ihr Name war mir entfallen. Aber das war auch nicht wichtig, denn spätestens nach dem Frühstück würde ich sie nicht mehr wiedersehen. Ich hatte sie letzte Nacht gebraucht, sie hatte mich vergessen lassen - zumindest für ein paar Stunden.
Der Piepton holte mich wieder aus meinen Gedanken. Ich wusste, was der Ton zu bedeuten hatte. Es war mein Job, der mich rief. Leise stand ich auf, zog mir nur eine Jeans über und verließ mein Schlafzimmer. Im Flur lagen ihre Unterwäsche, mein Hemd und ihre achtlos auf den Boden geworfenen restlichen Klamotten, wie ein kleiner Wegweiser verstreut. Beim Vorbeilaufen hob ich alles auf, warf es auf das weiße Ledersofa und ging durch eine Nebentür in mein Arbeitszimmer. Kühles Weiß und

Schwarz dominierten die Einrichtung. Ein großer, massiver Schreibtisch stand in der Mitte des Raumes. Mir gefiel schon immer die dunkle Eleganz und die klaren Linien an Möbelstücken.
Mein Laptop schaltete sich ein, als ich mit meinem Zeigefinger über den Scanner fuhr und er meine Fingerdaten ablas. Das Handy leuchtete erneut auf, während mein Rechner startete. Ich wusste, auch ohne hinzusehen, wer mich zu sprechen wünschte. Es war eine Weile her, seit ich Kontakt mit Rom hatte. Mein bester Freund stand schon länger auf ihrer Abschussliste. Auch wenn ich die Gesichter, die uns bezahlten, nicht alle kannte, wusste ich genau, dass sie keinen Spaß verstanden. Für meinen Geschmack sah Matteo das alles zu locker. Trotz meiner Warnungen amüsierte er sich mit Models, die für Schlagzeilen sorgten. Dadurch wurde sein Gesicht öfters in Boulevardzeitschriften abgelichtet und neugierige Presseleute fingen an zu recherchieren, was in unserem Job absolut verboten war. Wir hatten klare Regeln, die wir zu befolgen hatten. Ohne Fragen zu stellen, führten wir unsere Aufträge durch und hielten uns im Hintergrund. Wie unsichtbare Schatten, dazu waren wir ausgebildet worden. Wie erwartet öffnete sich auf dem Bildschirm meines Computers ein Fenster mit der römischen Kennung. Sofort spürte ich das seltsame Gefühl, das mich seit einigen Monaten quälte. Ich wusste, dass die Ausschüttung von Gefühlen jeglicher Art für uns nicht möglich war, doch eindeutig identifizierte ich Schuld, Angst und Traurigkeit. Es war merkwürdig - mein Leben lang dominierten Hass, Kälte und Gewissenlosigkeit. Etwas stimmte mit mir nicht. Doch bevor ich nicht herausgefunden hatte, was falsch lief oder was mit mir geschah, würde ich es für mich behalten

müssen. Sonst wäre mein Leben nicht mehr sicher.
»Guten Morgen, Luca. Wie geht es dir? Wir haben eine Weile nichts mehr voneinander gehört.«
Seine Stimme war mir vertraut - schon viele Jahre. Das Gesicht auf dem Bildschirm vor mir war immer noch dasselbe. Ein kleiner, kahlköpfiger Mann mit eisblauen Augen lachte mich freundlich an. Ich kannte dieses Lächeln nur zu gut, um zu wissen, dass dahinter eine hässliche, hinterlistige Fratze steckte.
Die Übertragung des Bildes war besser als sonst. Rosig waren seine Wangen, doch das war eindeutig geschminkt, denn auf seiner linken Gesichtshälfte hatte er versucht, die große, lange Narbe zu überdecken und die restliche Haut wirkte grau und fahl. Ich grüßte ihn emotionslos zurück und hoffte, er würde bald zum Punkt kommen.
»Sag, geht es Matteo wieder gut?« Die Scheinheiligkeit in seiner Stimme ließ mich stocken. Sie wussten genau, dass Matteo hätte tot sein müssen. Nur durch mein Versprechen, ihn und seinen Lebenswandel ruhiger zu halten, hatten sie davon abgesehen, ihn zu köpfen.
»Ihr wisst doch, dass er noch einige Zeit brauchen wird, bis er wieder einsatzfähig ist.«
»Ja, ja ... aber ist er sich auch bewusst, welches Risiko wir damit eingehen? Ich hoffe für ihn, dass er begriffen hat, was ein unsichtbarer Schatten bedeutet, sonst könnte auch dein Kopf in Gefahr sein, Luca. Und das wäre wirklich sehr schade, bei deinem Talent und Können«, grinste er falsch wie eine Natter. Ich hatte seine Drohung verstanden und wollte das Gespräch so schnell wie möglich beenden. Die Erinnerung an mein Versprechen verstärkte nur meine Kopfschmerzen.
»Was willst du, Rabas?« Sofort verschwand das

hinterhältige Grinsen und seine Miene wurde ernst.
»Du bekommst einen neuen Auftrag und diesmal darfst du ihn nicht enttäuschen.« Mir war sofort klar, von wem er sprach. Er war mein Meister, mein Gönner, mein Richter und auch mein Todesurteil, wenn es ihm gefiel. Jeder kannte seinen Namen und was noch erschreckender war, wir kannten alle seine Macht, die größer war als alles, was sich die Menschen jemals vorstellen konnten. Er war ein Gott, er entschied über Leben und Tod und nur seiner Gnade war es zu verdanken, dass Matteo noch am Leben war. Roy Morgion … der Name, der für Furcht und Respekt sorgte. Grausamkeit und Kälte waren die Attribute, die ihn auszeichneten. Härte und Disziplin hatte er uns gelehrt - Befehle ohne mit der Wimper zu zucken, auszuführen. Genau diesen Auftrag musste ich nun nutzen, um Matteo wieder in ein besseres Licht zu rücken. Ein enttäuschendes Ergebnis kam für mich nicht infrage. Emotionen empfinden wir nur für unsere Brüder, ansonsten waren und sind sie ein lästiges Gepäck in unserem Leben. Dafür gibt es einfach keinen Platz. Doch seit einigen Monaten waren Gefühle in mir, die ich nicht erklären konnte. Ich fühlte mich von ihnen verfolgt. Während ich sie tagsüber gut zu vertreiben wusste, drangen sie nachts bis in meine Träume. Ich ließ mir nichts anmerken und ignorierte den Druck, der sich in meinem Magen aufbauen wollte.
»Wohin soll es diesmal gehen?«, fragte ich Rabas, der schon wieder grinste.
»Nach New York. Matteo wird dich begleiten. Eine Maori wird dir alle Informationen bringen.«
Ich nickte und dachte daran, wie schwer es das letzte Mal gewesen war, Matteo vor Morgion zu verteidigen. Diesmal

würde ich nicht zulassen, dass er seinem Vergnügen nachging. Ich würde ihn an seinen Eid erinnern und ihn fürs Erste nicht aus den Augen lassen.
»Wann sollen wir aufbrechen?«
»Morgen früh. Er erwartet einen regelmäßigen Bericht.« Rabas machte eine kurze Pause, bevor er weiter sprach, und rückte noch näher zur Kamera. Jetzt war nur noch sein Gesicht zu sehen, das den Umfang des Bildschirmes völlig einnahm. Er drehte sich kurz um, um sicherzugehen, dass er keine Mithörer hatte. »Keine Bilder, keine Presse, Luca. Nichts und niemand darf von euch Notiz nehmen. Denkt an euren Schwur und daran, was mit euch passiert, falls Fotos von euch in der Presse auftauchen sollten.« Dann war der Monitor schwarz und das Gespräch beendet.
New York also! Mein letzter Auftrag lag drei Monate zurück. Seit meinem 17. Lebensjahr reiste ich durch die ganze Welt, doch diese Weltstadt war noch nie mein Ziel gewesen.
Ich klappte den Laptop zu und sah aus dem Fenster. In Gedanken fuhren meine Finger ganz automatisch zu meinem Oberarm und berührten die Stelle auf der Haut, die eine Verhärtung aufwies. Dort lag das Zentrum meines Ichs. Jenes Zeichen, welches mich dazu bestimmte, ein Taluri zu sein. Ich trug es mit Stolz. Damit war ich ein Teil dieser Macht, ein Teil dieser tödlichen Familie, vor der wir alle Angst hatten und die wir doch so sehr liebten. Diesmal würde ich nicht versagen. Das durfte ich einfach nicht. Ich würde alles tun, um zu verhindern, dass mein Erschaffer unzufrieden mit mir sein würde, aber auch, dass ich nicht gezwungen werde, meinen besten Freund zu töten, in einem grausamen Spiel, in dem ich mein Wort gegeben hatte.

Kapitel 1

Jade

Der Mond schien hell in dieser Nacht. Klar war der Himmel und die Sterne glitzerten. Der große Baum vor dem Fenster warf seine Schatten in unser Zimmer. Mit jedem kleinen Windstoß bewegten sich die Äste. Kühl strich die Nachtluft über meinen Körper, die von dem geöffneten Fenster hereinströmte. Meine Haut reagierte sofort darauf. Ich zog die Decke über meine Schultern und genoss das wohlige Gefühl meiner eigenen Wärme.
Alles schlief. Es war still im Haus, nur ich war noch wach, drehte mich unruhig zur Seite, strich mein langes, braunes Haar aus meinem Gesicht und lauschte der Stille. Die Geräusche des Tages waren verklungen und würden in ein paar Stunden von Neuem erwachen. Klapperndes Geschirr aus der Küche, der Rasenmäher auf dem Grundstück und die Menschen, die hier lebten und arbeiteten, würden wieder zu hören sein. Doch jetzt war alles stumm, nur die Alarmanlage, die uns bewachte, tat fast unhörbar ihre Arbeit.
Ich hatte das Gefühl, allein im Raum zu sein und doch sah ich meine Zwillingsschwester in ihrem Bett liegen - auf der anderen Seite des Zimmers. Ihre Decke hatte sie um ihren Körper geschlungen, sie schlief ruhig und fest. Amy liebte es, auszuschlafen, während ich gerne früh aufstand. Erst wenn die Sonne schon die Mittagszeit einläutete, erwachte sie. Ihre Haare waren zerzaust, und sie schien noch eine Weile zu brauchen, bis sie endlich richtig wach wurde. Die übliche Dusche vertrieb ihr die Müdigkeit schlagartig. Bis sie zum Mittagessen erschien, waren die Spuren ihres

tiefen Schlummers meist verschwunden. Sie besaß die gleichen großen Augen, die gleiche kleine Nase, den gleichen vollen Mund, wie ich. Ihre Haare hatten genau den gleichen Farbton und auch die Länge war identisch. Erst beim näheren Hinsehen konnte man wenige, feine Unterschiede erkennen. Wir glichen uns, für jeden sichtbar, doch innerlich konnten wir nicht unterschiedlicher sein. Zwillinge von außen, jedoch innen zwei gegensätzliche Pole. Wir waren wie Yin und Yang, Sturm und Sonnenschein, hell und dunkel, sie laut und ich leise. Amys stahl-blaue Augen waren einen Tick dunkler als meine und strahlten mehr. Wir achteten auf unsere Ernährung und waren beide schlank, doch war es ihre Figur, die in einem Kleid besser aussah. An meinen Armen, Beinen und am Bauch konnte man die sanften Linien, die meine Muskeln abzeichneten, erkennen. Es stimmte, dass ich sportlicher war als sie und trotzdem fand ich Amy schon immer hübscher. Ihre Linien waren zarter, femininer. Manchmal fragte ich mich, ob ich genauso anmutig und stilvoll wirkte wie sie. Den Leuten auf der Straße wurde sofort klar, dass wir Zwillinge sind. Ich liebte sie. Unsere Verbundenheit war stark - vielleicht stärker als bei anderen Geschwistern.

Es gab ein Geheimnis, von dem nur wir beide wussten. Wir sprachen nie darüber, doch wir spürten es. Ein Blick, eine Berührung und ich erkannte ihre Stimmung an der Farbe ihrer Aura, die aus ihrem Körper strömte. Für alle unsichtbar, nur für uns nicht. Es war eine besondere Verbindung - eine Gabe, die wir uns seit unserer Geburt teilten. Manchmal lästig, aufdringlich und nervig. So wusste ich ganz instinktiv, wenn sie wütend, traurig, aufgeregt oder glücklich war. Es brachte mich dazu,

sensibel darauf zu achten, in welcher Verfassung meine Schwester sich gerade befand. Das Wissen, vier Minuten älter zu sein, gab mir das Gefühl, sie schützen zu müssen, sie in die richtige Richtung zu lenken, sie hin und wieder zurechtzuweisen. Sie mochte es nicht und manchmal stritten wir uns deshalb.
Ganz oft träumte ich davon, ihre Aura nicht mehr sehen zu können. Jenes Farbenspiel, das es mir möglich machte, ihre Stimmungen zu deuten und ihren Seelenzustand zu lesen. Woher diese Gabe kam, wusste ich nicht, sie war einfach von Anfang an da. Wir wurden so geboren, zumindest glaubte ich es. Einmal googelte ich danach, doch ohne Ergebnis.
Amy war etwas Besonderes und das bewies sie, als wir zehn Jahre alt wurden. Während des Unterrichts wurden sie und ihre Freundin ermahnt, endlich still zu sein und aufzupassen. Doch es gab nichts Schwierigeres für sie, als eine Schulstunde lang ihre Klappe zu halten. Wütend saßen wir im Auto und wurden von Terry, unserem Chauffeur, nach Hause gefahren. Am Ende der Stunde hatte unser Mathelehrer ihr eine Strafarbeit aufgebrummt, über die sie sich maßlos ärgerte. Ich wollte sie besänftigen, doch das schürte nur noch mehr ihre Wut. Das Rot, das sie wie ein Nebel umhüllte, schrie mir entgegen, während ich auf sie einredete. Doch plötzlich war es verschwunden. Wie einen Lichtschalter hatte sie es ausgeschaltet - einfach weg. Sie sah mich nicht mehr an. Und auch wenn ich sie berührte, ließ sie es nicht zu, dass ich ihre Stimmung lesen konnte. Amy schaffte es, ihre innere Verfassung für sich zu behalten. Völlig verwirrt starrte ich sie an und versuchte mit aller Kraft, ihren Zustand zu erfassen. Doch sie entzog mir jegliche Zustimmung. Mein eigenes verärgertes Rot

durchdrang meinen Körper. Ich wollte es genauso verhindern, doch mein immer dunkler werdendes Grau zeigte ihr, wie frustriert ich darüber war. Von da an wusste ich, dass Amy im Gegensatz zu mir, in der Lage war, ihre Farben abzustellen. Ich war damals tief beleidigt. Bislang hatten wir alles geteilt. Es gab nichts, was sie vor mir geheim hielt. Es war das erste Mal, dass sie es geschafft hatte, etwas für sich zu haben - etwas, was sie nicht mit mir teilen musste. Tagelang hatte ich sauer kein Wort mehr mit ihr gesprochen, während sie mir triumphierend ins Gesicht lachte.

Den ganzen Tag über hatte ich mich auf die Abendstunden gefreut, die endlich Abkühlung versprachen. Ich blinzelte, als die letzten Sonnenstrahlen des Tages mein Gesicht streiften.
Für einen Moment trübte sich mein Blick. Eine Sekunde, in der ich unachtsam war, hätte im Ernstfall meinen Tod bedeuten können. Ich durfte nicht zulassen, dass die Erschöpfung mich vollkommen einnahm. Schnell verdrängte ich das Gefühl und schrie mich innerlich wach, ging wieder in Kampfstellung und war bereit, den nächsten Schlag abzuwehren.
Mein schwarzes Bustier war schweißgetränkt und meine Haut glänzte im Licht der Sonne. Mein langes, dunkles Haar hatte ich zu einem Pferdeschwanz zusammengebunden und doch hatten sich einige Strähnen daraus gelöst. Sie klebten mir an Stirn und Nacken.
Unser Atem ging schnell und unsere Wangen glühten vor Anstrengung. Meine Arme fühlten sich schwer an, als ich den Stab anhob und versuchte, meine Gegnerin an den Beinen zu treffen. So flink mein Angriff war, konnte sie

ihn doch abwehren. Ein weiteres Mal hob ich den Stock. Mit einer Drehbewegung traf ich sie so, dass sie strauchelte und mit dem folgenden Schlag ließ sie sich endgültig fallen. Sofort stand ich über ihr und zwang sie aufzugeben. Ihr Blick war wütend und ein Rot durchdrang ihren Körper gemischt mit einem Hauch Grau. Ich hatte gewonnen - wieder einmal. Das Rot wurde schwächer und das Grau überlagerte es schließlich. Sie war wütend über den verlorenen Kampf. Meinen Eichenholzstab legte ich beiseite, ohne sie aus den Augen zu lassen. Ich ließ von ihr ab und bot zur Hilfe meine Hand an. Verärgert schlug sie sie aus, stand auf und lief quer durch die Halle.
»Jetzt komm schon, Amy! Es war ein fairer Fight!«, rief ich ihr nach, sie ließ mich jedoch einfach stehen. Jede Spannung war aus meinem Körper verschwunden und ich warf meinen Kopf erschöpft in den Nacken. Fluchend sah ich zur Decke und ärgerte mich. »Mach dir nichts daraus, Jade! Sie muss noch viel lernen. Du warst gut heute!«, sagte Mr. Chang gelassen und kam zu mir gelaufen, während Amy die Tür mit einem lauten Knall zuschlug, der wie ein Donner in der Halle polterte.
»Achte mehr auf deine Atmung und du solltest noch mehr Kondition aufbauen. Daran müssen wir arbeiten.« Er hob unsere Stäbe auf. Er war ein paar Zentimeter kleiner als ich - schlank und zierlich. Trotzdem sollte man ihn nie unterschätzen. Das war das Erste, was wir von ihm lernen durften. Er war beweglich wie eine Katze und genauso präzise. Ich hatte viel erwartet von einem älteren Mann, aber nicht, dass er so sportlich und unglaublich geschickt in einem Kampf sein konnte.
Amy war genauso von dem Japaner beeindruckt gewesen wie ich. Sein ständiges Grinsen hatte sie anfangs auf die

Palme gebracht. Und einmal hatte Amy ihn herausgefordert. Mit einer beeindruckenden, kurzen Bewegung hatte er sie damals bewegungsunfähig zu Boden geworfen. Es ging so schnell, dass ich es nicht genau sehen konnte. Seitdem hatten wir seine spezielle Art und auch sein breites Grinsen gelernt zu akzeptieren.
»Inneres Gleichgewicht, Jade! Immer langsam ein- und ausatmen«, wies er mich noch mal an und wiederholte beim Wegräumen der Stäbe seinen Satz immer wieder. Danach verbeugte er sich vor mir, während ich es ihm gleich tat. Damit schloss er das Training für heute. Ich nahm mein Handtuch, tupfte mir den Schweiß von der Stirn und trank den letzten Schluck aus der Wasserflasche. Amy stand bestimmt schon unter der Dusche. Wenn ich sie noch erwischen wollte, sollte ich mich beeilen. Ich konnte mir schon denken, warum sie sauer war. Ich hatte am heutigen Trainingstag alle Kämpfe gewonnen. Es frustrierte sie und das konnte ich verstehen.
Ein Handtuchturban thronte auf ihrem Kopf, während sie, nur in Unterwäsche bekleidet, mich keines Blickes würdigte, als ich die Umkleide betrat.
»Amy! … Was soll ich denn tun? … Es tut mir Leid«, versuchte ich es, doch sie ignorierte mich und zog den grauen Schleier, der sie umgab, mit in die kleine Nische. Sie legte ihre Haarbürste an die Seite des Waschbeckens und schloss den Fön an. Herrisch bürstete sie ihr Haar, bis sie schließlich den Fön einschaltete, sodass eine weitere Unterhaltung nicht möglich war.
Achselzuckend ging ich duschen und ließ sie einfach stehen. Sie würde sich schon wieder einkriegen, denn schließlich wusste ich, dass nicht ich ihr Problem war. Das warme Wasser tat meinen verspannten Muskeln gut

und ich genoss den Wasserstrahl auf meinen Schultern, der sich wie eine Massage anfühlte. Mr. Chang hatte uns durch die ganze Halle gejagt. Selbst als ich glaubte, ein Sauerstoffzelt zu brauchen, hatte er kein Erbarmen mit uns. Immer wieder holte er aus uns Mädchen das Beste heraus. Er schaffte es, uns zu motivieren und gleichzeitig strahlte er so viel Ruhe und Sicherheit aus, dass es mir leicht fiel, mich auf ihn einzulassen. Am liebsten meditierte ich mit ihm. Anfangs sah ich keinen Sinn darin, im Schneidersitz völlig ruhig auf dem Boden zu sitzen. In der Zeit wären mir tausend Dinge eingefallen, die ich hätte erledigen können. Doch Mr. Chang konnte mir helfen, mich zu entspannen und ein erweitertes Bewusstsein zu schaffen, das ich selbst nicht für möglich gehalten hatte. Auch wenn Amy das anders sah, hatte sie einmal zugegeben, dass sie besser schlafen konnte, seit Mr. Chang uns trainierte.
Ich hatte gar nicht mitbekommen, wie Amy den Fön ausgeschaltet hatte. Eine Tür war leise ins Schloss gefallen, als ich aus der Dusche kam. Schnell trocknete ich mich ab und zog mich an, nahm meine Sachen und lief aus der Halle.
Es war schon fast dunkel, als ich unsere kleine, private Sportanlage verließ. Zweihundert Meter vor mir lag unsere Villa. Ein kleiner Schotterweg führte direkt zum Haus. Ich rannte am Tennisplatz vorbei und hatte Amy fast eingeholt.
»Jetzt warte doch«, rief ich ihr hinterher. Und tatsächlich blieb sie stehen, drehte sich aber nicht zu mir um Stumm bot sie mir ihren Arm an, in den ich mich einhaken sollte. Es war ihr halbes Friedensangebot und ich nahm es erleichtert an. Ihr grauer Rauch war verflogen.
»Es tut mir leid, Jade.«
»Ich weiß, aber sieh mal, Mr. Chang will, dass du gut

wirst. Es ist sein Job. Außerdem will er, dass Onkel Finley mit dir zufrieden ist. Und ich will das auch.«
Beschämt senkte sie ihren Kopf. »Ich werde niemals so gut sein wie du, Jade. Du bist so talentiert. Du kannst das alles auf Anhieb. Ich dagegen muss mich für jede Übung abrackern. Ich bin nicht du«, meinte sie resigniert.
Da hatte sie recht. Sie war nicht ich und der Kampfsport war nicht ihr Ding. Dennoch könnte sie mit mehr Biss und Ehrgeiz gleiche Ergebnisse vorweisen, wenn Onkel Finley sie nur auch so antreiben würde wie mich. Doch stattdessen ignorierte er ihre mangelnde Disziplin.
»Soll ich dich das nächste Mal gewinnen lassen?« Abrupt blieb sie stehen und sah mich empört an.
»Du glaubst doch nicht im Ernst, dass Mr. Chang dir das abkauft? Das merkt er doch sofort. Außerdem ... was habe ich davon? Ich habe einfach keine Lust mehr. Seit zehn Monaten plage ich mich mehrmals in der Woche ab und das nur, weil wir es ihm versprochen haben«, beschwerte sie sich.
Ich sah in ihr Gesicht. Wieder einmal ließ sie mich an ihrem Gemütszustand nicht teilhaben.
»Ich verstehe einfach nicht, warum das Training für Onkel Finley so wichtig ist. Und überhaupt, ich finde, er sollte uns mehr Freiheiten lassen. Schließlich werden wir in ein paar Wochen achtzehn.«
Ich konnte sie gut verstehen. Onkel Finley ließ uns wirklich nicht viel Freiraum.
»Wir könnten mit ihm reden. Vielleicht sieht er es ein und lockert seine Regeln ein wenig. Komm!« Ich zog sie weiter. »Ich habe Hunger. Agnes hat bestimmt etwas zu essen für uns.«
Wir lebten, seit ich denken konnte, schon immer bei Onkel

Finley. Genauer gesagt, seit wir 7 Monate alt waren. Er war der jüngere Bruder unseres Vaters. Wir wussten nicht viel über unsere Eltern. Dieses Thema schien ein wunder Punkt für Onkel Finley zu sein. Er sprach nicht gerne darüber, wobei er uns schon oft mit kleinen Geschichten aus seiner Jugend zum Lachen brachte. So wussten Amy und ich nur, dass sie bei einem Autounfall ums Leben gekommen waren. Erinnerungen an sie haben Amy und ich nicht, nur einzelne Fotos, die im Haus verteilt hingen. Ein großes Familienfoto hing im Wohnzimmer, direkt über dem Kamin. Mum und Dad, mit zwei kleinen Babys. Amy und ich kamen sehr nach unserer Mutter. Von ihr hatten wir die blauen Augen, das Schokoladenbraun ihrer Haare und die vollen Lippen. Unser Vater Aaron strahlt stolz in die Kamera, während er Amy im Arm hält und Mum mich.

Eine stille Sehnsucht überkam mich jedes Mal, wenn ich das große Familienbild betrachtete. Es gab eine unsichtbare Verbundenheit, die ich zu meiner Mutter besonders empfand, ohne genau zu wissen, warum.

Als Amy und ich ein Jahr alt gewesen waren, zogen wir von Portland nach Bayville in der Nähe von New York. Dort kaufte Onkel Finley eine Villa mit einem großen Grundstück, das fortan unser Zuhause war. Er stellte Agnes, unsere Haushälterin, und ihren Mann Ron als Gärtner ein. Sie bezogen ein kleines Häuschen nicht weit von unserem Grundstück entfernt. Agnes und Ron waren so etwas wie Großeltern für uns. Vor allem Agnes umsorgte Amy und mich wie eine Mutter. Sie bekochte uns, sorgte für saubere Wäsche in unseren Schränken und erzog uns zu selbstbewussten jungen Damen.

Das Grundstück war riesig. Onkel Finley hatte einen

kleinen See anlegen und ein weiteres Gästehaus bauen lassen, das nun seit ein paar Monaten Mr. Chang bewohnte. Als Amy unbedingt Tennisunterricht nehmen wollte, ließ er selbst dafür einen Platz errichten. Damals gab es hitzige Diskussionen, warum sie nicht - wie ihre Freunde - an einem offiziellen Ort spielen konnte. Jedoch war sein Angebot, dass sie alle auf dem Grundstück trainieren durften verlockend und es dauerte nicht lange, da hatten wir fast täglich Gäste aus der Schule da, die selbst mir das Tennisspielen schmackhaft machten. Gedanken, warum unser Onkel es nicht mochte, dass wir in einem örtlichen Verein spielten oder trainierten, machte ich mir damals nicht so sehr. Aber merkwürdig fand ich es schon.
Unser Haus bot mittlerweile wirklich alles, was unsere jugendlichen Herzen begehrten. Der Pool, der zehn Meter vom Haus entfernt war, glitzerte uns türkisblau entgegen. Das absolute Highlight war der alte Geräteschuppen, den Onkel Finley für uns hatte umbauen lassen. Direkt neben dem Tennisplatz entstand innerhalb weniger Wochen ein Sport- und Spaß-Center für uns. Zuerst verstand ich den Sinn darin nicht. Doch mit der Erklärung, dass er Ruhe im Haus brauchte, wenn Geschäftspartner kamen, gab ich mich zufrieden. Schließlich fanden wir es aufregend, unseren Schuppen in eine Disco, ein Kino und in eine kleine Sporthalle zu verwandeln, in der wir problemlos ein ganzes Flugzeug hätten unterbringen können. Man konnte es fast vergleichen mit der Turnhalle unserer Schule, nur war sie ausschließlich für Amy und mich bestimmt. Hier konnten wir laut sein, toben, feiern, aber auch trainieren.
Mit 16 wurde Amy rebellisch. Sie war nicht damit einverstanden, ständig zu Hause auf dem Grundstück zu sein. Sie wollte sich mit Jungs verabreden und abends

ausgehen. Onkel Finley jedoch war sehr eigen, was dieses Thema betraf. Ich selbst hatte nicht so sehr das Bedürfnis, konnte meine Schwester aber verstehen. Es reichte ihr einfach nicht mehr aus, Freunde in unserem C.O.B (Center of Body), wie wir unser Spielhaus liebevoll nannten, zu empfangen. Sie wollte raus, ihre Freiheit genießen. Die Regeln, die Onkel Finley dazu aufstellte, waren besonders für Amy schwer einzuhalten. Unsere Bodyguards begleiteten uns ständig, egal wohin. Wir waren somit nie unter uns. Das hieß, selbst wenn wir, nach langem Bitten und unter strengen Auflagen, mal ins Kino durften, saßen sie eine Reihe hinter uns.
»So kann ja nie was laufen mit Chris«, hatte sie sich bei mir wieder einmal beschwert. Er war ihr neuer Schwarm und sie legte alles daran, mit ihm allein zu sein, in der Hoffnung, dass sie endlich einen Schritt weiter kamen, als immer nur Händchen zu halten.
Jetzt waren wir beide fast achtzehn und immer noch hatte sich nichts an Onkel Finleys kurzer Leine verändert. Genau wie damals durften wir unser Grundstück nicht ohne unsere Gorillas verlassen. Wir wurden zur Schule gebracht und wieder abgeholt, was wir mittlerweile jedoch beide in Ordnung fanden, da Clive uns schon mal selbst das Auto steuern ließ.

Wir hatten Hunger und Agnes wartete bestimmt schon mit dem Essen. Schweigend liefen wir zur Steintreppe, die zum Eingang des Hauses führte. Am Ende der Treppe glitzerte uns der große Pool himmelblau entgegen. Bis zum Haus waren es nur noch ein paar Meter. Die vielen Fenster der Villa waren hell erleuchtet. Abends wurden automatisch die meisten Lichter eingeschaltet, selbst wenn wir mal

nicht zu Hause waren. Onkel Finley war der Meinung, er könnte so Einbrecher von ihrer möglichen Tat abbringen. An der Seitentür gab Amy den Code für die Alarmanlage ein und mit einem Summen öffnete sich die Tür. Onkel Finley hatte das ganze Grundstück elektronisch absichern lassen und nur wenige Leute kannten die verschiedenen Codes dafür. Durch den großen Flur gelangten wir in die helle Eingangshalle. In der Mitte befand sich eine breite Steintreppe, die in den ersten Stock zu den Schlafzimmern führte. Direkt gegenüber der Treppe kam man in das großzügige Wohnzimmer und von dort aus ins Esszimmer. Das große Zimmer, das eigentlich dafür gedacht war, unsere Mahlzeiten dort einzunehmen, benutzten wir nur an Weihnachten oder Geburtstagen oder wenn wir mal Gäste hatten, was selten genug vorkam. Außerdem war es Agnes zu viel, das schwere Porzellan erst von der Küche ins Esszimmer, und dann wieder zurückzuschleppen. Es war viel gemütlicher und familiärer, wenn wir unsere Mahlzeiten in der Küche einnahmen.
Wir folgten in der Eingangshalle dem Geruch, der uns zu Agnes in die Küche führte. Sie hatte ein ganz fantastisches Gespür dafür, wann wir nach Hause kamen. Immer stand das Essen auf dem kleinen Tresen bereit, der direkt an die Einbauküche grenzte. In der Mitte des Raumes stand ein großer Esstisch. Dort saßen wir meistens gemeinsam mit Onkel Finley, wenn er zu Hause war. Ansonsten zogen Amy und ich es vor, auf den Barhockern zu sitzen. Das machte es für Agnes einfacher. »Hallo Agnes, was gibt es denn heute Leckeres?«, rief ich fröhlich, als wir die Küche betraten.
Freundlich lächelte sie uns entgegen, während sie unsere Teller mit dem köstlichen Gemüseauflauf belud. Wir

begannen sofort zu essen und sie schenkte zwei Gläser Fruchtsaft ein. Agnes war eigentlich unser Mädchen für Alles. Sie kümmerte sich nicht nur um das Haus, sondern hatte mit viel Liebe einen großen Teil dazu beigetragen, dass Amy und ich gut erzogen waren. In all den Jahren hatte sie sich nie groß verändert. Seit ich denken kann, war Agnes eine kleinere, rundliche Frau mit kurzem, blondem, lockigem Haar. Nur in ihrem Gesicht sah man die Zeichen der Zeit. Sie war schon sehr lange mit Ron verheiratet, der sich mit großer Leidenschaft um unseren Garten und das Grundstück kümmerte. Leider war ihre Ehe kinderlos geblieben, so betrachtete sie uns als ihre Töchter.
Unser Verhältnis zu ihr war immer innig und liebevoll gewesen. Sie tröstete uns, wenn wir uns beim Spielen verletzten, sie las uns abends eine Geschichte vor, wenn Onkel Finley nicht zu Hause war und sie kannte unsere Träume und Ängste.
»Lasst es euch schmecken und schlingt nicht. Ihr wisst, dass das nicht gut ist. Man soll sich beim Essen immer Zeit nehmen«, maßregelte sie uns. »Und? Was habt ihr heute gemacht?«, fragte sie noch und lehnte sich zu uns an die Theke.
Während ich einen großen Schluck vom Saft nahm, erzählte Amy, wie lange wir an einer bestimmten Übung trainiert und gefeilt hatten.
»Du kannst dir gar nicht vorstellen, wie anstrengend das auf die Dauer ist. Also ich für meinen Teil falle nachher gleich ins Bett. Ich bin echt fertig heute«, erzählte Amy mit vollem Mund.
Agnes grinste und nickte verständnisvoll.
»Ach, ja! Das hätte ich beinahe vergessen«, fiel sie ihr ins Wort, »Terry wird euch morgen in die Stadt zum Einkaufen

begleiten.«
Terry und Clive, genau wie Frank, gehörten zu unserem Sicherheitsteam.
„Unsere Bodyguards", sagte Onkel Finley immer mit einem Lächeln. Das waren sie auch. Heimlich nannten Amy und ich sie unsere Gorillas. Es gefiel uns, und vor allem Amy liebte es, sie so zu necken. Egal wohin wir gingen, einer der Gorillas war immer dabei. Sie hielten sich zwar dezent im Hintergrund, doch allein schon das Wissen, ständig einen Kontrolleur dabei zu haben, nervte. Ich hatte mich daran gewöhnt, doch Amy hatte schon mehr als einmal versucht, sie abzuschütteln. Meistens ohne Erfolg und immer mit einer darauf folgenden großen Auseinandersetzung mit Onkel Finley. Beim letzten Mal, als Amy sich davon schleichen wollte, hatte sie es geschafft, für zwei Stunden unsichtbar zu sein, was Onkel Finley und seine Mannschaft fast in den Irrsinn getrieben hatte. Der arme Terry hatte beinahe wegen Amy seinen Job verloren und nur durch das gute Zureden von Agnes, hatte Onkel Finley schließlich nachgegeben und Terry doch nicht gehen lassen. Doch auch er hatte es eine ganze Weile gemieden, Amy oder mich zu chauffieren. Nach langen Diskussionen konnte ich bei Onkel Finley erreichen, dass die Sicherheitsleute uns mehr Raum zum Atmen geben sollten. Sie sollten sich einfach noch weiter im Hintergrund halten. Wir brauchten schließlich mehr Privatsphäre. Ständig fielen wir durch unsere Begleiter auf. Es war schon peinlich genug, dass uns die Leute auf den Straßen begafften, wenn wir in einem dunklen Rolls-Royce unterwegs waren.
Wir versprachen Onkel Finley hoch und heilig, dass wir die Sicherheitsleute nicht mehr austricksten, wenn sie auf

den Straßen einen gewissen Abstand zu uns hielten und wir mit einem unauffälligeren Auto unterwegs sein durften. Ganz langsam hatte er angefangen zu grinsen und erlaubte es uns schließlich. Für Amy war es leicht, Onkel Finley zu bestimmten Dingen zu überreden. Doch was die Gorillas anging, war er meist nie von seiner Haltung abgewichen. Doch diesmal hatte sie Erfolg gehabt und er gestattete uns ein paar Meter mehr Freiraum.
Amy hatte ihre Portion schon fast aufgegessen.
»Gut, hoffentlich finde ich auch ein paar Dinge«, sagte sie und schob ihren Teller von sich.
Agnes lachte, da sie genau wusste, dass man meine Schwester eher bremsen musste und sie nie ohne Tüten nach Hause kam. Sie fand immer etwas. Wir kamen meistens voll beladen aus der Stadt zurück. Es war schon lange her gewesen, dass wir in die New Yorker Innenstadt gehen durften. Für uns war es immer etwas Besonderes.
»Du solltest dir genau überlegen, was du brauchst, bevor wir losfahren. Sonst fällt dir wieder auf dem Rückweg ein, was du alles vergessen hast«, sagte ich und schob mir eine weitere Gabel mit Nudeln in den Mund. Amy verzog ihr Gesicht zu einer Grimasse und streckte ihre Zunge raus.
»Ich kann doch auch nichts dafür, wenn ich einfach mehr Kleidungsstücke brauche als du. Du solltest dir lieber mal überlegen, ob du nicht etwas an deiner Garderobe ändern willst«, gab sie schnippisch zurück.
Ich verbiss mir einen weiteren Kommentar und half Agnes, unsere Teller in die Geschirrspülmaschine zu räumen. Fröhliches Gelb und ein klein wenig Rot strömte aus mir. Amy verstand mein Farbenspiel und brabbelte munter weiter, indem sie aufzählte, welche Kleidung sie für mich aussuchen würde. Zugegeben, in meinem Kleiderschrank

befanden sich hauptsächlich sportliche Sachen, da ich es bequem liebte. Mit ein paar Ausnahmen kannte man mich nur in Jeans, engen Sporthosen, T-Shirts oder Sweatshirts. Ich machte mir nichts aus Mode, im Gegensatz zu ihr. Sie hatte eine Vorliebe für trendige und teure Designerklamotten, welche sie ausschließlich trug. Ich fand, sie sah immer sehr hübsch aus, doch für mich war das zu anstrengend, stundenlang vor unserem Schrank zu verbringen und Hunderte von Stofffetzen anzuprobieren, um sich dann doch wieder anders zu entscheiden.

Kapitel 2

Jade

Es war Samstagmorgen, und da ich nicht mehr länger schlafen konnte, beschloss ich, joggen zu gehen. Amy hatte ich mehrmals versucht, wach zu bekommen, doch die Schlafmütze zog es vor, in ihrem warmen, kuscheligen Bett zu bleiben. Für mich war der Sport so etwas wie die Luft zum Atmen. Ich liebte es, mein Herz pochen zu hören, wenn meine Glieder warm wurden, obwohl es draußen noch kalt war.

Ich gab den Code der Tür ein. Sie summte leise und ließ mich hinaus. Kalte Luft schlug mir entgegen, als ich mich im Freien befand. Mein Atem hinterließ kleine grau-weiße Wolken. Es war noch sehr kalt an diesem frühen Morgen, doch die Sonne würde im Laufe des Tages die Temperaturen klettern lassen. Es war trüb und Nebel hatte sich gebildet.

Langsam lief ich los und versuchte einen Rhythmus zwischen meiner Atmung und meinem Lauf zu finden. Unser Grundstück war groß, sehr groß sogar. Es war mehr ein Park, in dem ich meine freie Zeit gern verbrachte. Das Grundstück hatte Onkel Finley mit verschiedenen Kameras und einem sensiblen Alarmsystem gesichert. Sobald jemand versuchen würde, das Grundstück zu betreten, in der Sicherheitszentrale ein Alarm ausgelöst. In wenigen Sekunden verriegelten sich alle Fenster und Eingangstüren elektronisch, sodass niemand mehr hineinkam. Wir waren besser bewacht als Fort Knox, witzelten wir manchmal.

Ich lief mehrere Runden um unseren See und sah den Schwänen dabei zu, wie sie majestätisch über das Wasser

glitten. Schon als kleine Mädchen liefen Amy und ich Schlittschuh. Natürlich hatte Onkel Finley erst die Dicke des Eises fachmännisch überprüfen lassen, bevor wir darauf laufen durften. Er war ein sehr vorsichtiger Mensch. Wir kannten die genauen Gründe nicht, weshalb Onkel Finley so streng mit uns war. Amy und ich waren immer wohlbehütet und bewacht aufgewachsen. Er liebte uns wie seine eigenen Töchter und las uns so manchen Wunsch von den Augen ab. Jedoch schenkte er Amy mehr Aufmerksamkeit.
Nach dem vielen Geld zu urteilen, musste er eine wichtige Person mit noch wichtigeren Aufgaben sein. Wir wussten nur, dass er Senator war, für die Forschung arbeitete und viel unterwegs war. Wir stellten keine Fragen und ich hatte den Eindruck, mein Onkel war froh darüber.
Insgeheim fragte ich mich schon, was genau er tat. Einmal, als ich in sein Arbeitszimmer ging, hatte er müde ausgesehen. Sein Hemd war zerknittert, die Krawatte hatte er achtlos auf die Stuhllehne geworfen. Seine Stirn zeigte viele Falten. Er saß an seinem Schreibtisch, seine Hände waren zu Fäusten geballt und er rieb sich damit die Schläfen. Sorge spiegelte sich in seinem Blick. So hatte ich ihn noch nie gesehen.
»Vertrau niemandem, Kleines. Du kannst nie wissen, wer dein Freund oder Feind ist«, hatte er damals gesagt.
Es war der einzige Moment, in dem ich ihn so verletzlich gesehen hatte. Ich glaube, dass dies der Grund war, warum er uns nicht sorglos gehen lassen konnte. Möglicherweise hatte er Feinde. Und als er dies damals so zu mir sagte, wusste ich, dass Amy und ich seine Schwachstelle waren. Durch uns war er angreifbar. Also sorgte er dafür, dass man gar nicht erst an uns herankam. Onkel Finley wollte uns

beschützen. Doch oft fragte ich mich, wovor?
Sonst war er ein fröhlicher Mensch. Er hatte eigentlich immer gute Laune, außer Amy hatte mal wieder etwas angestellt. Dann konnte er schon richtig sauer werden, doch lange hielt es nie an. Schnell verzieh er ihr, auch wenn er mit seinen Bestrafungen konsequent blieb. Manchmal verstand ich nicht, warum er mir gegenüber oft nachtragender war.
Nach dem Joggen duschte ich ausgiebig und kam noch pünktlich zum Frühstück. Amy hatte in der Zwischenzeit auch den Weg aus dem Bett gefunden, obwohl sie normalerweise noch schlafen würde. Doch heute war Samstag und sie konnte unsere erlaubte Shoppingtour nicht erwarten.
»Guten Morgen, Jade! Wie war das Laufen?«, begrüßte mich Agnes. Sie schenkte gerade Kaffee in eine Tasse ein, als ich die Küche betrat. Amy saß auf ihrem Hocker, in der einen Hand hielt sie ein Marmeladentoast und mit der anderen blätterte sie gerade in einem Modemagazin.
»Guten Morgen«, grüßte ich gut gelaunt zurück. »Es ist zwar noch frisch draußen, doch zum Laufen richtig angenehm.« Ich setzte mich an die Theke, während meine Schwester weiter selbstvergessen in ihrem Magazin blätterte. So vertieft sie in ihrer Zeitschrift las, bemerkte sie nicht, wie ein blauer Schweif sie umgab. Manchmal, wenn sie mit ihren Gedanken so beschäftigt war, vergaß sie schon mal, ihre Emotionen vor mir abzuschirmen. Jedes Mal schmunzelte ich darüber. Ich ließ mir nichts anmerken und bestrich mein Toast mit Butter und biss genüsslich hinein.
»Jade? Hast du schon von dem neuen Club in New York City gehört«, fragte sie mich und ich hörte die

Begeisterung in ihrer Stimme. Ich überlegte kurz und schüttelte den Kopf. »Nein, hab ich nicht! Warum?«
»Er ist neu und heißt Collections, soll der angesagteste Club der Stadt sein. Die Promis und die besten DJs geben sich dort die Klinke in die Hand. Ich will da unbedingt mal hin, du nicht auch?« Begeistert funkelten ihre Augen. Auch wenn sie selbst wusste, dass Onkel Finley ihr es nie erlauben würde, in diesen Club zu gehen, reizte es Amy schon sehr.
»Na, lass das nicht deinen Onkel hören, Amy«, mischte sich Agnes ein und bedachte sie mit einem warnenden Blick.
»Ja, ja. Ich weiß schon«, gab sie knurrig zurück. Sie blätterte eine Seite weiter und war schon bei einem anderen Thema. »Auf jeden Fall will ich heute bei Bloomingdales oder bei Macy's vorbeischauen.« Ein sanftes Orange schauerte kurz auf, bevor sie es abstellte. Sie war aufgeregt.
»Wann geht es los?«, wollte ich wissen.
»Gleich nach dem Frühstück. Terry wartet schon auf uns«, sagte sie und trank ihren Orangensaft in einem Zug aus. »Ich warte draußen auf dich, Jade. Wiedersehen, Agnes«, rief sie und schon war sie aus der Küche verschwunden. Agnes schüttelte den Kopf, als sie Amys Toast noch auf dem Teller liegen sah und rief ihr hinterher »Du bist ja noch gar nicht mit dem Frühstück fertig!« Doch sobald sie es ausgesprochen hatte, war ihr klar, dass Amy ja doch nicht zurückkommen würde. »Dieses Kind! Sie wird nie lernen, sich richtig zu ernähren, wenn sie nicht richtig frühstückt«, schimpfte sie und schüttelte weiter den Kopf.
»Sei nicht böse, Agnes! Du kennst sie doch. Sie freut sich schon so lange auf die Einkaufstour. Wir werden in der

City etwas essen, versprochen«, beruhigte ich sie, gab ihr einen Kuss auf die Wange, verließ die Küche, nahm meine Handtasche und machte mich auf den Weg zu den Garagen.

Terry hielt sich an die Abmachung und blieb dezent im Hintergrund. Er fiel gar nicht auf, und Amy und ich genossen unsere Freiheit, wenn auch nur für ein paar Stunden.
Die beliebte 5th-Avenue war in Manhattan an diesem Samstagvormittag gut besucht. Wir schlenderten von einem Laden in den nächsten. Die Auswahl an Kleidern und den dazu passenden Accessoires war riesig. Amy fand schnell einige kurze Sommerkleider, Tops und Blusen, die sie der Angestellten der Boutique in die Arme legte, damit sie sie schon einpacken konnte. Sie ließ es sich auch nicht nehmen, ein Abendkleid anzuprobieren.
»Wann willst du denn das tragen?«, fragte ich sie. Ich hatte es mir mit einem Glas Wasser auf einem Sofa bequem gemacht, während sie das kurze petrolfarbene Satinkleid anprobierte, das perfekt zu ihren Augen passte. Es hatte nur einen Träger an der linken Schulter und der geraffte Stoff wurde mit edlen und glitzernden Steinen zusammengehalten. Sie sah fantastisch darin aus. Es unterstrich ihre weiblichen Rundungen und ich wünschte in diesem Augenblick, als sie aus der Umkleide kam, ich könnte auch so schön aussehen.
»Ich kann mir doch so ein Kleid kaufen. Wer weiß, vielleicht lässt Onkel Finley uns doch einmal in einen Club. Man kann ja schließlich nie wissen«, erwiderte sie. Ich konnte mir zwar nicht vorstellen, dass er jemals zu einem Clubbesuch einwilligte, doch ich ließ ihr den Spaß.

»Und?«, fragte sie, drehte sich ein paar Mal und blieb schließlich, wartend auf mein Urteil, vor mir stehen. Musternd betrachtete ich sie. »Du siehst wirklich toll aus«, meinte ich anerkennend.
Zufrieden lächelte sie. Natürlich war ihr mein hellgrauer, aber doch leicht gelber Schweif nicht entgangen. Ich war nicht neidisch, im Gegenteil, ich bewunderte sie. Von uns beiden war sie diejenige, die ständig beim anderen Geschlecht punkten konnte. Heimlich, so dass Onkel Finley es nicht bemerkte, hatte sie schon Affären gehabt. Es war zwar nichts Ernsthaftes dabei, doch sie liebte den Flirt. So richtig verliebt war sie noch nie gewesen, genauso wenig wie ich.
»Dann nehme ich es und du solltest auch mal eins anprobieren. Man kann wirklich nie wissen, wofür du es gebrauchen kannst. Außerdem kann dein Kleiderschrank schon mal etwas Glamour vertragen«, zwinkerte sie mir zu. Ich hatte zwar wirklich keine Lust darauf, aber ich wollte ihr die Laune nicht verderben und kratzte das kleine bisschen Lust zusammen, das ich brauchte, um mich aufraffen zu können. Sie scheuchte zwei Angestellte durch den Laden mit dem Auftrag, die schönsten Cocktail- und Abendkleider für mich auszusuchen. Es dauerte nicht lange und man brachte mir genau drei Kleider, die ich nie im Leben für mich selbst ausgesucht hätte.
»So, keine Widerrede, die probierst du jetzt an«, sagte meine Schwester und zog mich vom Sofa. Tief atmend gab ich mich geschlagen.
Zuerst zog ich ein kurzes, knallrotes Cocktailkleid an. Es sah nicht schlecht an mir aus, doch ich fühlte mich nackt darin. Außerdem fand ich die Farbe etwas zu gewagt. Während ich mich in ein rosa Seidenkleid zwängte, das

knielang war und einen viel zu tiefen Ausschnitt hatte, klingelte mein Handy.
Der Anrufer ließ nicht locker, bis ich mein Handy endlich aus der Handtasche gefingert hatte.
»Ja, hallo?«
»Hi, ich bin es! Wo steckst du?«
»Tom«, entfuhr es mir erfreut, »ich bin gerade in einer Umkleidekabine. Wo bist du denn?«, wollte ich neugierig wissen. Ich klemmte mir das Telefon zwischen Ohr und Schulter ein und versuchte, mich wieder aus dem rosa Ding herauszuschälen.
»Ich bin auch in der Stadt. Können wir uns treffen?«
Ich nestelte das nächste Kleid vom Bügel und stieg aus dem rosa Albtraum aus. Ohne es mir genauer anzusehen, zog ich das schwarze Chiffonkleid über.
»Klar können wir uns treffen. Wann und wo?«, fragte ich leicht im Stress.
»Ich kann mir schon denken, wo du bist. Ich komme dorthin, bis gleich«, sagte Tom und ehe ich etwas erwidern konnte, hatte er schon aufgelegt.
»Wer war das?«, fragte Amy von draußen.
»Es war Tom. Er kommt hierher! Wir gehen einen Kaffee trinken.«
»Tom? Oh, das ist ja toll. … Freust du dich, ihn wiederzusehen?«, fragte sie und in ihrer Stimme klang Belustigung mit.
»Ja, sehr sogar. Er … hat mir schon gefehlt! Kannst du mir den Reißverschluss zumachen? So gelenkig bin ich nun auch wieder nicht«, gab ich genervt von mir. Amy kicherte, doch ich dachte mir nichts dabei. Ich bückte mich gerade, um den Saum des Kleides glatt zu streichen, als der Vorhang beiseitegeschoben wurde und sich jemand an

meinem Reißverschluss zu schaffen machte. Es waren nicht die sanften, gut manikürten Nägel meiner Schwester, sondern männliche grobe Hände, die sich von hinten an mich herangeschlichen hatten. Verwundert erhob ich mich und blickte in den Spiegel.
»Tom Persky!«, entfuhr es mir überrascht.
Sein Grinsen war so breit, dass es sein ganzes Gesicht einnahm. Seine braunen Augen strahlten und ich erwiderte sein Lachen. Mit einer kurzen Drehung warf ich mich ihm voller Freude an den Hals. Sofort nahm ich sein Aftershave wahr, das ich so lange nicht mehr gerochen hatte. Er drückte mich fest an sich und hob mich ganz kurz an, bevor er mich sachte wieder auf die Erde stellte.
»Überrascht? So schnell hast du mich nicht erwartet, was?«
»Nein, das habe ich wirklich nicht. Seit wann bist du wieder in Bayville?«
»Seit gestern Abend! Meine Semesterferien haben früher angefangen.«
Ich löste mich sanft von ihm und sah ihn an. Es war eine Weile her, seit wir uns das letzte Mal gesehen hatten. Tom Persky, mein bester Freund und Vertrauter seit Kindheitstagen. Er war ein bisschen größer als ich, schlank, gut aussehend, zwei Jahre älter als wir und der unsportlichste Typ, den ich kannte. Er studierte Jura und sein Studium nahm viel Zeit in Anspruch. Dazu hatte er Bayville vor ein paar Monaten verlassen und wohnte jetzt in Washington.
Amy kicherte mal wieder verschwörerisch. Sie hatte gewusst, dass er schon in dem Geschäft stand, als er mit mir telefonierte.
»So, genug gekuschelt. Jetzt will ich aber sehen, wie du in

dem Kleid aussiehst«, rief sie uns zu und sofort nahm Tom meine Hand, zog mich aus der Umkleide, nur um mich besser betrachten zu können. Sein Blick war prüfend. Unangenehme Wärme fuhr mir in die Wangen. Ich mochte es nicht, so betrachtet zu werden. Ich überging das Gefühl und sah an mir herab. Dieses Kleid war wirklich sehr schön. Es war vorne kurz und der hintere Saum war lang und fließend, fast wie eine Schleppe. Der Stoff aus schwarzem Chiffon war angenehm auf der Haut. Es hatte keine Träger. Meine Schultern waren frei und hinterließen ein unsicheres Gefühl, als ich in den Spiegel sah. Das Korsett, das das Oberteil bildete, war über und über mit schwarzen Glitzersteinen versehen, die weniger wurden, je tiefer man auf den Rock des Kleides blickte.
»Wow, Jade! Sieh dich an. Es ist wie für dich gemacht«, sagte Amy. Ehrliche Bewunderung schwang in ihrer Stimme mit. Auch Tom nickte mir grinsend zu.
»Wundervoll! Einfach wundervoll, Jade!«
Ich drehte mich noch ein paar Mal vor dem Spiegel, dabei funkelten und glitzerten die Steine.
»Meint ihr wirklich?« Immer noch unsicher sah ich von Amy zu Tom.
»Wenn du dir Gedanken machst, wegen deiner nackten Schultern, dann kannst du ein schwarzes Organzatuch darüber ziehen«, meinte Amy und ließ sich gleich, von der Verkäuferin, ein solches bringen. Und sie hatte recht. So könnte ich es mir vorstellen. Doch war mir klar, dass ich nicht so schnell die Gelegenheit bekommen würde, um es zu tragen.
»Jetzt noch die passenden Schuhe und deine Haare zurechtgemacht. Damit wärst du ein absoluter Hingucker«, meinte sie. Natürlich ließ sie sich davon nicht abbringen,

dass ich ohne Tüten den Laden verließ. Zu dem Kleid kaufte ich noch die passenden High Heels und eine Handtasche. Unsere Einkaufsausbeute hatten sich Terry und Tom aufgeteilt. Ohne zu murren, trugen sie unsere Tüten und Taschen, bis wir beschlossen, unsere Tour für heute zu beenden. In Amys Lieblingsrestaurant gingen wir Mittagessen.
Wir plauderten mit Tom wie in alten Zeiten und hatten uns einiges zu erzählen. Die Perskys waren schon sehr lange Freunde der Familie. Tom, der einzige Sohn von Bob und Emilia Persky, war mit uns aufgewachsen. Früher hatte seine Mutter ihn fast täglich zum Spielen gebracht. Sie half Agnes und mit der Zeit wurden die beiden Frauen gute Freundinnen. Onkel Bob ging ein und aus bei uns und Onkel Finley vertraute ihm, daher waren die Perskys die Einzigen, die unser Grundstück betreten durften, wenn Onkel Finley nicht da war. Wir spielten oft Verstecken und verbrachten unsere Freizeit am See. Je älter wir wurden, desto enger wurde mein Verhältnis zu ihm. Dennoch wurden wir nie ein Liebespaar und wahrscheinlich würden wir auch nie eins werden, obwohl ich wusste, dass Onkel Finley es begrüßen würde. Meine Gefühle für ihn waren geschwisterlich. Doch je länger ich ihn ansah, desto mehr fiel mir auf, wie sehr ich ihn vermisst hatte. Die vielen Nachmittage im letzten Sommer, die wir zusammen am Pool oder auf einer Picknickdecke verbracht hatten, fehlten mir sehr.
Wir lagen oft in unserem Park und träumten von den Reisen, die wir später machen würden. Tom und ich wollten ganz Europa sehen. Im Geiste sah ich uns, nur mit einem Rucksack bepackt, über die Grenzen der Länder schreiten. Wir stellten uns den Geruch von Freiheit und

Abenteuer vor. Fremde Kulturen wollten wir kennenlernen. Manchmal ging unsere Fantasie mit uns durch. Mit fünfzehn erstellte er eine Reiseroute für uns. Von Westen nach Osten durchstreiften wir mit dem Finger auf der Landkarte alle großen Städte, die wir uns zusammen anschauen wollten. Insgeheim wusste ich, dass dies immer ein Traum bleiben würde. Trotzdem liebte ich unsere Vorstellung und träumte mit Tom weiter. Das alles würde ich zu gern mit meinen eigenen Augen sehen.
Tom, ich und die weite Welt. Doch Träume sind Illusionen. Ich machte mir nichts vor. So wie Onkel Finley uns bewachte, würde er mich niemals gehen lassen. Tom wusste das und seltsamerweise hatte ich nie mitbekommen, dass er die Entscheidungen meines Onkels anzweifelte. Trotzdem konnte ich es in seinen braunen Augen vielversprechend aufblitzen sehen, wenn wir über unsere Tour sprachen. Von all dem wusste Onkel Finley nichts und ich wollte ihn damit auch nicht beunruhigen oder misstrauisch machen. Ich hatte keine Ahnung, ob es gefährlich war, was er beruflich tat, oder ob er viel zu übertrieben seine Grenzen um uns zog.
»Erzählt, was treibt ihr so den ganzen Tag«, fragte Tom und lehnte sich satt und zufrieden zurück. Ein Kellner hatte gerade unsere Teller abgeräumt und brachte für Tom und Amy das Dessert.
»Frag lieber nicht! Onkel Finley ist zurzeit nicht da und wenn nicht gerade Wochenende ist, langweilen wir uns schon sehr. Jade und ich trainieren jeden Tag. Doch meistens warte ich nur darauf, dass etwas Aufregendes passiert«, sagte Amy und fing an, ihren Eisbecher auszulöffeln.
»Jetzt übertreib mal nicht. Würdest du dich mit mehr

Sachen beschäftigen, wäre dir nicht so langweilig.«
Ich fand, Amy machte es sich in dieser Beziehung zu einfach. Sie war schlicht und einfach zu faul, sich eine Beschäftigung zu suchen und jammerte lieber über ihr Leben.
Ich liebte es, im Park zu lesen, kümmerte mich um meine Hausaufgaben und verbrachte einige Stunden im C.O.B mit Jazz Dance oder dem Training. Es gab immer etwas zu tun.
»Und wie geht es Onkel Finley? Ist er immer noch mit Alegra zusammen?« Tom grinste bei der Frage und lachte, als Amy und ich, wie auf Kommando, unsere Augen verdrehten. Gleichzeitig strömte Rot aus Amy und mir. Jedoch schloss meine Schwester ihre Poren gleich wieder, so dass nur meine Stimmung für uns beide sichtbar war.
»Alegra Marten!«, höhnte sie. »Wenn ich den Namen nur höre, wird mir ganz schlecht!« Sie nahm einen Löffel voll Sahne und schob sich diesen in den Mund, um den bitteren Geschmack, den Alegra auf ihrer Zunge hinterließ, auszugleichen.
»Ja, leider! Sie hat ihn vollkommen um den Finger gewickelt. Uns bleibt nur zu hoffen, dass Onkel Finley erkennt, dass sie nur sein Geld interessiert. Morgen Nachmittag kommen sie wieder«, erzählte ich ihm.
Tom schüttelte seinen Kopf. Keiner konnte Onkel Finley in dieser Beziehung verstehen. Es war so offensichtlich, dass sie sein Geld mehr liebte, als ihn.
Er hatte sie vor ein paar Monaten von einer seiner vielen Reisen mitgebracht und seit dem wich sie ihm nicht mehr von der Seite. Sie benutzte Agnes als Dienstmädchen, telefonierte den ganzen Tag, und wenn sie nicht gerade damit beschäftigt war, ihre Nägel zu feilen und ihren

Lidstrich nachzuziehen, dann gab sie sein Geld mit vollen Händen aus. Ich hatte schon mehr als eine Auseinandersetzung mit ihr gehabt. Selbst als ich Onkel Finley bat, sie fortzuschicken, wurde mir klar, wie groß ihr Einfluss mittlerweile war.
Keine Frage, Alegra Marten war eine sehr schöne junge Frau. Auch wenn ihr platinblondes Haar nicht echt aussah und sie auch bei ihrer Oberweite nachgeholfen hatte, war ihr Körper wirklich unfassbar sexy. Sie besaß Kurven und Linien, die einen Mann verrückt machen konnten. Es wunderte mich nicht, dass Onkel Finley ihr aus der Hand fraß. Trotzdem hoffte ich, dass er bald wieder vernünftig wurde und ihr endlich den Laufpass gab.
Tom grinste. »Ich finde das überhaupt nicht lustig. Was ist, wenn er eines Tages auf die wahnwitzige Idee kommt und sie heiratet? Ich könnte sie niemals als Stiefmutter akzeptieren«, meinte Amy.
Darüber hatte ich mir noch keine Gedanken gemacht. Aber meine Schwester hatte recht. Oh mein Gott! Das darf nicht passieren! Falls es jemals dazu kommen würde, müssten Amy und ich uns etwas einfallen lassen, um das zu verhindern.
»Jetzt macht euch nicht so viele Sorgen. Finley ist kein Dummkopf. Er weiß schon, was er tut«, versuchte uns Tom zu beruhigen. Zu gerne hätte ich ihm geglaubt. Amy war da skeptischer als ich. Sie leckte mit dem Finger das geschmolzene Eis aus ihrem Becher, als ihr Handy klingelte.
»Ja?«
»Hi, Sandy!«
Sandy Tale war Amys beste Freundin und gleichzeitig bei uns in der Abschlussklasse. Ich hatte nichts gegen sie, aber

sie schaffte es immer wieder, Amy so zu beeinflussen, dass am Ende die beiden echten Ärger am Hals hatten. Sie war ungewöhnlich uneinsichtig. Manchmal glaubte ich, sie hielt sich absichtlich nicht an Regeln. Mehrfach hatte sie schon die Schule geschwänzt, hatte Freunde, denen ich nicht über den Weg traute und die sonst auch nicht in unseren Kreisen verkehrten. Ihre Eltern kümmerten sich fast nie um sie. Sie waren geschäftlich mehr unterwegs als zu Hause. Sie konnte einem ja fast leidtun, doch ich fand es einfach nicht gut, wenn sie Amy in Dinge mit reinzog, die einfach nicht gut für sie waren.
»Wow! Wirklich? Und wann?«, fragte Amy und ihre Begeisterung ließ ihre Augen aufleuchten. Vorsichtig warf Amy mir einen Blick zu und sofort war ich aufmerksam.
»Warte mal«, sagte sie in ihr Handy, stand auf und verließ entschuldigend unseren Tisch. Natürlich war ich neugierig geworden. Was hatte Sandy für Neuigkeiten, die Amy so begeisterten?
Sie schlenderte nach draußen, während sie telefonierte. Tom schien sich zu freuen, einen Moment mit mir allein zu sein.
Ich lächelte ihn an. »Und wie sieht es bei dir aus? Hast du in Washington Freunde gefunden?«, wollte ich wissen. Tom war noch nie der Typ gewesen, der gern im Mittelpunkt stand, dafür war er zu schüchtern. Er hatte noch nie viele Jungs um sich herum geschart. Seine Freundschaften waren meist von kurzer Dauer. Tom war zwar nie ein Eigenbrötler, doch die meiste Zeit verbrachte er bei uns.
Verlegen sah er in seine Tasse. «Naja, ich muss viel lernen, da bleibt nicht so viel Zeit für Freunde. Aber ich bin nicht einsam, wenn du das meinst.«

Seit er fortgegangen war, hatten wir uns nur ein paar Mal Nachrichten über unsere Handys geschickt.
»Und die Mädchen? Sind sie hübsch?«, versuchte ich mehr aus ihm herauszubekommen. Ich spürte, wie unangenehm es ihm war, darüber zu sprechen. Bisher war mir nicht bekannt, dass er sich jemals für ein Mädchen interessiert hatte.
Was war eigentlich los? Seit unserem Wiedersehen war irgendetwas anders als sonst. Irgendwie hatte ich das Gefühl, dass sich etwas zwischen uns verändert hatte. Doch was? Tom war gehemmter mir gegenüber. Oder bildete ich mir das nur ein?
Ich wollte ihn gerade danach fragen, als Amy wieder kam.
»So, da bin ich wieder!« Ihre Wangen leuchteten rötlich. Sie schien aufgeregt zu sein und wieder einmal ärgerte ich mich, dass ich ihre Stimmung nicht lesen konnte.
»Und? Was wollte Sandy?«, fragte ich daher neugierig.
»Oh, nichts Besonderes. Sie hat mir von einer Party im Collections erzählt, die heute Abend dort stattfinden soll und wollte mich dazu einladen. Aber ich habe ihr gesagt, dass Onkel Finley erst morgen wiederkommt und ich ihn erst fragen muss. Ist erledigt.«
Sie wusste genau, dass Onkel Finley sie nicht gehen lassen würde. Das Gefühl, dass sie mir etwas verschwieg, keimte in mir. Doch vielleicht täuschte ich mich auch. Amy wusste, wie ich über Sandy dachte und natürlich war ich misstrauisch. Daher wechselte sie gekonnt das Thema.

Einige Stunden später kamen Amy und ich mit vollem Bauch, guter Laune, einem neuen Lippenstift und einem zu unseren Outfits passenden Nagellack nach Hause. Für Agnes hatten wir ein schönes Halstuch mitgebracht. Ich

war ziemlich geschafft und ging gleich nach oben, während Amy Agnes noch unsere Ausbeute zeigte.
Wir bewohnten zwei große Zimmer zusammen. Wir teilten uns eine Art Wohnbereich und ein großes Schlafzimmer, wobei jeder seine Seite hatte. Und das war auch wichtig, denn Amy war sehr unordentlich, um nicht zu sagen, chaotisch. Überall lagen Klamotten, die sie anprobiert und nicht wieder in ihren Schrank eingeräumt hatte. Gürtel, Schuhe, Modemagazine, CDs verteilten sich in beiden Räumen. Auch in unserem großen, gemeinsamen Badezimmer bestand ich auf Trennung, da ich sehr ordnungsliebend war. Hin und wieder, wenn Agnes ein kleines Donnerwetter losließ, sah meine Schwester es endlich ein und räumte ihren Bereich auf, da Agnes sich schon lange weigerte, dies immer wieder für sie zu tun. Manchmal wünschte ich mir schon ein eigenes Zimmer, doch ich brachte es nicht übers Herz, mich von meiner Schwester zu trennen. Wir waren seit unserer Geburt zusammen. Und ich hatte schon immer das Gefühl, ich sollte ein Auge auf sie haben.
Ich hatte meine Kopfhörer aufgesetzt und hörte Musik, während sie endlich ihre Klamotten einräumte. Dazu tanzte sie zu der Popmusik, die laut in unserem Wohnzimmer dröhnte. Wir schliefen jeder in großen Betten, die jeweils im Raum gegenüberstanden. Auf jeder Seite standen kleine Nachttische. Das große Fenster in der Mitte teilte das Zimmer zwischen uns. Es war eine unsichtbare Grenze. Die Wände hatten wir selbst gestrichen und jede hatte auf ihre Lieblingsfarbe bestanden. Während ich mich für einen sanften Gelbton entschieden hatte, bestand Amy auf ihrer Lieblingsfarbe Rosa. Sie liebte rosa und pink. Eigentlich alles, was funkelte und glitzerte und typisch für Mädchen

war. Die Seitenwand, an dem ihr Schreibtisch stand, war zugepflastert mit Postern von Popstars, deren Musik sie gerne hörte. Ganz besonders eine Band namens Bulls und dessen Frontmann sah man vorzugsweise an ihren Wänden. Ständig stellte sie unsere Anlage so laut, dass selbst ich schon den Text auswendig konnte. Es nervte mich, immer und immer wieder das Gleiche hören zu müssen.

Meine Gedanken wanderten zu Tom. Er war heute wirklich merkwürdig, dachte ich, während ich Amy beobachtete, wie sie zum Takt der Musik durchs Zimmer hüpfte. Als ich fragte, ob er Freunde gefunden hatte, reagierte er ungewöhnlich darauf. Ich kannte ihn schon fast mein ganzes Leben. Hatte er Sorgen? Ging es ihm nicht gut? Vielleicht hatte er sich das Jurastudium doch anders vorgestellt und bereute nun seine Entscheidung. Oder hatte er ein Mädchen kennengelernt? Schließlich wäre es nichts Ungewöhnliches gewesen. Man lernt jemanden kennen und verliebt sich. Das hätte er mir doch sagen können.

Kapitel 3

Jade

An diesem Abend schlief ich früh ein. Agnes hatte für uns einen Imbiss in den Kühlschrank gestellt und war dann in ihr wohlverdientes Wochenende gestartet. Sonntags hatte sie frei. Kurz vor 23 Uhr wurde ich durch einen kühlen Luftzug geweckt. Ein Schauer fuhr mir den Rücken hinunter. Ich reckte mich und zog meine Decke über die Schultern. Irritiert öffnete ich meine Augen. Wieso stand das Fenster offen? Hatte Amy es mal wieder vergessen zu schließen? Ich sah auf und entdeckte sie. Sie war auf das Fenstersims geklettert und sprang waghalsig genau in dem Augenblick, als ich mich weiter aufrichtete, um besser sehen zu können, auf die große Linde, die direkt vor unserem Fenster ihre dicken Äste ausstreckte.

»Amy?« Was tat sie da?

Sie hatte mich nicht gehört, als ich meine Decke von mir schob und ihr vom Fenster aus zusah, wie sie gerade am dicken Stamm der Linde hinunterkletterte.

Dann sah ich nur ihren Schatten, wie sie sich davon schlich.

»Amy! … Amy! Wo gehst du hin?«, rief ich ihr leise hinterher, doch sie gab mir keine Antwort. Sie hatte mich noch nicht einmal bemerkt. Ich wurde nervös. Was sollte ich jetzt tun? Vielleicht wollte sie nur im Park spazieren gehen? Amy und nur spazieren gehen? Wohl eher nicht! Kurzerhand beschloss ich, ihr zu folgen. Eilig zog ich mir meine Jeans und Schuhe über und griff noch schnell nach meiner Lederjacke. Sicherheitshalber steckte ich mein Handy ein. Ich konnte ja nicht wissen, ob ich Hilfe

brauchen würde.
Es kostete mich Überwindung, auf die Äste der Linde zu springen. Mutig war meine Schwester ja, das musste ich ihr lassen. Aber was sie konnte, schaffte ich schließlich auch. Ich sprang und hing im Baum, fand Halt an einem Ast, der mich trug. Ich hielt inne. Alles war gut gegangen. Lebensgefährlich würde ich mich nicht verletzen, falls ich stürzte. Es sah gefährlicher aus, als es in Wirklichkeit war. Vorsichtig kletterte ich zum dicken Stamm und hangelte langsam hinunter. Mein T-Shirt riss ein kleines Stück am Saum ein und war leicht verschmutzt.
Geschafft! Ich kam unbeschadet unten an und sah mich um. Es war still. Niemand hatte mich bemerkt. Leise und vorsichtig, um nicht entdeckt zu werden, folgte ich Amy in die Richtung, in die sie verschwunden war. Nirgends konnte ich sie entdecken. Alles lag still und friedlich da. Selbst die Schwäne hatten sich zurückgezogen und der See war ruhig und verlassen.
Hatte ich meine Schwester aus den Augen verloren? Aufmerksam ging ich leise weiter und hoffte, sie durch einen Schatten, der sich bewegte, zu entdecken. Was hatte sie vor?
Da! Ganz am äußersten Rand unseres Grundstücks konnte ich einen Schatten ausmachen, der auf die Steinmauer kletterte. Das war sie, das musste sie sein. Aber warum ging unser Alarm nicht los?
Ich rannte quer über die Wiese, vorbei an den Bäumen, bis ich schließlich an der Grundstücksmauer stand. Doch da war Amy schon weg. Ein Motor wurde angelassen und ich konnte hören, wie eine Autotür zugeschlagen wurde. Sie wird doch nicht …?
Schnell kletterte ich auf den Baum, dessen Äste über die

Mauer ragten und die es zuließen, dass ich auf die Ziegelwand klettern konnte. Im letzten Augenblick konnte ich noch Sandys roten Pontiac erkennen, der viel zu schnell aus der Straße verschwand.
So ein Mist! Ich hatte sie verpasst. Unentschlossen, was ich nun tun sollte, saß ich auf dem Mauersteg und sah den Rückleuchten des Autos hinterher, in dem meine Schwester saß.
Kurz blickte ich hinter mich auf unser Grundstück. Erst jetzt wurde mir bewusst, dass die Alarmanlage keinen Mucks von sich gegeben hatte. Niemandem war unser Verschwinden aufgefallen. Was war hier los? Hatte Amy die Überwachung außer Gefecht gesetzt? Was hatte sie vor? Da fiel mir das Telefongespräch im Restaurant wieder ein. Amy hatte mit ihrer Freundin Sandy telefoniert. Hatten sie dort ihren nächtlichen Ausflug geplant?
Diese kleine …, Mist! Ich hatte keine Ahnung, was sie vorhatten. Ein unangenehmes Gefühl machte sich breit. Mal wieder hatte Sandy meine Schwester dazu gebracht, sich Ärger einzuhandeln. Im Geiste ging ich das Gespräch noch einmal durch. Vielleicht wollten sie in den neuen Club? Aber der war eine ganze Ecke entfernt. Ich zog mein Handy aus meiner Gesäßtasche und wählte Toms Nummer.
»Hi, Tom! Ich bin es. Ich brauche deine Hilfe.«
»Jade! Was ist los?« Seine Stimme klang besorgt.
»Kannst du mit einem Wagen ganz an das Ende unseres Grundstücks, zur Bayville Ave kommen?«, fragte ich.
Seine Stimme klang verschlafen. Ich hatte ihn geweckt.
»Was ist denn los? Seid ihr in Schwierigkeiten?«
»Nein, oder besser gesagt, ich weiß nicht genau. Kannst du kommen?«
Er schwieg für einen Moment. »Ich bin gleich da!«, sagte

er und legte auf.
Kurz überlegte ich, ob ich jemanden informieren sollte, sah nochmals zu unserem Haus zurück. Soweit ich mich erinnerte, hatte Frank dieses Wochenende Schicht. Vielleicht war er mal wieder in der Überwachungszentrale vor dem Fernseher eingeschlafen und hatte deshalb nichts bemerkt. Falls ja, könnten wir Glück haben und unbemerkt wieder in unsere Zimmer gelangen.
Entschlossen, Amy zu finden, kletterte ich von der Mauer auf den Gehweg, ständig in Angst, den Alarm vielleicht doch noch auszulösen. Keine Menschenseele weit und breit. Während ich auf Tom wartete, ging ich ein paar Schritte den Weg entlang. Jeden Augenblick müsste er auftauchen. Ärger stieg in mir auf. Was dachte sie sich eigentlich dabei? Und wieso funktionierte unser Alarm nicht? Ich schüttelte den Kopf. Irgendetwas lief hier schief.
Ein paar Minuten später leuchteten Scheinwerfer auf. Der dunkle Wagen von Toms Vater hielt direkt neben mir. Ich stieg ein und sah in Toms fragendes Gesicht.
»Was ist los?«, wollte er wissen.
»Fahr los! Wir müssen Amy suchen. Sie ist aus dem Fenster geklettert und ich bin ihr gefolgt«, erklärte ich ihm.
»Was?« Fassungslos starrte Tom mich an und fuhr aus unserer Straße.
»Ja, aber …?« Er war genauso sprachlos wie ich.
»Ich habe keine Ahnung, was sie vorhat, aber ich glaube, wir könnten in dem neuen Club fündig werden. Wie hieß er noch? Collections oder so ähnlich!« Mittlerweile fuhren wir aus Bayville hinaus, der Landstraße entlang Richtung Queens.
»Du meinst den Club »Collections« in Queens? Aber das ist doch viel zu weit!«, bestätigte er meine Gedanken.

»Was glaubst du wohl, mit wem sie unterwegs ist?», gab ich sarkastisch zurück.
»Sandy hat sie abgeholt. Die kann was erleben, wenn ich die zwischen die Finger bekomme«, sagte ich sauer und sah stur geradeaus.
»Wieso tut sie so etwas? Sie weiß doch genau, dass Finley toben wird, wenn er das herausfindet!« Tom sagte genau das, was ich dachte. Mir wurde kalt und ich zog meine Jacke enger um mich, als mir klar wurde, welchen Ärger Amy nun wieder an der Backe hatte. Und ich war nicht besser, denn schließlich war auch ich aus dem Fenster verschwunden, auch wenn meine Gründe andere waren.
»Hast du eine Ahnung, wo der Club sich genau befindet?«
»Ja, ich kenne ihn. Wir werden vierzig Minuten brauchen, wenn wir schnell sind. Noch dazu ist es dort so voll, dass sie die Leute nur noch einzeln hineinlassen um diese Zeit«, meinte Tom und gab etwas mehr Gas.
Da kannte er Amy schlecht. Wenn sie wollte, kam sie überall hinein. Türsteher hin oder her.
»Ich war einmal da. Aber das ist schon eine Weile her«, sagte er und schaltete das Radio ein. Leise klang Musik aus den Lautsprechern. Ich war so wütend. Was dachte sich Amy eigentlich? Es gab so viele Leute, die Onkel Finley kannten. Sie konnte doch nicht allen Ernstes glauben, dass sie einfach eine Partynacht verbringen konnte, an so einem Ort, ohne dass er es je erfahren würde.

Endlich in Queens angekommen, steuerte Tom den Wagen auf einen großen Parkplatz. Mit Schrittgeschwindigkeit fuhren wir durch die Reihen der parkenden Autos. Es dauerte nicht lange, bis wir Sandys rotes Auto am Ende der vierten Reihe entdecken konnten.

»Da sieh mal! Das ist doch der Wagen, oder?«, fragte Tom und hielt an. »Du hattest recht, sie sind wirklich hier.«
»Na, die kann was erleben«, zischte ich stinksauer.
Tom parkte ganz in der Nähe und wir stiegen aus. Der Kies knirschte unter meinen Schuhen. Diese Nacht war kühl und die Luft hier war erfüllt von Leben. Schweigend lief ich neben Tom.
»Da! Siehst du die blaue Beleuchtung am Himmel? Das ist es«, sagte er und zeigte ein Stück die Straße hinunter in den Nachthimmel. Wir liefen direkt darauf zu und beim Näherkommen erkannte ich mehrere Scheinwerfer, die das Haus beleuchteten und deren Strahlen sich im Himmel auflösten. Unglaublich viele Leute liefen auf dieses Gebäude zu, es wirkte, als wurden sie magisch von den Scheinwerfern angezogen, wie die Motten vom Licht.
Endlich erreichten wir den Eingang. Eine große Menschenmasse wartete darauf, eingelassen zu werden. Auf den Zehenspitzen suchend, hielt ich in der Schlange nach Amy Ausschau. Auch Tom sah sich suchend nach den beiden um. Leider Fehlanzeige!
»Wird wohl nicht so einfach sein, hier rein zu kommen. Sieh dir das an, die Warteschlange ist riesig«, sagte ich laut und suchte weiter nach Amy.
Eine Gruppe junger Männer stand ein paar Meter vom Eingang entfernt und diskutierte lautstark, da man sie offensichtlich nicht einlassen wollte. Ich hörte ihnen eine Weile zu.
»Komm, ich habe eine Idee!«, meinte Tom, nahm meine Hand und zog mich direkt an der Schlange vorbei. Ein paar Leute fingen an zu murren, als sie bemerkten, dass Tom und ich uns einfach vordrängelten. Doch er achtete nicht darauf und ging direkt auf die Türsteher zu.

Vor dem Eingang standen gleich fünf davon, groß, breit und grimmig dreinschauend, alle mit einem Headset ausgestattet. Grüßend lief Tom auf sie zu. Erstaunt sah ich ihn an, er jedoch ignorierte mein fragendes Gesicht.
Tom blieb direkt vor einem der Türsteher stehen und flüsterte ihm etwas ins Ohr. Sie tauschten kurz ein paar Worte aus, während der Typ irgendwelche Anweisungen in sein Headset gab. Wartend vergingen Sekunden. Tom zwinkerte mir geheimnisvoll zu, als endlich ein Kerl auf uns zukam.
»Ich bin Andy, der Manager hier! Bitte folgt mir«, stellte er sich mir vor. Ein Mann mittleren Alters stand nun vor uns und hatte Tom und mich mit dem Kopf nickend begrüßt. Der Manager änderte plötzlich seinen grimmigen Ausdruck. Er lächelte sogar, was ihn gleich sympathischer wirken ließ. Er führte uns durch das große Foyer. Der Club war sehr edel und geschmackvoll eingerichtet. Große, goldene Spiegel hingen an den weißen Wänden, die mit ein paar künstlichen Fackeln beleuchtet wurden. Überall umsäumten schwarze Ledersessel kleine Beistelltische. Der Marmorfußboden zeugte vom Geschmack des Besitzers und ich hörte schon den Bass, der gedämpft zu uns drang. Tom hielt meine Hand und zog mich hinter sich her. Der Manager begleitete uns ans Ende des Eingangsbereichs und öffnete die Tür.
»Viel Spaß«, sagte er und grinste freundlich, während Tom und ich hindurchgingen. Ich konnte es nicht fassen. So schnell hatten wir freien Eintritt bekommen, während die anderen noch draußen standen. Was war Toms Geheimnis? Ich würde ihn später danach fragen müssen!
Jetzt schlug uns der Bass der Musik laut entgegen. Die Luft war warm und hitzig. Schließlich standen wir im

Herzen des Collections. Bunte Scheinwerfer leuchteten in die Menschenmasse. Die Diskothek war sehr groß und proppenvoll. Rechts war die überfüllte Tanzfläche, der Boden leuchtete im Takt der Musik, unzählige junge Leute verausgabten sich beim Tanzen. Links erstreckte sich eine riesige Bar, hinter der einige Barkeeper ihre Shaker spektakulär durch die Lüfte warfen. An der Decke hingen vier Käfige, in denen sich junge Frauen sexy räkelten. In der Mitte zwischen Tanzfläche und Bar führte eine Treppe in die offene obere Etage. Von dort aus konnte man die Tanzfläche und die Bar überblicken. Bisher kannte ich solche Clubs nur aus dem Fernsehen.

Tom führte mich die Stufen hinunter, die uns von der Menge trennten. Wir drängten uns an überhitzten Körpern vorbei und ich fragte mich, ob wir Amy in diesem Getümmel finden würden. Das konnte dauern. Tom und ich blieben eng hintereinander und sahen uns suchend nach meiner Schwester um.
»Vielleicht haben wir von dort oben mehr Glück?«, schrie mir Tom zu. Die Musik war so laut, dass er dagegen anbrüllen musste. Ich nickte und Hand in Hand suchten wir uns einen Weg zur Treppe.
Nach den ersten Stufen blieb ich stehen und sah mich um. Die Musik war ganz nach Amys Geschmack. Ich suchte sie unter der tanzenden Masse. Hoffentlich war zu Hause unser Fehlen noch nicht in einen Alarm umgeschlagen. Die Zeit drängte und ich musste mich beeilen, wenn ich verhindern wollte, dass man unseren Onkel informierte.
Es dauerte eine ganze Weile, bis ich schließlich Sandy in dem Getümmel auf der Tanzfläche erkennen konnte. Genau in dem Moment, indem ich Tom meinen Fund

zeigen wollte, tippte er mich an und zeigte auf zwei Personen, die am Geländer der oberen Etage standen. Dort oben stand sie mit einem Fremden. Erleichterung durchflutete mich. Ihr ging es gut. Während sie hier flirtete und sich gedankenlos an diesen Kerl ranschmiss, hatte ich mir Sorgen gemacht. Aber das war typisch für sie. Wer war dieser Fremde? Woher kannte sie ihn? Er trug eine schwarze Lederjacke, war groß und breitschultrig. Meine Schwester hatte schon immer eine Vorliebe für coole, durchtrainierte Typen. Hin und wieder lächelte er sie an. Makellos weiße Zähne konnte ich sogar von den Treppenstufen aus erkennen. Seine blonden Haare schimmerten fast golden im Lichtkegel. Aber da war noch etwas anderes. Ich konnte es nicht richtig deuten, dennoch sagte mir mein Gefühl, dass Amy sich lieber nicht mit ihm unterhalten sollte.
»Da!«, rief mir Tom nahe meinem Ohr und zeigte auf Amy. Ich signalisierte ihm, dass ich meine abtrünnige Schwester schon entdeckt hatte, und gab ihm ein Zeichen, zu ihr zu gehen.
»Jade!«, hörte ich dumpf meinen Namen.
»Jade! Warte!«
Jemand hielt mich am Arm fest. Als ich mich umdrehte, erkannte ich Sandy. Sofort war meine Wut wieder da, und rot leuchtete es aus mir, als ich sie ansah. Sie wusste genau, wie ich über sie dachte. Erst vor ein paar Wochen hatte ich sie gewarnt und ihr versprochen, dass ich ihr Probleme machen würde, wenn sie Amy in Schwierigkeiten brachte.
»Sandy! Was glaubst du eigentlich? Bist du noch ganz bei Trost, meine Schwester hierherzubringen?«, schrie ich gegen die Musik an.

»Jetzt krieg dich wieder ein. Es ist doch für ein Mädchen in ihrem Alter völlig normal, auf Partys zu gehen. Du solltest dich entspannen und es genießen«, sagte sie schnippisch und sah mich herausfordernd an.
Am liebsten hätte ich sie von der Treppe geschupst, doch das konnte ich mir gerade noch verkneifen. Ich durfte mich von ihr nicht provozieren lassen. Stattdessen bedachte ich sie mit einem langen Blick und ließ sie einfach stehen. Ich drehte mich zu Tom und wollte die restlichen Stufen zu Amy hinauflaufen. Doch sie war verschwunden. Sie hatte gerade noch bei diesem Fremden gestanden, als ich mich kurz zu Sandy drehte. Ich konnte nur hoffen, dass ich sie nicht wieder verloren hatte. Es würde ewig dauern, bis ich sie hier wieder fand.
Der Kerl, mit dem sie geflirtet hatte, stand noch an der gleichen Stelle. Doch statt meiner Schwester waren zwei andere Mädchen bei ihm. Um eines legte er sogar einen Arm. Na toll, auch noch ein Playboy.
»Jade!«, schrie Amy. Sie stand eine Stufe über mir und sah mich an. Wenigstens versteckte sie sich nicht vor mir. Das hätte das Ganze noch in die Länge gezogen. Wir sollten zusehen, dass wir schnellstens nach Hause kamen.
Böse funkelte ich sie an. Signalrot strömte aus meiner Haut und Amy wusste sofort, wie wütend ich auf sie war. Dennoch versuchte sie, mich mit ihrem Dackelblick milde zu stimmen. Doch da war sie auf dem Holzweg. Sie konnte von Glück reden, dass ich versuchte, sie vor Onkel Finleys Strafe zu retten.
»Bitte, Jade, sei nicht sauer!«, flehte sie mich an.
Darauf ließ ich mich gar nicht erst ein. »Wir gehen sofort nach Hause«, erwiderte ich und trat einen Schritt beiseite, damit sie vorausgehen konnte. Für einen kurzen Moment

schien sie zu überlegen, ob es sich lohnen würde, mit mir weiter zu diskutieren, doch sie sah ein, dass sie keine Chance hatte. Sie ließ ihre Schultern hängen und stieg trotzig die Stufen hinunter. Tom grinste mich wissend an und wir folgten ihr.
Wir hatten schon fast den Ausgang erreicht, als mich ein seltsames Gefühl befiel. Eine Weile dachte ich über diesen merkwürdigen Kerl nach. Es war nicht so, dass er mir gefiel, im Gegenteil, er verursachte ein warnendes und beklemmendes Gefühl in mir. Sein Blick bohrte sich in meinen Rücken, da drehte ich mich zu ihm um und tatsächlich, er sah mich an. Ein paar Sekunden war ich so irritiert und in einen innerlichen Konflikt verstrickt, dass ich Angst und gleichzeitig Gefahr wahrnahm. Meine Haut kribbelte heiß, was aber auch an der Luft hier liegen konnte. Es war zu dunkel und er stand zu weit von mir entfernt, als dass ich in seinem Blick hätte lesen können. Dann lächelte er plötzlich und hob seine Hand, als würde er mit seinem Finger auf mich zeigen. Es war kein freundliches Lächeln, sondern eher ein bestätigendes, was für mich überhaupt keinen Sinn ergab. Was hatte das zu bedeuten? Vielleicht verwechselte er mich mit Amy? Möglich wäre es durchaus, da er ja kaum, dass Amy weg war, schon zwei neue Miezen bei sich hatte. Wahrscheinlich hatte er nicht bemerkt, dass es uns doppelt gab. Ich grüßte nicht zurück, drehte mich um und verließ mit den anderen den Club. Ein eiskalter Schauer fuhr mir den Rücken runter und erleichtert atmete ich auf, als wir endlich das Collections verließen.
Auf der ganzen Heimfahrt sprachen wir kein Wort. Und das war auch gut so. Sandy hatte sich schuldbewusst kurz von uns verabschiedet und war allein nach Hause gefahren.

Eine Gänsehaut bildete sich auf meiner Haut, wenn ich an das Gesicht des Fremden dachte, doch jetzt sollte ich mein Unbehagen vergessen und mich darauf konzentrieren, dass wir wieder unbemerkt ins Haus kamen.
»Wo soll ich euch raus lassen?«, fragte Tom und sah kurz zu mir rüber, als wir Bayville wieder erreichten.
»Falls alles ruhig sein sollte, dann lass uns dort raus, wo du mich abgeholt hast.« Ich sah auf mein Handy. Keine Anrufe und keine Nachrichten. Die Chancen standen nicht schlecht. Erschrocken starrte ich auf die Uhr meiner Displayanzeige. Halb drei! Mein Gott, wie schnell die Zeit doch vergangen war.
Als Tom den Wagen in unsere Straße lenkte, an der das Grundstück angrenzte, atmete ich erleichtert auf. Alles war still und friedlich, wie wir es vorher verlassen hatten.
Er hielt und Amy stieg ohne Abschiedsgruß aus. Was glaubte sie eigentlich, wer sie war? Diesmal würde ich nicht locker lassen. Ich musste ihr klarmachen, dass ihr Verhalten total egoistisch war.
»Danke Tom!«, flüsterte ich ihm zu.
Er nickte. »Sei nicht so streng mit ihr, ja? Es ist ja alles gut gegangen«, versuchte er mich zu besänftigen.
»Noch sind wir nicht im Haus. Vielleicht hat sie heute Glück gehabt. Das nächste Mal werde ich sie nicht mehr decken. Sie kann nicht einfach abhauen, wer weiß, was alles hätte passieren können«, schimpfte ich und schüttelte den Kopf. »Danke! Ich ruf dich an«, sagte ich noch, lächelte zaghaft, bevor ich die Autotür öffnete und ausstieg. Tom fuhr los und ich drehte mich zu Amy um, die schon auf die Mauer geklettert war.
»Bleib sofort stehen, Amy!«, rief ich ihr hinterher, als wir uns sicher auf dem Grundstück befanden. Sie war circa

zehn Meter vor mir und lief mit eiligen Schritten auf unser Haus zu.
»Amy!«, versuchte ich es noch einmal und tatsächlich blieb sie stehen.
»Was?«
»Tu nicht so! Ich glaube, du bist mir ein paar Erklärungen schuldig«, forderte ich sie wütend auf.
»Mein Gott, Jade, spiel dich nicht immer als mein Vormund auf. Du bist nicht meine Mutter«, antwortete sie gereizt, »nur weil du vier Minuten älter bist als ich, hast du noch lange nicht das Recht, über mich zu bestimmen und schon gar nicht, wie ein Kindermädchen hinter mir herzulaufen.«
Sie ließ mich stehen, ging über die große Wiese und tappte die Stufen zum Eingang unseres Hauses hinauf. Leise lief sie am Pool vorbei und spähte ins Innere des Hauses, bevor sie den Code der Tür eingab. Wir hatten wirklich Glück, niemand hatte uns bemerkt und falls doch, hätten wir uns eine gute Ausrede einfallen lassen müssen.
Leise schlich ich zur Überwachungszentrale und lauschte an der Tür. Frank schnarchte in aller Seelenruhe. Niemand hatte bemerkt, dass Amy und ich unerlaubterweise das Grundstück verlassen hatten. Und ich hoffte, das würde auch so bleiben.
Schnell schlich ich in unser Zimmer und schloss die Tür, denn ich hatte nicht vor, Amy aus der bevorstehenden Diskussion zu entlassen. Ganz im Gegenteil.
»So kannst du nicht mit mir reden. Weißt du, welche Sorgen ich mir gemacht habe? Außerdem, was glaubst du, wird Onkel Finley zu deinem Ausflug sagen, wenn er es erfährt? Ist dir noch nie in den Sinn gekommen, dass er dort auch Leute kennen könnte?«, rief ich ihr hinterher.

Sie zog sich gerade um. Achtlos warf sie ihre Kleidung auf den Zimmerboden, wie immer.
»Und wenn schon! Ich habe es satt, hier eingesperrt zu sein«, fauchte sie mich an, während ich ebenfalls meine Jacke auszog und wütend auf mein Bett warf.
»Versteh doch, ich will dich nicht bemuttern, aber du kannst nicht einfach in einer Nacht- und Nebelaktion aus dem Fenster klettern und mal eben kurz nach Queens in einen Club fahren. Das muss dir doch klar sein.«
Aufgebracht stemmte ich meine Fäuste in meine Hüften und konnte einfach nicht begreifen, dass ihr das nicht in den Kopf ging.
»Es ist doch nichts passiert. Jetzt krieg dich wieder ein!«, wollte sie es verharmlosen.
Ich atmete tief ein und versuchte, mich zu beruhigen. Vielleicht fasste sie meine Bedenken wirklich als Bevormundung auf. Ich sollte wohl besser meine Verärgerung schlucken und in einem normalen Ton mit ihr reden. Nachdenklich hob ich ihre Kleidung auf.
»Wer war dieser Typ, mit dem du rumgemacht hast? Und wieso hat die Alarmanlage nicht funktioniert?«
Amy lag schon in ihrem Bett und beobachtete mich, wie ich ihre Sachen aufräumte.
»Also, das mit der Alarmanlage haben Sandy und ich letzte Woche rausgefunden. Genau weiß ich auch nicht, warum diese Stelle kein Signal auslöst. Aber ich werde den Teufel tun und es in der Zentrale melden und du wirst den Gorillas auch nichts sagen!« Ruckartig hatte sie sich aufgesetzt und sah mich ernst an.
»Hörst du, Jade!«, forderte sie mich auf. »Das ist die Möglichkeit für uns, ein paar freie Stunden zu haben, ohne dass wir gestört werden. Nur Sandy, du und ich kennen

diese Stelle.«
»Und Tom!«, ergänzte ich.
»Na gut, Tom auch. Aber stell dir vor, wir könnten öfters mal allein unterwegs sein. Ungestört und frei sein!« Ihre Begeisterung fand sich in ihren Augen wieder. Dennoch schüttelte ich den Kopf. Auf der einen Seite konnte ich sie natürlich verstehen, aber andererseits - war es nicht gefährlich? Wir hatten keine Ahnung, was die wahren Beweggründe von Onkel Finley waren, uns so abzuschirmen. Ich überlegte hin und her. Es war schon verlockend. So könnte ich mal außerhalb unseres Grundstückes joggen gehen.
»Und dieser Typ? Ich fand ihn irgendwie … unheimlich«, gab ich zu bedenken. Die Erinnerung, wie er mich angesehen hatte, war wieder so präsent in meinem Kopf, dass sich meine Nackenhaare aufrichteten.
»Du meinst Matteo? Ist er nicht süß?«, schwärmte sie. Offenbar hinterließ dieser Mann ein ganz anderes Gefühl bei Amy als bei mir. Nachdenklich setzte ich mich auf mein Bett und sah sie an.
»Kennst du ihn schon länger?«
»Nein, er hat mich heute Abend angesprochen, kaum dass Sandy und ich den Club betraten. Er meinte, ich wäre ihm sofort aufgefallen.« Die Begeisterung für diesen Typ stand ihr förmlich ins Gesicht geschrieben.
»Du musst vorsichtiger sein. Du kennst ihn überhaupt nicht«, warnte ich sie.
»Jetzt sei doch nicht so eine Spielverderberin. Ich bin ja schließlich nicht gleich mit ihm ins Bett gesprungen. Und außerdem geht dich das gar nichts an!« Trotzig legte sie sich wieder in ihr Kissen. Ich sagte nichts mehr dazu und hoffte, dass es zu mehr auch niemals kommen würde.

»Versprich mir, dass du nicht mehr nach Queens gehst«, forderte ich von ihr. Das war das Mindeste, was ich von ihr verlangen konnte.
Sie verdrehte ihre Augen. »Mach dir doch keine Sorgen, Jade. Ich denke, ich kann schon ganz gut auf mich selbst aufpassen.«
Da war sie allerdings allein mit ihrer Meinung. Wann wäre sie heute Nacht nach Hause gekommen? Was hätte dieser Typ mit ihr gemacht? Nein, sie war überhaupt nicht in der Lage, auf sich aufzupassen und schon gar nicht, wenn sie mit Sandy unterwegs war.
»Versprich es mir einfach.«
Sie überlegte kurz. »Na gut, … Queens ist ab sofort passé. Aber ich will diese Möglichkeit nutzen, die wir jetzt haben. Wir sind zu jung, um hier zu versauern. Ich will mich mit Jungs treffen und tanzen ...«
Ja, das war Amy. Sie wünschte sich nichts sehnlicher als ein Partyleben und Freiheit.
»Lass uns morgen weiter reden«, gab ich nach und gähnte laut. Ich legte mich in mein Kissen und kurze Zeit später war es still.

Lange fand ich nicht in den Schlaf, daher tat ich es meiner Schwester nach und schlief an diesem Sonntagmorgen aus. Onkel Finley und Alegra wurden erst um 14 Uhr erwartet, so hatte ich noch genug Zeit, mit Mr. Chang zu trainieren. Gegen elf zog ich meine Sportsachen an und machte mich auf den Weg zum C.O.B. Es versprach ein heißer Sommertag zu werden, der Wind blies mild und auf dem See zogen die Schwäne ihre Bahnen.
Etwas schien mit ihnen nicht in Ordnung zu sein. Zuerst hatte ich das wilde Geflatter für eine Art Spiel der Schwäne

gehalten. Doch die Laute, die sie von sich gaben, deutete ich eher als Schreie. Hatten sie Angst? Ich blieb stehen und beobachtete sie eine Weile. Doch ich konnte nicht genau erkennen, womit sie ein Problem hatten. Ihr Geschrei wurde schließlich lauter und panisch peitschten ihre Flügel auf der Wasseroberfläche. Sie verloren durch das wilde Schlagen Federn, die wie durch ein aufgeschütteltes Kissen in der Luft langsam auf die Wasseroberfläche herabsegelten. Vorsichtig und leise lief ich in ihre Nähe. Was verstörte die Schwäne so? War dort etwas im Wasser? Ich konnte zumindest nichts erkennen. Ich sah mich weiter um. Dann bemerkte ich etwas. Auf einem Baum, der in unmittelbarer Nähe des Sees stand, konnte ich in der Baumkrone einen Vogel ausmachen. Es war eine Krähe. Ihre Federn waren völlig schwarz, nur in ihrem Gesicht hatte sie kobaltblaue Flecken. Sie hatte einen langen, geraden, spitz zulaufenden Schnabel. Der Vogel war ungewöhnlich groß. War das der Grund, warum die Schwäne so verrückt spielten? Die Krähe entfaltete ihre Flügel und es sah so aus, als würde sie sich gleich auf die Schwäne stürzen. Waren Krähen Fleischfresser? Hatte diese Krähe es auf unsere Schwäne abgesehen? Entschlossen, sie zu verscheuchen, ging ich ein paar Schritte auf den Baum zu und fuchtelte wild mit meinen Armen, in der Hoffnung, dass ich sie damit vertreiben konnte.

Der Vogel war davon kaum beeindruckt. Er saß still auf dem Ast und sah mich an. Merkwürdig! Die Schwäne wurden wieder ruhiger. Ich hatte ein komisches Gefühl, während die Krähe so still in der Baumkrone saß. Irgendwie spürte ich ihren Blick. Ich hatte keine Angst, dennoch schlich eine Kälte in mich, die mir fremd war.

Dann plötzlich breitete sie ihre Flügel aus und flog im Sturzflug direkt auf die aufkreischenden Schwäne zu. Kurz bevor sie einen der Schwäne erreichte, erhob sie sich wieder in die Luft und verschwand laut krähend.
Erschrocken sah ich ihr nach, bis ich sie nicht mehr sehen konnte. So etwas hatte ich noch nie erlebt. War das normal?
Es herrschte wieder Frieden auf dem Wasser, und als ich sicher war, dass der Vogel nicht wieder kam, lief ich in unsere Halle.

Mr. Chang war gerade dabei, einen Parkour aufzubauen.
»Ah, Jade! Gut, dass du kommst. Du kannst mir helfen«, sagte er und griff nach den Enden einer dicken Matte und wartete darauf, dass ich mit anfasste.
»Mr. Chang, haben Sie mitbekommen, was draußen auf dem See los war?«, fragte ich ihn. Ich half ihm und gemeinsam trugen wir die Matte ein paar Meter und legten sie hinter einem Schwebebalken auf den Boden.
»Nein. Was denn?«, wollte er wissen, als wir die nächste Matte ergriffen. Ich erzählte ihm die Geschichte, die ich eben beobachtet hatte. Aufmerksam hörte er zu. »So etwas habe ich noch nie gesehen. Selbst als ich den Vogel vertreiben wollte, ließ er sich von mir nicht stören. Aber er war irgendwie schön! Ich hatte wirklich den Eindruck, dass er den Schwänen noch einmal einen Schrecken einjagen wollte, bevor er wegflog.«
Mitten in der Bewegung hielt Mr. Chang inne. »Wie sah der Vogel genau aus?«
Ich dachte kurz nach. »Er war schwarz, ziemlich groß und hatte leuchtend blaue Flecken im Gesicht. Er sah wirklich wunderschön aus.«

Mr. Chang sah mich sekundenlang sprachlos an.
»Kennen Sie diese Vogelart?«
»Bist du dir sicher, dass dieser Vogel blaue Wangen hatte?«, fragte er.
»Ja, ich habe ihn genau gesehen. Er war ungewöhnlich groß und hatte diese blauen Wangen. Warum fragen Sie? Kennen Sie diese Art?«
Mr. Chang sah auf seine Armbanduhr. »War es das erste Mal, dass du ihn gesehen hast?«, wollte er wissen, ohne dass er auf meine Frage einging.
Ich runzelte die Stirn. »Ja, ... ich meine, ... er ist mir noch nie vorher aufgefallen. Warum? Stimmt etwas nicht?«
»Nein, nein. Wenn dieser Vogel so aussah, wie du ihn beschrieben hast, dann könnte es sich um eine Maori-Krähe handeln. Sie stammt aus dem 18. Jahrhundert und war die größte Rasse ihrer Art. Sie galt eigentlich als ausgestorben, aber genau kann ich es nicht sagen«, sagte er, schien jedoch mit seinen Gedanken woanders zu sein.
»Ich bin gleich wieder bei dir. ... Ich habe etwas vergessen«, sagte er und lief eilig in die Umkleide.
Nachdenklich sah ich ihm hinterher.
Wow, eine ausgestorbene Rasse! Bestimmt irrte er sich, das wäre ja eine Sensation in Bayville. Es dauerte nicht lange, und er kam zurück. »Lass uns anfangen, Jade.«
Das folgende Training war sehr anstrengend, ich hatte den Eindruck, er forderte mehr von mir als sonst. Er scheuchte mich durch die Halle, als wäre der Teufel hinter mir her. Von Kraft- und Ausdauertraining durch verschiedene Techniken, bis hin zu Schlag- und Trittübungen. Er zeigte mir, wie ich meinen Körper besser schützen konnte und gleichzeitig, wie sich Tritte und Schläge besser platzieren ließen.

Stunden vergingen, bis ich völlig erschöpft und ausgepowert auf der Matte liegen blieb, als Mr. Chang mich, wie so oft während des Trainings, zu Fall gebracht hatte.

Kapitel 4

Jade

Meine Gedanken kreisten ständig um diesen Typen, der gestern Nacht in mir die verrücktesten Gefühle ausgelöst hatte. Dieser seltsame Blick hallte intensiv in mir nach, sodass ich immer darüber nachdenken musste. Matteo hatte Amy ihn genannt. Wenn sie seinen Vornamen kannte, dann vielleicht auch seinen Nachnamen. Ich musste sie bei Gelegenheit danach fragen.
Mein Handy klingelte und riss mich aus meinen Gedanken, als ich nach dem Training unser Zimmer betrat. Ich sehnte mich nach einer Dusche.
»Hallo?«
»Hi, Jade. Ich bin es. Ich wollte nur wissen, ob alles in Ordnung ist. Du hast dich gestern Nacht nicht mehr gemeldet.«
Mist! Das hatte ich total vergessen.
»Oh, hi, Tom. Tut mir leid, es war gestern so spät und ich habe länger geschlafen als sonst. Aber alles ist in Ordnung. Niemand hat bemerkt, dass wir das Grundstück verlassen haben. Wir hatten Glück«, entschuldigte ich mich bei ihm.
»Das kannst du laut sagen. Was glaubst du, wäre los gewesen, wenn euch jemand gesehen hätte oder der Alarm ausgelöst worden wäre«, sagte Tom.
»Ja, das stimmt. Aber ich frage mich, wie Amy herausgefunden hat, dass sie über dieses Mauerstück klettern kann«, dachte ich laut.
»Vielleicht war es nicht das erste Mal, dass sie verschwunden ist«, überlegte er.
»Nein, das kann ich mir nicht vorstellen. Aber ich bin froh,

dass ich es rausgefunden habe. Du darfst es vorerst niemandem erzählen, ja?«
»Nein, natürlich nicht. Aber klär das mit ihr. Ihr muss klar werden, welchen Ärger sie sich einhandelt und so wie ich Finley einschätze, wird er es Amy deutlich spüren lassen, dass sie sich an seine Regeln halten muss.«
Tom kannte meinen Onkel genauso gut wie ich und wusste, dass Amy sich dadurch alle Bonusse bei ihm verspielte.
»Das mache ich. Und Tom …?«
»Ja?«
»Danke, dass du mir geholfen hast, sie zu suchen.«
»Du weißt doch, dass ich immer für dich da bin. Ich bin nur froh, dass Amy in dem Club war. Wenn sie woanders hingegangen wäre, dann hätten wir sie die ganze Nacht über suchen können.«
»Ja, wahrscheinlich«, pflichtete ich ihm bei und betrat das Badezimmer.
»Was machst du jetzt?«, fragte er.
Ich grinste. »Ich geh jetzt erst mal unter die Dusche. Mr. Chang hat mich mal wieder durch das C.O.B gescheucht und ich bin total verschwitzt. Sehen wir uns später?«, fragte ich noch, als ich meine frische Kleidung auf die hölzerne Wäschetruhe legte.
»Ja, ich denke schon. Meine Eltern sprachen davon, dass Finley essen gehen wollte. Vielleicht gehe ich mit. Außerdem habe ich dir auch noch etwas zu sagen«, meinte er. Sein Ton war leiser geworden. »Also, bis später«, verabschiedete er sich.
»Ja, bis bald«, sagte ich und legte dann auf.

Frisch geduscht und mit glänzendem Haar betrat ich einige Zeit später unser großes Wohnzimmer.

»Jade, da bist du ja endlich. Lass dich ansehen!«, rief Onkel Finley fröhlich. Er hatte es sich in seinem ledernen Ohrensessel bequem gemacht. Alegra saß auf dem großen Sofa und blickte gelangweilt zu mir. Wie immer hatte sie sich herausgeputzt, als würde sie gleich zu einer Party gehen. Ihr Make-up saß perfekt und ihre Frisur sah aus, als wäre sie gerade vom Friseur gekommen. Ich war es gewöhnt, von ihr nicht überschwänglich begrüßt zu werden. Doch ich zwang mich zu einem kurzen Nicken. Ich hatte schließlich Anstand.

Onkel Finley stand auf und schloss mich herzlich in seine Arme. Sein Aftershave kitzelte mich in der Nase, trotzdem genoss ich den vertrauten Geruch, den ich schon seit meiner Kindheit kannte. Ich hatte ihn vermisst. Zwei Wochen war er auf Geschäftsreise gewesen und endlich war er wieder zu Hause.

»Onkel Finley! Ich freue mich!«, lachte ich ihn an.

»Geht es dir gut?«, flüsterte er mir ins Ohr. »Du siehst geschafft aus!«

»Nein, … nein, es geht mir gut! Ich komme gerade vom C.O.B. Das ist alles!«

Seine braunen Augen musterten mich aufmerksam. »Und? Was gibt es für Neuigkeiten? Was läuft in der Schule so? Komm, setz dich zu uns und erzähl mir alles!« Er zog mich zur Sitzgruppe. Darauf bedacht, dass ich den größten Abstand zu Alegra auswählte, zog ich meine Knie an und machte es mir bequem. Nach dem Training hatte ich es mir verdient.

»Eigentlich gibt es nicht viel Neues. In der Schule läuft es wie immer. Amy und ich trainieren hart, so wie Mr. Chang es von uns erwartet.« Mehr wollte ich ihm nicht verraten.

»Wo ist Amy? Schläft sie noch?«, fragte ich verwundert,

da sie ihm normalerweise, wenn er von einer Reise nach Hause kam, die ersten Stunden nicht von der Seite wich.
»Ich hab sie schon gesehen, jedoch nicht lange. Sie wollte wieder in ihr Zimmer und ihre Hausaufgaben erledigen.«
Hausaufgaben? Soweit ich wusste, hatten wir so kurz vor den Ferien keine mehr auf. Doch ich wollte mir nichts anmerken lassen. Onkel Finley streckte sich in seinem Sessel, sodass sich sein dicker Bauch hervorschob.
»Was meinst du, Jade? Soll ich auch mal Trainingsstunden bei Chang ausprobieren?« Er fing an, seine Arme wie ein Karatekämpfer wild durch die Luft zu wirbeln, während er schreckliche Geräusche von sich gab, die eine Katze schreiend aus dem Haus gejagt hätten. Ich prustete vor Lachen laut los, da es wirklich komisch aussah. Es tat so gut, ihn zu sehen.
»Und? Wie waren deine Geschäfte?«, wollte ich wissen, auch wenn ich wusste, dass er mir darüber keine Auskunft geben würde. Das Leuchten in seinen Augen und sein Lächeln verschwand. »Hm ... die Geschäfte liefen gut, aber es war sehr anstrengend und ich bin froh, wieder zu Hause zu sein.«
Kurz dachte ich daran, dass er Sorgen hatte, doch als er wieder zu mir sah, meinte er: »In den nächsten Tagen werden wir Besuch von Vico Tramonti bekommen. Er ist ein alter Freund. Ich kenne ihn schon seit Jahren und freue mich sehr, dass er einen Umweg nach Bayville macht. Außerdem möchte ich euch heute Abend ausführen. Habt ihr Lust, mitzugehen?«
»Da fragst du noch? Natürlich!«, sagte ich freudestrahlend. »Ich geh gleich und sage es Amy. Die wird sich genauso freuen!«, rief ich begeistert und sprang sofort vom Sofa auf. Im Augenwinkel sah ich noch, wie Alegra ihr Gesicht

verzog, dennoch ignorierte ich sie einfach. Ich freute mich wirklich, endlich mal wieder mit Onkel Finley auszugehen. Außerdem konnte ich mir schon denken, in welches Restaurant er uns ausführen wollte.
Ich rannte die Treppen hinauf in unseren Wohnbereich und zog ein fröhliches Gelb hinter mir her. Neugierig, was Amy für wichtige Hausaufgaben zu erledigen hatte, betrat ich unser Wohnzimmer. Es wunderte mich nicht, dass sie auf unserem Sofa saß und fern sah. So sahen also Hausaufgaben aus! Als sie mich hörte, bemerkte sie natürlich meine Fröhlichkeit herausströmen und sah mich fragend an. Ich setzte mich zu ihr.
»Stell dir vor, Onkel Finley will mit uns heute Abend ausgehen«, erzählte ich ihr aufgeregt, während sie sich wieder dem Fernseher zuwandte.
»Schön, wird auch Zeit, dass wir wieder etwas gemeinsam unternehmen«, erwiderte sie nicht gerade überschwänglich vor Freude.
»Was ist los? Freust du dich gar nicht?«
»Doch, natürlich!«, meinte sie und sah wieder zum Fernseher. »Hast du schon mitbekommen? Man hat in New York die Leiche von einem jungen Mädchen gefunden. Das Mädchen war in unserem Alter und stell dir vor, sie war auch in dem Club, in dem wir gestern waren.«
Aufmerksam hörte ich dem Nachrichtensprecher zu, wie er vom Mord an dem jungen Mädchens berichtete. Ein kleines Video von den trauernden Eltern wurde eingeblendet, deren einziges Kind das Mädchen gewesen war. Die Eltern weinten bitterlich. Sofort wich meine Fröhlichkeit und trauriges Grau stieg aus mir. Ich wusste, Amy empfand genauso, jedoch war ihr Vorteil, dass sie das Ausströmen abstellen konnte. Ein Journalist stand vor der

Kamera, hatte ein Mikrofon in seiner Hand und berichtete von diesem schrecklichen Mord. »Die Polizei hat noch keinen konkreten Hinweis. Die Arme wurde enthauptet. Stell dir das mal vor! Das ist so eklig!« Amy verzog angewidert das Gesicht und schüttelte sich.
Wer tat so etwas Grausames? Ein Foto des Mädchens wurde eingeblendet. Sie war hübsch und noch so jung gewesen. Wie schrecklich!
»Hoffentlich finden sie dieses Schwein bald«, murmelte ich gedankenverloren. Amy schaltete den Fernseher aus und sah mich an.
»Und? Hat Onkel Finley was bemerkt oder was gesagt?«
Ich war noch völlig gefangen von dem Bericht und verstand erst nicht, was sie genau meinte.
»Wieso? Was soll er denn sagen?«
»Du weißt schon, was ich meine, wegen gestern Nacht!«, erklärte sie mir ungeduldig.
Ich schob das Bild des jungen Mädchens aus meinem Gedächtnis und war sofort wieder bei unseren Problemen.
»Amy, ich möchte, dass du dieses Schlupfloch, das du entdeckt hast, nicht ausnutzt. Du wirst dich nicht noch einmal abends davonschleichen und schon gar nicht die halbe Nacht in Clubs verbringen. Außerdem sind wir Schwestern und wenigstens eine von uns sollte wissen, wo die andere ist. Verstehst du, was ich meine?«
Sie verdrehte genervt ihre Augen, aber das war mir egal. Ich musste zu ihrer eigenen Sicherheit erreichen, dass sie sich an unsere Abmachung hielt.
»Jetzt tust du es schon wieder!«, fuhr sie mich an und richtete sich auf.
»Was denn?«, entgegnete ich ihr im gleichen genervten Ton.

»Na, du bevormundest mich! Du sagst mir, was ich zu tun und zu lassen habe!« Sie hatte recht, trotzdem musste jemand darauf achten, dass sie die Grenzen und Regeln einhält und da dies nicht gerade Onkel Finleys Stärke war, tat ich es.
»Was hast du gedacht? Dass ich stillschweigend zusehen würde, wie du dich ständig davon schleichst und ich keine Ahnung habe, wo du bist? Nein, das ist viel zu gefährlich. Also entweder wir haben einen Deal, oder ich werde es den Gorillas sagen«, erpresste ich sie. Es war die einzige Möglichkeit für mich, zu erreichen, dass sie es nicht übertrieb.
Immerhin schien sie zu überlegen. Natürlich würde sie sich darauf einlassen, denn ich wusste, ihre neu gewonnene Freiheit wollte sie nicht aufgeben.
»Aber gegen eine Party in Bayville wirst du nichts sagen, in Ordnung?«
Im Grunde hatte ich nichts gegen eine Party. Und wenn die auch noch in Bayville stattfinden würde, wäre der Kreis auch schon mal kleiner. Einmal könnte ich ein Auge zu machen und einfach so tun, als würde ich von nichts wissen. Meiner Schwester sollte ich diesen Wunsch erfüllen, solange der Alarm nicht ausgelöst wurde und es einen geheimen Ausgang für sie gab.
»Gut, aber unter der Voraussetzung, dass du mir sagst, wann diese Party stattfindet, wo und vor allem mit wem du dort hingehst. Und auch nicht die ganze Nacht hindurch.«
»Ach, Schwesterherz, ich wusste, dass ich mich auf dich verlassen kann!«, rief sie, stand ruckartig auf und nahm mich freudestrahlend in ihre Arme. Damit hatten wir eine Abmachung. Trotzdem würde ich mir Sandy noch einmal zur Brust nehmen, gleich am Montag.

Gegen Abend hatten Alegra und Amy mal wieder eine Auseinandersetzung. Wie versprochen hatte Onkel Finley beschlossen, uns zum Essen auszuführen. Amy und ich freuten uns, da dies nicht sehr oft vorkam. Wir wollten nicht weit fahren und beschlossen, in Bayville im Mill Creek Tavern, zu Abend zu essen. Das Essen dort war lecker und Onkel Finley liebte die Steaks, die sie so gut würzten, wie in keinem anderen Restaurant. Nur Alegra schien mal wieder nicht zufrieden zu sein. Sie verabscheute Fleisch und war strikte Vegetarierin. Wir hatten das alle akzeptiert, auch wenn Amy sich manchmal über ihre Essgewohnheiten lustig machte. Meistens warf ich ihr einen warnenden Blick zu, doch innerlich lachte ich lauthals über ihren Witz. Ich wusste, dass das kindisch war, aber ich konnte nicht anders. Alegra war für Amy und mich die schrecklichste Person, die Onkel Finley jemals als Freundin hatte. Sie gewann so oft das Machtspiel zwischen uns, da wollte ich wenigstens ein kleines Gefühl von Genugtuung haben, wenn Amy sie auf die Schippe nahm.
»Wieso muss es immer dieses Restaurant sein? Ihr wisst doch genau, dass ich schon den Geruch von Fleisch verabscheue«, erwiderte sie trotzig, als Onkel Finley Amy und mir die Entscheidung, wo wir hingehen wollten, überließ.
»Warum denn nicht? Keiner sagt, dass du mitkommen musst!«, meinte Amy schnippisch.
Onkel Finley schenkte sich einen Drink an der Bar ein und hörte aufmerksam der Diskussion zu. »Na, na Amy!«, ermahnte er sie. »Ich habe den Mädchen versprochen, dass sie heute Abend entscheiden dürfen, Alegra. Außerdem, so schlimm ist es auch wieder nicht. Du kannst ja einen Salat essen, wenn du die Fleischgerichte nicht magst.«

Diese Zurechtweisung nahm Amy zum Anlass, Alegra frech ins Gesicht zu grinsen. Beleidigt überkreuzte diese ihre Arme und schmollte wie ein kleines Kind. Vielleicht konnte sie Onkel Finley mit dieser Masche kleinkriegen, uns jedenfalls nicht.
Also war es beschlossen. Wir würden heute Steaks essen.
»Aber spätestens um halb neun sind wir wieder zurück, Fin! Du hast es versprochen«, quengelte Alegra, als wir das Haus verließen. Ich konnte es nicht leiden, wenn sie sich aufführte wie eine verwöhnte Zicke. Onkel Finley konnte nicht hart bleiben und gab fast immer nach, wenn Alegra ihren Dackelblick auflegte. Jedes Mal, wenn sie das tat, sah er sie liebevoll an und versprach ihr die Welt.
Amy verdrehte ihre Augen und schenkte mir einen vielsagenden Blick. Ein geheimnisvoller, weißer Farbton entfuhr ihr. Ihre Augen funkelten wissend. Wollte sie mir irgendetwas sagen? Ich ließ mir nichts anmerken und wollte abwarten, denn vielleicht täuschte ich mich auch. Hin und wieder nutzten Amy und ich unsere Auren dazu, geheime Mitteilungen zu machen. Und diese hier schien eine davon zu sein.
Die ganze Fahrt über sendete sie mir ihr weißes Signal und grinste vielsagend. Ich war schon gespannt, was sich Amy diesmal hatte einfallen lassen.

Im Restaurant trafen wir auf Tom, den Onkel Finley von unterwegs aus angerufen hatte. Eigentlich wollte er die ganze Familie Persky einladen, doch leider waren Bob und Emilia bei einer Benefizveranstaltung, bei der Bob eine Rede halten sollte. Dafür ging Tom mit uns und ich freute mich darüber. Er setzte sich gleich links neben mich und Amy. Onkel Finley war sofort in ein Gespräch mit dem

Restaurantbesitzer vertieft, nachdem der uns freudig begrüßt hatte. Onkel Finleys Trinkgelder waren bekannt ...
»Alles in Ordnung?«, fragte Tom und lehnte sich zu mir rüber, sodass nur ich ihn hören konnte. Ich wusste sofort, worauf er hinaus wollte. »Ja, alles in Ordnung. Wir reden später«, flüsterte ich zurück.
Amy blätterte länger als sonst in der Speisekarte und betonte absichtlich die Gerichte, die hauptsächlich aus vielen oder seltenen Fleischsorten bestanden.
»Jade, hast du nicht letztens erst gesagt, du hättest mal wieder Lust auf ein blutiges Steak? ... Oder sieh mal, es gibt hier auch Straußenfleisch!«, provozierte sie munter.
»Igitt!«, brachte Alegra angewidert hervor. Sie verzog ihr geschminktes Gesicht zu einer wirklich lustigen Fratze, sodass ich laut loslachen musste. Tom grinste und sah verlegen auf seinen Teller, während Amy ihre Show weiter genoss.
»Mochtest du dein Steak nicht lieber blutig, Tom?« Tom warf ihr einen warnenden Blick zu, da sie es nun wirklich übertrieb.
»Jetzt ist es genug, Amy!«, ermahnte Onkel Finley sie und sogleich wurde sie wieder ernster.
Alegra funkelte sie giftig an und ich hätte schwören können, dass sie meine Schwester innerlich verfluchte. Schließlich beruhigten wir uns alle wieder. Wir bestellten jeder unsere Gerichte, nur Alegra nicht. Sie bestand auf ihren einfachen Salat. Sie vergaß auch nicht zu betonen, dass dieser ja nicht fett mache, und grinste dabei Amy überfreundlich an. Wieder verzog Amy ihr Gesicht zu einer unschönen Grimasse und ich konnte spüren, wie sie sich schon die nächste Gemeinheit ausdachte. Der Kellner kam und brachte uns die kleinen Salate, die wir vor unseren

Hauptspeisen aßen.
»Hey, da fällt mir ein, warum schreien Vegetarierinnen nicht beim Orgasmus?«, fragend sah sie in die Runde. Alle Augen waren auf Amy gerichtet.
»Weil sie auf keinen Fall zugeben wollen, dass ihnen ein Stück Fleisch so viel Freude bereitet.« Amy, Tom und ich fielen in schallendes Gelächter. Selbst Onkel Finley grinste, bevor Alegra ihn mit einem strengen Blick bedachte.
»Du hast deinen Spaß gehabt, Amy. Jetzt lasst uns essen«, war alles, was er zu ihr sagte, während Alegra sicher innerlich kochte. Wir fingen an zu essen, nur Amy kämpfte noch immer mit ihrem Lachflash, was Onkel Finley sauer werden ließ. Sie konnte sich nicht beruhigen, es trieb ihr sogar Tränen in die Augen. Sie musste so lachen, dass sie ganz rot im Gesicht wurde und sie sich ihren Bauch hielt. Ich fand den Witz auch ganz lustig, verstand aber nicht, warum meine Schwester sich nicht mehr beruhigte. Irgendwann musste sie damit aufhören. Um sie daran zu erinnern, dass es jetzt genug war, schlug ich leicht an ihren Hinterkopf, damit sie endlich verstand, dass nur noch sie lachte und sie sich endlich beruhigen sollte. Doch dies hätte ich lieber lassen sollen. Amy verschluckte sich und der Salat, den sie im Mund hatte, preschte wieder heraus und landete direkt auf Alegras Dekolleté.
Einige Sekunden verschlug es uns schockiert die Sprache, bis Amy noch lauter prustete, so dass die anderen Gäste des Restaurants schon auf uns aufmerksam wurden. Das angekaute Grünzeug rutschte halb auf Alegras Busen. Sie schrie auf vor Wut.
Onkel Finley blickte die Übeltäterin finster an und Tom und ich mussten uns so fürchterlich zusammenreißen, dass

wir nicht genauso lachten wie Amy. Alegra ließ ihr Besteck klirrend fallen, stand auf und verließ wütend unseren Tisch.
»Es tut mir leid, Onkel Finley. Das war wirklich keine Absicht. Es ist einfach so passiert«, versuchte Amy, sich zu entschuldigen.
»Ich frage mich wirklich, was in dich gefahren ist. Ich dachte, wir könnten einen schönen Abend miteinander verbringen. Ich war schließlich mehr als zwei Wochen nicht mehr zu Hause. Und was machst du?«
Beschämt ließ Amy ihren Kopf hängen. »Es tut mir leid, aber sie macht es mit ihrer Laune auch nicht besser«, verteidigte sich Amy kleinlaut.
»Du entschuldigst dich bei ihr oder wir fahren sofort nach Hause«, verlangte er und widmete sich seinem Salat.
Es blieb still an unserem Tisch, bis Alegra wieder kam. Die Spuren von Amys Spukattacke waren verschwunden. Stumm setzte sie sich zu uns an den Tisch und sah stur auf ihren Teller. Erwartungsvoll wartete Onkel Finley, dass Amy sich entschuldigte und sah sie auffordernd an. Ich konnte mir schon vorstellen, dass Amy alles andere als Lust dazu hatte, doch letztlich blieb ihr des lieben Friedens willen nichts anderes übrig.
Sie verdrehte ihre Augen, als Onkel Finleys stumme Aufforderung intensiver wurde.
»Es ... tut mir leid, Alegra. Ich wollte nicht, dass das passiert«, sagte sie und für mich klang es ehrlich. Alegra würdigte Amy keines Blickes, nickte aber. Damit hatte Alegra die Entschuldigung angenommen und für Onkel Finley war die Sache erledigt.
Die Stimmung war natürlich dahin, doch Onkel Finley versuchte sie zu retten, indem er uns geschickt in ein Gespräch verwickelte. Wir unterhielten uns über die

Schule, über den Sommer, der nun endlich einer werden sollte.
Das Restaurant war nicht sehr groß, dafür gut besucht. Vor allem die Außenterrasse wurde im Sommer von den Gästen geschätzt. Manchmal gab der Besitzer spontan eine Party. Einmal waren wir dabei. Ich glaube, es war die erste Party, die wir miterlebten. Einen Anlass gab es nicht. Denn schließlich gab es jeden Tag etwas zu feiern, wenn man wollte.
So hatte auch an diesem Abend der Besitzer seine Musikanlage etwas lauter gedreht, als die meisten Gäste nach der Rechnung fragten. Eigentlich fand ich diese Strategie ganz interessant, denn dadurch blieben einige Gäste länger sitzen und die Bestellungen wurden erneuert. Meine Wangen glühten. Die Luft im Restaurant war stickig. Ich stand auf und meldete mich gehorsam bei Onkel Finley ab, mit dem Hinweis, dass ich kurz auf die Terrasse wollte und Tom mich begleiten würde. Kurz überlegte mein Onkel, doch dann nickte er und sah uns beiden nach, wie wir durch die Tür verschwanden.
Die frische Abendluft tat gut. Sie roch nach dem Salz des Meeres und nach Sommer. Tom wirkte gehemmt. Etwas schien ihn zu bedrücken. Ständig meinte ich, er wollte etwas sagen, doch dann ließ er es wieder. Er trug eine dunkelblaue Hose und ein weißes T-Shirt. Die Farben passten sehr gut zu seinen braunen Augen. Der Wind zerzauste leicht sein Haar. Was war das nur mit ihm? Irgendetwas hatte sich verändert. Ich konnte es in seinem Gesicht lesen. Früher war es mir nie aufgefallen. Doch jetzt sah ich ihn genauer an. Manche Details sind mir nie aufgefallen oder ich hatte nicht so darauf geachtet. Die Konturen des Haaransatzes im Nacken oder seine Hände

zum Beispiel. Er wirkte so … erwachsen. Ich hätte schwören können, dass er vor ein paar Wochen noch anders ausgesehen hatte.
Wir lehnten am Terrassengeländer und ich vermied es, ihn weiter anzusehen. Trotzdem brannte seit der gestrigen Nacht eine Frage in meinem Kopf, die ich unbedingt wissen musste.
»Wie hast du es gestern geschafft, dass der Türsteher im Collections uns so einfach reingelassen hat?« Bei dieser Erinnerung lächelte er verschwiegen.
»Ein Mann hat seine Geheimnisse«, sagte er und lächelte verschmitzt. Er wollte es mir also nicht sagen? Aber wieso? Sonst erzählte er mir doch immer alles. Er grinste verlegen.
»Erzähl mir lieber, wie Amy es geschafft hat, die Mauer zu überqueren, ohne den Alarm auszulösen«, wollte er wissen.
Ich sah wieder in die Ferne. Das Meer konnte ich rauschen hören, auch wenn sich noch einige Meter dazwischen befanden. Große Bäume versperrten uns die Sicht, doch auch so hatte dieser Anblick etwas Schönes.
Die Erinnerung daran ließ mich genauso grinsen wie ihn.
»Das wirst du nicht glauben. Sie hat eine Stelle gefunden, die keinen Alarm auslöst. Frag mich nicht, wie genau. Aber das hat sie gleich ausgenutzt.«
Tom schüttelte den Kopf. »Und das ist den Sicherheitsleuten bisher nicht aufgefallen?«
»Nein, soweit ich weiß nicht, deshalb habe ich mit ihr auch gesprochen und sie gebeten, nicht wieder nach Queens in irgendeinen Club zu gehen.«
Er runzelte die Stirn. »Und dem hat sie zugestimmt? Das passt gar nicht zu ihr, so wie sie nach ihrer Freiheit lechzt.«
Da hatte er wohl recht. Normalerweise hätte Amy sich auf

ein Verbot von mir nie eingelassen. Ich wusste, dass ich sie nur mit einem Kompromiss dazu bringen konnte, die ganze Sache nicht auffällig auszunutzen.
»Sie hat mir versprochen, nicht mehr so weit wegzugehen, allerdings gab ich ihr meine Zustimmung, sich hin und wieder in Bayville für ein paar Stunden zu amüsieren.«
»In Bayville also«, gab er nachdenklich zurück.
»Wir haben vereinbart, dass wir es nicht melden werden.«
Tom runzelte die Stirn. »Was soll ich dazu sagen, Jade. Wenn sie euch erwischen, wird Finley sauer sein und zwar sehr«, betonte er seine letzten Worte. Er wusste, wie streng Onkel Finley sein konnte.
»Du wirst uns doch nicht verraten, oder? Wir haben beschlossen, diese Schwachstelle zwar hin und wieder auszunutzen, aber es nicht zu übertreiben. Außerdem kann ich sie verstehen, wir müssen auf viel verzichten. Und der Reiz, über die Mauer zu klettern, ist groß. Sie will sich nur ein paar freie Stunden gönnen. Abgesehen davon, stelle ich es mir einfach wundervoll vor, einmal außerhalb unserer Mauer zu joggen.«
»Du willst was?«, fragte er irritiert und sah mich fasziniert an.
»Ja, ich weiß, es hört sich bescheuert an. Aber ich stell mir schon lange vor, wie es wäre, mal in dem Wald beim kleinen Spielplatz zu joggen oder hier irgendwo am Strand. Es muss ein befreiendes Gefühl sein, ganz allein irgendwo zu sein. Das wäre jetzt meine Gelegenheit dazu. Du musst mir versprechen, niemandem etwas zu verraten.«
Tom überlegte und grinste dann wieder. Doch das tat er mehr, um mich zu verunsichern. Im Grunde wusste ich, dass er seinen Mund halten würde. »Dummerchen, das weißt du doch. Dennoch finde ich, solltest du mich für

mein Schweigen bezahlen.«
Das waren ja ganz neue Töne. Doch er lachte schon, als er mein fragendes Gesicht sah.
»Jetzt schau nicht so entsetzt. Wie wäre es zum Beispiel, wenn wir gemeinsam joggen oder mal tanzen gingen?«
Tom und Sport? War er sich da sicher? Er war einfach nicht der Typ dafür.
»Na klar! Was soll ich auch allein im Bayviller Nachtleben, ohne dich?«, grinste ich und rempelte ihn leicht an. Er rückte noch näher zu mir und ich wurde verlegen. Unruhig trat er von einem Bein aufs andere.
»Jade, ... es gibt da etwas, was ich ...! Also, ich wollte ... dir etwas sagen«, stammelte er. Ich hörte ein leises Zittern in seiner Stimme und wurde aufmerksamer. Ich wollte ihn nicht ansehen, aus Angst, er könnte meine Unsicherheit entdecken, daher sah ich wieder zu den Bäumen vor uns. Plötzlich wurde meine Aufmerksamkeit von einem Schatten abgelenkt.
»Da!«, rief ich und zeigte auf einen Baum, der ein paar Meter von uns entfernt stand. Sofort ließ Tom seine Worte fallen und folgte meinem Finger, der auf den Baum zeigte, auf dem diese merkwürdige Krähe saß. Ich konnte es nicht fassen. Beinahe hätte ich sie übersehen, doch das Kobaltblau in ihrem Gesicht war so leuchtend im Abendlicht, dass sie fast wie ein bunter Farbklecks wirkte. Sie saß ganz ruhig auf einem Ast und sah in unsere Richtung.
»Wow! Was ist das für eine Krähe?«, rief Tom erstaunt aus. Wir sahen beide gebannt zu ihr, wie sie regungslos auf ihrem Ast saß. »So eine habe ich noch nie gesehen! … Vielleicht ist sie ja aus einem Zoo entflohen? Sie sieht jedenfalls nicht so aus, als würde sie in der freien Natur

leben«, meinte er. Genau in diesem Augenblick öffnete sie ihre Flügel und flog über uns hinweg. Bewundernd sahen wir ihr nach, bis sie verschwunden war. Ein merkwürdiges Gefühl hinterließ der Vogel in mir. Ihn ein zweites Mal zu sehen, war schon merkwürdig. Eine Weile schaute ich völlig in Gedanken der Krähe nach, bis mir einfiel, dass Tom eigentlich etwas sagen wollte.
»Entschuldige, ich wollte dich nicht unterbrechen. Was wolltest du sagen?«
Liebevoll sah er mich lächelnd an und überlegte einen Augenblick. Mehrmals öffnete er dabei unentschlossen seinen Mund. »Ähm, ...!«
Die Terrassentür wurde aufgerissen. »Hey, ihr zwei, wir wollen gehen. Onkel Finley hat einen Anruf bekommen und will nach Hause«, funkte Amy genau in dem Augenblick dazwischen.
»Wir kommen!«, rief ich ihr zu. »Jetzt sag schon, was wolltest du sagen?«, fragte ich ihn ungeduldig, bevor er seine Worte wieder vergaß. Es fiel ihm nicht leicht und es schien etwas Ernsteres zu sein, sonst würde er nicht so stammeln. So kannte ich ihn gar nicht.
»Nichts! Ist schon gut! Lass uns reingehen, dein Onkel wartet.« Er grinste mich honigsüß an und schob mich zur Tür, als ich schon protestieren wollte. Durch die Unterbrechung von Amy hatte er den Faden verloren. Vielleicht gab es später noch eine neue Gelegenheit.

Ich bereute mein gut gewürztes Abendessen, denn kurz nach elf wachte ich von Durst geplagt wieder auf. Mir war heiß und meine Zunge so trocken, dass ich bei Amy nachsah, ob sie noch eine Flasche Wasser an ihrem Bett stehen hatte. Doch leider musste ich in die Küche laufen.

Amy schlief schon, als ich leise unser Zimmer verließ. Für gewöhnlich arbeitete Onkel Finley in seinem Arbeitszimmer meistens noch bis spät in die Nacht hinein. Daher wunderte ich mich auch nicht, dass noch Licht brannte. Sein Arbeitszimmer war immer abgeschlossen, wenn er nicht zu Hause war, es war für uns Mädchen tabu. All seine Geschäftsgespräche hielt er hinter verschlossener Tür, daher staunte ich, als jene Tür nur angelehnt war. Leise lief ich die Stufen hinunter, als ich plötzlich eine aufgebrachte Stimme hörte. Vorsichtig stieg ich ein paar Stufen weiter hinunter. Mit wem sprach er und wieso war er so aufgeregt? Wer war bei ihm? Erst als ich kurz vor seinem Arbeitszimmer stand, erkannte ich, dass er noch Besuch hatte. Leise lauschte ich.
»Wie konnte das passieren? Ich kann nicht glauben, dass sie Amy gefunden haben!«, rief er aufgebracht.
»Ich kann dir nicht sagen, ob es so ist, aber es gibt Anzeichen dafür. Einwohner berichteten von einer ungewöhnlichen Krähe, hier in dieser Gegend. Es ist möglich, dass es sich um eine Maori handelt. Wir können uns aber auch täuschen, Fin. Ich persönlich halte es für möglich, dass es der Spion war. Das Beste ist, wenn wir einfach unauffällig alles weiter beobachten, mehr können wir ohnehin nicht tun.«
Ich hörte, wie Onkel Finley nervös durchs Zimmer lief.
»Du bist gut, Vico!«, rief er sarkastisch. »Wir müssen Amy unter allen Umständen beschützen, statt hier abzuwarten. … Ich könnte mit ihr weggehen. Ich kann für die Mädchen ein neues Zuhause finden.«
»Glaubst du im Ernst, die würden sie nicht finden? Mach dir nichts vor, wenn die Taluris sie erneut finden wollten, dann würden sie das auch. Es war bisher eine Frage der

Zeit und du wusstest das. Beruhige dich, Fin! Sag deinen Sicherheitsleuten, sie sollen die Augen und Ohren noch besser offen halten. Jetzt überstürzt Bayville zu verlassen, wäre einfach zu auffällig und würde noch mehr von ihnen herlocken«, sagte die Stimme, die mir unbekannt war. Wahrscheinlich gehörte sie diesem Vico.
Was war hier los? Mir pochte das Herz bis zum Hals. Wer suchte nach Amy? Wer waren diese Taluris? Gebannt trat ich näher an die Tür und lauschte.
»Aber ich muss doch irgendetwas tun können? Ich kann doch nicht tatenlos hier sitzen und einfach nur abwarten, bis sie sie zur Schlachtbank führen.«
Nach diesem Satz hörte ich, wie Onkel Finley sich in seinen Sessel vor dem Schreibtisch fallen ließ. Es wurde still im Zimmer. Sekunden vergingen, in denen sich Onkel Finley zu fassen versuchte. Ich hörte noch weitere Schritte, die durchs Arbeitszimmer liefen.
Ich hielt meinen Atem an, da ich glaubte, man könnte ihn sonst hören, und auch wie mein Herz raste. Was verheimlichte Onkel Finley uns?
»Wenn sich die Taluris hier aufhalten sollten, werde ich mit den Mädchen Bayville verlassen«, hörte ich Onkel Finley entschlossen sagen. »Ich werde veranlassen, dass man das Nötigste für eine Flucht zusammenpackt, außerdem soll mein Sicherheitsteam Nachforschungen anstellen. Dann werden wir schnell wissen, ob an euren Daten und Beobachtungen etwas dran ist.«
Jetzt hörte ich deutlich Schritte, die sich der Tür näherten. Schnell schlich ich barfuß weiter durch die Eingangshalle in die Küche, schloss leise die Tür und wartete herzklopfend ab, bis die Schritte verhallten.
Was war hier los? Das Gespräch zwischen Onkel Finley

und dem Fremden wirkte verstörend auf mich. Wieso und vor wem war Amy in Gefahr? Und wer waren die Taluris? Und was hatte das alles mit dieser Krähe zu tun? Ich verstand kein Wort. Die gleiche Unruhe, die Onkel Finley in seiner Stimme hatte, beschlich mich. Eine Tür wurde geschlossen, als es schließlich im Haus still wurde. Jetzt konnte ich mich wieder sicher in mein Zimmer zurückschleichen, ohne erwischt zu werden. Schnell und lautlos nahm ich die Flasche Wasser aus dem Kühlschrank und tappte leise nach oben in mein Bett.
Erst mal war an Schlaf nicht mehr zu denken. Meine Gedanken schlossen sich um das belauschte Gespräch. Jedoch ergab das alles für mich keinen Sinn. Irgendwann später fand ich endlich in den Schlaf.

Kapitel 5

Jade

Terry fuhr uns wie jeden Morgen zur Schule. Hätte ich gestern Abend das Gespräch nicht belauscht, wäre mir nicht aufgefallen, dass er ständig in den Rückspiegel sah. Glaubte er, jemand würde uns verfolgen? Vorsichtig warf ich einen Blick aus der Heckscheibe unseres Wagens, doch nichts verdächtiges konnte ich dort entdecken. Auch auf dem Schulparkplatz ließ er sich an diesem Morgen mehr Zeit als sonst, bis er uns die Tür öffnete. Er wählte einen Parkplatz etwas abseits des Schulgebäudes.

»Wieso parkst du hier, Terry?«, maulte Amy während sie ausstieg. Auf dem Parkplatz direkt an der Privatschule gab es Lehrerparkplätze und dahinter, zwischen einer Wiese, die Parkplätze für die Schüler. Terry hatte die Limousine direkt an der Schulgrenze geparkt. Von dort aus hatte er einen guten Überblick auf das gesamte Gelände.

»Ich dachte, bei dem schönen Wetter würdet ihr euch gerne noch die Beine vertreten, bevor ihr den ganzen Tag in der Schule sitzt«, antwortete er und nur ich wusste, dass das eine Ausrede war.

»Also, bis heute Nachmittag«, sagte er freundlich. »Passt auf euch auf!«

»So ein Mist!«, fluchte Amy, als wir zusammen zum Schulgebäude liefen. Sie lief hinter mir her und wunderte sich, da ich nicht auf ihren Ärger reagierte.

»Was ist mit dir los? Warum bist du so still heute? Hast du schlechte Laune?«

»Nein, ich habe keine schlechte Laune. Ich hab nur schlecht geschlafen. Das ist alles«, erklärte ich ihr und

hoffte, mein besorgtes Grau, ein Schweif verschwiegenes Weiß und das wenige Rot, würden ihr nicht auffallen. In Wahrheit ließ mich das Gespräch, das ich belauscht hatte, nicht mehr los. Doch ich musste mich zusammenreißen, wenn ich nicht wollte, dass Amy etwas bemerkte. Den ganzen Morgen über strömte diese Mischung aus mir, was meiner Schwester natürlich nicht verborgen blieb.
Sofort versuchte ich, an etwas anderes zu denken, damit meine Aura einen anderen Farbton abgeben würde. Doch es war schwer, sich nicht die tausend Fragen zu stellen, die ständig in meinem Kopf kreisten. Mein Glück war, dass Amy zu sehr mit sich selbst beschäftigt war, um genauer darauf einzugehen.
Wir hatten noch ein paar Minuten, bevor der Unterricht begann. Ich musste unbedingt noch mit Sandy sprechen. Sie stand schon mit ein paar anderen Schülern vor dem Haupteingang in der Sonne.
»Hi, ihr zwei!«, rief sie uns fröhlich entgegen. Amy begrüßte sie mit Küsschen, während ich sauer dreinblickte.
»Hi, Sandy! Kann ich dich kurz sprechen?«, fragte ich und entfernte mich ein paar Schritte von der Gruppe, die mich anstarrte.
»Klar, was ist los? … Ach, wenn du mir wegen der Sache von Samstag eine deiner Standpauken halten willst, dann kannst du dir das sparen. Ich weiß, was du mir sagen willst«, versuchte sie mich zu beschwichtigen.
»Ich will nur, dass du Amy nicht in Schwierigkeiten bringst und so eine Aktion, wie am Samstag, läuft nicht mehr!«
»Jetzt krieg dich wieder ein! Es ist ja schließlich nichts passiert! Außerdem kann Amy ja selbst entscheiden, ob sie mitkommt oder nicht«, gab sie schnippisch zurück.

Sandy nahm mich nicht ernst, so beschloss ich, meinen Tonfall warnender klingen zu lassen. Dazu trat ich noch näher zu ihr hin und sprach absichtlich leiser.
»Amy wird auf keinen Fall mehr mit dir nach Queens gehen. Meine Schwester und ich haben einen Deal, und wenn ich herausfinden sollte, dass sie sich nicht daran hält, weil du sie dazu überredet hast, dann werde ich dafür sorgen, dass du Schwierigkeiten in der Schule und auch mit der Fürsorge bekommst. Hast du mich verstanden? Ich meine das wirklich ernst, Sandy.« Damit ließ ich die perplexe Freundin meiner Schwester einfach stehen und ging ins Schulgebäude. Deutlich spürte ich ihren Blick in meinem Rücken, doch ich sah mich nicht mehr nach ihr um. Ob ich sie damit einschüchtern konnte, wusste ich nicht, doch was ich genau wusste, war, dass ihre Eltern ihr die Freiheiten kürzen würden, wenn die Fürsorge sich bei ihnen melden würde. Erklärungsversuche, warum ihre Tochter mutterseelenallein über Wochen hinweg ohne Aufsicht war, brachten auch reiche Eltern in Bedrängnis. Sandy war Amys Freundin, nicht meine. Es war mir egal, was sie über mich dachte, solange ich Amy in Sicherheit wusste. Laut Onkel Finley war sie wirklich in Gefahr. Warum und wieso, musste ich erst noch herausfinden.
Den ganzen Vormittag konnte ich mich nicht konzentrieren. Beim Frühstück sah Onkel Finley nicht gut aus. Seine dunklen Schatten unter den Augen zeugten von einer schlaflosen Nacht. Seine Haut wirkte grau und in seinen Augen konnte ich Besorgnis lesen. Doch ich ließ mir nichts anmerken. Ich würde versuchen, herauszubekommen, was hier los war.
In den ersten beiden Stunden hatten wir Geschichte. Wie durch Watte nahm ich Mr. Enis Unterricht wahr. Auf die

amerikanische Revolution hatte ich an diesem Morgen überhaupt keine Lust. Doch ich beherrschte mich und tat so, als würde ich interessiert mitschreiben.
Sandy und Amy wurden in dieser Stunde mehrfach ermahnt, ihre Privatgespräche endlich einzustellen. Doch erst, als ich meiner Schwester einen bösen Blick zuwarf, war es still in der Klasse. Als dann auch noch die dritte und vierte Stunde überraschend ausfiel, war ich froh, endlich über das nachdenken zu können, was ich gestern Nacht erfahren hatte.
Es war so schönes Wetter. Die Sonne strahlte bereits den ganzen Morgen am azurblauen Himmel und hatte die Luft angenehm erwärmt. Einige aus meiner Klasse beschlossen, sich auf der Schulwiese in die Sonne zu legen und zu chillen, während Amy mit ein paar Freundinnen zusammenstand und tuschelte. Ich konnte mir schon denken, worüber. Es war uns Schülern strikt verboten, das Schulgelände zu verlassen. Jedoch kümmerten sich die Lehrer nie darum, wenn sich einige von uns nicht an die Regeln hielten.
Ganz in der Nähe gab es das Roberts, einen Coffeeshop, in dem man die tollsten Kaffeekreationen und Milchshakes trinken konnte. Der Laden war sehr beliebt in Bayville und ein magischer Anziehungspunkt für junge Leute, da der Besitzer es geschafft hatte, einen Popstar als Werbeträger zu engagieren.
Ich betrat den Schulhof und streckte mein Gesicht in die Sonne. Zwei freie Stunden, nur für mich allein.
»Jade, ich will mit den anderen ins Roberts gehen. Gehst du mit?«, fragte Amy. Sie schien nervös zu sein. Unruhig nestelte sie mit ihren Fingern am Reißverschluss ihrer Jacke. Sie glaubte natürlich, dass ich ihr auch dies

verbieten würde. Irgendwie tat es mir auch leid.
»Nein, aber geh nur. Ich bleibe hier und genieße die Sonne.«
Das Roberts war nur ein paar Minuten von unserer Schule entfernt. Außerdem waren noch einige Mädchen dabei. Sie lächelte mich an und winkte mir noch einmal zu, bevor sie sich umdrehte und verschwand.
Ich wiederum suchte mir ein einsames Wiesenstück aus, wo mich niemand sah und auch nicht stören konnte. Die Sonne war so warm, dass ich mir den Pullover auszog und ihn als Kissen benutzte. Bequem liegend schloss ich meine Augen und genoss die Ruhe, die mich umgab. Der Wind raschelte in den Bäumen und die Luft schmeckte nach Sommer.
Von einer Gefahr hatte Onkel Finley gesprochen, in der Amy sich befand. Immer mehr keimte der Verdacht in mir, dass er Feinde haben musste. War er beruflich an falsche Leute geraten, die vielleicht kriminell waren? Wurde er vielleicht erpresst? Oder hatte er selbst etwas Kriminelles getan? Das ganze seltsame Gespräch machte mir Angst. Schnell setzte ich mich aufrecht hin und versuchte, die dunklen Gedanken zu vertreiben. Mr. Chang erzählte uns, dass Meditation zur inneren Gelassenheit und auch zu klareren Gedanken verhelfen konnte. Seit unserer ersten Trainingsstunde war die Meditation ein wichtiges Ritual. Vielleicht würde es mir danach besser gehen.
Ich setzte mich in den Schneidersitz, suchte eine bequeme Haltung und schloss die Augen. Mein Herz klopfte gleichmäßig und ruhig in einem Takt, doch meine innere Stimme konnte ich nicht eindämmen, der innere Frieden überkam mich nicht. Von Weitem hörte ich Schüler laut lachen und das Motorengeräusch einiger Autos, die an der

Straße vorbeifuhren, störten meine Konzentration.
Aber da war noch ein anderes Gefühl. Ich war nicht allein. Sobald ich es das erste Mal gespürt hatte, wurde es stärker. Jemand beobachtete mich. Ich sah mich um, suchte das Gelände ab. Niemand war zu sehen, doch die Augen, die mich erspähten, fühlte ich ganz deutlich. Wie war das möglich? Konnte man so etwas fühlen? Oder überkam mich nur Panik, weil Amy in Gefahr schwebte? Noch einmal sah ich mich um. Die Schulwiese war leer. Ich sah zum Schulgebäude, zu den Fenstern. Vielleicht sah ein Lehrer oder ein Schüler zu mir herunter? Aber auch dort konnte ich nichts erkennen. Hinter mir lag der Village Woods Park. Ein kleiner Wald, der vielen Schulklassen schon ein paar Ausflüge beschert hatte. In manchen Sportstunden hatten wir dort für unseren alljährlichen Marathonlauf trainiert. Ich mochte diesen Wald schon immer. Onkel Finley war früher oft mit uns dort spazieren gegangen.
Lange sah ich in den Wald hinein. Vielleicht hielt sich jemand dort versteckt und wollte mich erschrecken? Doch nichts war zu sehen. Nur die vielen Bäume, die eng aneinander standen und einige Büsche.
Plötzlich hörte ich ein kurzes Krähen und dann sah ich sie. Gänsehaut überzog meine Haut. Sie hatte mich erschreckt. Diesmal saß sie auf einem Ast, ganz in meiner Nähe. Noch nie konnte ich sie aus so einer geringen Entfernung bewundern. Ihre kobaltblauen Flecken leuchteten in der Sonne. Ungewöhnlich war ihre Größe, fast beängstigend. Was war mit dieser Krähe? Der Fremde hatte sie gestern in dem Gespräch mit meinem Onkel erwähnt. War ich nun auch in Gefahr? Aber das war doch nur ein Vogel! Zugegeben, er war ungewöhnlich und erzeugte in mir ein

Unbehagen, dennoch war es nur ein Tier. Ich beobachtete ihn weiter, als er schlagartig von etwas abgelenkt wurde. Die Krähe wendete ihren Blick von mir und spähte in den Wald, dabei stieß sie ein lautes Krächzen aus und das Echo hallte aus dem Park. Es schien mir fast so, als würde sie jemanden rufen. Und tatsächlich. Ein weiterer Schauer überkam mich, als ich eine Gestalt im Dickicht des Waldes erkennen konnte. Da war ein Mann. Sein Gesicht konnte ich noch nicht erkennen. Er lief langsam näher und blieb an dem Baum, auf der die Krähe saß, stehen. Sein Blick ging mir durch und durch. Seine grauen Augen starrten mich unentwegt an. Er war groß und hatte einen breiten Oberkörper. Er sah sehr sportlich aus. Und er erinnerte mich an den Typ aus dem Club. Ich schätzte ihn auf etwas über zwanzig. Aber ich konnte mich auch täuschen. Sein pechschwarzes Haar war kurz und einige längere Strähnen hingen ihm lockig ins Gesicht. Seine Wangenknochen traten leicht hervor und von seinem Teint her hätte ich ihn südländisch eingeschätzt. Er trug eine dunkle Hose und ein weißes T-Shirt, das ich unter seiner schwarzen Lederjacke erkennen konnte. Er wirkte cool, unnahbar und draufgängerisch.
Ich wollte ihm etwas zurufen, doch meine Stimme hatte sich in Luft aufgelöst.
Ohne, dass er seinen Blick von mir nahm, streckte er seinen Arm aus und sofort flog die Krähe zu ihm, landete sanft auf seinem Unterarm. Bedächtig streichelte er sie. Immer noch sah er mich an und ich fragte mich, was das alles zu bedeuten hatte. Mein Körper war unfähig, sich zu bewegen. All meine Instinkte schrien, ich solle weglaufen. Das Gefühl, in Gefahr zu sein, wurde stärker, doch da war noch etwas, das ich nicht deuten konnte. Mein Blut

rauschte in meinen Adern und ich fühlte Hitze, die mich bis in den letzten Winkel meines Körpers durchdrang. Meine Haut prickelte unter seinem Blick. Mein Gesicht, mein Oberkörper und meine Arme brannten wie Feuer und es pochte merkwürdig an einigen Stellen. Der Drang, über die pulsierenden Stellen zu streichen, war groß, doch ich konnte mich nicht rühren. Endlich fanden meine Gedanken den Weg zu meinen Stimmbändern.

»Wer bist du und was willst du?«, rief ich. Angst schwang in meiner Stimme mit und ich ärgerte mich darüber. Ich wollte keine Schwäche zeigen. Dann flüsterte er der Krähe etwas zu. Ich sah nur, wie sich seine Lippen bewegten, doch er sprach so leise, dass ich nichts hören konnte. Die Krähe hörte ihm aufmerksam zu. Es war ein merkwürdiges Bild. Wie ein Zauberer mit seiner Krähe. Die Szene hatte etwas von einer mystischen Magiershow, wie er so dastand.

Kurz danach breitete die Krähe ihre Flügel aus und schon erhob sie sich in die Luft, flog über seinen Herrn hinweg und verschwand schließlich im Wald.

Ich sah der Krähe nach, ließ den Mann aber nicht aus den Augen. Genau wie ich ihn, starrte er mich unentwegt an, bis er schließlich die Stille zwischen uns beendete.

»Bist du Amy?« Seine Stimme war rau und tief. Doch sie klang angenehm, geradezu verlockend. Verwundert sah ich ihn an. Er verwechselte mich mit ihr! Das würde also bedeuten, dass meine Schwester wirklich in Gefahr war. Ich dachte an das belauschte Gespräch und erkannte, dass Onkel Finley wirklich keinen Spaß gemacht hatte.

Er trat langsam ein paar Schritte näher, bis er plötzlich stehen blieb. Meine Haut fühlte sich an, als würde sie kochen, während er schneller atmete. Irgendetwas stimmte nicht mit ihm. Um seine Augen lag ein Schmerz. Er schien sich nicht sicher zu sein, was er tun sollte. Sein schönes Gesicht wirkte verzerrt und für einen kurzen Augenblick kniff er die Augen zusammen.

Endlich fand auch ich wieder zu mir, entriss mich seinem Bann, stand auf und ging vorsichtig ein paar Schritte rückwärts. Meine Haut beruhigte sich mit jedem Meter, den ich zwischen uns gewinnen konnte, bis das Brennen schließlich leicht nachließ.

Würde er mich verfolgen, wenn ich losrannte? Ich wusste es nicht, dennoch musste ich dringend fort von hier. Regungslos stand er da und starrte mich fragend an, während ich den Abstand zwischen uns vergrößerte. Schließlich war ich nahe genug, sodass ich es ins Schulgebäude schaffen konnte. Kurz sah ich zur Eingangstür. Es war nicht mehr weit, höchstens ein kurzer Sprint bis zum Gebäude. So kurz mein Blick auch gewesen sein musste, als ich mich wieder umdrehte, war er spurlos verschwunden.

Panisch suchte ich die Wiese und den Wald nach einer Gestalt ab, doch alles lag friedlich und still. Wo war er nur so schnell hin? War das möglich? Wer war er und was hatte die Krähe mit ihm zu tun?

Mein Pullover lag noch auf der Wiese. Doch ich traute mich nicht, noch einmal zurückzulaufen, um ihn zu holen. Ein Schüler oder der Hausmeister würde ihn später bestimmt an sich nehmen. Ich rannte los, erreichte das Gebäude und lief weiter den langen Schulflur zur Toilette entlang. In der Kabine schloss ich mich ein und versuchte, zu einer normalen Atmung zu kommen, meine Gedanken zu ordnen und mir klar nachzudenken, was gerade geschehen war.

Nur ganz langsam beruhigten sich mein Herzschlag und mein Atem wieder. Mir war unglaublich heiß, ich schloss die Tür wieder auf und ging zum Waschbecken. Dort wusch ich mein Gesicht und kühlte meine Stirn. Angenehm fühlten sich meine kalten Finger auf meiner überhitzten Haut an. Ein kurzer Blick in den Spiegel ließ mich erschrocken zurückweichen. Ungläubig starrte ich in mein Gesicht und auf meinen Hals. Alles war gerötet, wie bei einem Ausschlag. Doch beim näheren Hinsehen wirkten die Stellen wie … Ornamente! Rot geschwungene Linien hatten sich über meine Haut gezeichnet. Sie ergaben ein Muster, das erschreckend und zugleich schön aussah, das ich jedoch nie zuvor gesehen hatte. Hinzu kam, dass aus mir die Farbe Lila strömte und ich damit nun wirklich nichts anfangen konnte. Diese Farbe war mir neu und völlig fremd. Ich kannte ihre Bedeutung nicht. Was in aller Welt war hier eigentlich los?
Noch einmal kühlte ich die betroffenen Stellen mit dem kalten Wasser. Das tat gut, und erst als auch die Rötungen nachließen, drehte ich den Wasserhahn zu. Jetzt waren die Stellen nur noch blass-rosa zu erkennen, jedoch umgab mich das Lila immer noch so stark wie vorher. Was war mit mir geschehen? Es hatte sich merkwürdig angefühlt und ich bekam noch mehr Angst. War ich krank? Da fiel mir Amy ein. War sie in Gefahr? Hatte der Typ mich tatsächlich mit ihr verwechselt? Oh mein Gott! Onkel Finley hatte gestern gesagt, dass man sie beschützen müsste.
Da gab es für mich kein Halten mehr. Ich rannte los. Ich musste Amy finden und sichergehen, dass es ihr gut ging.

Schnell hatte ich die Straße erreicht, in der das Roberts lag.

Ich war völlig außer Puste und brauchte ein paar Sekunden, um mich zu beruhigen.
Nichts Auffälliges war hier zu sehen. Im Schatten eines Hauses, direkt gegenüber des Coffeeshops blieb ich stehen und beobachtete die Umgebung. Nichts! Alles schien normal zu sein. Ich sah Amy und ihre Freundinnen durch das Schaufenster hindurch. Hatte ich mich getäuscht? Dieser Typ war nirgends zu sehen. Eine ältere Frau zog ihren Einkaufstrolley hinter sich her und ein Mann fuhr mit seinem Fahrrad die Straße entlang.
Ich löste mich aus dem Schatten und überquerte die Straße. Das Roberts war gut besucht um diese Zeit. Das freundliche Ambiente machte es sehr beliebt. Links, direkt am Fenster, saßen Amy und ihre Freundinnen, die mich sogleich zu sich herriefen.
»Jade, Jade!«
Langsam lief ich zu ihnen und mir war bewusst, dass Amy meine Aura sofort sehen würde. Das Lila schimmerte nun zusammen mit dem geheimnisvollen Weiß aus mir, ohne dass ich es abstellen konnte. Ich war nur froh, dass die Rötungen endlich wieder verschwunden waren. Denn diese Ornamente zu erklären wäre nicht so einfach gewesen.
»Jade! Wolltest du nicht in der Sonne liegen? Oder hast du es dir anders überlegt? Komm, setz dich, willst du auch was trinken?«, fragte mich Amy, während ihre Freundinnen mich ansahen und schon zusammenrückten.
Erst jetzt wich meiner Schwester langsam das Lächeln aus dem Gesicht, als sie mich betrachtete. Sie bemerkte die Farben. In meinem Gesicht stand Unglauben und Fassungslosigkeit, was sie genauso lesen konnte.
Ich stand an ihrem Tisch, schwitzend und immer noch völlig durcheinander. „Nein, ich …«, stotterte ich und hatte

keine Ahnung, was ich ihr nun sagen sollte.
»Ist etwas passiert? Du siehst so …?« Ihr Blick wanderte meiner Aura entlang und eine Falte bildete sich auf ihrer Stirn.
»Nein, alles in Ordnung. Ich wollte … dich nur daran erinnern, dass unsere Freistunden gleich vorbei sind.«
Na toll! Jetzt glaubte sie auch noch, dass ich ihr hinterherrannte wie eine Mutter ihrem Welpen. Doch dann sah sie meinen Körper, der munter genau die Farben aus mir strömen ließ, die ihr bestätigten, dass etwas nicht in Ordnung war. Lange würde ich keine Geheimnisse vor ihr haben können.
Sie stand auf. »Komm, wir gehen mal an die frische Luft. Du siehst gar nicht gut aus«, meinte sie verschwörerisch. Die anderen Mädchen sahen uns nach, als wir das Café verließen. Erst als die Tür hinter uns zu war und wir auf dem Gehweg in der Sonne standen, sah sie meinen Körper nochmals genauer an.
»Jetzt erzähl schon! Was ist passiert? Ich kann sehen, dass etwas nicht stimmt. Und das schon den ganzen Morgen«, beschwor sie mich. Doch was sollte ich ihr sagen? Die Wahrheit? Was genau war die Wahrheit? Ich hatte keine Ahnung, was das alles zu bedeuten hatte. Ich war so durcheinander und stand völlig neben mir. Irgendeine Erklärung musste ich ihr ja geben. Fragend sah sie mich an. Ich wusste nicht, was ich ihr erzählen sollte. Müde lehnte ich mich an die Hauswand und senkte meinen Blick.
»Amy, … «, begann ich. »Ich will auf keinen Fall, dass du jetzt denkst, dass ich dir hinterherlaufe. Ich …«
Unsere Aufmerksamkeit wurde durch ein lautes, knatterndes Motorengeräusch abgelenkt. Aus einer Querstraße fuhr ein Motorradfahrer mit überhöhter

Geschwindigkeit auf die Hauptstraße zu, in der wir standen. Der aufheulende Motor war sehr laut, und als der Fahrer das Motorrad auf den Bürgersteig lenkte, geschah alles sehr schnell.
Er stieß mit dem Fuß mehrere Mülleimer um, die laut scheppernd auf die Straße flogen. Ein Fahrrad, das jemand auf dem Gehweg abgestellt hatte, trat er während der Fahrt heftig, so dass es krachend gegen ein parkendes Auto geschleudert wurde. Der Fahrer war völlig in schwarze Lederkluft gekleidet, und auch durch seinen Helm konnte man nichts erkennen. Er kam direkt auf uns zu. Plötzlich blitzte etwas Silbernes auf. Zuerst konnte ich nicht erkennen, um was es sich genau handelte. Völlig schockiert waren Amy und ich, unfähig, zu reagieren. Ich wusste nur, dass gleich etwas Schreckliches passieren würde. Als der Fahrer immer näherkam, erkannte ich ein Schwert in seiner Hand. Wieder fing mein Blut an zu rasen und das Pochen meiner Haut nahm ich diesmal nur abgestumpft wahr. In meinem Körper kribbelte es und ich spürte Energie in mir aufkochen, die ich nicht kannte. Weiße Blitze sah ich vor meinen Augen. Exakt in dem Augenblick, bevor der Fahrer das Schwert in seiner linken Hand hochhob, um uns damit zu verletzten, stieß ich mich von der Gebäudewand ab. Ich umschlang Amys Körper und sprang mit aller Kraft auf die Straße. Im letzten Moment fuhr er an uns vorbei und verfehlte uns mit dem Schwert nur knapp. Er kam kurz ins Schleudern, schaffte es aber, sich auf dem Bike zu halten. Er erhöhte sein Tempo wieder und fuhr direkt auf der Hauptstraße weiter bis er verschwand.
Bei unserem Aufprall schrie Amy laut auf und auch ich verspürte einen Schmerz an meiner Hüfte. Der Teerboden,

auf dem wir gelandet waren, war hart. Vielleicht zu hart. Angst, sie könnte verletzt sein, beschlich mich und ließ mich sofort nach ihr sehen.
Ich lag direkt auf ihr. Panik durchfuhr mich, als ich sah, dass sie ihre Augen geschlossen hielt. Ich rutschte von ihr und unterdrückte mit schmerzverzerrtem Gesicht einen kleinen Aufschrei.
»Amy!«, schrie ich. »Mein Gott, Amy!«
Erst einige Augenblicke später bekam ich mit, wie Mr. Chang neben uns kniete und Amys Puls fühlte.
»Hab keine Angst. Sie ist nur bewusstlos«, sagte er und legte seine Hand auf meine Schulter. Wie kam er so schnell hierher?
Er lächelte mich freundlich an und schon strömte es grün aus mir. Passanten und die Gäste des Roberts waren mit entsetzten Gesichtern auf die Straße gelaufen und starrten uns ungläubig an.
»Steht doch nicht so blöd da! Tut etwas! Ruft einen Krankenwagen, sofort!«, schrie ich aufgebracht. Sofort bewegten sich einige Leute.
Amy lag immer noch regungslos da, Mr. Chang nahm seine Jacke und knautschte sie zusammen. Vorsichtig hob er ihren Kopf an und drückte die Jacke unter ihren Kopf, damit er nicht länger auf dem Asphalt lag. Sachte berührte ich ihre Schulter und rüttelte sie sanft.
»Amy, bitte! Wach auf! Bitte!«, flehte ich. Tränen standen mir in den Augen. Als sie meine Sicht trübten, flossen sie durch ein Blinzeln über meine Wangen.
Nach einer halben Ewigkeit zuckten ihre Augenlider. Sie öffnete ihre Augen und sah mich an. Langsam schien sich ihr Blick zu klären und ein leichtes Lächeln huschte über ihre Lippen.

»Was ist geschehen?«, fragte sie und versuchte, sich aufzurichten. Aus der Ferne hörte ich die Sirenen des Krankenwagens. Sie stöhnte schmerzvoll auf, als sie ihre rechte Hand bewegen wollte.
»Au, das tut weh!«, schimpfte sie.
»Leg dich wieder hin. Der Krankenwagen ist gleich da. Die werden sich um dich kümmern. Mach dir keine Sorgen. Es wird alles gut werden«, versuchte ich, sie zu beruhigen. Behutsam legte sie sich wieder hin.
»Ach, das Motorrad!« Jetzt fiel es ihr wieder ein. Ich hatte schon Angst, sie hätte ihr Gedächtnis verloren oder so etwas in der Art.
Während wir warteten, dass der Krankenwagen Amy einlud, sah ich zu Mr. Chang, der mir nicht von der Seite gewichen war.
»Was machen Sie eigentlich hier? Das kann doch kein Zufall sein«, sagte ich zu ihm.
Ein Polizist trat zwischen uns, so dass eine Antwort ausblieb. Mr. Chang gab mir ein Zeichen, ich solle zu Amy in den Krankenwagen steigen. Die Befragung der Polizei konnten wir zu einem späteren Zeitpunkt erledigen. Man hatte meine Schwester gerade auf der Liege festgeschnallt und schob sie in den Transporter.
»Dann bis später, Mr. Chang«, sagte ich schnell, wandte mich ab und ging in Richtung Krankenwagen.
»Dein Onkel ist schon informiert. Er kommt direkt ins Krankenhaus, Jade«, rief er mir noch nach. Ich nickte ihm einmal kurz zu und stieg dann zu Amy in den Transporter.

Auch ich hatte mich verletzt. Aber bis auf ein paar Prellungen ging es mir gut. Meine Schwester hatte sich eine Gehirnerschütterung und ein gebrochenes Handgelenk

zugezogen. Onkel Finley traf fast zeitgleich mit dem Krankenwagen ein. Von mir aus hätte er Alegra ruhig zu Hause lassen können, doch sie schien die besorgte Mutter spielen zu wollen. Sie schwänzelte ständig besorgt um Amy herum, bis Onkel Finley sie endlich in die Cafeteria schickte.
Ich versuchte, sie zu ignorieren. Ich hatte ganz andere Sorgen. Wir hatten Glück gehabt, Amy und ich. Wir hätten beide tot sein können. Dem Polizisten konnte ich über den Fahrer und dessen Motorrad nur wenige Angaben machen, dennoch hofften sie, dass sich noch mehr Zeugen finden würden. Ich gab zu Protokoll, dass Mr. Chang eigentlich alles gesehen hatte und auch meine Version der Geschichte bestätigen konnte. Die Polizei versprach, dem nachzugehen.
Ich hatte keine Ahnung, wo und nach was ich suchen musste. Es gab nur zwei Männer, die wissen konnten, was genau hier los war. Ich war fest entschlossen, es herauszufinden und war mir sicher, dass dies ein Mordversuch an meiner Schwester war. Doch ich behielt es vorerst für mich. Mein Plan war, Onkel Finley und auch diesen Fremden, der im Arbeitszimmer gesprochen hatte, zu zwingen, mir die Wahrheit zu sagen.

Kapitel 6

Jade

Nach ein paar weiteren Untersuchungen wurden Amy und ich noch an diesem Nachmittag nach Hause entlassen. Der Chefarzt war zwar nicht ganz einverstanden, doch nachdem Amy ihm eindrucksvoll erklärt hatte, wie gut es ihr ginge, durften wir auf eigene Verantwortung nach Hause. Onkel Finley sprach nicht viel und gab seinem Personal knappe Anweisungen. Er bestellte zwei weitere Autos, die uns bis nach Hause in einem Konvoi begleiten sollten. Sofort wurden alle Sicherheitsmaßnahmen erhöht. Nichts und niemand durfte unbefugt das Grundstück verlassen oder betreten. Er selbst ließ uns keine Sekunde mehr allein und beauftragte unsere Gorillas, vor der Tür als Wachposten zu fungieren.

Sein Gesicht war wie versteinert und überhaupt war er ungewöhnlich ruhig. Besorgt sah er immer wieder zu Amy und ich fühlte seine Vorwürfe schon. Ich kannte meinen Onkel gut genug, um zu wissen, dass er böse auf uns war. Aber diese Standpauke hob er sich wohl für einen späteren Zeitpunkt auf.

Als wir endlich am Parkplatz ankamen, rannte Agnes uns weinend entgegen.

»Meine Mädchen!«, rief sie und nahm uns gleich in ihre Arme. Sie küsste uns und begutachtete Amys Gipsarm. »Mein Gott! Ich bin tausend Tode gestorben, als ich es erfuhr. Aber kommt erst mal rein, dann mache ich euch einen heißen Kakao und ihr könnt euch ausruhen.«

»So schlimm ist es nun auch wieder nicht, Agnes! Also hör auf mit dem Theater!«, mischte sich Alegra höhnisch ein.

Sie verdrehte ihre Augen dabei und stöckelte mit ihren High Heels gekonnt um das Auto herum und machte dabei eine abwinkende Handbewegung. Am liebsten hätte ich etwas erwidert, doch dies übernahm Amy für mich.
»Oh, hast du das besorgte Muttergetue wieder tief unter deiner tiefen Schicht von Arroganz vergraben? War bestimmt unangenehm für dich, die liebevolle und besorgte Mutter zu spielen!« Alegra funkelte Amy böse an. Offenbar fiel ihr spontan nichts Passendes ein, sodass sie schließlich stumm, aber hoch erhobenen Hauptes, ins Haus lief. Ich konnte mir ein Grinsen nicht verkneifen. Es beruhigte mich, zu wissen, dass meine Schwester immerhin ihr Mundwerk nicht verloren hatte. Agnes überhörte die Frechheit meiner Schwester und tat, was sie versprochen hatte. Die Tasse Kakao tat uns wirklich ausgesprochen gut. Liebevoll hatte Agnes uns im Wohnzimmer auf das Sofa postiert und eilig mit ein paar Decken zugedeckt. Sie liebte es, uns zu bemuttern. Das ließ sie sich nicht nehmen, auch nicht von Alegra.
Onkel Finley verschwand sofort in seinem Arbeitszimmer und nahm alle Gorillas mit sich. Wahrscheinlich hielt er eine große Lagebesprechung.
Amy schien, trotz der gekonnten verbalen Attacke gegen Alegra, geschafft zu sein. Der Unfall musste ihr mehr zugesetzt haben, als ich angenommen hatte. Es dauerte nicht lange und sie schlief tatsächlich ein. In Gedanken versunken starrte ich meine Schwester an. Sie war sich nach wie vor nicht bewusst, was wirklich vor ein paar Stunden geschehen war. Für sie war es nur ein Verrückter, der wahrscheinlich zu tief ins Glas geschaut hatte. Fürsorglich strich Agnes ihr eine Haarsträhne aus dem Gesicht und deckte sie behutsam zu.

Ich hätte jetzt nie und nimmer einschlafen können. Nach diesen Ereignissen war ich noch völlig durcheinander. Agnes nahm meine Hand und setzte sich zu mir. Sie schien genau zu wissen, dass ich mir Sorgen machte. Sie kannte mich gut.
»Jade, … willst du darüber reden?«
Ich schüttelte den Kopf. Darüber konnte ich mit ihr nicht reden. Was sollte ich ihr denn erzählen? Dass eine Krähe ständig in meiner Nähe war und uns beobachtete? Dass diese Krähe zu einem Mann gehörte, der mich für Amy gehalten hatte? Dass Onkel Finley glaubte, dass dieser versucht hatte, Amy zu ermorden? Ich verstand das alles ja selbst nicht. Wie sollte ich Agnes das alles erklären?
»Ich sehe dir an, dass du noch ganz geschockt bist. Weißt du, manchmal erlebt man Dinge, die schwer zu verstehen sind«, begann sie. »Aber hast du eine Ahnung, was du bist?« Agnes sah mich lächelnd an.
»Du bist eine Heldin, Jade. Du hast das Leben deiner Schwester gerettet.«
»Das ...«, stammelte ich.
»Dank dir ist euch beiden nicht mehr passiert als das gebrochene Handgelenk und ein paar blaue Flecken. Ich bin sehr stolz auf dich, mein Schatz.« Ihre Aufmunterung war lieb gemeint. Aber das war ja nicht das Problem. Außerdem hätte Amy dasselbe für mich getan, da war ich mir sicher.
»Ich habe einfach nur reagiert, mehr nicht!«
Sie riss ihre Augen auf. »Nur reagiert? Mir scheint, du bist dir nicht bewusst, was du wirklich für Amy getan hast! Ich finde es einfach unglaublich, wie du das geschafft hast. Du hast wirklich eine ausgesprochen gute Reaktion. ... Jetzt mach nicht so ein Gesicht, du kannst stolz auf dich sein. …

Oder geht es dir nicht gut? Soll ich deinem Onkel sagen, dass er einen Arzt rufen muss?«
Sie wollte gerade aufstehen, doch ich zog sie an ihrem Ärmel zurück auf das Sofa.
»Nein, nein! Es geht mir gut«, unterbrach ich sie schnell, »vielleicht brauche ich wirklich etwas Ruhe.«
»Sicher?«, fragte sie und zog ihre Stirn hoch.
Ich versuchte zu lächeln, doch es fiel mir schwer.
»Mach dir keine Sorgen, Agnes. Morgen bin ich wieder fit«, versprach ich ihr. Sie sah mich eindringlich an und spürte genau, dass es etwas gab, was mich beschäftigte.
»Denk nicht so viel nach, Kleines. Dieser Mann war bestimmt so betrunken, dass er nicht wusste, was er tat. Natürlich ist das keine Entschuldigung, aber es hätte jeden treffen können. Das hat die Polizei auch gesagt. Sie werden den Täter finden und er wird bestraft werden«, sagte sie, nahm die Decke und zog sie behutsam bis an mein Kinn. Dann küsste sie mich auf die Stirn.
»Versuch zu schlafen, Kind. Wenn etwas ist, ich bin im Garten!«, sagte sie und verließ leise das Wohnzimmer. Damit war ich mit meinen Gedanken allein, die mich nicht schlafen ließen. Die Fragen, die sich in meinem Kopf immer wieder abspielten, waren so aufwühlend. Die Fakten waren klar. Jemand hatte versucht, Amy zu töten. Vielleicht sogar uns beide. Dann diese Begegnung mit diesem Mann aus dem Wald, dessen Blick mir nach wie vor eine Gänsehaut verursachte. Was hatte er mit dem Ganzen zu tun? Und da gab es noch etwas, was mich sehr beunruhigte. Wovon niemand etwas bemerkt hatte. Diese merkwürdigen Veränderungen meiner Haut. Ich hatte es mit meinen eigenen Augen gesehen. Es war keine Einbildung. Außerdem spürte ich diese seltsame Kraft.

Zum ersten Mal wurde es mir richtig bewusst, als ich Amy packte, während sich das Motorrad uns näherte. Es waren einfach zu viele Dinge geschehen. Der Gedanke, dass Onkel Finley etwas Kriminelles getan hatte, ließ mich nicht mehr los. Ich hatte Angst vor der Wahrheit. Ich kannte ihn als liebevollen und großzügigen Onkel. Trotzdem gab es Dinge, die Amy und ich nie verstanden hatten. Warum war er immer so darauf bedacht gewesen, uns so zu schützen? Das alles ergab keinen Sinn. Welche Gründe hatte unser Onkel, uns so vor der Welt dort draußen abzuschirmen?

Aus dem Arbeitszimmer hörte ich aufgebrachte Männerstimmen, doch ich konnte nicht verstehen, was gesagt wurde. Schließlich hielt ich es auf dem Sofa nicht mehr länger aus. Ich musste etwas tun, …irgendetwas. Ich streifte die Decke von mir und schlich leise in die Eingangshalle. Diesmal war die Tür des Arbeitszimmers geschlossen. Ich sah mich um. Agnes war nirgends zu sehen. Sie hätte mir die Leviten gelesen, wenn sie mich beim Lauschen erwischt hätte. Laute Stimmen drangen aus dem Zimmer. Onkel Finley war in seinem Element, er gab mal wieder Anweisungen. Ich hielt mein Ohr an die glatte, kalte Oberfläche der Tür.
»Ich brauche Pässe und eine Maschine. Wir fliegen noch heute nach Madrid. Sie werden uns begleiten, Chang!« Onkel Finley schien keinen Widerspruch zu dulden.
»Mr. Lewis, glauben Sie mir. Eine Flucht wird Ihnen nichts nützen. Die Taluris überwachen jetzt alle Flughäfen, Bahnhöfe und sämtliche Ausgänge der Stadt. Wenn Sie jetzt fliehen, sind Sie viel leichter angreifbar und womöglich führen Sie diese Teufel noch in unser Versteck.

Die Taluris werden Sie finden, ganz egal, wo Sie sich auf der Welt verstecken. Es wäre besser, Sie würden Ruhe bewahren und nichts überstürzen.«
»Und das Mädchen töten lassen?«, schrie er plötzlich. »Sie glauben doch nicht im Ernst, dass ich Amy einfach so im Stich lasse. Ich habe es damals versprochen. Wir müssen verschwinden, je schneller, desto besser«, erwiderte mein Onkel wütend.
»Wenn ich etwas dazu sagen darf, Finley …«, hörte ich die Stimme des Fremden.
»Mr. Chang ist der Einzige, der genug Kampferfahrung hat, um das Mädchen zu verteidigen. Überstürze deine Entscheidung nicht. Vielleicht solltest du ihm vertrauen?«
»Vertrauen? Hier geht es um das Leben meiner Nichte, die heute fast ermordet wurde. Heute ist sie davon gekommen, aber das nächste Mal? Ich kann dieses Risiko nicht eingehen, Vico.«
Da mischte sich Mr. Chang wieder in das Gespräch ein. »Überlegen Sie mal, warum Amy noch am Leben ist und wem sie es zu verdanken hat. ... Es war Jade. Soweit ich informiert bin, hatte sie das Schulgelände erst viel später verlassen als ihre Schwester. Eine Schülerin sagte mir, dass sie zum Roberts rannte, als wäre der Teufel hinter ihr her. Ist Ihnen schon mal in den Sinn gekommen, dass das Mädchen vielleicht mehr weiß, als wir alle annehmen?«
»Papperlapapp, woher soll Jade etwas wissen? Sie ist zwar nicht dumm, trotzdem hat sie keine Ahnung, was hier vor sich geht, geschweige denn, was Amy für ein Schicksal bevorsteht.«
Langsam hatte ich die Faxen dicke. Ich konnte mich nicht ewig hinter der Tür verstecken und darauf warten, dass ich mehr Details erfahren würde. Hin- und hergerissen

überlegte ich, ob ich einfach ins Büro hineinspazieren sollte oder nicht.
Onkel Finley plante, mit uns die Stadt zu verlassen, um uns zu schützen, vor was auch immer. Aber das würde bedeuten, nie mehr wieder zurückzukehren. Unsere Heimat, unser Zuhause, unsere Freunde. Das konnte er doch nicht ernst meinen. Was war hier nur los?
Ich nahm allen Mut zusammen, drückte die Klinke der Tür hinunter und betrat das Arbeitszimmer. Sofort war es still im Raum. Alle Augen waren auf mich gerichtet. Onkel Finley, der mal wieder unruhig durch das Zimmer getigert war, blieb abrupt stehen und sah mich an.
Mein Gott! Er sah wirklich nicht gut aus. Erst jetzt bemerkte ich, wie viel Sorge in seinem Gesicht lag.
»Jade, … alles in Ordnung?« Er versuchte zu lächeln, was ihm allerdings kläglich misslang. Mit meinem Erscheinen hatte er wohl nicht gerechnet. Nervös spielte ich mit meinen Pulloverärmeln.
»Keine Sorge, alles in Ordnung. Amy schläft«, beruhigte ich ihn.
Ein mir unbekannter Mann saß auf dem Ledersofa, während Terry, Clive und Frank links von Onkel Finleys Schreibtisch standen.
»Was kann ich für dich tun? Geht es dir auch gut? Oder hast du etwas auf dem Herzen?«, fragte er.
Jetzt oder nie, dachte ich. Ich nahm noch mehr Mut zusammen. »Onkel Finley«, stammelte ich, »ich will die Wahrheit wissen. Ich weiß, dass das heute Nachmittag ein Mordversuch war und ich weiß auch, dass das alles mit Amy zu tun hat. Ich finde, du solltest mir die Wahrheit sagen.«
Röte schoss mir ins Gesicht, als ich für einen Augenblick

die Überraschung in den Gesichtern lesen konnte.
»Was für eine Wahrheit, Liebes? Das heute, … war ein … Unfall. Ein Betrunkener, es war ein …«, versuchte er sich herauszureden. Er wollte mich weiter täuschen. Doch diesmal konnte ich keine Märchen und Ausreden mehr ertragen. Wütend erhob ich meine Stimme. »Das war ein versuchter Mord. Und ich will auf der Stelle wissen, was hier los ist!«, platzte es aus mir heraus.
Erstaunt darüber, wie ich mit ihm sprach, wollte er mich gerade zurechtweisen, als der fremde Mann sich in unser Gespräch einmischte.
»Sie hat recht, Finley. Früher oder später musst du deine Nichten sowieso einweihen. Besser du tust es jetzt, bevor es zu spät ist. Außerdem ahnt sie schon etwas, da wäre es nur fair, ihr reinen Wein einzuschenken.«
»Wer sind Sie?«, unterbrach ich ihn.
Der Mann, der versuchte, meinen Onkel zum Hierbleiben zu überreden, war ungefähr im gleichen Alter wie Finley. Er war einen ganzen Kopf kleiner als ich und wirkte etwas zerstreut, aber freundlich. Seine längeren, grauen Haare hatte er ungebürstet zu einem Pferdeschwanz zusammengebunden und eine runde kleine Brille saß auf seiner Nase. Er wirkte ungepflegt, dafür hatte er warme braune Augen, die mich freundlich anblickten.
Er erhob sich. »Oh, entschuldige bitte. Ich bin Vico, Vico Tramonti, ein Freund deines Onkels«, sagte er lächelnd und streckte mir seine Hand entgegen, die ich zögerlich annahm. Sein Griff war warm und kräftig.
»Ich kenne deinen Onkel schon viele Jahre und ich hoffe, wir werden uns auch besser kennenlernen. Seit Längerem war es mein Wunsch, euch Mädchen einmal zu treffen, jedoch hat mein Beruf es nie zugelassen, bis jetzt.«

Mr. Tramonti schien sehr nett zu sein. Er tätschelte meine Hand und setzte sich wieder aufs Sofa, sah meinen Onkel aufmerksam an, gespannt, was er mir nun sagen würde. Onkel Finley dachte nach und ich glaubte schon, neue Ausreden oder abstruse Geschichten aufgetischt zu bekommen. … Jedoch bevor er es sich anders überlegen konnte, sprudelten all die Dinge über meine Lippen, die mich seit gestern beschäftigten.
»Bitte Onkel, ... sag mir, was oder wer sind die Taluris und wer will Amy etwas antun und vor allem warum? Sie hat doch niemandem etwas getan. Was hat diese Krähe zu bedeuten? Und überhaupt, was ist denn eigentlich hier los? Warum willst du mit uns fortgehen? Ich denke, wir haben ein Recht, alles zu erfahren«, flehte ich ihn an und schluckte meine aufkommenden Tränen hinunter.
»Siehst du? Ich wusste, dass sie etwas ahnt. Es war eine Frage der Zeit, bis sie es herausfinden würde«, nickte Mr. Tramonti ihm zu. Ich hatte ihn wohl in die Enge getrieben, sodass er nun die Wahrheit sagen musste. Da trat Mr. Chang auf mich zu, hielt meine Schultern und sah mir fest in die Augen. Sein Gesicht war ernst.
»Willst du wirklich die Wahrheit hören? Auch, wenn es etwas ist, was du dir in deinen kühnsten Träumen nicht hättest vorstellen können?«, fragte er.
Ich brachte vor Anspannung kein Wort mehr heraus und nickte stumm. Dann schob er mich zum Sofa, direkt auf den Platz, auf dem er vorher gesessen hatte und drückte mich in das weiche, braune Leder.
Innerlich schien Onkel Finley mit sich zu ringen, doch je länger er mich ansah, desto mehr verlor er den Kampf mit sich selbst und fuhr sich gequält durchs Gesicht.
»Terry, Frank, Clive lasst uns allein. Überwacht alles und

gebt im Falle eines Falles sofort Alarm.«
Die drei Gorillas nickten und schlossen leise die Tür hinter sich. Es dauerte noch einen kurzen Augenblick, bis er endlich anfing, mich in seine Geheimnisse einzuweihen.
»Liebes, das … ist alles nicht so leicht. Es gibt ein paar Dinge, die wirklich schwer zu glauben sind, und sie sprengen vielleicht deine Vorstellungskraft. Dennoch ist es wichtig, dass du mir jetzt genau zuhörst.« Unruhe beherrschte seinen Körper und ich sah, wie seine Hände zitterten. Es machte mir deutlich, wie ernst diese ganze Sache war.
»Die Welt, so wie du sie kennst, gibt es nicht, Jade. Das, was ich dir jetzt sage, klingt für dich wahrscheinlich unglaublich, doch seit heute Nachmittag könntest du eine Vorstellung davon haben, dass es tatsächlich unser Schicksal ist«, begann er.
Ungeduldig rutschte ich auf dem Sofa hin und her.
»Wir stecken wirklich in einer ernsten Lage und ich hoffe, dass wir da alle heil herauskommen werden. Die Gefahr, von der ich spreche, dauert schon euer ganzes Leben. Das, was euch bedroht, ist grausam und gefährlich. Es werden Soldaten durch die ganze Welt geschickt, um Mädchen wie deine Schwester Amy zu suchen und zu töten. Diese Soldaten heißen Taluris und sind eigens dafür ausgebildete Tötungsmaschinen.« Er machte eine Pause, damit ich ihm folgen konnte.
»Auf der ganzen Welt sind zwölf Killer mit dem gleichen Ziel unterwegs«, erklärte er. »Sie suchen die Illustris und töten sie, indem sie ihnen den Kopf von den Schultern schlagen, und Amy ist eine von ihnen. Deshalb müssen wir sie mit allen Mitteln beschützen und darauf hoffen, dass diese Mörder sie nicht finden.«

Ungläubig starrte ich ihn an. Ich hoffte, dass alle im Raum gleich anfangen würden zu lachen, damit mir klar würde, dass das ein Witz war. Ich sah von einem Gesicht ins nächste, doch alle blickten mich mit betretenden Mienen an. Niemand lachte, nicht ein Mundwinkel zuckte. Sollte ich vielleicht den Anfang machen?
»Dein Onkel sagt die Wahrheit, Jade! Seit Jahren hält er euch hier in Bayville versteckt. Die Taluris hatten in all dieser Zeit keine Ahnung, dass Amy hier lebt. Doch jetzt sind sie ihr auf die Schliche gekommen«, meinte Mr. Chang.
Mr. Tramonti nahm seine Brille ab, hielt sie in die Luft und sah durch die Gläser. Dann nahm er ein Taschentuch aus seiner Hosentasche und polierte die Gläser nachdenklich.
»Der Unfall heute Nachmittag war ein Versuch, deine Schwester zu töten. Jetzt fragen wir uns, was wir dagegen unternehmen sollen. Dein Onkel möchte mit euch fliehen. Das würde für euch bedeuten, für immer von hier zu verschwinden. Ein neues Leben, eine neue Identität.«
Völlig gefesselt von dem, was ich erfahren hatte, sah ich zu Onkel Finley, der sich müde auf seinen Schreibtischsessel gesetzt hatte und ratlos auf seine Hände blickte.
War das wirklich alles wahr? Er widersprach den Worten von Mr. Tramonti oder denen von Mr. Chang nicht. Meine Gedanken rasten alle durcheinander. War das der Grund, warum er uns auf dem Grundstück hielt und niemals alleine gehen ließ? Gegen solche Typen hätten wir uns nie verteidigen können und das wusste er. Deshalb das Sicherheitssystem, die Sicherheitsleute, die Privatschule, die Grundstücksmauer, die strengen Regeln. Tausend Gedanken schossen mir durch den Kopf und Angst machte sich in meiner Brust breit.

»Aber das ist doch völlig unmöglich«, stammelte ich. »Amy ist eine was ...?«
Mr. Tramonti übernahm die weiteren Erklärungen für meinen Onkel. »Eine Illustris! ... Es ist schwierig für euch, das zu verstehen, vor allem wenn man keine Zeit hat, sich langsam darauf vorzubereiten. Aber klar ist, dass Amy eine Illustris ist, eine Heilerin«, sagte er und machte eine gedankenreiche Pause.
»Illustris sind Heilerinnen, die hauptsächlich im Mittelalter bekannt waren. Man kann sie mit einer Hexe vergleichen, doch anders als diese, heilt sie durch ihre Hände. Durch ihre Fähigkeit konnte sie den Menschen durch ihre Strahlung heilen. Leider hat sich das Gen von Generation zu Generation abgeschwächt und dies konnte bis heute auch nicht gestoppt werden. Die heutigen Illustris können leider nur noch durch eine Berührung kleinere Krankheiten mildern.«
Ich kräuselte die Stirn und schüttelte den Kopf. Amy war doch keine Heilerin! Zumindest hatte sie noch nie jemanden geheilt. Das würde ich doch wissen!
»Das alles werden wir euch noch erklären. Jetzt müssen wir dafür sorgen, dass Amy nichts geschieht.«
Ungläubig schüttelte ich immer noch den Kopf. Waren denn jetzt alle verrückt geworden? Das gab es doch nicht!
»Ist euch klar, was ihr da erzählt? … Und dieser Vogel? Was hat diese Krähe für eine Bedeutung?«
»Diese Krähen sind Späher oder, wenn du sie so nennen willst, Auskundschafter der Taluris.«
Ein Schmunzeln lag auf meinen Lippen. Das war ja wie im Märchen. Das Bild dieses schönen Vogels erschien direkt vor meinen Augen. Diese leuchtenden blauen Flecken in seinem Gesicht. Doch dann fiel mir ein, wie oft ich den

Vogel gesehen hatte und welche Gefühle er in mir ausgelöst hatte. Sofort war auch das Bild von dem jungen Mann wieder da, der mit der Krähe gesprochen hatte. Ein Schauer fuhr mir den Rücken hinunter. War er ein Taluri?
»Am Fußgelenk dieser Krähen haben die Taluris einen Minichip befestigt, der über das Nervensystem des Tieres verbunden ist. Durch ein Computerprogramm sind sie daher in der Lage, eine bestimmte Person ausfindig zu machen, sie tagelang zu beschatten und Gespräche aufzuzeichnen. Der Vogel gibt über GPS alle wichtigen Informationen weiter, die die Taluris benötigen, um ihr Opfer schnell und unauffällig zu finden. Es handelt sich um eine sehr hohe Technologie, die der Öffentlichkeit noch nicht bekannt ist.«
»Woher wissen Sie das alles? Ich meine, wir reden hier von einer Sache, die so … fantastisch klingt, dass sie schon wieder irre ist«, sagte ich ungläubig.
»Ich weiß, Jade. Das muss für dich wirklich sehr fantasievoll klingen. Du brauchst Zeit, um dich an diese Tatsachen zu gewöhnen. Das Problem ist nur, viel Zeit haben wir nicht! Die Taluris haben Amy entdeckt und werden so lange versuchen, sie zu töten, bis sie es geschafft haben«, sagte er.
Ich überlegte, wo ich der Krähe überall begegnet war. Das erste Mal hier auf dem Grundstück. Diese Taluris wussten also, wo wir wohnten und zur Schule gingen. Die Krähe hatte ich auf der Terrasse am Restaurant, zusammen mit Tom, gesehen. Sie wussten also über alles Bescheid. Onkel Finley stand auf und sah mich ernst an.
»Deshalb möchte ich mit euch fortgehen, Jade. So schnell wie möglich. Ich finde einen neuen Ort und werde euch beschützen. Ich habe noch mehr Sicherheitspersonal

organisiert, die«, er sah auf seine Armbanduhr, »in ein paar Stunden hier eintreffen werden. Wir chartern eine Maschine und fangen irgendwo neu an.«

Traurig, aber voller Tatendrang erwartete er nun von mir, dass ich sofort einwilligte. Nur was sollte ich dazu sagen? Ich hatte Angst um Amy und fand die Geschichte einfach unglaublich. Mit Vielem hatte ich gerechnet, aber doch nicht mit einer solchen Geschichte, die aus einem Fantasy-Drehbuch stammen könnte. Es fiel mir schwer, daran zu glauben.

»Mussten wir schon einmal fortgehen? Ich meine, sind diese Leute uns schon mal auf die Schliche gekommen?«, fragte ich meinen Onkel.

Er nickte. »Einmal.« Dann ging er zum Fenster und sah in die Nacht hinaus.

Ich verstand plötzlich seine Sorgen und auch seine Vorbehalte, uns ins jugendliche Partyleben zu entlassen. Er hatte Angst. Er liebte uns wie seine eigenen Kinder und konnte den Gedanken nicht ertragen, dass uns etwas zustoßen würde. Jetzt wurde mir auch klar, warum sein Hauptaugenmerk schon immer mehr auf Amy lag. Nicht, dass er sie mehr liebte, doch ließ er ihr mehr Freiheit, wie es ihrem Charakter nun mal entsprach. Sie war für ihn wichtig und nun wurde mir bewusst, warum.

Ich stand auf und lief zu ihm, legte meine Arme um seinen Bauch und kuschelte mich an ihn. Es dauerte nicht lange, da spürte ich, wie er meine Umarmung mit sanftem Druck erwiderte.

»Es tut mir so leid, Jade. Ich wünschte, ich könnte euch dieses Schicksal ersparen. Ich würde alles tun, damit ihr ein sorgenfreies Leben führen könntet. Du weißt genau, wie sehr ich euch vergöttere, aber diese Sache ist sehr gefährlich. Ich weiß einfach keine andere Lösung, als von hier fortzugehen.«

Er kämpfte mit den Tränen, es war das erste Mal in meinem Leben, dass ich ihn so sah. Ich wollte ihn trösten, irgendetwas sagen, doch ich brachte kein Wort heraus. Ich war selbst zu sehr geschockt und zu durcheinander. Es war einfach zu viel.

»Wer weiß darüber Bescheid?«, wollte ich noch wissen.

»Nur die Personen, die hier anwesend sind und unsere Männer. Ich bitte dich, Jade, du darfst niemandem davon erzählen, vorerst auch Amy nicht, falls sie noch nichts ahnt.«

Oh, das konnte sehr schwierig werden, da ich meine Aura nicht abstellen konnte, wie sie ihre. Insgeheim fand ich aber, dass es wichtig wäre, dass gerade Amy informiert wurde. Schließlich ging es ja um sie. Sie würde viel besser verstehen, warum sie nicht einfach ausgehen konnte. Und sie hatte ein Recht, mit zu entscheiden. Onkel Finley wollte fliehen. Weit fort, wo diese Mörder uns nicht fanden. Doch gab es einen solchen Ort? Einen Platz auf der Welt, wo wir sicher sein konnten?

»Wie viel Zeit haben wir tatsächlich noch, bis diese … Tadingsda kommen?«

»Taluris«, verbesserte Mr. Tramonti mich freundlich. »Das ist schwer zu sagen, theoretisch könnten sie jeden Moment auftauchen, manchmal kann es auch ein paar Tage dauern. Dieses Mal ist ihr Mordversuch fehlgeschlagen und ganz Bayville glaubt an einen durchgeknallten, alkoholisierten Motorradfahrer. Ein sofortiger, weiterer Versuch würde einfach zu viel Aufsehen erregen, daher können sie ihn sich nicht leisten. Sie müssen abwarten, bis etwas Gras über die Sache gewachsen ist. Auf der anderen Seite töten sie auf

Befehl. Wenn ihnen gesagt wird, sie sollen es gleich wieder versuchen, werden sie nicht zögern, es erneut zu tun.«
»Das heißt also, wir hätten jetzt die Möglichkeit, einfach zu verschwinden?«, fragte ich.
»Sieh mal, Jade, das ist genau das, was ich versuche, deinem Onkel zu erklären. Der Fokus liegt ja schon auf euch. Jede überstürzte Flucht würde noch mehr Taluris nach Bayville ziehen. Sie wissen genau, welche Maus sich hier befindet und welche verschwindet.«
Das würde bedeuten, dass wir in der Falle saßen. Tränen stiegen mir in die Augen, die ich tapfer versuchte, wegzublinzeln. Die Worte Illustris, Taluris, Mörder, Gefahr und einige andere mehr schossen durch meinen Kopf. Es war so schwierig für mich, diese plötzliche Wendung in meinem, oder besser gesagt in unserem, Leben zu verstehen.
Still war es im Arbeitszimmer und alle Augen waren auf mich gerichtet. Doch ich konzentrierte mich auf Mr. Tramonti.
»Gibt es keinen anderen Ausweg?«, flüsterte ich.
Er schluckte. »Es gibt immer einen Ausweg, in eurem Fall heißt der Flucht. Irgendwo neu anfangen und hoffentlich für ein paar Jahre unentdeckt leben.«
Ich konnte und wollte nicht glauben, was Vico Tramonti erzählte. Das konnte doch nicht sein. Wir würden immer in Angst leben müssen. Wie schrecklich dieser Gedanke war, konnte ich nicht in Worte fassen.
»Aber, … aber woher wollen die wissen, dass Amy diejenige ist, die sie suchen? Ich meine, sie ist doch ein ganz normaler Teenager!«
»Ja, für uns Menschen, aber für einen Taluri eben nicht. Amy ist eine Illustris und hat eine Farbenaura. Das heißt,

alle Stimmungen und Gefühle sendet ihr Körper in Form von Farben aus. Und genau das ist es, was sie an die Taluris verrät. Diese Mörder können das sehen«, erklärte er.
Sofort dachte ich daran, dass mit meinem Körper das Gleiche geschah. Dann waren die Farben also ein Zeichen dafür, dass Amy eine Illustris war? Und was war mit mir? War ich auch eine von ihnen? Mein Herz pochte wild in meiner Brust und jegliche Farbe wich aus meinem Gesicht. Sollte ich von den Ornamenten auf meiner Haut erzählen? Die Bilder tauchten in meinem Kopf auf, als ich diesem Typen begegnet war. Diese roten Zeichen, die ich im Spiegel gesehen hatte. Außerdem würde das bedeuten, dass unser Geheimnis all die Jahre kein Geheimnis war. Onkel Finley wusste, was die Ausstrahlung zu bedeuten hatte. Vielleicht sollte ich ihn doch informieren, was heute Mittag wirklich geschehen war? Gerade nahm ich all meinen Mut zusammen, als Mr. Tramonti mir zuvorkam.
»Aber jetzt mach dir nicht allzu viele Sorgen. Vorerst würde ein weiterer Versuch, deine Schwester zu töten, zu sehr auffallen. Das Letzte, was die Taluris wollen, ist Aufmerksamkeit. Ganz Bayville weiß über das Ereignis von heute Nachmittag Bescheid. Wenn sie in den nächsten Tagen sofort wieder angreifen, würde die Polizei Fragen stellen. Daher müssen sie abwarten. In der Regel wollen sie es wie einen dummen Unfall aussehen lassen. Das können sie allerdings nur, wenn ihr außer Haus geht. Deshalb mein Rat an euch, bleibt hier und überlegt in Ruhe, was ihr tun wollt.«
Unsicher sah ich zu meinem Onkel, während Mr. Chang wieder zu seinem Platz ging.
»Ich denke, es reicht für den Anfang. Gebt dem Mädchen

die Möglichkeit, alles zu verarbeiten. Es war ein aufregender Tag für uns. Ihr solltet jetzt nichts überstürzen. Ein paar Stunden Schlaf können da Wunder wirken«, empfahl Mr. Chang. Auch Vico Tramonti nickte zustimmend.

»Ich bin der gleichen Meinung, Finley. Außerdem hat der missglückte Mordversuch sie sicherlich ins Grübeln gebracht. Sie werden Zeit brauchen und die werden wir ihnen geben. Glaubt mir, ihr habt Zeit, nachzudenken und zu handeln.«

Unentschlossen sah Onkel Finley in die Gesichter seiner Berater und schließlich in meins. Ich fühlte mich hilflos und gefangen. Natürlich war jetzt der Gedanke an Flucht wirklich sehr naheliegend, doch mein größeres Problem war, das alles zu realisieren, falls man solche Neuigkeiten überhaupt richtig verstehen konnte. Es war wirklich unglaublich, doch unsere Gefühle, die wir als Farben sehen konnten, waren ein Beweis, dass irgendetwas an der Geschichte dran sein musste.

»Vielleicht habt ihr recht. Trotzdem werde ich für eine Flucht alles vorbereiten lassen und du solltest das auch tun, Jade. Pack einfach einen Koffer mit deinen wichtigsten Dingen zusammen.«

Ich stand vom Sofa auf. Am liebsten wäre ich aus dem Arbeitszimmer gerannt, hinaus in den Park.

»Und vorerst kein Wort zu Amy, verstanden?« Ich nickte schwach, bevor ich das Arbeitszimmer verließ.

Kapitel 7

Jade

Es war schon spät, als das restliche Sicherheitspersonal nach kurzen Einweisungen von Frank seine Stellung bezog. Nach einer kurzen Diskussion war Onkel Finley letztlich bereit gewesen, schlafen zu gehen und die Flucht auf einen anderen Zeitpunkt zu verschieben. Ich hatte mich hellwach unter meiner Decke verkrochen. Das war wirklich die mit Abstand unglaublichste Geschichte, die ich jemals gehört hatte. Im Dunkeln sah ich zu Amy rüber. Sie schlief tief und fest und sie hatte noch von allem keinen blassen Schimmer. Wie würde sie reagieren, wenn sie von ihrem Schicksal erfuhr? Mein Instinkt sagte mir schon immer, dass ich sie beschützen musste, genau, wie Onkel Finley es schon immer getan und es auch von mir erwartet hatte. Nur wo sollten wir hin? Gab es wirklich einen Ort, an dem wir sicher sein konnten? Onkel Finley war es gelungen, uns siebzehn Jahre lang versteckt zu halten. Warum sollte er es dieses Mal nicht schaffen? Was erwartete uns in dem neuen Leben? Nie konnten wir unbeschwert wie andere Jugendliche unsere Jugend genießen. Wir mussten immer auf der Hut sein. Immer! Wir wären ständig auf der Flucht, würden in ständiger Angst leben und unser Misstrauen Fremden gegenüber würde noch größer werden.

Ich kannte das Gefühl von Freiheit nicht wirklich, doch ich hatte einen leisen Vorgeschmack bekommen, sich frei und unbefangen zu bewegen, als ich Amy aus dem Club holte. Insgeheim hatte ich mich darauf gefreut, die Grundstücksmauern hin und wieder hinter mir lassen zu können und den Duft von Freiheit besser kennenzulernen. Wenigstens einmal wollte ich das Gefühl schmecken. Nur einmal, wenn ich schon dies alles hier aufgeben musste.

Leise zog ich mich an, eine Jeans und ein dunkles Shirt. Ich band meine Haare zusammen und versteckte sie unter der Kapuze. Konnte ich mir heute Nacht diesen Luxus von Freiheit leisten, oder war es zu gefährlich? Hatte nicht Mr. Chang gesagt, dass die Taluris nicht so kurz hintereinander angreifen würden?
Ganz vorsichtig öffnete ich das Fenster und beim Sprung auf die Linde raschelten die Blätter so verdächtig laut, dass ich kurz innehielt. Abwartend, ob sich jemand rührte oder der Alarm anschlug, hing ich im Baum. Mein Herz klopfte laut. Ich hatte keine Ahnung, wie viele Sicherheitsleute mein Onkel auf dem Grundstück postiert hatte, ich sah jedenfalls niemanden. Als alles ruhig blieb, kletterte ich langsam hinunter und lief geduckt an den Büschen entlang. Meine Angst, erwischt zu werden, wuchs, als ich mich der Mauer näherte, deren Alarmsignal hoffentlich immer noch unterbrochen war. Vielleicht hatten sie es jetzt überprüft und herausgefunden, dass es hier im Sicherheitssystem eine Lücke gab? Kurz überlegte ich, doch dann ging ich das Risiko ein, sprang auf den kleinen Absatz und hievte mich hinauf. Der Alarm wurde nicht ausgelöst und alles blieb ruhig.
Mit einem kurzen Sprung landete ich auf dem Bürgersteig. Geschafft! Ich wunderte mich, wie mutig ich war. Sonst war dies eigentlich Amys Part.
Ich sah mich um. Ich war allein. Jetzt konnte ich endlich einen kurzen Spaziergang in der Freiheit unternehmen. Ich begann, locker zu joggen, und fühlte mich mit jedem

Schritt, den ich tat, freier. Ich spürte buchstäblich den Abstand zum Grundstück, zu meinem Leben, zu unserem Schicksal und zu dem, was heute passiert war. Es war wie eine Tür, durch die ich hindurchging und später wieder zurücklaufen würde. Ich dachte an Tom, an Agnes, an Sandy, meine Lehrer, unsere Freunde, an all die Menschen, die wir zurücklassen müssten. Von den meisten könnten wir uns nicht verabschieden. Es schmerzte mich. Tränen standen in meinen Augen. Ich war ein ganzes Stück von zu Hause entfernt. Meine Traurigkeit wurde größer und ich fing an, hemmungslos zu schluchzen. Niemand konnte mich hören oder sehen und ich war froh über die Dunkelheit, die mich umhüllte. Meine Schritte wurden langsamer, bis ich schließlich stand. Tief atmete ich ein und versuchte mich zu beruhigen, ging dann weiter zum Spielplatz, der auf der anderen Seite des Village Woods Park lag. Ich verband damit schöne Erinnerungen aus meiner Kindheit. Agnes war oft mit uns her gekommen. Manchmal hatten wir ein Picknick gemacht und uns die Zeit mit spielen vertrieben. Tom, Amy und ich hatten ganz oft Verstecken gespielt. Jedes Mal war Onkel Finley fast in Panik geraten, wenn er Amy oder mich nicht gleich gefunden hatte. Damals fand ich seine Reaktion total übertrieben. Doch jetzt kannte ich ja wenigstens den Grund dafür.
Auf der kleinen Kletterburg spielten Amy und ich Prinzessinnen. Fast liebevoll streichelte ich das Holz, als ich in diesen Erinnerungen gefangen war. Erneut rannen Tränen über meine Wangen und meine Gefühle machten mich immer trauriger, je mehr Kindheitserinnerungen in mir hochkamen. Ich wischte die Tränen an meinem Ärmel ab und setzte mich an den Sandkastenrand. Ich nahm eine

Handvoll Sand. Er knirschte leise und rieselte durch meine Finger. Mein Blick schweifte über die Hausdächer, die ich von Weitem sehen konnte. Ich liebte Bayville und es würde mir sehr fehlen.
So traurig ich auch war, die Geschichte wollte mir einfach nicht in den Kopf. Schon immer hatte ich es als meine Aufgabe gesehen, auf meine Schwester aufzupassen. Von Anfang an war es ein tiefes Bedürfnis, das sich heute nochmals verstärkt hatte. War es vielleicht mein Schicksal, sie zu schützen? Der Augenblick, in dem ich diese merkwürdige Energie gespürt hatte und es geschafft, Amy und mich zu retten, fiel mir ein. Es fühlte sich richtig an. Ich fühlte mich stark und lebendig, kräftig genug, um mich vor sie zu stellen. Lieber würde ich sterben, als zuzulassen, dass jemand meiner Schwester etwas antat. Ja, ich würde kämpfen, bis ich völlig erschöpft zusammenbrechen würde. Diese Taluris würden niemals gewinnen. Ganz egal, wie mächtig sie sein mochten.

Den restlichen Sand in meiner Hand streifte ich ab, als ich beschlossen hatte, alles zu tun, um diese Teufel nicht gewinnen zu lassen. Plötzlich horchte ich auf. War da ein Geräusch? Sofort waren meine Sinne geschärft und ich erhob mich. Was war das? Ein Tier? Vorsichtig versuchte ich, hinter der Baumgruppe vor dem Wald etwas erkennen zu können. Es war zu dunkel. Vielleicht hatte ich mich getäuscht, doch ich spürte, ganz instinktiv, dass ich in Gefahr war. Dieses verdächtige Pochen meiner Haut verriet es mir. Was jetzt? Flucht oder Kampf? War ich überhaupt schon so weit? Vielleicht sollte ich die Flucht vorziehen. Ruckartig drehte ich mich um, als ...
»Bleib ..., bitte!«, sagte eine männliche Stimme.

Erschrocken sah ich zu den Bäumen und erst jetzt konnte ich etwas erkennen. Eine dunkle Gestalt. Trotz der Entfernung konnte ich doch deutliche Konturen sehen. Die Stimme war tief, melodisch und es lag eine Sanftheit darin, die irgendwie schön klang. Es war der Kerl von heute Nachmittag aus dem Wald. War er ein Taluri?
»Wer bist du?«, fragte ich und war stolz, dass meine Stimme dieses Mal fest und sicher klang.
Er antwortete nicht gleich, ließ mich ein paar Sekunden einfach nur da stehen.
»Das weißt du doch, oder?« Seine Stimme klang jetzt gefährlich.
Ja, ich wusste, wer er war, und ich spürte die Gefahr, die von ihm ausging. Ich fühlte die Hitze in meinem Gesicht, auf meinem Hals und an den Armen. Schnell zog ich meine Kapuze tiefer ins Gesicht, damit er mich nicht anblicken konnte.
»Komm einen Schritt näher, damit ich dich besser sehen kann«, forderte ich ihn auf.
»Das kann ich nicht.«
Wieso konnte er das nicht? Heute Mittag stand er noch näher bei mir und es ging schließlich auch. Wenn ich ihn besser sehen würde, könnte ich seine Bewegungen besser einschätzen, falls er etwas vorhatte. Also beschloss ich, ein paar Schritte in seine Richtung zu gehen.
»Nein! Bleib sofort stehen! Hörst du?«, schrie er auf.
Abrupt hielt ich in meiner Bewegung inne. Ich war noch keinen Schritt vorwärts getreten und schon hatte er mein Vorhaben erkannt. Er musste nicht nur über enorme Kräfte verfügen, sondern auch über unglaubliche Instinkte. Mit einer Handbewegung wischte ich mir die letzten Tränen aus meinem Gesicht. Wie lange stand er schon dort? Hatte

er mitbekommen, dass ich geweint hatte? Stille herrschte zwischen uns. Die Hitze meiner Haut nahm weiter zu und im Mondlicht sah ich, wie sich die roten Linien auf meinem Unterarm langsam bildeten. Schnell zog ich die Ärmel meines Pullovers ganz über meine Hände, um sie zu verdecken.
»Du weißt, wer ich bin, oder?«, wiederholte er seine Frage. Ich wusste es. Ich spürte es. »Ja, das weiß ich.«
Wieder entstand diese Stille und ich wagte kaum zu atmen. Was würde er jetzt tun? War er gekommen, um mich zu töten? War ich sein erstes Hindernis, das er aus dem Weg räumen musste, um an meine Schwester heranzukommen?
»Hast du Angst?«, wollte er wissen.
Angst? Merkwürdigerweise hatte ich keine Angst. Jedenfalls nicht vor ihm. Ich fragte mich, wieso? Mein Körper sendete mir eindeutige Signale, dass ich in Gefahr war, aber Angst war nicht das Gefühl, das mir im Nacken lag.
»Nein! Hast du denn Angst?«, gab ich seine Frage zurück. Weiße Zähne sah ich in der Dunkelheit aufleuchten. Damit hatte ich ihn zum Lächeln gebracht. Ich schien ihn zu amüsieren. Na toll! Eine Antwort gab er mir jedoch nicht.
»Wo ist dein Vogel?«, wollte ich wissen.
»Dort wo er immer ist. Ganz in deiner Nähe!«
»Dann hat er dir gesagt, dass ich hier bin?«, fragte ich.
»Natürlich!«
Ich trat von einem Bein aufs andere. Was bezweckte er mit seinen Fragen? Wollte er mich hinhalten, oder in eine Falle tappen lassen? Vielleicht sollte ich versuchen, soviel wie möglich über ihn herauszubekommen. Ein paar Informationen wären nur fair. Schließlich war er mit seiner Krähe im Vorteil.

»Wie heißt du?« Ich glaubte zwar nicht daran, dass er mir seinen Namen verraten würde, doch ein Versuch konnte nicht schaden.
»Warum willst du das wissen?«
»Wenn ich schon getötet werden soll, will ich wenigstens wissen, von wem!« Wieder sah ich seine weißen Zähne aufleuchten. Ihm gefiel unser Spiel offensichtlich.
»Du bist mutig oder naiv, aber es gefällt mir«, meinte er.
»Also?«
»Was also?«
»Dein Name?« Langsam wurde ich ungeduldig. War es denn so schwer, mir seinen Namen zu verraten? Was konnte ich schon damit anstellen? Ich sollte dieses Spiel beenden und ihn direkt fragen.
»Warum bist du hergekommen? Wenn du mich töten wolltest, hattest du mehr als eine Gelegenheit dazu.«
»Das stimmt«, gab er zu, »das ist es ja, was ich ... herausfinden will. Ich ...«, rief er und ich hatte den Eindruck, dass er wirklich nicht wusste, warum ich noch am Leben war.
»Etwas ist anders als sonst und ich glaube, es liegt an dir.« Er klang nachdenklich und irgendwie glaubte ich ihm. Plötzlich griff er sich mit schmerzverzerrtem Gesicht an den Kopf, beugte sich nach vorne und gab ein leises Stöhnen von sich. Instinktiv wollte ich einen Schritt auf ihn zu machen, aber er schrie mich an.
»Lauf, lauf ...!«
Gerade noch konnte ich sehen, wie er sich von mir abwandte. Seine Stimme hatte sich verändert, war kalt und hart. Mein Körper reagierte sofort und ich fing an, erschrocken davonzurennen. Ich lief, so schnell ich konnte, den gleichen Weg wieder zurück, den ich gekommen war.

Mit jedem Meter, den ich mich von ihm entfernte, ließ das Brennen auf meiner Haut nach.
Es war nicht mehr weit bis nach Hause, als ich das erste Mal hinter mich sah. Nichts! Die Straße war leer. Der Taluri war mir nicht nachgekommen. Das war doch nicht normal! Ich verringerte mein Tempo und sah noch einmal hinter mich, blieb sogar für einen kurzen Augenblick stehen. Ich suchte in den Bäumen. Vielleicht hatte er seine Krähe hinter mir hergeschickt. Doch auch in den dunklen Bäumen konnte ich nichts erkennen.
Gerade als sich mein Körper wieder beruhigt hatte, begann das Kribbeln erneut. Doch diesmal wusste ich es besser zu deuten.
Er war hier! Wollte er mich auf den Arm nehmen? Was sollte das? Spielte er Katz und Maus mit mir? Ich wappnete mich innerlich, angegriffen zu werden. Meine Fäuste hielt ich geballt in meiner Jackentasche, als ich glaubte, jeden Moment von ihm überrascht zu werden. Und da passierte es. Zuerst hörte ich nur ein Lachen und gleich darauf spürte ich einen Schmerz am Rücken. Ein Tritt ins Kreuz ließ mich vornüber straucheln, doch ich konnte den bevorstehenden Sturz abwenden und drehte mich blitzartig zu ihm um.
Die Überraschung in meinem Gesicht ließ den Kerl noch breiter grinsen. Das war nicht der Taluri, mit dem ich mich gerade noch unterhalten hatte.
In Windeseile durchforstete ich mein Gedächtnis. Wo hatte ich ihn schon einmal gesehen? Sein blondes Haar erinnerte mich an diesen Typen im Club. Doch dies erkannte ich erst, als er mit einem Messer auf mich zukam. Er war der junge Mann, der mit meiner Schwester geflirtet hatte. Amy hatte ihn Matteo genannt.

»So schnell sieht man sich wieder, Amy!«, lachte er.
Ich hatte nicht viel Zeit zum Nachdenken und versuchte, mich auf einen Kampf mit ihm einzulassen. Für eine Flucht war es zu spät. Er war mir zu nah, was meine Haut fast zum Kochen brachte. Ich ging ein paar Schritte rückwärts, bis ich schließlich die Grundstücksmauer in meinem Rücken spürte. In seinem Gesicht stand die Kaltblütigkeit und die Entschlossenheit, die mir augenblicklich klar machte, dass er, ohne mit der Wimper zu zucken, das Messer in mich rammen würde. Er würde mich jetzt töten und ich war mir sicher, dass er so etwas nicht zum ersten Mal tat.
»Zu schade! Ich hätte gerne noch etwas Spaß mit dir gehabt!«, gestand er, während ich ängstlich versuchte, das Brodeln meiner Haut zu ignorieren und auf seinen Angriff wartete. Das Messer in seiner Hand blitzte scharf auf im Licht der Straßenlaterne. Dann holte er aus und wollte die Klinge in meinen Körper rammen, doch bevor er mich treffen konnte, zog ich meine Faust aus der Tasche, holte aus und ich spürte sofort die Energie, die Amy und mich heute Nachmittag schon gerettet hatte. Ich traf ihn hart in seine Rippen. Seitlich sackte er zusammen und ich wunderte mich über meine plötzliche Kraft. Sie machte mich mutiger, ihn aber wütender.
Schnell hatte er sich von meinem Schlag erholt und drehte sich zu mir. Das Messer hielt er in der Hand und während er wieder versuchte es in meinen Körper zu stechen, rang ich mit ihm, es fallen zu lassen.
Mein Körper fühlte sich so anders an, stärker und voller Kraft. Es war unglaublich, wozu ich plötzlich in der Lage war. Ich schaffte es, ihn von mir wegzudrücken, und ihm einen weiteren harten Schlag zu verpassen. Doch auch er

ließ sich das nicht gefallen und warf mich gleich darauf zu Boden. Zu schnell lag er auf mir und da konnte ich in seine Augen sehen.
Sie waren völlig schwarz. Keine Farben, keine tieferen Ebenen, nichts. Zwei runde schwarze Kugeln starrten mich tot und kalt an. Das verwirrte mich einen Augenblick. Stand er unter Drogen? Was in aller Welt hatte dieser Typ eingenommen? Sein Körpergewicht erdrückte mich fast und mir wurde klar, dass ich in der Falle saß. Schnell musste mir etwas einfallen, wenn ich aus dieser Situation wieder herauskommen wollte.
Matteo schlug mir ins Gesicht und für einen Moment glaubte ich, das Bewusstsein zu verlieren. Er grinste breit, während aus meinem Mundwinkel Blut lief. Jetzt führte er das Messer an meinen Hals und strich mit der Klinge darüber. War dies nun mein Todesurteil? Würde ich so sterben? Er holte aus und ...
»Matteo, … Matteo!«, schrie jemand, doch ich war nicht in der Lage, mich umzusehen. Matteo hielt mitten in seiner Bewegung inne und sah auf. Das war der Augenblick, den ich nutzen musste. Ich schlug ihm hart ins Gesicht, sodass er seitlich von mir herabfiel. Doch leider war er schneller wieder bei Sinnen, als mir lieb war. Er packte mich an einem Bein und rammte das Messer in meinen Oberschenkel.
Ein stechendes, pochendes Gefühl durchzuckte mich. Der Schmerz ließ mich aufschreien und sofort quoll Blut aus der Wunde. Doch dies schien ihm noch nicht zu reichen. Jetzt griff er nach meinem Hals und würgte mich. Fest und erbarmungslos drückten mir seine starken Hände die Luft ab. Meine Kraft verließ mich allmählich und ganz langsam sank ich immer tiefer in mir zusammen. Mein Tod stand

nun unmittelbar bevor. Meine Gedanken waren bei Amy, während ich keine Luft mehr bekam. Vielleicht wäre mit meinem Tod alles vorbei? Schließlich hielten die Typen mich ja für meine Schwester. Mit etwas Glück konnte sie dann unerkannt fliehen, während der Taluri glaubte, Amy getötet zu haben. Mit solch einem Tod wäre ich einverstanden. Dann wäre er nicht umsonst gewesen.
Mit einem Ruck schleuderte jemand Matteo von mir. Ich beugte mich vornüber und hustete, versuchte Sauerstoff in meine Lungen zu pressen, was mir nur schwer gelang. Matteo kämpfte mit meinem Retter. Ich hielt meine Augen, immer noch geschwächt vom Todeskampf, geschlossen, doch die Geräusche, die von den beiden Kämpfenden kamen, hörten sich an, als müsse Matteo nun einiges einstecken. Ganz langsam beruhigte ich mich und konnte wieder atmen, nur mein Bein schmerzte. Das Messer steckte noch in der Wunde. Ich legte meine Hand um den Schaft und atmete dreimal tief ein, bevor ich es unter einem Schmerzensschrei herauszog. Ich hatte es geschafft! Jetzt blutete es erst recht heftig und ich wusste, ich musste mein Bein so schnell wie möglich abbinden. Meine Hose war blutverschmiert und der Schmerz war unbeschreiblich. Dennoch schaffte ich es, mich aufzurichten, und sah das erste Mal zu den Kämpfenden. Matteo lag auf dem Rücken, während mein Retter ihn festhielt. War das nicht der Taluri aus dem Wald? Aber ...? Ich brauchte einen Augenblick, um zu verstehen. Trotzdem ergab das keinen Sinn. Wieso half er mir?
»Verschwinde, Amy«, rief er, während er Matteo bewegungsunfähig festhielt. Er sah mich direkt an. Auch seine Augen sahen aus wie schwarze Kugeln, doch in ihnen blitzte etwas auf. Mein schmerzendes Bein erinnerte mich

daran, dass ich mich so schnell wie möglich in Sicherheit bringen sollte. Der Schmerz breitete sich im ganzen Körper aus und ich befürchtete, es nicht zurückzuschaffen.
»Los, hau endlich ab, bevor es zu spät ist!«, schrie er mich an. Ungläubig trat ich rückwärts, bis ich schließlich unter großen Anstrengungen davonhumpelte.

Kapitel 8

Luca

Dieses Mädchen! Sie verwirrte mich, brachte mich völlig aus dem Konzept. Ich wusste, was meine Aufgabe war, konnte aber nicht sagen, warum ich ihren hübschen Kopf nicht vom restlichen Körper trennen konnte.
Nie zuvor hatte ich je gezögert. Selbst dann nicht, als ich das erste Mal etwas in mir spürte, was mich bis in meine Träume verfolgte. Ich wusste nur, dass es falsch war, sie zu töten. Irgendwie fühlte es sich dieses Mal nicht richtig an. Dieses Mädchen weckte Gefühle in mir, die ich nicht kannte. Immer, wenn wir eine Illustris sahen, brannte es in uns. Jenes Feuer, das sie in uns auslösten, wenn wir in ihre Nähe kamen.
Das Brennen wuchs mit jedem Meter, bis die Glut schließlich zu einem Inferno wurde und wir in einen Blutrausch verfielen. Unser Bewusstsein war dann ausgeschaltet. Es gibt keine Emotionen, nur den unwiderstehlichen Drang, ihr den Kopf vom Rumpf abzuschneiden, damit wir endlich den Seelensturm in uns zum Schweigen bringen können.
Roy Morgion brachte uns bei, dass diese vernichtende Qual von einer Illustris kam. Sie war der Feind, den es zu vernichten galt. Mit ihrem Tod fanden wir die innere Ruhe, die wir nur in dem Augenblick ganz und gar verspürten. Viele Male hatte ich den Frieden gefunden. Doch seit einiger Zeit verspürte ich so etwas wie Reue und ein Gewissen, wenn ich an diese Mädchen dachte. Besonders bei diesem Mädchen. Instinktiv wusste ich deshalb, dass etwas falsch lief. Ein Gewissen spürte keiner von uns,

zumindest kannten wir so etwas nicht, daher gab es keine Gefühle wie Mitleid oder gar Bedauern in uns.
Seit ein paar Monaten war das bei mir anders und ich hatte keine Erklärung dafür. Hinzu kam, dass diese Illustris noch etwas anderes mit mir anstellte. Ich wollte mehr von ihr wissen, wollte sie ansehen, mit ihr reden. Aber töten? Nein, töten wollte ich sie vorerst nicht. Sie war so anders als die anderen Illustris. Ich erkannte sie sofort. Das Strahlen ihrer Haut verriet sie. Es verriet sie alle. Merkwürdig war nur, dass dieses Mädchen nicht immer ihre wahre Identität preisgab. Matteo kannte ihren Namen. Er hatte sie aufgespürt und seit ich sie das erste Mal gesehen hatte, rang ich mit meinem inneren Teufel.

Mit aller Kraft hielt ich Matteo fest. Hinderte ihn daran, unseren Auftrag zu Ende auszuführen. Er war schon mitten in einem Kampf mit ihr, als ich gerade noch rechtzeitig dazukam. Ich spürte die Flammen, wie sie in mir zu lodern begannen. Unterdrückte das aufsteigende Gefühl, ihr etwas antun zu wollen. Die Grenze zwischen menschlichen Emotionen und die der kaltblütigen Taluris vermischten sich und je länger sie mich ansah, wurde es für mich immer schwieriger, der Glut nicht nachzugeben. »Verschwinde«, rief ich, während ich versuchte, Matteo weiter festzuhalten und er so sein Vorhaben nicht ausführen konnte.
Ich sah direkt in ihre blaue Augen. Wie lange konnte ich ihr schönes Gesicht ansehen, bevor mein Rausch jegliche Farben nahm und ich sie nur noch als schwarze Gestalt vor mir stehen sah?
Matteo wehrte sich mit aller Kraft, während sie immer noch fassungslos zu uns rüber sah. Sie war verletzt, doch ich wusste, sie würde überleben. Allmählich wurde mein

innerer Drang stärker und damit auch gefährlicher für sie.
»Los, hau endlich ab, bevor es zu spät ist!«, schrie ich, in der Erkenntnis, dass es sich nur noch um Sekunden handelte, bis auch ich sie jagen würde.
Endlich humpelte sie davon. Ich kämpfte, versuchte den Impuls zu unterdrücken, bis ich nach und nach spürte, wie mit jedem Meter, den sie zwischen uns brachte, das Brennen endlich nachließ.
Auch Matteo wurde ruhiger. Wie ein wildes Tier hatte er versucht, sich aus meinem Griff zu befreien. Wir atmeten beide schwer, und als sich seine Augen wieder normalisierten, wusste ich, dass es vorbei war. Zögernd ließ ich ihn los.
»Bist du verrückt geworden?«, brüllte er mich an, als ihm klar wurde, was ich getan hatte.
»Willst du uns umbringen? Was ist los mit dir?«
Er war außer sich vor Wut und drängte mich von sich. Ich richtete mich auf und streckte ihm helfend meine Hand entgegen, die er zuerst ignorierte und dann wütend weg schlug. Seine Wut konnte ich verstehen. Für ihn war es inakzeptabel, die Illustris nicht zu töten. Er wusste genau, was auf dem Spiel stand, wenn wir es dieses Mal nicht schafften, ohne Aufsehen zu erregen, das Mädchen zu töten.
»Wieso hast du das getan?«, schrie er wieder aufgebracht.
Die Wahrheit konnte ich ihm nicht sagen, noch nicht. Er wusste von meinen bisherigen Aussetzern und Zweifeln nichts, die ich seit Monaten mit mir trug. Trotzdem musste mein Verhalten für ihn äußerst seltsam sein.
»Ich weiß, was ich tue, Matteo«, gab ich knurrend von mir.
»Du weißt, was du tust? Dann erklär es mir. Was soll das alles?«, wollte er wissen.

Ich hörte seinen Unglauben und seine Fassungslosigkeit. Er brauchte eine Erklärung. Irgendetwas, womit ich ihn zum Schweigen brachte. Jedoch war dies nicht der richtige Zeitpunkt. Ich war zu durcheinander und hatte für all das selbst keine Erklärung.
Ich drehte mich um, ließ ihn einfach stehen und ging den Weg zurück, von dem ich gekommen war.
»Luca!«, rief er mir laut nach. Unverständnis und Verwunderung über mein Verhalten vernahm ich aus seiner Stimme.
»Bleib gefälligst stehen!«, befahl er mir weiter.
Matteo konnte sehr hartnäckig sein, wenn er wollte. Und in diesem Fall würde er keine Ruhe geben, bis er eine plausible Erklärung von mir hatte.
Schon hörte ich seine kraftvollen, schnellen Schritte hinter mir. Noch bevor ich mich umdrehen konnte, hatte er mich eingeholt und packte mich so, dass wir beide ins Straucheln kamen.
»Matteo! Lass mich los«, presste ich zornig.
Er wusste, dass er in einem Ernstfall keine Chance gegen mich hätte, doch er probierte es immer wieder aus. Körperlich und kämpferisch war er mir unterlegen, schon immer. Wir trainierten unseren Körper schon seit unserer Kindheit, wobei Matteo in den Zweikämpfen zwischen uns Brüdern meist den Kürzeren zog. So auch jetzt. Er wusste genau, dass er mich nicht lange halten konnte. Beide Arme hatte er um mich geschlungen und versuchte, mich auf den Boden zu werfen.
Langsam kochte auch in mir der Ärger über, den ich schon viel zu lange unterdrückt hatte. Mit einer kurzen Bewegung befreite ich mich aus seiner Umklammerung und packte ihn stattdessen am Kragen. Wie so oft war er

überrascht von meiner Schnelligkeit. Ich presste ihn unsanft an den nächsten Baumstamm und sah ihn verärgert an. Das Holz knackte kurz beim Aufschlag, doch noch hatte ich meine Kraft unter Kontrolle.
»Hör zu, Matteo. Wir dürfen in den nächsten Tagen kein Aufsehen erregen.«
»Aber es wäre so leicht gewesen, sie hier gleich zu erledigen. Warum hast du das verhindert?«, stöhnte er vor Anstrengung.
Es gab viele Gründe, warum ich das tat. Doch das eigentliche Motiv konnte ich ihm nicht sagen. Dafür kannte ich selbst zu wenige Details. Irgendetwas musste ich ihm als Antwort jedoch anbieten, sonst würde er nie aufhören, mich zu löchern. Und das Risiko, dass er uns dadurch in Gefahr brachte, war hoch. Schließlich hatte er keine Ahnung, welche Gedanken mich quälten und schon gar nicht, welche Entdeckungen ich in den letzten Tagen gemacht hatte.
»Du hast den Unfall schon vermasselt. Wenn ich zugelassen hätte, dass du sie hier und jetzt tötest, dann hätten wir wirklich ein Problem. Diese Illustris wird geschützt von einer Person, die nicht unbekannt ist. Außerdem weiß dieser ganze verdammte Ort schon von dem Unfall. Es wäre sehr unklug gewesen, wenn man sie hier mit abgetrenntem Kopf gefunden hätte.«
Sein Gesichtsausdruck veränderte sich, als ihm klar wurde, auf welch gefährlichem Terrain wir uns befanden. Ich ließ ihn los, worauf er den Kragen seiner Jacke aufrichtete.
»Wir müssen ab jetzt viel vorsichtiger sein und da gehört es eben dazu, dass wir mehr Geduld aufbringen. Wenn diese Sache hier schiefgeht, sind wir beide tot. Verstehst du das, Matteo?«

Erst nickte er schweigend, dann ließ er wie ein kleiner Schuljunge, der etwas ausgefressen hatte, seinen Kopf hängen. Ich wusste schon, dass es ihm leid tat, doch unsere Lage war viel zu ernst, um weitere Versuche zu starten, diese Illustris zu töten. Zumindest für den Augenblick.
»Ich habe dir schon einmal den Arsch gerettet. Ich weiß nicht, ob ich das ein zweites Mal hinbekomme. Du musst mir vertrauen und geduldig sein.«
Es war enorm wichtig, dass Matteo jetzt keinen Fehler mehr machte. Ich benötigte mehr Informationen und mehr Gewissheit und das brauchte Zeit.
Zusammen liefen wir schweigend zurück, während jeder seinen Gedanken nachhing. Plötzlich blieb Matteo abrupt stehen.
»Was ist, Matteo?«
»Ich frage mich gerade, wieso ich das brennende Verlangen, Amy zu töten, nicht bei unserer ersten Begegnung in Queens gespürt hatte. Außerdem hatte sie dort auch keine Aura. Wie kann das sein?«, fragte Matteo mehr sich selbst.
»Ich … weiß nicht, irgendetwas ist an ihr besonders, deshalb möchte ich noch mehr Informationen über sie sammeln. Vielleicht ist das auch für Morgion wichtig. Schließlich kennen wir eine Illustris mit solchen Fähigkeiten noch nicht«, erklärte ich ihm und hoffte, dass das mein Zögern rechtfertigte. Matteo nickte nachdenklich.
«Und was ist mit Gavin? Hast du ihm alle Informationen schon entnommen?«
»Keine Sorge, dein missglückter Unfall ist gelöscht. Nur das von eben noch nicht.« Ich schaute zu den Baumwipfeln hinauf und pfiff. Kurz darauf raschelten die Blätter und mit einem lauten, kurzen Krächzen flog Gavin auf meinen

ausgestreckten Arm.
»Braver Junge«, lobte ich ihn, streichelte seine schwarzen Federn, bevor ich vorsichtig mit meinen Fingern hinunter zu seinem rechten Bein strich. Dort war der Mikrochip in einem Spy befestigt. Der Chip enthielt sämtliche Daten, die wir in den letzten Tagen gesammelt hatten. Vorsichtig öffnete ich den Spy und entnahm das Blättchen.
»Jetzt können wir sicher sein, dass Rom nichts davon mitbekommen wird«, beruhigte ich Matteo und steckte das winzig kleine, viereckige Metallblättchen in meine Hosentasche. Er nickte zufrieden. Schweigend liefen wir zu meinem Motorrad, das ich nicht weit von hier geparkt hatte.

Kapitel 9

Jade

Es dämmerte. Blinzelnd sah ich Schatten um mich herum. Nebel lag auf dem Grundstück. Es war noch sehr früh am Morgen. Mein Kopf schmerzte und ganz langsam kam die Erinnerung zurück. Irgendwie hatte ich es geschafft. Ich erinnerte mich noch an den Aufprall, als ich auf der sicheren Seite meinen Körper einfach von der Mauer fallen ließ. Die drohende Bewusstlosigkeit war nah. Mit den letzten Kräften schleppte ich mich zu den Büschen, die einige Meter entfernt waren. Ich wollte mich ausruhen, nur kurz. Die Büsche würden mir Schutz bieten vor den Gorillas. Der Weg zurück in mein Zimmer wäre zu weit gewesen. Dann wurde es dunkel um mich.

Vorsichtig tastete ich mein Bein nach meiner Verletzung ab und wartete auf den Schmerz, den ich gleich spüren würde. Doch nichts geschah! Ungläubig richtete ich mich auf. Meine Hose war immer noch mit angetrocknetem Blut und Laub beschmutzt und der Einstich hatte ein Loch in die Hose gerissen. Verwirrt berührte ich die Stelle, drückte sogar darauf. Ich war völlig fassungslos. Wie konnte das sein? Das Blut und das Loch in der Hose waren der Beweis, dass das tatsächlich alles passiert war letzte Nacht. Aber auch die Platzwunde an meiner Lippe war verschwunden. Eigentlich hätte dort eine kleine, geschwollene Blessur sein müssen, doch auch meine Lippen fühlten sich unbeschadet an. Ich fühlte mich gut, körperlich zumindest. All meine Verletzungen waren verheilt. Wie war das nur möglich? Die Schwäne im Teich begannen zu schnattern und erinnerten mich daran, dass ich zurückmusste. Noch war mein Fehlen niemandem aufgefallen und mein nächtlicher Spaziergang könnte vielleicht geheim bleiben, ebenso die Begegnung mit den Taluris.

Im Haus war alles still. Ich wollte kein unnötiges Risiko eingehen und schlich mich unbemerkt in die Waschküche. Dort zog ich schnell meine verschmutzte Kleidung aus. Dabei sah ich mir die Einstichstelle nochmals an. Die Wunde war verheilt, nur noch eine kleine rote Stelle zeugte von den Geschehnissen der vergangenen Nacht.
In Agnes‹ Bügelzimmer fand ich eine kurze Hose und ein T-Shirt, das sie schon zum Bügeln bereitgelegt hatte. Auf Socken schlich ich mich durch den Hausflur, hinauf in unsere Zimmer. Das Fenster stand offen, so wie ich es in der Nacht verlassen hatte. Leise schloss ich es. Amy schlief noch. Ich brauchte dringend eine Dusche und ich musste unbedingt nachdenken. So viel war in den letzten Stunden passiert. Die Taluris hatten versucht, Amy und mich zu töten. Onkel Finley hatte mich in das Geheimnis eingeweiht und wollte gestern noch Bayville mit uns für immer verlassen. Völlig durcheinander hatte ich mich in dieser Nacht vom Grundstück geschlichen und ein Taluri, der mich für meine Schwester hielt, rettete mir das Leben. Das alles schien so unwirklich. Doch den Beweis, dass das alles stattgefunden hatte, konnte ich an meiner schmutzigen, zerrissenen Hosen sehen.
Ich wusch mir drei Mal die Haare und seifte meinen Körper gründlich ein. Alle meine Wunden waren tatsächlich verschwunden. Nur die winzige Rötung, die immer schwächer wurde, war noch zu erkennen. Meine Hände und mein Dekolleté zeigten keine Spuren mehr von

der merkwürdigen Hitze, die jedes Mal in mir brannte, wenn ich auf einen Taluri stieß. Das war die einzige Erklärung, die für mich logisch klang. Falls man von logischem Denken in diesem Fall ausgehen konnte. Diese ganze Sache hatte meine Welt völlig aus dem Gleichgewicht gebracht. Vor zwei Tagen war mir nicht klar gewesen, dass es etwas Übersinnliches oder so Realitätsfremdes gab. Wobei mir die sichtbaren Seelenfarben meiner Schwester und mir schon ein Hinweis hätten sein müssen. Aber wir waren einfach damit aufgewachsen, dass Amy und ich eine besondere Verbindung hatten. Für uns war es normal. Man hörte viele Geschichten über Zwillinge und so war es nie etwas Unnatürliches für uns.

Amy eine Heilerin, eine Illustris! Außer Zweifel, meine Schwester war etwas Besonderes, aber was genau war ihre Aufgabe? Am Leben bleiben? Nun, das war nicht so einfach, wenn man gegen zwölf Männer bestehen sollte, die ihr ganzes Leben einzig und allein dafür ausgebildet wurden, sie zu töten.

Wieder tauchte das Bild der beiden Männer vor mir auf. Der erste Taluri hatte schon Kontakt mit Amy gehabt und ich fragte mich, warum er mit ihr reden konnte, während er mich wiederum töten wollte. Das war dieser Matteo. Schon damals im Club war mir sein Blick durch und durch gegangen.

Meine körperlichen Veränderungen jagten mir Angst ein. Trotzdem erkannte ich, dass dieser Vorgang mehr ein Alarmsystem war. Diese Hautveränderungen, und die sichtbaren, sich schlängelnden Ornamente, deuteten immer darauf hin, dass ein Taluri in der Nähe war. Außerdem verstand ich es immer besser, auf meinen Körper zu hören.

Ob Amy auch so ein inneres Alarmsystem hatte? Wie hatte sie so nahe bei Matteo stehen können, ohne dass sie dieses Brennen spürte?

Ich hörte Geräusche in der Eingangshalle. Onkel Finleys Stimme war laut und deutlich zu hören. Er telefonierte und schien nicht allerbester Laune zu sein. Ich folgte ihm in die Küche. Agnes schenkte ihm gerade eine Tasse Kaffee nach, als er aufsah und mich neugierig musterte. Sofort beendete er sein Gespräch und steckte das Handy in seine Hosentasche.
»Guten Morgen, Kleines. Du bist aber früh wach!«
»Ich konnte nicht länger schlafen«, antwortete ich ihm verlegen, setzte mich an den Tisch und überlegte, ob er etwas von meinem nächtlichen Ausflug bemerkt hatte. Nervös sah ich kurz auf die Küchenuhr. Erst halb sieben. Ich fühlte mich frisch und ausgeruht, was ich selbst nicht verstand - nach dieser Nacht. Agnes musterte mich. Es war schwer, etwas vor ihr geheim zu halten. Sie konnte schon immer in unseren Gesichtern lesen, doch diesmal schien auch sie nichts zu bemerken.
»Hast du wenigstens gut geschlafen, meine Liebe?«, fragte sie und reichte mir eine Müslischale.
»Nein, ich konnte lange nicht einschlafen.«
Achselzuckend setzte ich mich zu Onkel Finley an die Theke und wagte es nicht, ihn anzusehen. Er las, wie jeden Morgen, in seiner Zeitung. Dennoch wusste ich, dass er mich aus seinen Augenwinkeln heraus beobachtete. Ich schüttete Müsli in die Schale und goss Milch dazu. Agnes setzte sich zu uns und schenkte sich ebenfalls eine Tasse Kaffee ein.
»Liegt wahrscheinlich am Wetter. Es soll ja in den

nächsten Tagen anfangen zu regnen«, meinte sie und sah dabei aus dem Fenster.
»Wir werden sehen, die Wettervorhersage hat sich schon oft geirrt«, gab Onkel Finley von sich, ohne die Zeitung abzulegen. »Ach, Jade, wenn du fertig bist mit dem Frühstück, dann komm bitte in mein Büro«, fügte er noch hinzu, faltete die Zeitung zusammen und schlenderte mit seiner Tasse Kaffee aus der Küche. Wollte er mit mir über das Geheimnis sprechen, oder wusste er etwas von gestern Nacht? Bei Onkel Finley konnte man das nie genau sagen. Das Beste wäre, ich würde es einfach auf mich zukommen lassen und abwarten, wie sich alles weiter entwickelte. Agnes begann, den Tisch abzuräumen. Ihr Blick streifte mich dabei immer wieder. Sie spürte etwas und es lag an mir, diese fragenden Blicke mit so viel Normalität wie möglich im Keim zu ersticken.
»Was?«, rief ich fragend, als sie zum wiederholten Male etwas sagen wollte und mich trotzdem still anstarrte.
»Irgendetwas bedrückt dich, das sehe ich dir an. Und deinem Onkel geht es auch nicht besonders gut. Liegt es an dem Unfall? Ich meine, es hat ihn ziemlich geschockt. Ich habe versucht, mit ihm zu sprechen, aber er war sehr schweigsam«, sagte sie und sah mich ernst an.
»Du weißt doch, wie er ist, wenn es um unsere Sicherheit geht. Amy und ich haben Glück gehabt. Außerdem will er bestimmt noch ein Hühnchen mit uns rupfen, da wir unerlaubterweise das Schulgelände verlassen haben«, erklärte ich und schob mir den letzten Löffel Müsli in den Mund.
»Ja, das kann ich verstehen. Wenn ich nur daran denke, wird mir ganz schlecht.« Sie schüttelte den Kopf. Ich konnte ihre stillen Vorwürfe hören. Allerdings war sie

wirklich froh, dass nicht mehr passiert war.
Ich schob die leere Schüssel von mir und konnte es nicht erwarten, ins Büro zu kommen, dennoch wollte ich Agnes nicht einfach allein lassen mit ihren Gedanken.
»Es kann schon sein, dass euer Onkel sauer ist. Aber ich glaube, da ist noch etwas anderes. Du weißt nicht zufällig, warum er so kurzfristig mit euch in den Urlaub will?«, fragte sie und stellte die Marmeladengläser zurück in den Kühlschrank.
Er nannte es also einen Urlaub?
Es wird schwer werden, dies alles vor Agnes geheim zu halten. Niemand kannte uns besser als sie. Sie zu belügen wäre nicht fair und das hatte sie auch nicht verdient. Aber ihr die Wahrheit erzählen? Nein, das durfte ich nicht.
»Ich habe keine Ahnung, Agnes. Vielleicht wird er es mir gleich erzählen. … Ich sollte zu ihm gehen«, meinte ich und half ihr noch, die letzten Teller in die Geschirrspülmaschine zu räumen. »Bis später!« Eilig lief ich zu meinem Onkel ins Arbeitszimmer.
Ihr fragender Blick bohrte sich in meinen Rücken. Ich war sehr neugierig, wollte so schnell wie möglich wissen, welche Entscheidungen er in der Nacht getroffen hatte. Die Tür war angelehnt und ich konnte hören, dass er wieder telefonierte. Mr. Chang war bei ihm und auch Terry. Sachte stieß ich die Bürotür auf und er winkte mich hinein.
»In Ordnung. Ja, … die Spende werde ich Ihnen in den nächsten Tagen zukommen lassen. Nein, den Mädchen geht es den Umständen entsprechend gut. Aber Sie können sich vorstellen, dass sie noch ziemlich unter Schock stehen. …Ja, ich werde es Ihnen ausrichten.« Damit beendete er das Gespräch, legte das Handy auf seinen Schreibtisch und blickte mich eindringlich an.

»Das war euer Schuldirektor. Ich habe ihm mitgeteilt, dass ihr vor den Ferien nicht mehr zur Schule kommt. … Setz dich, Jade, es gibt einiges zu besprechen.«
Ich gehorchte und setzte mich auf das Ledersofa. Gespannt, was er nun entschieden hatte, starrte ich abwechselnd zu Mr. Chang und meinem Onkel. Hatte er heute Nacht unsere Flucht aus Bayville geplant? Oder gab es eine andere Idee? Wieder einmal lief er in seinem Büro hin und her, suchte nach den richtigen Worten. Offensichtlich war das seine Art, mit Nervosität umzugehen. Die Stille im Raum war unerträglich und ich hielt es fast nicht mehr auf meinem Platz aus.
»Vorerst werden wir bleiben«, sagte er in die Runde und blieb endlich stehen, »Mr. Chang hat sich bereit erklärt, uns zu unterstützen. Er ist ein erfahrener Mann, der uns helfen kann. Zumindest für die nächsten Tage.«
Deutlich schwer fiel ihm diese Entscheidung und sein Blick wanderte ständig zu Mr. Chang, der ihm nickend Mut zusprach.
»Außerdem habe ich eine Frage.« Er räusperte sich und schluckte. Er wirkte sehr verunsichert auf mich. »Also ... du bist ein begabtes Mädchen. Die Stunden mit Mr. Chang machen dir doch Spaß, oder?« Worauf wollte er nur hinaus?
»Jetzt sag schon. Was willst du mich fragen?«, gab ich neugierig von mir. Er zögerte und suchte nach den richtigen Worten.
»... Wärst du bereit, noch intensiver mit Mr. Chang zu trainieren? Du könntest deine Schwester beschützen, falls … es zu einem Kampf käme.«
Sprachlos starrte ich ihn an. Eindeutig war ihm die Sache unangenehm. Schnell versuchte er, es besser zu erklären.

Abwehrend, bevor ich Einwände hatte, hob er seine Hände. »... Ich weiß, ich verlange viel, aber ich würde dich nicht fragen, wenn dein Trainer nicht von dir begeistert wäre.« Seine Augen glitzerten. Verdutzt sah ich abwechselnd in die fragenden Gesichter. Was sollte ich ihm sagen? Sie wussten ja nicht, dass ich in der letzten Nacht die erste Begegnung mit den Taluris hatte und mich beinahe einer getötet hatte. Ich war ihnen eindeutig unterlegen, immerhin hatte ich es geschafft, mich gegen sie zu wehren. Zugegeben, wenn mein Retter nicht gewesen wäre, säße ich nicht hier. Aber letztlich konnte ich mir sowieso nicht vorstellen, auch nur eine einzige reelle Chance gegen so erfahrene Kämpfer zu haben. Das Training würde bestimmt nicht schaden, dennoch überkamen mich Zweifel. Wie sollte ich meine Schwester beschützen können vor einer wild gewordenen, unnatürlich starken Horde junger Männer?
Mr. Chang erkannte meine Bedenken. »Wir können schon heute mit dem Training beginnen, wenn du einverstanden bist. Zumindest wäre es eine Möglichkeit, Jade. Ich kann dir Techniken zeigen, wie du Amy in verschiedenen Situationen schützen kannst. Jetzt, da euer Onkel euch von der Schule befreit hat, könnten wir die Zeit ganz intensiv dazu nutzen«, meinte er.
Dies war kein Projekt aus der Schule, hier ging es um Leben und Tod. Unsicherheit überkam mich, wenn ich an die letzte Nacht dachte. Matteo war es, der das Messer in mein Bein stieß. Durch ihn wäre ich beinahe verblutet. Obwohl - ich vergaß, dass meine Verletzungen ein paar Stunden später wieder verheilt waren! Würde das bedeuten, dass ich unverletzlich war? Wohl kaum. Aber es bedeutete, dass ich nicht so schnell sterben würde. Was

sollte ich meinem Onkel sagen? Sollte ich ihnen mein Geheimnis anvertrauen? Ihnen sagen, was mit mir geschah?
»Meinen Sie wirklich, dass es möglich ist, dass ich es mit diesen Monstern aufnehmen könnte? Ich meine, Sie haben selbst gesagt, dass diese Mörder den ganzen Tag nichts anderes tun, als zu trainieren, um zu töten. Was kann ich kleines, wenn auch sportliches, Mädchen da ausrichten?«, sprudelte es aus mir heraus.
Gerade wollte mein Onkel etwas sagen, als es an der Tür klopfte. Mr. Tramonti steckte seinen Kopf herein und grinste freundlich.
»Guten Morgen, störe ich?«
»Komm rein, Vico«, befahl Onkel Finley.
Sofort stieß er die Tür ganz auf und betrat das Büro. Er nickte uns allen nochmals freundlich zu und schob mit dem Zeigefinger seine Brille zurecht.
»Bist du immer noch der Meinung, dass meine Mädchen in den nächsten Tagen lernen könnten, sich gegen die Taluris zu verteidigen?«, wollte mein Onkel von ihm wissen.
Vico Tramonti trat näher und lächelte. »Ja, unbedingt. Wenn man von den Erfahrungen von Mr. Chang weiß, bin ich sogar davon überzeugt. Du musst wissen, Jade, Mr. Chang ist ein wahrer Meister. Du kannst viel von ihm lernen. Seit Jahren unterrichtet er Illustris«
Es kam mir vor, als hätte ich keine andere Wahl. Hatte ich die freie Entscheidung, auch nein zu sagen? Es war schließlich meine Pflicht. Außerdem hatte ich es mir selbst gestern geschworen, Amy zu beschützen, auch wenn ich selbst dabei sterben würde.
»Erzählen Sie mir mehr von der ganzen Sache, Mr. Tramonti!«, bat ich.

»Oh, nennen Sie mich bitte Vico, ja?« Er lächelte mich so nett an, da konnte ich nicht anders.
»In Ordnung, Vico!«, wiederholte ich seinen Vornamen und lächelte freundlich zurück.
»Tja, was gibt es noch über die Taluris zu sagen, was ich dir noch nicht erzählt habe?« Angestrengt dachte er nach und ich beobachtete, wie Mr. Chang durchs Zimmer ging und aus dem Fenster sah. Sein Blick glitt in weite Ferne und ich hatte das Gefühl, dass auch er mehr wusste, als er zugab.
»Es sind 12 und sie sind äußerst gefährlich. Sie werden überall hingeschickt, wo man Illustris vermutet. Sie töten gezielt, schnell und ohne Spuren zu hinterlassen. Niemand kennt ihre wahre Identität, da sie verschiedene Pässe besitzen. Sie gehören zu einer Organisation, die streng geheim ist. Nicht einmal die CIA weiß etwas von deren Existenz. Es gibt nur wenige Personen, die überhaupt von ihnen wissen.«
Mr. Tramonti nahm seine Brille von der Nase und begann sie mit einem Tuch, das er aus seiner Hosentasche genommen hatte, zu säubern. Während er über seine Ausführungen nachdachte, sah mich Onkel Finley prüfend an.
Es war, als wollte er in mein Innerstes schauen, um herauszufinden, was in mir vorging. Sein Blick löste eine Beklemmung in mir aus, die mich erstarren ließ. Ich kannte ihn, etwas lag ihm auf der Zunge. Zögernd forderte mein Blick ihn auf, seine Gedanken laut auszusprechen.
»Jade, bist du dir im Geringsten bewusst, was das für dich bedeutet?« Fragend sah ich in sein Gesicht und bevor Onkel Finley es aussprach, wusste ich, was er damit meinte.

»Würdest du dein Leben für deine Schwester geben?«
Ich war so erschüttert, dass ich ihm nicht antworten konnte. Gestern hatte ich mich schon dazu entschieden, doch es verletzte mich, es aus seinem Mund zu hören. Das Leben meiner Schwester und vielleicht das von uns allen stand auf dem Spiel. War ich bereit, mich wirklich selbst zu opfern? Das war die Frage, die er mir stellte. Es kränkte mich und plötzlich hatte ich das Gefühl, nicht genauso viel wert zu sein wie meine Schwester.
Ich schluckte. Onkel Finley stellte Amy über mich. Diese Erkenntnis traf mich tief, trieb mir fast die Tränen in die Augen.
»Ich habe Angst«, gab ich zu und senkte meinen Blick.
Mr. Chang wandte sich vom Fenster ab. »Das brauchst du nicht, Jade. Dieses Training soll dich stärken, damit du sie im Falle eines Angriffs verteidigen kannst und ihr euch in Sicherheit bringen könnt. Ich kenne mich sehr gut aus und ich bin mir sicher, du wärst in der Lage, den Taluri, zumindest für ein paar Augenblicke, aufzuhalten. Ich kenne die Methoden und auch die Trainingseinheiten.«
Zeit zum Nachdenken hatte ich keine. Sie wollten meine Zustimmung. Sie sahen mich an. Mr. Tramonti nickte mir aufmunternd zu, während in Onkel Finleys Gesicht Zweifel standen. Ich fühlte seine Unentschlossenheit, aber auch meinen Ärger. Schob er die Verantwortung mir zu? Andererseits konnte es eine Chance für Amy sein und für uns alle. Ich erinnerte mich an das Gefühl, das ich gestern gespürt hatte, als ich Matteo das erste Mal schlug. Diese fremde Energie, die plötzlich durch meine Adern floss - oder war es einfach nur ein gewaltiger Adrenalinstoß gewesen? Es hatte sich gut angefühlt und mir Mut gemacht. Trotzdem hatte ich das Gefühl, mein Todesurteil

zu unterschreiben. Niemand konnte mir eine Garantie geben. Doch dann fiel mir ein, wie der Taluri mir das Leben rettete und neue Gefühle in mir auslöste. Er hätte mich schon mehr als einmal töten können, tat es aber nicht. Er machte mich neugierig und er faszinierte mich. Ich musste diese neuen Veränderungen für mich entdecken. Ich wollte es für mich alleine. Das war der Grund, warum ich Onkel Finley nichts von der Begegnung oder von meinen Veränderungen erzählte.

»Gut, ich werde es versuchen!«, hörte ich mich plötzlich sagen. Damit war es offiziell. Ich würde meine Schwester mit meinem Leben beschützen.

»Sehr gut, Jade. Ihr könnt gleich mit dem Training beginnen, wenn du willst«, sagte Onkel Finley. Er nahm sein Handy und tippte eine Nummer ein, während Mr. Chang mich nicht aus den Augen ließ. Mr. Tramonti sah auf den Boden, als würde er seine Gedanken nicht mit uns teilen wollen.

»Ja, Agnes, rufen Sie bitte meinen Sekretär an und sagen sie alle Termine für die nächsten Tage ab. … Ach, und er soll nicht nach Bayville kommen. Nein, erfinden Sie irgendwas, es ist mir völlig gleich, und sagen Sie Amy, ich möchte sie sprechen. Sie soll in mein Büro kommen. Danke!« Dann legte er auf und sah mich an. »Wir werden die Sicherheitsmaßnahmen nochmals erhöhen. Du brauchst keine Angst haben, Jade. Es wird alles gut werden, vertrau mir. Du kannst mit Mr. Chang gehen, wenn du willst. Ich werde es Amy so schonend wie möglich beibringen.«

Ich blieb jedoch sitzen. »Eine Sache interessiert mich noch«, sagte ich und sah bewusst Vico an. »Warum will man die Illustris töten? Ich meine, welcher Sinn steckt dahinter? Heilung ist doch etwas Positives.«

»Da hast du eigentlich recht, Jade. Stell dir vor, welche Macht die Illustris hätten, wenn sie sich ihrer Kräfte bewusst wären. Die Menschen bräuchten keine Medikamente, keine Ärzte.« Vico machte eine Pause. »Überleg mal, wer könnte davon profitieren, wenn es keine Illustris gäbe?«
Nachdenklich blickte ich auf meine Hände. »Da fällt mir nur die Pharmaindustrie ein«, dachte ich laut, während das Grinsen in Vico Tramontis Gesicht breiter wurde und er nickte.
»Aber, das ist doch Wahnsinn. ... Die Pharmaindustrie lässt meine Schwester töten, weil sie Angst um ihr Geschäft haben?«
Schnell hob Vico beschwichtigend seine Hände. »Naja, im Großen und Ganzen stimmt das schon, aber eben nicht ganz. Der Mann, der ein Interesse daran hat, heißt Roy Morgion. Hast du schon einmal diesen Namen gehört?«
Roy Morgion? Angestrengt dachte ich nach, da mir dieser Name nicht ganz unbekannt war. »Ist das nicht dieser ... dieser Typ, der dieses schöne Hospiz für Kinder in Europa hat bauen lassen?«
»Genau der«, bestätigte er meine Frage. Ungläubig starrte ich ihn an. Roy Morgion war der Mörder? Der Mann war ein Prominenter, einer, der nur mit tollen Schlagzeilen in der Welt bekannt war. Er war dafür berühmt, ein großes Herz zu haben, sammelte Spenden und half vielen Menschen. Er war ja schon fast ein Heiliger!
Fassungslos schüttelte ich den Kopf. »Aber ... er tut so viel Gutes. Wie kann er ...?«
»Findest du nicht, dass das jetzt etwas zu weit führt, Vico? Die Mädchen kennen nicht alle Details«, mischte sich Onkel Finley ein.

»Das sollten sie aber, Fin. Es ist wichtig, dass deine Nichten so viel wie möglich wissen, damit sie verstehen, wie Morgion agiert.« Vico wandte sich wieder mir zu. »Natürlich gibt es noch ein paar Dinge, die ihr noch nicht wisst. Morgion hat in der ganzen Welt eine reine und sehr ehrenhafte, saubere Weste. Allerdings wissen nur sehr wenige Menschen von seinen Machenschaften. Er ist ein begnadeter Wissenschaftler und hat ein Medikament entwickelt, womit er seine Macht ausbauen kann.«
Es klopfte an der Tür und damit wurde Vico in seinen Ausführungen unterbrochen. Gebannt hing ich noch immer an seinen Lippen.
»Genug für heute. Amy, mein Schatz, komm rein«, unterbrach Onkel Finley Vico, ging um den Schreibtisch und lächelte meine Schwester an. Schweigend erhob ich mich, ich wollte nicht dabei sein, wenn sie Amy die ganze Wahrheit erzählten. Jedoch konnte ich nicht verhindern, dass grün, orange und schwarz aus mir traten, die Amy verrieten, wie durcheinander und beunruhigt ich war und vor allem, wie viel Angst ich hatte. Mir entging ihr fragender Blick nicht, aber ich war froh, als ich die Tür hinter mir schließen konnte.

Kapitel 10

Jade

Schnell zog ich meine Sportsachen an, denn ich wollte noch kurz in der Bibliothek allein sein. Ich hatte so viele Gedanken im Kopf und konnte einfach nicht klar denken. Meistens ging ich in die Bibliothek, wenn ich Sorgen hatte. Schon als kleines Mädchen hielt ich mich gerne in dem großen Raum auf, dessen Geruch nach altem Papier und Zigarren mit Vanillearoma schon immer eine beruhigende Wirkung auf mich hatte. Onkel Finley bewahrte einige seiner Schätze hier auf. Alte wertvolle Bücher, die er meist auf Auktionen gekauft hatte und auf die er besonders stolz war. Die großen Regale waren überfüllt mit bunten Buchrücken. Auch wenn ich die meisten Bücher nicht gelesen hatte, strich ich gerne über die Einbände. Es gab mir das Gefühl von Beständigkeit.

Trotz der dunklen Regale war unsere Bibliothek hell und freundlich eingerichtet. Onkel Finley liebte Gemütlichkeit. Direkt vor dem Kamin standen ein bequemes Sofa und daneben ein Ohrensessel, in den ich mich gerne kuschelte. Ein kleines Sideboard mit alkoholischen Getränken und ein paar Bilder, die er ebenfalls teuer erstanden hatte, schmückten die Wände. Schwere rote Samtvorhänge gaben der Bibliothek eine Atmosphäre aus lang vergangenen Zeiten. Und auch wenn wir von hier wirklich fortgingen, würde dieser Raum mir besonders fehlen.

Ich fühlte mich überfordert mit der ganzen Situation und brauchte unbedingt einen Freund, mit dem ich reden konnte. Dabei dachte ich an Tom. Doch durfte ich es ihm erzählen? Wie würde er reagieren? Wahrscheinlich hätte er

genauso Probleme damit, es zu glauben, wie ich. Mein Display auf meinem Handy zeigte mehrere Anrufe in Abwesenheit an. Neun davon waren von Tom. Natürlich! Er hatte bestimmt von dem Unfall gehört und machte sich große Sorgen. Am liebsten hätte ich ihn gesehen, doch vorerst musste es reichen, einfach nur seine Stimme zu hören. Ich wählte seine Nummer.
»Hi, ich bin es!«, begrüßte ich ihn. Ich versuchte meine Stimme fröhlich klingen zu lassen, doch Tom kannte mich einfach zu gut.
»Jade? Wo steckst du? Seit gestern hab ich ständig versucht, dich zu erreichen. Alles in Ordnung mit dir und Amy?«
»Ja, es geht uns gut. Amy hat einen gebrochenen Arm, aber sonst ist uns bis auf ein paar blaue Flecken nichts passiert.«
»Ich habe mir Sorgen gemacht. Wieso bist du nicht ans Handy gegangen?« Er war verärgert.
»Tut mir leid, ich ... ich hab es einfach nicht vorher geschafft. Der Unfall hat mich schon ein wenig mitgenommen. Aber jetzt geht es mir wieder gut!«, versuchte ich mich zu erklären und hoffte, er würde es auch glauben.
»Na, gut hört sich für mich aber anders an. Hat denn der Arzt gesagt, dass ihr schon das Krankenhaus verlassen dürft, oder habt ihr ihn dazu überredet?«
Ich grinste in mich hinein. Er kannte uns gut.
»Ja, zumindest hat er Amy eine Schonfrist verpasst. Aber uns geht es wirklich gut. Es war mehr der Schreck, der uns gestern noch in den Gliedern steckte. Was machst du gerade?«, fragte ich und versuchte ihn vom Thema abzulenken.
»Oh, ich habe gerade gefrühstückt und sehe mir später die

Jacht an, die mein Vater kaufen will. Warum fragst du? Wolltest du etwas unternehmen? Ich kann meinem Vater auch absagen, wenn du willst.«
»Nein, ich kann heute nicht«, erwiderte ich schnell. Wahrscheinlich für eine längere Zeit nicht, dachte ich wehmütig.
»Ich wollte nur mal deine Stimme hören und dir sagen, dass es uns gut geht, sonst nichts.« Eine kleine Pause entstand, während ich krampfhaft überlegte, was ich ihm noch sagen könnte. Es war eine blöde Idee gewesen, ihn anzurufen. Eine SMS wäre sicher einfacher gewesen. Natürlich bemerkte er, dass ich etwas auf dem Herzen hatte. Ich konnte ihm nichts vormachen. Das Beste wäre, wenn ich das Gespräch wieder beendete.
»Ist wirklich alles in Ordnung? Du klingst so bedrückt«, fragte er.
»Ja, alles in Ordnung. Ich bin nur etwas durch den Wind, wegen des Unfalls, aber es geht mir gut. Vielleicht sehen wir uns demnächst. Du, … ich muss Schluss machen. Mr. Chang trainiert mich gleich. Er wartet bereits auf mich.«
»Du trainierst? So kurz nach dem Unfall?«
»Die Einzige, die noch etwas lädiert ist, ist Amy mit ihrem Arm«, erklärte ich ihm. »Mir geht es besser. Ich fühle mich fit.« Wieder entstand eine kurze Pause.
»Außerdem tut mir die Ablenkung bestimmt gut«, versuchte ich ihn zu überzeugen.
»Okay, dann übernimm dich aber nicht. Mach langsam. Nach so einem Unfall solltest du dich eigentlich schonen«, belehrte er mich.
»Mach ich, bis bald!«
»Bis bald!«
Mein schlechtes Gewissen wuchs mit jeder Floskel, die ich

ihm erzählt hatte.

In der Eingangshalle standen mehrere Kartons, die angeliefert wurden, fremde Männer schleppten Werkzeugkästen durch die Flure und mitten in dem Geschehen stand Agnes und schimpfte mit den Arbeitern, da sie mit ihren Schuhen die Eingangshalle verschmutzten. Normalerweise wäre ich stehen geblieben und hätte schmunzelnd die Szene beobachtet, doch ich war so in Gedanken, dass ich nicht darauf achtete.
Auf dem Grundstück waren weitere Männer damit beschäftigt, das Sicherheitssystem zu überprüfen und noch mehr Kameras zu installieren. Onkel Finley hatte, wie versprochen, dafür gesorgt, dass unser Grundstück noch besser geschützt wäre als Fort Knox. Trotzdem fühlte ich mich nicht sicherer als vorher. Wenn die Taluris zu Amy wollten, würden sie einen Weg finden. Da war ich mir sicher.
Ich blieb an der Eingangstür zur Terrasse stehen und sah dem Treiben eine Weile zu, außerdem ließ ich meinen Blick in die Bäume schweifen und hielt Ausschau nach der Krähe. Unsere Schwäne, die ich von Weitem auf dem Teich sehen konnte, schwammen ruhig und elegant übers Wasser. Ein Flugzeug schwebte hoch am Himmel über unser Haus und die Vögel zwitscherten friedlich.
Ob die Krähe in meiner Nähe war? Schnell verwarf ich den Gedanken. Daran durfte ich jetzt nicht denken. Das alles war einfach zu viel. Ich schob alle Gedanken beiseite. Ich brauchte meine Konzentration für das Training. Mr. Chang hatte versprochen, mir neue Techniken zu zeigen, auf die ich schon sehr gespannt war.

Als ich das C.O.B betrat, hatte Mr. Chang zusammen mit ein paar Männern unsere Möbel und Sportgeräte zur Seite geräumt. Dadurch entstand nun ein größerer Raum. Wir hatten jetzt mehr Platz, um das Training zu beginnen. Mehrere Box- und Sandsäcke hatte Mr. Chang aufhängen lassen. Ich war gespannt, was ich heute lernen würde. Zuerst kam die Aufwärmphase. Ich joggte einige Runden und fühlte mich gut dabei, spürte, wie mein Körper langsam zu arbeiten begann. Beim Sprint rannte ich die schnellste Zeit und Mr. Chang nickte zufrieden über mein Ergebnis.
Es folgten einige einstudierte Kampf-Choreografien. Gemeinsam mit ihm versuchte ich, so synchron wie möglich zu sein. Es gelang mir, mich völlig auf meinen Körper zu konzentrieren, ohne dabei besonders auf die Bewegungsabläufe achten zu müssen. Heute schien ein ausgesprochen erfolgreicher Tag zu sein. Zufrieden über meine bisherige Leistung folgte ich Mr. Chang auf die Matten, die wir vor dem Training gemeinsam auf den Boden gelegt hatten.
»Du musst deine Wahrnehmung besser schulen, Jade. Ich werde dir jetzt deine Augen verbinden und ich möchte, dass du versuchst, meine Bewegungen vorherzusehen. Konzentrier dich und versuche, mich trotz der Binde zu sehen.«
Was? Ich soll mit verbundenen Augen vorher wissen, wann, wie und womit er mich angreifen würde?
Er legte mir eine schwarze Binde um und knotete sie an meinem Hinterkopf zusammen. Es war völlig dunkel um mich herum. Doch sofort schaltete etwas in meinem Kopf um und meine Ohren übernahmen das Sehen für mich. Zumindest sollte es so funktionieren. Viel deutlicher nahm

ich all die Geräusche in der Halle wahr. Dennoch hatte ich keine Ahnung, wo sich mein Trainer im Augenblick befand. Ich fühlte mich plötzlich schutzlos ausgeliefert. Wann und wo würde er angreifen? Er konnte sich leise wie eine Katze bewegen. Wie sollte ich da was hören?
Es war absolut still im C.O.B. Ich versuchte zu erahnen, wo er stand. Doch das war gar nicht so einfach.
Plötzlich traf mich ein Schlag, genau in die Rippen. Ich strauchelte, fiel aber weich auf die Matten. Ich hatte weder sein Kommen noch seinen Angriff gesehen, besser gesagt, gehört.
Ich lag auf dem Rücken und Mr. Chang stand direkt über mir. Ich nahm die Binde ab und mir wurde klar, in einem Ernstfall hätten die Taluris ein leichtes Spiel gehabt, mich zu töten. Der Tritt in meine Rippen tat nicht sehr weh, trotzdem rieb ich mir die Stelle.
»Es gibt 3 wichtige Grundsätze, die du ab jetzt befolgen solltest, Jade. Erstens«, er machte eine kleine Denkpause, »dem Gegner entkommen, zweitens, ihm ausweichen und drittens, auf den Feind einwirken.«
»Entkommen, ausweichen, einwirken«, murmelte ich leise nach. Ich hatte zwar keine Ahnung, was das bedeutete, ich wollte es mir aber einprägen.
»Zu Punkt eins, das heißt nicht, du sollst flüchten wie ein Feigling, sondern dafür sorgen, dass es nicht zu einem Kampf kommt, was in unserem Fall wohl eher schwierig sein wird.
Punkt zwei, dem Gegner ausweichen bedeutet, Tritte oder Schläge vorbeugen, dem Feind nicht die Möglichkeit geben, dich zu verletzen, seine Bewegungen erahnen«, sagte er augenzwinkernd, lächelte und reichte mir seine Hand, um mir beim Aufstehen zu helfen.

Dies war wohl die Übung von gerade eben gewesen, die ich gründlich vermasselt hatte.
»Und der letzte Punkt, auf den Gegner einwirken heißt, studiere ihn, beobachte deinen Feind genau. Verwirre ihn und schrecke ihn ab, bringe ihn dazu, unüberlegte Handlungen zu starten.«
Ich nickte wissend, hatte jedoch keine Ahnung, wie ich all dies tun sollte. Ich sah Mr. Chang seine Begeisterung deutlich an, wie viel Spaß es ihm machte, über seine Kunst zu sprechen. Ich hoffte nur, ich würde ihn nicht allzu sehr enttäuschen.
»Für dich selbst bedeuten die drei Grundsätze, überwinde deine inneren Hindernisse. Wut, Trauer aber auch mangelnde Wahrnehmung und Konzentration, das solltest du alles von dir schieben. Werde rein mit dir, versuche es zu verinnerlichen. Jetzt probieren wir es noch einmal und machen aus dir eine gefürchtete Kriegerin«, sagte er.
»Jetzt sollten wir erst mal üben, wie du dich selbst besser wahrnehmen kannst«, meinte er und kniete neben der Matte. Mit einer Handbewegung befahl er mir, es ihm gleichzutun.
Also kniete ich, genau wie er, nieder und schloss meine Augen. Es war jetzt völlig ruhig in der Halle und allmählich auch in mir. Mein Atem wurde flacher und mein Herz schlug gleichmäßig. Ich konnte das Blut fühlen, wie es durch meinen Körper floss. Ich schloss mich völlig dem Kreislauf an, hatte alle Gedanken aus meinem Kopf verbannt, es gab nichts, was ich von außen wahrnahm, sondern nur mich selbst. Noch nie war es mir gelungen, so tief in mir zu sein. Ich fühlte mich fast schwerelos, und gleichzeitig fest wie ein Berg.
Ganz leise hörte ich eine Stimme. Erst glaubte ich, dass ich

diese Töne von mir gab, doch dann spürte ich, dass dieser Ton noch tiefer in mir steckte. Es waren schöne helle und klare Klänge, doch ich konnte sie nicht richtig hören.
Ich wollte noch tiefer in mich eintauchen, doch es gelang mir nicht, stattdessen stieg ich wieder hinauf. Meine Ohren, meine Augen, meine Nase, mein Mund und mein restlicher Körper arbeiteten wieder normal. Es war ein unglaubliches Erlebnis. Berauscht von dieser Stimme und der Tiefe meiner Meditation, lächelte ich Mr. Chang an.
Er hatte mich beobachtet. Doch er schien sich nicht mit mir zu freuen. Sein Gesicht war ernst und nachdenklich.
»Mr. Chang, haben Sie auch diese Stimme gehört?«
»Nein, … nein, ich habe nichts gehört. Ich habe nur gesehen, wie du in dir warst.«
»Ja, und dabei habe ich diese Töne gehört. Sie waren wunderschön und so ...! Wow!«
Er ließ sich von meiner Begeisterung nicht anstecken, stand auf und bat mich, ihm zu folgen. Bei verschiedenen Bewegungen half er mir mit seinem Körpergewicht, mein Gleichgewicht zu halten. Mein Körper spannte sich an und ich konnte meine Sehnen spüren, wie sie allmählich nachgaben.
»Jetzt können wir es nochmals versuchen. Bitte leg dir die Binde um.«
Diesmal drehte er mich im Kreis, so dass ich völlig die Orientierung verlor und schließlich nicht die geringste Ahnung hatte, wo Mr. Chang sich nun befand.
Ich konzentrierte mich so gut ich konnte, glaubte ihn links von mir wahrzunehmen. Schon spürte ich einen Schlag, der mich sofort auf die Matte fallen ließ. Es tat nicht weh, dennoch war das Gefühl, ihn nicht vorher gespürt zu haben, mehr als enttäuschend.

Ich stand wieder auf und versuchte, mich besser darauf vorzubereiten. Doch auch ein weiteres Mal fiel ich unsanft. Wie sollte ich das nur anstellen?
»Jade, konzentrier dich!«, befahl er.
»Es klappt einfach nicht!« Frustriert zog ich die Augenbinde von meinem Kopf und musste erst mal blinzeln, als das Tageslicht meine Augen traf.
Vor Anstrengung bekam ich einen Krampf im Oberschenkel, der mich laut aufschreien ließ.
»Alles in Ordnung?« Er stand sofort bei mir und massierte den schmerzenden Muskel.
»Es geht wieder, danke«, sagte ich und rieb noch ein paar Mal selbst über die Stelle.
»Jade, du hast gesagt, du hast eine Stimme wahrgenommen. Versuche dich so weit zu konzentrieren, bis du diese wieder hören kannst. Lass es uns noch einmal versuchen.«
Widerwillig erhob ich mich und gab dem Ganzen noch eine letzte Chance. Ich zog die Binde an, atmete tief ein und aus. Dabei dachte ich nur an meinen Feind, der sich in meiner unmittelbaren Nähe befand. Alles andere blendete ich aus. Mein Herz pochte und ich zwang mich, ruhig zu werden.
Alles war dunkel, nichts konnte ich sehen. Meine Ohren nahmen jedes Geräusch empfindlich wahr. Ich wartete. Nichts geschah, doch den kleinen Konzentrationsfaden, den ich schon gesponnen hatte, wollte ich nicht abreißen lassen und hielt ihn verzweifelt fest.
Plötzlich hörte ich diese Stimme ganz leise wieder und mit ihr sah ich eine Gestalt. Das Verrückte daran war, ich spürte, wie sie sich leise und lautlos von hinten an mich heranschlich. Ich sah sogar, welchen Schlag Mr. Chang

ausüben wollte.
Bevor mich dieser treffen konnte, hatte ich mich blitzschnell umgedreht und konnte ihm einen so kräftigen Tritt verpassen, dass er selbst ins Straucheln geriet. Die Energie, die durch mein Bein floss, war dieselbe, welche ich beim Unfall gespürt hatte. Sie reichte aus, dass Mr. Chang völlig überrascht einige Meter zurückwich.
Ich keuchte glücklich, aber erschöpft.
»JAAA!«, rief er begeistert aus. »Genau das ist es!«, er klatschte vor Freude in die Hände, während ich die Binde abnahm.
»Ich wusste es! Sehr gut gemacht, Jade. Du hast mich gesehen, nicht wahr?«
»Ja, zuerst war alles dunkel, doch dann sah ich Sie. Sie waren hinter mir und schlichen sich an.« Ich schüttelte den Kopf, da es für mich unbegreiflich war, was ich geschafft hatte. Aber ich freute mich über meinen Erfolg. Sein Lob tat sehr gut und selbstzufrieden lächelte ich ihn an. Ich war plötzlich so müde, diese Konzentrationsgeschichte war sehr anstrengend.
»Ich sah ein Licht um Sie. Ähnlich wie ein Strahlen.« Jetzt stand Mr. Chang direkt vor mir und tätschelte meinen Arm.
»Ich bin sehr stolz auf dich. Doch du musst weiter daran arbeiten. Jetzt hast du den zweiten Grundsatz kennengelernt, dem Gegner ausweichen, heißt, ... «, fragte er.
»Tritte oder Schläge vorbeugen, dem Feind nicht die Möglichkeit geben, mich zu verletzen, seine Bewegungen erahnen«, antwortete ich ihm und vervollständigte so seinen Satz.
»Ausgezeichnet!«, strahlte er, faltete seine Hände und verbeugte sich vor mir. Ich zeugte meinen Respekt und tat

es ihm nach.
»Am besten läufst du draußen noch ein paar Runden, um deine Muskulatur zu lockern, dann geh duschen. Morgen arbeiten wir weiter.«
Dann ging er, während ich nicht sicher war, ob ich noch in der Lage sein würde, ein „paar Runden" zu laufen, doch ich würde mein Bestes geben. Meine Glieder fühlten sich schwer an und meine Füße taten weh. Ich war total verschwitzt, hochrot im Gesicht und meine Haare klatschnass. Ich sehnte mich nach einer Dusche und meinem Bett. Doch ich wollte auf keinen Fall jetzt schon Schwäche zeigen und verließ das C.O.B um zu tun, was Mr. Chang mir aufgetragen hatte.
Die Luft draußen war nicht unbedingt besser als in der Halle, jedoch war sie nicht so verbraucht. Ich atmete den heißen Sauerstoff ein und lief langsam aber doch erstaunlich locker meine Runden. Meine Muskeln schmerzten und ich spürte meinen ausgemergelten Körper. Nie hätte ich gedacht, dass das Training so anstrengend sein könnte. Aber ich versuchte tapfer zu sein und trainierte weiter. Ich hatte gerade die zweite Runde in unserem Park angefangen, als ich lautes Geschrei und Flüche aus dem Haus hörte. Amy! Ich erkannte sofort ihre Stimme und spürte ihre Erregung. Es waren drei oder vier Stunden vergangen, seit Onkel Finley mit ihr gesprochen hatte. Eigentlich war ich davon ausgegangen, dass sie sich schon längst beruhigt hatte, seit sie die Wahrheit wusste. Die Eingangstür wurde zugeschlagen und Alegra verließ aufgebracht das Haus. Nur in einem Bikini bekleidet und mit einem Strohhut auf dem Kopf, ging sie vor sich herfluchend zu einer Liege und warf ihr Handtuch energisch darauf. Wahrscheinlich ging sie ihrer

Hauptaufgabe des Tages nach. Dem Sonnenbaden!
»Das werde ich euch heimzahlen, ihr kleinen Biester!«, schimpfte sie und ich wusste, von wem sie sprach. Es war ganz offensichtlich, dass sie mich nicht bemerkt hatte. Ich war gerade die letzten Stufen zum Pool gelaufen, als ich Amy am Fenster sehen konnte. Sie grinste böse.
»Das geschieht dir ganz recht. Das hast du nun davon, wenn du glaubst, uns auf diese Weise loszuwerden.«
»Was ist denn hier schon wieder los?«, rief ich und sah abwechselnd von Amy zu Alegra.
»Jetzt will ich eines mal klarstellen, du und deine Schwester werdet damit nicht durchkommen. Ihr werdet schon sehen, was ihr davon habt. Alles werdet ihr mir ersetzen! Alles! Und euer Onkel wird euch dafür bestrafen, dafür werde ich schon sorgen.« Ihre Faust hatte Alegra in ihre Hüfte gestemmt, während sie ihren Zeigefinger drohend in meine Richtung schwang. Ich hatte zwar keine Ahnung, was passiert war, doch so wütend hatte ich sie noch nie erlebt. Ihre Wangen waren rot und ich glaubte, aus ihren Augen Blitze tanzen zu sehen. Außerdem war es für Alegra eher untypisch, dass ihre Wimperntusche schwarze Tränenspuren hinterließ. Hatte sie etwa geweint? Fast hatte ich Mitleid, doch ich besann mich kurz, dass es Alegra war und nicht eine nette, liebe Freundin. Ich wandte mich von ihr ab und lief zur Eingangstür. Der Summer ertönte und ich betrat das Haus.
Angenehm kühle Luft strömte mir entgegen. Im Foyer hörte ich, wie Amy schon die Stufen hinunterraste.
»Weißt du, was diese Irre behauptet?«, rief sie mir auf halbem Wege schon entgegen.
»Nein, aber ich bin mir sicher, das wirst du mir gleich erzählen«, sagte ich müde.

»Wir müssen etwas gegen sie unternehmen, Jade. Sie, … ich glaube, sie ist eine Hexe. Jedenfalls hat sie Onkel Finley verhext«, brach es aus ihr heraus.
Jetzt stand sie direkt vor mir und diesmal ließ sie mich an ihrer Aura teilnehmen. Ihr ganzer Körper verströmte ein leuchtendes, wütendes und aufgebrachtes Rot.
»Was? Das glaubst du doch selbst nicht?«
»Wenn du wüsstest, was sie Onkel Finley jetzt alles eintrichtert, dann würdest du einsehen, dass wir sie so schnell wie möglich loswerden sollten, Jade. Komm!«, sie zog mich die Treppen hinauf. »Ich erzähl dir, was dieses Miststück sich hat einfallen lassen. Du wirst staunen.«
Es war bekannt, dass wir Schwestern uns nie wirklich gut mit Alegra verstanden hatten, doch jetzt schien das Model eine Grenze überschritten zu haben, sonst wäre Amy nicht so aufgeregt.
Sorgfältig schloss sie die Tür zu unserem Zimmer, während ich meine Schuhe auszog und nur auf Socken zum Sofa lief.
»Jetzt sag schon, was hat sie getan?«
Ungeduldig sah ich Amy an, während sie aufgeregt durch unseren Wohnbereich lief. Meine Füße massierend wartete ich ab, bis sie endlich zu sprechen anfing.
»Das Ganze wäre so lächerlich, wenn es nicht Onkel Finley wäre, der ihr alles glauben würde. Sie behauptet doch tatsächlich, dass unser Unfall gestern kein Unfall war, sondern ein Mordanschlag. Kannst du dir das vorstellen?«
Sie schüttelte fassungslos den Kopf und lachte. Abrupt hörte ich auf, meinen Fuß zu massieren. Kannte Alegra unser Geheimnis? Vertraute Onkel Finley ihr etwa so sehr?
»Hat sie das zu dir gesagt?«, wollte ich wissen.
»Nein, aber Onkel Finley. Und das Verrückteste daran ist,

dass er es glaubt. Das gibt es doch nicht. Onkel Finley ist der felsenfesten Überzeugung, dass uns irgendeine Sekte, die sich Waluri, ... Damuri oder so ähnlich nennt, töten will.«

»Taluris«, verbesserte ich sie.

Erst als sie meine Verbesserung registrierte, sah sie mich entsetzt an und ihr Mund blieb offen stehen. »Du weißt davon?« Jetzt bemerkte sie meinen Farbenschimmer, der verräterisch aus meiner Haut strahlte. Weiß, schwarz und orange waren die Hauptfarben, doch auch ein kleiner goldener Schleier war dabei, was ungewöhnlich war. Diese Farbe hatte ich noch nie an mir gesehen.

Amy war still geworden und starrte mich fassungslos an. Ich verstand noch immer nicht, warum sie glaubte, dass Alegra Onkel Finley alles nur eingeredet hatte. Was hatte Alegra überhaupt damit zu tun?

»Erzähl mir alles von Anfang an«, unterbrach ich die Stille, die zwischen uns entstanden war und klopfte auf den freien Platz neben mir.

»Onkel Finley wollte mich heute Morgen sprechen. Zuerst dachte ich, er will mich bestrafen, weil ich gestern während unserer Freistunden das Schulgelände verlassen habe. Doch dann erzählte er, er müsse mir ein Geheimnis anvertrauen und dass er furchtbare Angst um mich hat. Er war nervös und ich fand sein Verhalten komisch, doch dann sagte er, dass der Unfall gestern gewollt war. Dass ich eine Illustris ... oder so was wäre und dass man schon mein ganzes Leben nach mir sucht. Er meinte, dass jemand mich jagen würde, bis er es geschafft hätte, mich zu töten. Zuerst dachte ich, Onkel Finley sei betrunken oder dass er vielleicht zu lange in der Sonne gesessen hätte. Ich lachte und natürlich glaubte ich ihm kein Wort. Es kann doch nicht sein, Jade, dass er dieses Märchen wirklich glaubt. Ich zählte eins und eins zusammen und für mich war klar, dass nur Alegra hinter dieser Geschichte stecken konnte. Er meinte auch, er würde am liebsten mit uns fortgehen. Das würde doch passen, Jade. Oder findest du das etwa nicht? Alegra hat unseren Onkel so im Griff, dass er ihr schon aus der Hand frisst. Er würde alles für sie tun, das hab ich jetzt verstanden. Mensch, Jade, überleg doch mal. Er glaubt diesen Mist wirklich.«

Ich konnte zwar Amy verstehen, doch dieses Mal war Alegra wirklich unschuldig.

»Was ist dann geschehen?«

»Naja, ich hab ihn natürlich ausgelacht. Aber ich war auch gleichzeitig wütend auf sie. Onkel Finley hat uns Hausarrest erteilt. Wir dürfen nirgends hin, Jade. Noch nicht mal in die Schule. Er sperrt uns ein. Das kann er doch nicht machen? Jedenfalls hab ich wütend das Büro verlassen.«

Langsam dämmerte mir, dass Amy etwas wirklich Dummes gemacht haben könnte. Wenn sie wütend war, neigte sie dazu, sich selbst in Schwierigkeiten zu bringen.

»Amy? Was hast du getan?«, fragte ich mit einem warnenden Unterton.

Sie war vom Sofa aufgestanden und ging im Zimmer auf und ab. »Aber Jade, das kann doch nicht sein! Er kann doch nicht wirklich so einen Unsinn glauben.«

»Amy! Was hast du getan?«, fragte ich streng. Sie atmete kurz ein und aus, ließ ihre Schultern hängen und gab sich geschlagen.

»Na gut, komm mit, dann zeig ich es dir.«

Schweigend folgte ich ihr hinaus in den Flur, wo sie direkt in das Schlafzimmer von Onkel Finley lief.

Alegra war ein bekanntes Model, das schon auf einigen Covers von Modezeitschriften abgelichtet worden war. Sie liebte Kleidung, Schuhe und Kosmetik. Sie hatte ein gutes Gespür für Trends und Mode. Sie war wirklich eine schöne und sehr attraktive, junge Frau. Aber wir kannten sie auch anders. Ihre Verschwendungssucht, ihre arrogante Art und vor allem ihre Faulheit verdarben ihren Charakter. Manchmal konnten Amy und ich es nicht fassen, was Onkel Finley nur an ihr fand. Er hatte uns immer als eifersüchtig bezeichnet, wenn wir versucht hatten, mit ihm zu sprechen. Sie gab sein Geld in rauen Mengen aus, was sich jetzt vor unseren Augen bestätigte. Das Schlafzimmer war fast genauso groß wie der Wohnbereich, den Amy und ich uns teilten. In der Mitte stand ein großes Bett, das wie immer nicht gemacht war. Überall lagen Alegras Kleidungsstücke unordentlich auf dem Boden verteilt. Gleich links neben der Tür befand sich ein weiterer Raum, den die Geliebte meines Onkels als begehbaren Kleiderschrank für sich alleine nutzte. Dort lagerten ihre Schätze. Louis Vuitton, Gucci, Chanel, die teuersten Luxusmarken der Welt wohnten in dem Kleiderschrank, den sich Alegra in kürzester Zeit angelegt hatte. Sie war schon immer stolz auf ihre Manolo-Blahnik-Sammlung gewesen, doch jetzt konnte ich nicht glauben, was ich sah. Alle Absätze der teuren High Heels lagen abgesägt und verstreut im ganzen Schlafzimmer auf dem Boden. Die teuren Kleidungsstücke hatte jemand achtlos und durcheinander aus dem Schrank geworfen. Alle Puderdöschen und Parfumfläschchen, die Alegra fein säuberlich auf ihrem Kosmetiktisch aufbewahrt hatte, waren vom Tisch gefegt worden und lagen nun zerbrochen ebenfalls auf dem Boden. Nur wenige Fläschchen hatten

Amys Wutattacke überlebt und lagen auf dem kleinen Teppichvorleger. Auf dem Spiegel stand mit knallrotem Lippenstift „Hexe“ geschrieben.
»Oh, mein Gott! Amy, was hast du nur getan?«
Es sah schlimm aus. Onkel Finley hatte von Amys Zerstörungswut bestimmt noch nichts bemerkt. Und das war auch gut so. Da Agnes sich schon lange weigerte, für Alegra auch nur irgendetwas als nur das Nötigste aufzuräumen, konnte ich auch darauf nicht hoffen, dass sie uns helfen würde, diese Sauerei wieder in Ordnung zu bringen.
»Versteh doch, Jade, sie will uns fertigmachen. Am Ende wird uns Onkel Finley fortschicken. Das ist es doch, was sie will«, versuchte sie sich zu verteidigen.
Es wurde Zeit, dass ich Amy die Augen öffnete. Ich sah sie ernst an. Das Herz wurde mir schwer, denn jetzt müsste ich ihr klarmachen, dass sie wirklich in Lebensgefahr war.
Ich legte meine Hände auf ihre Schultern, damit sie mich ansehen musste.
»Alles, was Onkel Finley dir gesagt hat, ist wahr, Amy. Ich selbst habe einen dieser Männer, die dich töten wollen, gesehen. Jetzt überleg doch mal, warum Onkel Finley so übervorsichtig mit uns ist? Denk nach, Amy! Das alles, unser Leben, die Überwachung, der übertriebene Beschützerinstinkt und auch unsere Verbindung, ist das nicht Beweis genug für dich? Schon seit einiger Zeit habe ich gemerkt, dass etwas nicht in Ordnung ist und erst gestern habe ich zwei dieser Typen gesehen. Ich habe sogar mit einem gesprochen.«
Schweigend blickte sie mich an. Sie brauchte eine Weile, um zu verstehen, dass sie Alegra Unrecht getan hatte. Doch so plötzlich wie sie begriff, wandelten sich auch ihre

Gefühle. Tränen füllten ihre Augen und neue Wut stieg in ihr auf.
»Das glaub ich einfach nicht! Nein, nein! Das gibt es doch nicht! Das könnt ihr nicht mit mir machen. Nein! Lass mich!« Ich wollte meine Schwester gerade in die Arme nehmen, sie trösten, ihr Mut machen, ihr sagen, dass ich sie beschützen würde, dass sie sich auf mich verlassen konnte, ich wollte ihr einfach sagen, dass ich für sie da war und dass ich alles in meiner Macht Stehende tun würde, damit ihr niemand wehtat. Da riss sie sich wutentbrannt von mir los und rannte weinend aus dem Zimmer.

Kapitel 11

Jade

Laut knallte eine Tür unten zu, deren Echo ich gut verstand. Noch bevor ich am Treppengeländer war und Amy hinterherstürmen konnte, hörte ich Stimmen, die sie riefen. Sie würde nicht reagieren, das tat sie nie, wenn sie wütend war. Wahrscheinlich hatte sie die Rufe noch nicht einmal wahrgenommen. Sie war sauer, durcheinander und sie hatte Angst. Ich konnte ihr gut nachempfinden. Die Wahrheit war schwer zu schlucken. Besonders für sie. Ihr Leben wurde komplett aus dem Rahmen gerissen, das stets wohl behütet und glücklich gewesen war. Schlimmer noch, jetzt war sie Opfer und Gejagte. Ihr Schicksal war so ungewiss. Hinzu kam, dass sich ihr Wesen so schwierig in diese neue Situation integrieren ließ. Eine Menge rebellischer Egoismus und eine große Portion Unvernunft gehörten zu Amy wie das Schwert zu seinem Krieger. Statt zu überlegen, was nun das Richtige für sie wäre, reagierte sie wie so oft mit Abhauen. Sorgen brauchte ich mir aber nicht zu machen. Meistens benötigte sie Zeit, um sich dann reumütig auf Kompromisse einlassen zu können. Hoffentlich war es diesmal genauso! Die Regel, auf dem Grundstück zu bleiben, hatte Onkel Finley uns schon von klein auf beigebracht. Schließlich war der parkähnliche Garten groß genug, um darin in Ruhe und alleine seinen Gedanken nachhängen zu können.
Agnes und Tom standen an der Türschwelle und sahen meiner Schwester nach, die wie ein Tornado aus dem Haus, am Pool vorbei und auf die Wiese gestürmt war. Dabei hatte sie die Kartons und ein paar Koffer in der

Eingangshalle übersehen und war über sie drübergestolpert. Ich kam gerade dazu, als Tom einige der Kartons wieder aufstellte und Amy verwirrt nachsah.
»Habt ihr euch gestritten oder warum rennt sie, als wäre der Teufel hinter ihr her? Und was haben die Koffer in der Halle zu bedeuten? Verreist ihr etwa?«, fragte Tom. Ich war selbst erstaunt darüber und wusste erst mal nicht, ob Onkel Finley nun doch andere Pläne hatte. »Was machst du denn hier? Wolltest du nicht mit deinem Vater am Jachthafen sein?« In der Zwischenzeit war Amy aus meinem Sichtfeld verschwunden, während Agnes ihr immer noch nachsah.
»Kind, was ist mit ihr?«, fragte Agnes.
Es wäre wohl besser, wenn ich behauptete, ich hätte mich mit Amy gestritten, als ihr die Wahrheit zu sagen. Zumal ich keine Ahnung hatte, ob Tom und Agnes auch nur einen Funken von dem Geheimnis wussten. Wahrscheinlich nicht!
»Ja, wir haben uns gestritten. Aber, die beruhigt sich schon wieder! Was sollen die Koffer und die Kartons, Agnes?«
»Euer Onkel hat den Auftrag gegeben, alle wichtigen Unterlagen aus seinem Büro und ein paar Kleidungsstücke packen zu lassen. Er meinte, es könnte sein, dass er kurzfristig entscheidet, mit euch einen Kurzurlaub zu machen. Ich habe auch eure Sachen eingepackt, zumindest das, was ich gefunden habe. Euer Schrank sieht mal wieder aus, als wäre eine Walze durchgefahren«, schimpfte sie kopfschüttelnd und ging ins Haus. Tom sah mich immer noch an.
»Ihr fahrt in Urlaub? Davon hast du mir nichts erzählt.« Er klang schon fast beleidigt, obwohl er keinen Grund dazu hatte.

»Ich wusste es bis eben selbst nicht.« Ich hakte mich bei ihm ein und zog ihn ins Wohnzimmer. Bereitwillig ließ er sich von mir aufs Sofa führen.
»Worum ging es in dem Streit?«, wollte Tom wissen. Seine schokoladenbraunen Augen wanderten über mein Gesicht. Ich wusste nicht, ob er etwas ahnte oder nicht. Wie sollte ich ihm unser Verhalten erklären? Alles war so kompliziert geworden und so ... unglaubwürdig.
»Ach, nichts Bestimmtes. Aber, was machst du hier? Ich dachte, du wolltest mit deinem Vater eine Jacht ansehen«, versuchte ich ihn vom Thema abzulenken.
»Ja, das wollte ich auch. Aber nachdem du angerufen hattest und ich deine Stimme gehört hatte, wusste ich sofort, dass etwas nicht stimmt. Da dachte ich, ich sehe lieber mal nach dir.«
»Es geht mir gut«, versuchte ich ihn zu beruhigen, sah ihm in die Augen und war froh, dass Agnes mit einer Kanne frischem Eistee das Wohnzimmer betrat. Ich hatte meinen Durst in der ganzen Aufregung fast vergessen.
»Ich bringe euch eine kleine Erfrischung«, lächelte sie, bedachte mich aber mit einem tadelnden Blick.
»Jade, du bist ungeduscht. Willst du dich nicht schnell frisch machen?« Sie schenkte uns zwei Gläser ein, während sie mich zurechtwies.
»Oh, ja! Das habe ich doch glatt vergessen. Ich bin in zehn Minuten wieder da, Tom. Mach es dir so lange gemütlich. Wenn du willst, können wir auch auf die Terrasse gehen.« Schon sprang ich auf und wartete gar nicht erst auf eine Antwort. Das war genau die richtige Ablenkung, die ich jetzt brauchte. So hatte Agnes mir einen Aufschub verschafft und ich konnte mir unter der Dusche überlegen, was ich Tom als Erklärung geben würde. Ihn zu belügen

fühlte sich schrecklich an, aber da unsere Lage ernst war, konnte ich nicht zulassen, ihn da mit hineinzuziehen.
Es dauerte nicht lange, als Agnes mir in das obere Stockwerk folgte.
»Was habt ihr mit dem Schlafzimmer eures Onkel gemacht?«
Ich zuckte zusammen. Ich hatte sie nicht reinkommen hören, während ich frische Kleidung aus dem Schrank nahm. Ihre rechte Hand hatte sie in ihre Hüfte gestemmt und sie sah mich ernst an.
»Oh, ja ... das«, stammelte ich.
»Habt ihr eine Ahnung, wie sehr euer Onkel ausrasten wird, wenn er diese Sauerei entdeckt? Warum habt ihr das getan?«
Wie kam Agnes darauf, dass ich daran beteiligt war?
»Aber so war das nicht«, verteidigte ich mich. »Amy ist sauer auf Alegra, weil sie glaubt, dass Alegra Onkel Finley dazu bringen will, uns fortzuschicken.«
»Was? Aber das ist doch völliger Unsinn!«
»Ja, das habe ich ihr vorhin auch gesagt, doch da war es bereits zu spät. Das Zimmer hast du ja gesehen. Sie ist deshalb aus dem Haus gelaufen, weil sie glaubt, ich würde nicht mehr auf ihrer Seite stehen.« Agnes schüttelte nachdenklich den Kopf. »Wenn euer Onkel sein Schlafzimmer sieht, dann wird er einen Anfall bekommen. Ist euch das eigentlich klar? ... Geh jetzt unter die Dusche, Tom wartet auf dich. Ich werde mich ums Zimmer kümmern«, sagte sie und war schon auf dem Weg zur Tür.
»Danke, Agnes.«
»Ich werde nur das Gröbste bereinigen, trotzdem wird Amy dafür aufkommen müssen. Die Sachen hatten bestimmt einen Wert von ein paar Tausend Dollar.«

»Ich rede mit ihr.«
Agnes hatte wirklich ein gutes Herz. Dennoch, was hatte Amy sich dabei gedacht? Manchmal benahm sie sich wirklich wie eine kleine, verzogene Göre.
Nach der Dusche ging es mir viel besser. Ich schlüpfte schnell in eine frische kurze Hose und ein Träger-Shirt. Meine Haare trocknete ich nur mit einem Handtuch ab, kämmte die Mähne kurz durch und ging barfuß wieder hinunter zu Tom ins Wohnzimmer. Onkel Finley leistete ihm Gesellschaft, während ich mich frisch gemacht hatte. Auch Mr. Tramonti hatte sich zu ihnen ins Wohnzimmer gesellt. Sie tranken Wein, während Tom an seinem Eistee nippte.
»Ah …, da bist du ja. Gerade habe ich Tom von deinen Fortschritten im Training erzählt. Er ist genauso begeistert wie wir.«
Mr. Tramonti nickte mir grüßend zu, während ich mich fragte, worüber sie in meiner Abwesenheit noch gesprochen hatten. »Onkel Finley? Kann ich dich einen Moment sprechen?«, fragte ich so fröhlich wie möglich.
»Natürlich! Entschuldigt mich bitte.« Schon war er aufgestanden und geleitete mich in sein Arbeitszimmer.
In seinem Büro hatten heute Morgen noch viele Akten und Bücher in Regalen gestanden. Diese waren nun leer. Auch einige Unterlagen, die sich sonst immer auf seinem großen Schreibtisch stapelten, waren verschwunden. Aufmerksam sah ich mich weiter um. Wo früher die Regale standen, konnte man an den Wänden nun einen helleren Schatten erkennen. Normalerweise ein sicheres Zeichen dafür, dass eine Renovierung fällig war. Als Onkel Finley die Tür hinter uns geschlossen hatte, sah er mich aufmerksam an.
»Onkel, was hast du vor? Du planst doch nicht etwa, mit

uns in einer Nacht- und Nebelaktion einfach abzuhauen, oder was sollen die Kartons und Koffer in der Halle?« An dieses Märchen, dass wir in einen Kurzurlaub starten würden, glaubte nur Agnes.
»Oh! Ich habe eine Maschine gechartert. Falls es eng werden wird, werden wir fliehen. Ich bereite nur alles für den Notfall vor. Und es gibt ein paar wichtige Dinge, die ich ungern zurücklasse. Aber mach dir keine Gedanken, im Augenblick sind wir wirklich sicher. Es gibt keine aktiven Anzeichen der Taluris. Es ist so, wie Chang und Tramonti gesagt haben, sie können es sich nicht leisten, so kurz hintereinander anzugreifen. Die Polizei ist wachsam und stellt eine Menge Fragen. Das gibt uns einen Aufschub, trotzdem solltet ihr vorsichtig sein und am besten in der Nähe des Hauses bleiben«, erklärte er mir. »Hast du sonst noch etwas auf dem Herzen?«
Kopfschüttelnd sah ich ihn ernst an. So wie ich Amy kannte, hatte sie bestimmt in ihrer Wut das Grundstück verlassen. Mit Sicherheit konnte ich es nicht sagen, obwohl es naheliegend war, da sie keine Ahnung hatte, in welcher Gefahr sie wirklich schwebte. Mein Onkel würde bestimmt nicht erfreut sein, trotzdem musste ich es ihm sagen. Falls Amy wirklich ihr sicheres Territorium verlassen hatte, dann sollte er das wissen.
Er wollte gerade die Tür öffnen, als ich ihn am Ärmel festhielt.
»Da ist noch etwas.«
Fragend sah er mich an. »Heraus damit.«
»Naja, es wird dich bestimmt nicht erfreuen, aber Amy und Alegra hatten mal wieder Streit«, begann ich vorsichtig.
Genervt von dem ewigen Thema verdrehte er die Augen.
»Worum geht es diesmal?«, wollte er mit einem tiefen

Seufzer wissen.
»Amy glaubt dir die Geschichte, die du ihr erzählt hast, nicht. Sie denkt, dass deine Geliebte dir diesen Floh von diesen Jägern ins Ohr gesetzt hat, um uns zu schikanieren.«
Er zog seine Stirn in Falten. »Was?«
»Sie ist mal wieder abgehauen und ich denke, du solltest wissen, dass sie Alegra für alles verantwortlich macht. Amy denkt, du wolltest uns fortschicken und dass du völlig unter dem Einfluss von Alegra stehst.«
Er massierte seinen Nasenrücken. »So ein Unsinn!«
»Das habe ich ihr auch gesagt. Und als sie kurze Zeit später registriert hat, dass ich nicht ihrer Meinung bin, ist sie wütend aus dem Haus gerannt. Leider kam ich nicht mehr dazu, sie von der Wahrheit zu überzeugen, aber ich denke, sie wird sich wieder einkriegen«, versuchte ich die Sachlage zu verharmlosen.
»Ist gut, Jade. Ich werde noch mal mit ihr sprechen. Wo ist sie hin?«
Was sollte ich ihm jetzt sagen? Ich hatte keine Ahnung, ob sie das Grundstück wirklich verlassen hatte oder nicht. Vielleicht hielt sie sich ja auch hier irgendwo auf.
»Das kann ich dir nicht sagen, aber ich denke, sie wird im Park sein. Gib ihr einfach Zeit. Schließlich ist das alles nicht einfach, ganz besonders nicht für sie.«
Er nickte mir verständnisvoll zu. »Du hast recht. Wir sollten jetzt behutsam mit ihr sein.« Wieder seufzte er und sah mich dabei liebevoll an.
Meine Beichte war noch nicht zu Ende. »Da ist noch etwas, was du wissen solltest. Aber bitte, sei nicht sauer auf sie. Amy war total verwirrt und wütend.«
»Du machst mir wirklich Angst. Was hat Amy angestellt«, fragte er und in seinem Ton hörte ich, dass er schon damit

rechnete, dass es nichts Angenehmes sein konnte. Ich wappnete mich auf ein kleines Donnerwetter, das nicht mir gelten würde.

»Nun ja, sie hat ... Alegras Kleiderschrank verwüstet und die Absätze ihrer Schuhe abgesägt. Es sieht übel aus. Der Verlust ist bestimmt hoch«, erzählte ich ihm kleinlaut.

»Sie hat was getan? ... Das darf doch nicht wahr sein! Ja, bin ich denn im Kindergarten?«, entfuhr es ihm verärgert. Schon befürchtete ich einen seiner Wutanfälle, die er zwar selten hatte, die jedoch ziemlich laut werden konnten. Noch bevor er auch nur einen weiteren Ton von sich geben konnte, versuchte ich ihn zu beruhigen. »Bitte, sei nicht so streng mit ihr. Sie musste ja glauben, dass Alegra dafür verantwortlich ist. Nicht jedem fällt es leicht, eure Geschichte zu glauben. Selbst ich kann es noch immer kaum fassen, dass man sie töten will.«

Onkel Finleys Blick sprach Bände. Innerlich tobten bestimmt seine Emotionen. Hin- und hergerissen sagte er schließlich. »Ja, ja, ist schon gut. Du brauchst sie nicht zu verteidigen. Ich verstehe einfach nicht, warum ihr nicht mit ihr auskommt. Sie will nicht eure Mutter sein. Sie ist meine Freundin und ihr solltet das endlich akzeptieren.« Er seufzte.

»Darum geht es doch gar nicht. Aber Alegra macht es uns auch nicht unbedingt leicht, sie zu mögen. Sie benimmt sich wie eine verwöhnte Diva. Alles ist für sie selbstverständlich. Sie behandelt Agnes wie ihre persönliche Putzfrau und sie selbst rührt keinen Finger, und sie nutzt dich schamlos aus. Außerdem hat sie nie versucht, ein besseres Verhältnis zu uns aufzubauen.«

»Ihr aber auch nicht!«, konterte er. »Ihr Mädchen könnt sehr schwierig sein. Ich kann nur eins sagen, Alegra mag

vielleicht den Luxus genießen, den wir haben, trotzdem hat sie es nicht verdient, dass ihr sie so behandelt. Sie hat hart gearbeitet, um jetzt endlich so erfolgreich zu sein. Sie hatte kein leichtes Leben«, verteidigte er sie.
»Das bestreitet ja auch keiner. Aber sie sollte sich uns gegenüber anders verhalten.«
Trotz allem musste ich mir eingestehen, dass, ganz egal, wie unser Verhältnis in der Vergangenheit war, Alegra dieses Mal nichts dafür konnte. Sie war unschuldig und Amy musste das erst einmal begreifen. Vielleicht würde sich daraus eine Chance ergeben, dass endlich Frieden einkehren würde.
Nachdenklich legte Onkel Finley seine Hand auf die Türklinke. »Alegra fliegt heute Abend nach Paris für ein paar Tage. Wir sollten zusehen, dass Amy sich bis dahin entschuldigt hat, damit diese Sache endgültig aus der Welt geschaffen ist. Wir haben wirklich keine Zeit, uns um euer Gezicke zu kümmern.«
Damit war das Gespräch beendet. Für Onkel Finley waren die Streitereien nichts weiter als normale Familienzwistigkeiten. Für uns waren sie an der Tagesordnung und nahmen einen großen Bestandteil unseres bisherigen Lebens ein. Doch mittlerweile sah ich ein, dass es sich nur um eine Kleinigkeit handelte, im Vergleich zu den wahren und viel größeren Problemen, die jetzt auf uns lasteten.

Im Wohnzimmer unterhielten sich Tom und Mr. Tramonti. Sie schienen uns nicht zu bemerken, als wir wieder zu ihnen stießen. »Ich habe gehört, dass das Training ausgesprochen gut läuft und du große Fortschritte machst«, bemerkte Mr. Tramonti, als ich mich zu Tom aufs Sofa

setzte. Er schien überhaupt nicht vor Tom befangen zu sein. Nur Onkel Finley warf ihm einen warnenden Blick zu, den Mr. Tramontis Lächeln einfrieren ließ.
»Ja, es läuft ganz gut«, gab ich etwas unsicher zurück. Die Angst, jemand könnte sich in Toms Anwesenheit verplappern, war groß. Onkel Finley ließ mich nicht aus den Augen, als ich mein Eisteeglas vom Tisch nahm und ein paar Schlucke trank.
»Mr. Chang ist auch ein ausgezeichneter Lehrer», lobte ich ihn. Die unausgesprochenen Sätze von Onkel Finley prallten mir schier ins Gesicht, während keiner so genau wusste, was er sagen sollte. Tom war nicht blöd, ihm war das bestimmt aufgefallen. Das Beste wäre, wenn ich mit ihm nach draußen ging. So würde ich den bittenden Augen meines Onkels entfliehen und den Fragen von Mr. Tramonti ausweichen können.
»Komm, lass uns rausgehen. Es ist so schönes Wetter heute.« Ich spürte Onkel Finleys Einwände, doch er sagte nichts. Stattdessen presste er seine Lippen aufeinander, während Tom mit mir aus dem Wohnzimmer lief. Seine Augen sprachen still die Warnung aus, die ich allzu deutlich verstand.
Das Summen ertönte und ich stieß die Tür auf. Sofort schlug uns die Mittagshitze entgegen. Der Pool glitzerte Aquablau in der Sonne und die Vögel zwitscherten. Direkt überkam mich dieses Gefühl, dass der Vogel wieder in meiner Nähe war. Vielleicht saß er irgendwo in den Bäumen und beobachtete mich. Schweigend liefen Tom und ich an Alegra vorbei, die uns keines Blickes würdigte und wütend in ihrer Zeitschrift blätterte. Wir liefen die Stufen hinunter, die zum See auf unserem Grundstück führten. Nachdem wir ein paar Meter auf der Wiese

gegangen waren, blieb ich stehen.
»Tom, ich muss kurz mit Alegra sprechen. Geh du doch schon einmal vor. Ich komme gleich nach.«
Er nickte und während er zu unserem kleinen See schlenderte, lief ich die Stufen zum Pool wieder hinauf. Alegra hatte tatsächlich geweint. Diese Erkenntnis schockte mich, doch ich konnte ihren Kummer ein bisschen verstehen.
»Alegra? Können wir kurz reden?«, fragte ich. Langsam trat ich näher an ihre Sonnenliege.
Ihre Nase war gerötet und ihr Mascara war völlig zerlaufen. Auch wenn sie ihre Sonnenbrille aufhatte, konnte ich deutlich die roten Flecken sehen, die sie bekam, wenn sie sich über etwas aufgeregt hatte.
»Was willst du?«, fragte sie mit tränenerstickter Stimme.
»Ich ...«
»Ihr werdet dafür bezahlen. Diesmal seid ihr wirklich zu weit gegangen«, zischte sie noch immer wütend.
»Ich habe nichts damit zu tun. Amy, sie wird das wieder in Ordnung bringen. Aber … vielleicht wäre es grundsätzlich mal an der Zeit, dass wir uns unterhalten. Amys Verhalten war nicht in Ordnung. Deines aber in der Vergangenheit auch nicht. Ich will dir nur sagen, dass es zwischen Amy und unserem Onkel ein Missverständnis gegeben hat und sie dich fälschlicher Weise verdächtigt hat.«
»Soso!«, gab sie schnippisch von sich. »Ihr wollt doch nur einen Keil zwischen euren Onkel und mich treiben. Doch das wird euch nicht gelingen. Darauf könnt ihr Gift nehmen«, gab sie drohend zurück.
Es hatte keinen Zweck, mit ihr zu sprechen. Das hätte ich mir auch sparen können.
»Es tut mir leid, dass du es so siehst. Ich habe nur versucht,

es dir zu erklären.«
»Pah, erklären! Mit dieser Aktion hat sie den letzten Rest Respekt kaputt gemacht.«
Ich sah sie noch einen Augenblick an, suchte nach irgendetwas, doch mir fiel nichts ein, was ich ihr hätte sagen können, ohne dass sie gleich in diese Abwehrhaltung ging. Ich gab auf, drehte mich um und ging zu Tom, der es sich am Seeufer bequem gemacht hatte.
Alegra sagte auch nichts mehr. Die Fronten waren verhärtet und ich bezweifelte, dass sich das je wieder ändern würde. Außerdem war Amy sehr dickköpfig und auch für sie würde es schwer werden, einzusehen, dass sie einen Fehler begangen hatte.

Tom blickte mich fragend an, als ich mich zu ihm niederließ. Schweigend setzte ich mich neben ihn, zog meine Schuhe aus und steckte meine Füße in das kühle Nass.
»Alles klar?«, fragte er.
»Ja.«
»Was war das für ein Streit?«
Eigentlich hatte ich keine Lust mehr, noch länger darüber zu reden, doch Tom würde keine Ruhe geben, bis ich es ihm erzählt hatte. »Warum hast du dich mit Amy gestritten?«, fragte er wiederholend, und ließ mir damit keine Möglichkeit, von einem anderen Thema zu sprechen.
»Amy hat heute einen Fehler begangen, aus einem Missverständnis heraus. Ich habe nicht mit ihr gestritten, sondern sie mit Alegra. Ich habe ihr begreiflich machen wollen, dass sie ihr diesmal Unrecht getan hat.«
»So? Worum ging es denn?«
»Wenn ich dir das erzähle, wirst du sie aber nicht damit

ärgern, versprochen?« Tom grinste schelmisch, und als ich ihn bittend ansah, gab er mir das Versprechen.
»Sie hat Alegras Designerschuhe zersägt und ihre teure Kleidung verwüstet.«
Kurz war Tom still und sah mich ungläubig an. Seine Mundwinkel zuckten und ich wusste, er versuchte sich das Lachen zu unterdrücken. Doch er schaffte es nicht und prustete laut los, schüttelte ungläubig den Kopf dabei.
»Typisch Amy! Sie ist so temperamentvoll, dass sie vergisst, nachzudenken, bevor sie handelt.«
Da hatte Tom recht.
»Und wie hat sie das angestellt, mit ihrem Gipsarm? Ich meine, Schuhe zu zersägen, mit einer Hand?«
»Du kennst sie doch. Wenn sie sich etwas in den Kopf gesetzt hat, dann kann man sie sehr schwer wieder davon abbringen. Außerdem, Not macht eben erfinderisch. Ich weiß auch nicht genau, wie sie es angestellt hat, jedenfalls liegen alle Absätze im Schlafzimmer verteilt.«
Jetzt huschte mir auch ein Grinsen über die Lippen, als ich das Bild des chaotischen Zimmers vor mir sah.
»Wie hat Alegra darauf reagiert?«
»Ja, wie wohl? Sie ist wütend!«, ich sah zurück auf die Sonnenterrasse, wo Alegra noch bis vor ein paar Minuten gelegen hatte. Die Sonnenliege war jetzt aber leer.

Ich spürte Toms vertraute Nähe, die ich schon mehr als tausendmal wahrgenommen hatte, doch seit unserem letzten Gespräch hatte sich etwas verändert. Auf einmal war es schwieriger, hemmungslos und frei mit ihm zu reden. Wie eine Art Barriere fühlte es sich an. Unfähig, es richtig zu begreifen, suchte ich einen Weg, mein Gewissen, das sich lautstark meldete, zum Schweigen zu bringen.

Tom hatte es nicht verdient, von mir angelogen zu werden. Doch in diesem Fall musste ich es tun, um ihn zu schützen. Vielleicht war es eines der letzten Male, die wir uns sehen würden.
Lange sah ich ihn von der Seite an. Versuchte, mir jede Kleinigkeit an ihm einzuprägen. Ich wollte auf keinen Fall meinen besten Freund vergessen. Wer wusste schon, ob wir noch einmal so eine Gelegenheit bekommen würden, in völligem Frieden und so entspannt wie jetzt, zusammenzusitzen.

Alles saß perfekt wie immer. Keine Strähne hatte sich verirrt. Sein braunes Haar glänzte golden in der Sonne und seine sonst so helle Haut hatte sich schon etwas braun gefärbt. Sein weißes Poloshirt verdeutlichte die Bräune, die er in den letzten Tagen bekommen hatte. Seine Wangenknochen traten hervor, wenn er schluckte. Er war nicht mehr der Junge oder mein Spielkamerad von damals. Es war das erste Mal, dass ich ihn als Mann wahrnahm. Er hatte sich so sehr verändert, und doch war auf eine Art alles gleich geblieben.
»Und der Unfall gestern, wie ist das passiert?«
Sofort versteiften sich meine Glieder. Es war doch ganz natürlich, dass er sich danach erkundigen würde, auch wenn ich diese Erinnerungen gerne aus meinem Kopf gelöscht hätte. Ich erzählte ihm natürlich nur ab dem Teil, als ich mit Amy vor der Bar stand. Ich vermied es, ins Detail zu gehen, aus Angst ich könnte dadurch noch mehr Fragen in ihm hervorrufen.
»Du kannst dir nicht vorstellen, wie viele Gerüchte durch euren Unfall in Bayville im Umlauf sind!«
»So? Was sagen denn die Leute?«

Tom lachte. »Stell dir vor, einige behaupten, dass es überhaupt kein Unfall war. Sie glauben, dass dein Onkel in irgendwelche Mafiageschäfte verwickelt ist und deshalb Probleme hat.«
»Das glauben die Leute?«, fassungslos schüttelte ich den Kopf.
Tom nickte, doch er schien das genauso abtrünnig zu finden wie ich. Zum Glück. Es war schon schlimm genug, dass Onkel Finley in schlechtem Licht stand. Obwohl, wenn die Leute die Wahrheit kennen würden, würde das wohl auch nichts besser machen.
»Die Polizei meinte, dass es ein Betrunkener gewesen sein muss. Wahrscheinlich hat er zu viel Alkohol im Blut gehabt und die Kontrolle über das Motorrad verloren. Jedenfalls haben Amy und ich Glück gehabt. Onkel Finley erzählt, dass die Polizei das Motorrad am Straßenrand gefunden hat, aber vom Fahrer fehlt jede Spur. Sie überprüften das Kennzeichen und es stellte sich heraus, dass es ein gestohlenes Bike war.«
Ich sah den Schwänen beim Schwimmen zu und bemerkte nicht, wie Tom meine Hand berührte.
»Wahrscheinlich werden sie den Typen nie finden.«
Er sah in mein Gesicht. »Ich bin so froh, dass euch nicht viel passiert ist, Jade, das kannst du mir glauben.«
Plötzlich strich er eine Haarsträhne aus meinem Gesicht. Eigentlich war er mir vertraut, doch diese Geste rief ein merkwürdiges Gefühl in mir wach, das ich bisher nicht kannte.
»Jade, du kannst dir nicht vorstellen, wie glücklich ich war, als ich hörte, dass du unverletzt bist. Aber als du auf meine Anrufe nicht reagiert hast, machte ich mir schon Gedanken. Agnes versicherte mir, dass es euch gutgeht,

sonst wäre ich sofort gekommen. Als du dann endlich heute Vormittag angerufen hast und ich deine Stimme hörte, spürte ich sofort, dass dich etwas bedrückt«, erzählte er.

Mir wurde ganz schlecht bei dem Gedanken, ihn nun weiter belügen zu müssen, doch gab es einen anderen Weg?

»Es geht mir gut, Tom.«

»Das glaube ich dir aber nicht. ... Du kannst es mir sagen, ganz egal, was es ist.«

Abwartend sah er mich an und ich hatte keinen blassen Schimmer, was ich jetzt tun sollte. Deshalb senkte ich meinen Blick und schwieg. Doch die Stille zwischen uns war für mich unerträglich.

»Jade, ich kann verstehen, dass dieser Unfall ein Schock für dich und Amy war. Aber … da ist noch etwas, oder?«

»Ich weiß nicht, was du meinst?«

Tom fuhr mit der Zunge über seine Lippen.

»Es gibt etwas, was ich dir schon seit Längerem zu sagen versuche.«

Neugierig setzte ich mich auf und sah ihn an.

»Seit ich in Washington bin, hat sich viel verändert«, begann er und blickte in die Ferne.

»Mein Leben dort ist einfach, aber auch anstrengend. Die Stadt ist groß und man bekommt dort nichts geschenkt. Ich arbeite wirklich hart und kann die Semesterferien kaum erwarten.«

»Bist du nicht glücklich dort?«, fragte ich.

Dieses Studium war alles, was Tom sich jemals gewünscht hatte. Ich konnte mich noch erinnern, wie er um mich herum getanzt war, als er die Zusage der Uni bekommen hatte.

»Doch, aber darum geht es nicht. Ich ...!« Seine Augen strahlten mich an, ja sie leuchteten schon fast.
»Du bist verliebt!«, erkannte ich und merkte erst jetzt, dass ich es laut ausgesprochen hatte. Ein leichtes Grinsen spielte um seine Lippen. Er war verliebt! Wieso fiel mir das erst jetzt auf? Aber er war doch noch nie verliebt gewesen. An andere Mädchen konnte ich mich nicht erinnern. Klar, gab es hier und da mal ein Mädchen, das sich näher für ihn interessiert hatte, doch das Interesse war eben eher einseitig. Außer einmal. Damals hatte ich ihn knutschend mit Kitty Gellar aus der Oberstufe erwischt. Doch langfristig war aus den beiden auch nichts geworden. Jetzt schien es ernster zu sein. Mein Gott, Tom war ernsthaft verliebt. Überrascht sah ich ihn an.
»Sieht man das so deutlich?«
Ich betrachtete ihn eine Weile und nickte bestätigend. Vorsichtig zog ich meine Hand aus seiner zurück, da mich das nicht klar denken ließ. Verwirrt sah er mich an.
»Jade, schon lange versuche ich, es dir zu sagen. Und bevor ich wieder nach Washington gehe, wollte ich wissen, ob du ...?«
Halt! Stop! War ich wirklich so blind gewesen? Was tat er da?
»Es gibt niemandem, dem ich mehr vertraue als dir. Du bist der einzige Mensch, der mich wirklich kennt. Wir kennen uns jetzt schon so lange. Ich denke jeden Tag über dich nach und ... « Er stockte mitten in seinem Redefluss und schluckte aufgeregt. Erschrocken über sein Geständnis brachte ich keinen Ton heraus. »Schon das letzte Mal in dem Restaurant wollte ich dir das hier geben.«
Er zog seine Halskette aus und legte mir das silberne Kettchen mit einem Anhänger in die Hand. Die etwas

dickere Kette mit den geschliffenen Gliedern kannte ich, doch der Anhänger war neu. Es war ein Buchstabe, ein „T“, in dessen unterem Teil ein kleiner Glitzerstein eingefasst war.
»Tom!« Zu mehr war ich im ersten Moment nicht imstande. Noch warm von seinem Körper lag die Kette in meiner Hand.
»Den Anhänger habe ich in einem kleinen Laden in Washington entdeckt. Gefällt er dir?«
»Schon, aber ...!« Ich wusste nicht recht, wie ich darauf reagieren sollte. Oh, Gott! Was sollte ich ihm nur sagen? Ich würde vielleicht bald für immer aus seinem Leben verschwinden. Er hatte keine Ahnung, wie es um mich und meine Familie stand. Wer wusste schon, ob wir in drei Wochen noch am Leben waren? Ich würde ihm das Herz brechen. Das hatte er wirklich nicht verdient.
»Tom, ich … kann nicht.« Es waren nur noch geflüsterte Worte, die meine Lippen verließen.
Sofort lag Traurigkeit in seinen Augen, die ich kaum ertragen konnte.
»Wieso nicht? Hast du nicht die gleichen Gefühle wie ich?«, fragte er unsicher und deutlich konnte ich sehen, dass sein Atem schneller ging.
»Tom, ich …!«
Unfähig, die Worte auszusprechen, die ihn noch weiter von mir entfernen und verletzen würden, sagte ich nichts.
»Wenn es an Washington liegt, mach dir darüber keine Sorgen. Ich komme jedes Wochenende und in den Ferien. Wir können immer telefonieren, wenn du willst. … Jade, wir können heiraten und nach Europa gehen. Unser Traum! Weißt du noch?«
Natürlich kannte ich unseren Traum noch. Aber es würde

immer ein Traum bleiben. Es war sein verzweifelter Versuch, mir klarzumachen, dass es für alles eine Lösung geben konnte. Er hatte ja keine Ahnung, in was für einem Schlamassel wir saßen.
»Tom, … es geht nicht. Und es liegt nicht an dir, glaub mir. Bitte!« Es war schwer gewesen, diese Worte über meine Lippen zu bringen. In meiner Verzweiflung kämpfte ich gegen meine Tränen an.
Still sah er auf die Kette, die noch immer in meiner Hand lag, während ich nach den richtigen Worten suchte.
»Du musst mir vertrauen, bitte!« Ich verlangte viel von ihm, das war mir klar. Aber im Augenblick konnte ich ihm nichts anderes sagen. Ich war selbst völlig überfordert mit der ganzen Situation.
»Du bist dir über deine Gefühle noch nicht sicher, ist es das? ... Ich kann warten, Jade. Du kannst dich auf mich verlassen, das weißt du. Nimm bitte die Kette trotzdem an. Trage sie für mich.«
Er nahm das silberne Schmuckstück und legte es mir um.
»Ich kann verstehen, wenn du noch Zeit brauchst und ich werde warten. Ich kann dir gar nicht sagen, wie froh ich bin, jetzt hier bei dir zu sein«, lachte er.
Etwas war zwischen uns geschehen. Und es machte mich traurig, nicht zu wissen, was ich fühlte. Es war viel passiert in den letzten Tagen und ich war selbst noch damit beschäftigt, alles zu ordnen.

Einige Zeit später hatte ich immer noch einen Kloß im Hals und musste ständig an seine Worte denken. Ich hatte keine Ahnung, ob ich ihn liebte oder nicht. Natürlich liebte ich ihn, aber dass da mehr als innige, tiefe Freundschaft war, fühlte ich nicht. Es stand noch so viel mehr auf dem

Spiel als unsere jahrelange Freundschaft. Ich hatte Angst. Niemand konnte mir eine Garantie geben, dass alles gut werden würde. Selbst wenn unsere Flucht gelänge, dürfte ich bestimmt keinen Kontakt zu Tom haben. Es wäre zu gefährlich für uns alle.

Wir unterhielten uns an diesem Nachmittag noch lange, doch wir sparten beide dieses neue, heikle Thema aus. Tom hatte mein Zögern verstanden, auch wenn ich glaubte, ihn enttäuscht zu haben. Er versuchte, sich so normal wie immer zu geben. Nur ich verspürte diese merkwürdige Barriere, die einen leichten Druck auf meiner Brust hinterließ.

Die Sonne ging langsam unter und von Amy war immer noch nichts zu sehen. Onkel Finley hatte Terry und Frank damit beauftragt, das Grundstück nach ihr abzusuchen, während Tom und ich in der Küche saßen, um den kleinen Imbiss zu verdrückten, den Agnes uns bereitgestellt hatte. Meine Gedanken waren bei meiner Schwester, da sich langsam der Verdacht verstärkte, dass sie sich mal wieder nicht an die Regeln gehalten hatte.

Komisch, eigentlich dachte ich, dass das Sicherheitssystem von unseren Leuten noch einmal überprüft worden war, als sie das Grundstück sicherten. War Amy tatsächlich über die Mauer gegangen, ohne dass es jemand bemerkt hatte? Falls sie das wirklich getan hatte, dann war sie vielleicht tatsächlich in Schwierigkeiten. Ich wurde nervös und stocherte lustlos in meinem Salat herum, während Tom es sich schmecken ließ. Agnes ermahnte mich, dass ich essen sollte.

»Du hast heute lange trainiert, dann solltest du deinem Körper auch wieder die Salze und Mineralien zuführen, die du verbraucht hast, Kind. Oder schmeckt es dir nicht?«

»Doch, aber ich habe keinen Appetit.«
Tom unterbrach sein Kauen kurz und sah mich an.
»Seit wann hast du mal keinen Hunger? Normalerweise bist gerade du diejenige, die hier alle Töpfe leer futtert«, meinte er mit vollem Mund.
Das stimmte schon, doch dass Amy nicht hier war, machte mich unruhig. Ständig hatte ich die Taluris im Kopf und meine Angst wurde von Minute zu Minute größer.
Schließlich hielt ich es nicht mehr länger aus, rutschte vom Barhocker und ging aus der Küche.
»Bin gleich wieder da!«, rief ich Agnes und Tom noch zu, die mir fragend hinterher sahen.
Onkel Finley hatte sich in sein Arbeitszimmer zurückgezogen und telefonierte wie immer. Von unseren Gorillas war nur Clive in der Sicherheitszentrale. Die Tür stand offen und ich trat ein. Der Raum, von dem aus unsere Sicherheit überwacht wurde, war nicht sehr groß, glich fast einem kleinen Vorratsraum. Regale mit Ordnern standen rechts und links an den Wänden, während direkt auf der gegenüberliegenden Wand mehr als zehn kleine Fernseher angebracht waren, die verschiedene Einstellungen aus allen Richtungen unseres Hauses, alle Eingänge und die Trainingshalle zeigten. Ständig wechselten die Bilder, während auf dem Pult direkt unterhalb der Bildschirme eine Schalttafel angebracht war, mit der man die Sicherheitsschlösser am Haus, die Bewegungsmelder, das Garagentor und den Zaun am Eingang des Grundstückes steuern konnte. Einige Knöpfe waren beleuchtet und andere nicht. Clive saß direkt vor der Schalttafel und hatte mich offensichtlich nicht reinkommen hören.
»Habt ihr sie gefunden?«
Ruckartig drehte er sich um. »Nein, tut mir leid, leider

noch nicht. Aber ich denke, sie wird bald auftauchen.«
Clive war einer der Männer, die schon am längsten für meinen Onkel arbeiteten. Er war schon etwas älter, ich schätzte ihn auf Anfang fünfzig. Clive war der Erfahrenste von allen. Onkel Finley hatte uns einmal erzählt, dass er früher für den Präsidenten gearbeitet hatte. Nach einem Schusswechsel wurde er damals schwer verletzt und hatte sich danach aus dem offiziellen Geschäft zurückgezogen.
»Und wenn nicht? Was dann, Clive? ... Wir können doch nicht einfach dasitzen und darauf warten, dass sie zurückkommt.«
»Na, na, Mädchen! Mach dir nicht so großen Sorgen. Sie wird schon auftauchen. Außerdem suchen unsere Leute sie noch. Ich stehe in Kontakt mit ihnen.« Er wedelte mit seinem Funkgerät.
»Noch ist ihnen nichts Ungewöhnliches aufgefallen und wenn doch, dann werden sie uns sofort informieren.«
Er strich sich über seinen kleinen Schnauzer und wendete sich wieder den Bildschirmen zu. Das war typisch Clive, er war noch nie redselig gewesen. »Und was ist, wenn Amy doch in Gefahr ist und wir es erst merken, wenn es zu spät ist?«, brachte ich hervor.
Wieder drehte er sich zu mir um.
»Jade, soweit ich weiß, hat der Professor dir gesagt, dass die Taluris nicht so schnell angreifen werden. Das trauen die sich nicht, glaub mir.«
»Aber sicher ausschließen könnt ihr das auch nicht. Ich werde das mit meinem Onkel besprechen.« Mit diesen Worten wollte ich gerade wieder die Zentrale verlassen, als ich Tom im Türrahmen entdeckte. Erschrocken blieb ich stehen und er sah mich fragend an. Was hatte er gehört? Panik stieg in mir auf, während mein Kopf völlig leer war

und mir keine passende Ausrede einfiel. Er hatte seine Arme verschränkt und sah mich ernst an.
»Was ist hier los, Jade? Wieso ist Amy in Gefahr?«
Ich blickte zu Boden und suchte verzweifelt nach einer plausiblen Erklärung. »Ich mache mir einfach Sorgen um sie. Es wird schon dunkel und sie ist immer noch nicht hier.«
»Das ist doch nichts Ungewöhnliches für sie. Sie wird sich irgendwo verstecken und sich ins Fäustchen lachen, dass die Sicherheitsleute sie nicht finden.« Ich zog ihn in die Eingangshalle. »Trotzdem Tom, was ist, wenn sie das Grundstück verlassen hat?«
»Was soll dann sein? Sie wird schon wieder kommen. Jade, was ist denn los? Seit du mich heute Morgen angerufen hast, bist du so seltsam!«
Ich wich seinem Blick aus.
»Irgendetwas stimmt doch nicht. Rede mit mir!«
Gequält hob ich meinen Kopf, berührte seinen Arm. »Tom, … ich kann dir im Augenblick nichts sagen, du musst mir vertrauen.«
Dann hörten wir Clives Funkgerät rauschen und undeutlich vernahm ich eine Stimme, konnte jedoch nicht verstehen, was gesprochen wurde. Kurze Zeit später, als das Funkgerät wieder still war, lief Clive aus der Zentrale heraus und stand nun klopfend an der Bürotür von Onkel Finley. Nach kurzem Zögern trat er ein und schloss die Tür hinter sich.
»Jade? Sag mir sofort, was los ist! Bitte!«, bohrte Tom eindringlich.
»Warte hier!«, versuchte ich ihn hinzuhalten, ließ ihn einfach stehen und folgte Clive, ohne anzuklopfen. Wenn es neue Informationen gab, dann wollte ich die schließlich

auch wissen.
»Nein, Sir, nichts!«, hörte ich Clive gerade sagen.
»Gibt es etwas Neues?«, fragte ich kleinlaut.
»Meine Männer haben alles nach ihr abgesucht. Auf dem Grundstück scheint sie nicht zu sein.«
»Das kann doch gar nicht sein! Sie muss hier sein, verdammt. Sucht sie!«, befahl er laut. Clive verließ nickend den Raum.
Leise Panik befiel mich und diese Warterei machte es nicht besser. Ich hatte es die ganze Zeit über gespürt. Amy war schon seit Stunden nicht mehr hier. Sie war über die Mauer geklettert. Jetzt musste ich das nur noch Onkel Finley klarmachen.
»Es könnte doch sein, dass sie zu Sandy ist«, begann ich vorsichtig.
Onkel Finley hob seinen Kopf und sah mich fragend an.
»Sie kann das Haus nicht unbemerkt verlassen haben. Das ist unmöglich!«, brummte er. Verärgerung lag in Onkel Finleys Stimme. Doch das half jetzt alles nichts. Wir mussten sie finden, und zwar schnell. Seine Augen wurden immer größer, als er endlich begriff. Er stand von seinem Sessel auf.
»Sie hat eine Möglichkeit gefunden, das Grundstück zu verlassen?«, dämmerte es ihm. »Was weißt du, Jade?«
Unruhig trat ich von einem Bein aufs andere und suchte nach Worten, die meinen Onkel bitte nicht noch wütender machen würden.
»Sie ... «, weiter kam ich nicht, da er schon sein Handy zückte und die Sicherheitsleute informierte. Dennoch sah er mich weiter finster an.
Es dauerte nicht lange, als die Tür aufging und alle Gorillas, die hier nach ihr gesucht hatten, das

Arbeitszimmer betraten. Onkel Finley teilte die Männer in Gruppen ein und schickte sie los.
»Ich werde Sandy anrufen«, schlug ich ihm vor. Als er nicht antwortete, nahm ich sein Schweigen als sein Einverständnis. Eilig schloss ich die Tür hinter mir und war erst mal froh, nicht weiter Rede und Antwort stehen zu müssen.
Tom folgte mir schweigend ins Wohnzimmer, stellte zum Glück keine weiteren Fragen. Er ließ mich mit Sandy telefonieren, die mir leider keine erlösende Antwort geben konnte. Während ich noch weitere Nummern anrief, überlegte Tom genauso fieberhaft, wo Amy stecken könnte. Wahrscheinlich verstand er unsere Sorge nicht, aber er spürte meine Angst.
Aufregung herrschte im Wohnzimmer. Onkel Finley lief, wie so oft in den letzten Tagen, wie ein Tiger auf und ab. Die Suche seiner Männer hatte nichts ergeben und langsam wurde der Verdacht stärker, dass sie vielleicht doch in Gefahr sein könnte. Durch sein Handy und das Funkgerät in seiner Hand gab er ständig neue Anweisungen, bis er sich selbst auf die Suche machen wollte.
»Ich werde mitgehen«, platzte es aus mir heraus.
»Nein Jade, das ist zu gefährlich. Ich möchte, dass du hierbleibst und wartest. Ich kann nicht riskieren, dich auch noch ...«, weiter sprach er nicht, da Tom mit uns im Wohnzimmer stand. Außerdem hatte Tom wahrscheinlich schon genug mitbekommen.
»Ich kann doch nicht hier sitzen und warten. Da werde ich ja noch verrückt. Tom kann mir ja helfen, ich wäre nicht allein unterwegs.«
Onkel Finley schüttelte den Kopf.
»Ich habe fast zehn Mann da draußen, wie kannst du

glauben, dass die nicht in der Lage sind, deine Schwester zu finden? Nein, Jade, du bleibst hier!«, verärgert wandte er sich an Clive. Er und zwei weitere Männer, die von ihrem Suchauftrag wieder zurückgekommen waren, standen bei uns und warteten auf einen neuen Befehl meines Onkels.
»Sie kann schließlich nicht wie vom Erdboden verschluckt sein!«, ergänzte er noch.
»Wenn Amy nicht gefunden werden will, kannst du noch so viele Männer losschicken. Lass mich gehen, bitte, Onkel Finley. Sie ist meine Zwillingsschwester, ich weiß, dass ich das kann.« Ich hoffte inständig, er würde nachgeben, doch er blieb hart.
»Ich sagte nein!«, verschärfte er seine Stimme und gab gleich neue Anweisungen in das Funkgerät.
Der arme Tom hatte keine Ahnung, warum wir alle so aus dem Häuschen waren. Schweigend beobachtete er das Treiben. Mir war klar, dass er einige Fragen hatte und falls wir Amy finden würden, müsste ich ihm vieles erklären, doch jetzt war ich einfach nur froh, dass er den Mund hielt. Agnes war ganz aufgebracht, gleich würde sie in Tränen ausbrechen. Ich trat zu ihr und legte meinen Arm um ihre Schultern. Ich wollte nicht, dass sie sich solche Sorgen machte. In ihren Händen hielt sie ein Taschentuch, womit sie ständig ihre Augen abwischte. Die Arme machte sich wirklich große Sorgen, doch sie hatte glücklicherweise keine Ahnung, wie gefährlich die ganze Sache wirklich war.
»Warum ruft ihr nicht die Polizei? Die ist doch schließlich für solche Fälle zuständig, oder etwa nicht?«, brachte sie, während sie ihre Nase schnäuzte, hervor.
»Dafür fehlt Amy noch nicht lange genug. Aber wenn es

offiziell ist, ...«
Onkel Finley überlegte kurz. »Ich werde anrufen. Das ist vielleicht gar keine schlechte Idee.«
Ich verstand sofort, auf welchen Gedankengang ihn diese Idee brachte. Sobald die Polizei ins Spiel kam, würden die Taluris noch vorsichtiger sein müssen und sich vielleicht auch gar nicht in die Nähe von Amy trauen. Ja, das war wirklich eine gute Idee. Trotzdem war ich beunruhigt. Ich wollte aktiv mithelfen, meine Schwester zu finden.
»Bitte, ich kenne Amy, auf mich wird sie hören. Außerdem kenne ich ein paar Orte, wo sie sich aufhalten könnte. Ich weiß, dass ich sie finden kann«, versuchte ich es noch einmal.
Schweigend waren alle Augen auf Onkel Finley gerichtet.
»Vielleicht hat Ihre Nichte recht, Mr. Lewis.«
Mr. Chang betrat den Raum und alle drehten sich nach ihm um. Er nickte grüßend und kam näher.
»Sie wissen genau, Chang, welches Risiko es birgt, Jade jetzt auch losziehen zu lassen.«
»Ja, ich kenne das Risiko. Aber noch wichtiger ist, dass Amy gefunden wird, und zwar schnell. Das ist das eigentliche Risiko, Mr. Lewis«, meinte Mr. Chang. Onkel Finley schien tatsächlich darüber nachzudenken. Er sagte eine Weile nichts und sah mich ernst an.
»Jade ist ihr Zwilling. Niemand weiß, wie sehr die beiden miteinander verbunden sind. Sie kennt ihre Schwester. Ich denke, unsere Chancen sind größer, wenn Jade sich an der Suche beteiligt«, meinte Mr. Chang.
Eine Weile dachte mein Onkel über die Idee nach. Dann trat er zu mir. »Du versprichst mir, keine Extratouren zu machen. Du bleibst bei Chang und Tom. Sobald ihr irgendetwas Verdächtiges seht oder hört, ziehst du dich mit

Tom zurück. Hast du mich verstanden, Jade?«
Nickend stimmte ich zu und konnte nicht fassen, dass er mir tatsächlich erlaubte, nach Amy zu suchen.
»Chang, Sie passen auf meine Nichte auf. … Clive, ihr durchkämmt das ganze Gebiet noch einmal. Ich werde die Polizei benachrichtigen und euch dann folgen. Ach, … Clive, gib den Männern ihre … Babys«, rief er ihm zögernd hinterher. Dabei warf er einen kurzen Blick zu Tom, drehte sich um und lief zum Telefon.
Alle verließen den Raum, nur Agnes blieb sitzen. Sie wollte das Telefon bewachen, falls Amy oder die Polizei anrufen würde.
»Was sind die „Babys"«, fragte Tom, während wir das Wohnzimmer verließen. Darauf konnte ich ihm keine Antwort geben. Ich zuckte mit den Schultern und lief eilig immer zwei Stufen auf einmal hinauf.
Ich sollte mir dringend festes Schuhwerk anziehen und etwas Langes überziehen, was meine Haut mehr bedeckte (für den Fall, dass ich einem Taluri begegnete), auch wenn es noch sehr heiß draußen war.
Froh, seinen Fragen noch mal entkommen zu sein, wich ich seinem Blick aus. Clive hatte verstanden, was mein Onkel gemeint hatte und ich konnte es mir denken. Unter normalen Umständen wäre ich schockiert gewesen, doch die Babys waren in unserer Situation wichtig und vielleicht sicherten sie unser Überleben. Die Waffe, die Mr. Chang trug, versteckte er in seinem hinteren Hosenbund und ich hoffte sehr, dass wir sie nicht brauchten.

Kapitel 12

Jade

Ausgestattet mit Taschenlampen und Funkgeräten machten wir uns auf den Weg. Es war bereits dunkel, trotzdem war die Luft noch sehr schwül. Ich fühlte mich eigentlich sicher. Schon mehr als einmal konnte ich mein inneres Alarmsystem testen. Mein Körper reagierte auf die Taluris. Also würde ich wissen, wenn einer in der Nähe war.
Tom wich mir nicht von der Seite. Was dachte er jetzt? Er war die ganze Zeit über sehr schweigsam gewesen, worüber ich froh war, so konnte ich mich auf Amy konzentrieren.
Zu dritt liefen wir die Straße entlang, die vom Grundstück führte. Niemand sprach, nur hin und wieder rauschte das Funkgerät.
»Wo sollen wir suchen? Die Leute deines Onkels haben bestimmt schon die ganze Gegend hier abgesucht. Wer weiß, vielleicht hat Sandy dir ja nicht die Wahrheit gesagt?«, meinte Tom. Ich schüttelte den Kopf, während ich hinter Mr. Chang herlief. »Das denke ich nicht. Amy ist störrisch wie ein Esel. Und meistens, wenn sie sauer ist, will sie allein sein. Deshalb denke ich, dass sie nicht bei ihr ist. Aber wir könnten es am Seepark versuchen oder am Schulgelände. Immerhin gibt es dort viele einsame Plätze.«
Mr. Chang wandte sich zu uns. »Sie könnte überall sein. Versuch, dich in sie hineinzuversetzen, wo würdest du denn hingehen?«
Ich überlegte. Amy war so wechselhaft wie das Wetter. Außerdem kannte ich nicht alle ihre Verstecke. Trotzdem glaubte ich, dass Amy an einen Ort gehen würde, an dem

sie sich wohlfühlte, der ihr Schutz bieten konnte, irgendwohin, wo sie sich auskannte. Und da sie offensichtlich nicht gefunden werden wollte, würde dieser Ort so versteckt sein, dass niemand sie dort vermuten würde. Das schloss schon einiges aus. Dann kam mir eine Idee. Und mein Gefühl wurde darin bestärkt, da ich wusste, dass die Gorillas diesen Ort noch nicht genannt hatten.
»Vielleicht auf dem alten Spielplatz!«, rief ich und war schon fast begeistert von meiner Idee.
»Du meinst den alten Spielplatz am Village Woods Park, in der Nähe eurer Schule?« Mr. Chang war stehen geblieben und überlegte. »Versuchen wir es!«

Bis zum Village Wood Park war es noch ein kleiner Fußmarsch. Die Dunkelheit erschwerte die Suche. Unsere Taschenlampen leuchteten nicht sehr weit und ein Schauer lief mir über den Rücken, als wir in die Nebenstraße einbogen. Ständig musste ich darüber nachdenken, dass Amy vielleicht irgendwo verletzt liegen könnte.
Schnell vertrieb ich meine angstvollen Gedanken und versuchte, mich auf ihre Aura zu konzentrieren. Ich hatte die Hoffnung, dass ihre Farben sichtbar für mich waren. Doch egal wo ich hinsah, es war nichts als immer tiefer werdende Schwärze. Nichts deutete auf meine Schwester. Hin und wieder meldete sich einer der Männer am Funkgerät, doch auch von denen gab es nichts, was auf Amy schließen ließ.
Wir befanden uns in der Nähe des Waldes. Hinter uns waren die Lichter von Bayville. Wir drei huschten über die unbefahrene Straße und Tom fing an, laut nach Amy zu rufen. Sofort tat ich es ihm gleich, in der Hoffnung, sie würde antworten. Doch alles blieb still. Nur die Grillen

zirpten leise.
»Und wenn du dich getäuscht hast? Wo könnte sie sonst noch sein, Jade?«, fragte Tom.
Leise Zweifel befielen mich, als ich versuchte, in die Stille des Waldes hinein zu hören. Da war nichts. Nicht einmal Laub, das in den Bäumen raschelte. Ich verbarg meine Enttäuschung. Vielleicht hatte Tom recht und sie war doch in einer Bar oder vielleicht sogar ganz woanders. So sehr ich mir wünschte, Amy zu finden, desto frustrierter wurde ich, da ich glaubte, mich getäuscht zu haben. Alles um mich herum schaltete ich gedanklich aus und versuchte mich nur auf meine Schwester zu konzentrieren.
Deutlich sah ich ihr wütendes Gesicht von heute Mittag vor mir und dann …, dann spürte ich etwas. Das Gefühl war ganz schwach. Es kitzelte im Magen und wurde stärker. Es war Traurigkeit und Wut, die in mir aufkeimte, die eindeutig nicht mein eigenes Empfinden widerspiegelte. Sofort blieb ich stehen und versuchte, das Gefühl näher zu analysieren. Das brachte auch Tom und Mr. Chang zum Stehen. Sie sahen mich an, während ich deutlich wahrnahm, dass dies nicht meine Empfindungen waren.
»Was ist?«, wollte Tom wissen, während Mr. Chang mich genau beobachtete.
»Schsch...!«, zischte ich leise und legte den Zeigefinger auf meine Lippen. Langsam ging ich Schritt für Schritt weiter. Tatsächlich. Wie war das möglich?
»Was ist denn los, Jade?« Tom wurde ungeduldig.
»Ich bin mir sicher, dass sie hier ist. Folgt mir!«, sagte ich leise, da ich mich zusammenriss, um nicht laut aufzulachen vor Freude. Ich war mir sicher, dass es sich um Amys Gefühle handelte. Es erfüllte mich mit Glück und auch

Erleichterung. Sofort wichen Lila und Orange aus mir. Zum Glück konnten Mr. Chang und Tom es nicht sehen. Es war einfach unfassbar. Die Gefühle meiner Schwester führten mich zu ihr. Das fand ich noch besser, als ihre Gefühle in Form von Farben sehen zu können.
»Habt ihr etwas gefunden?«, ertönte die Stimme von Onkel Finley aus dem Funkgerät. Nacheinander gaben alle Männer die verneinenden Antworten. »Jade hat wahrscheinlich eine heiße Spur, aber die führt direkt in den Wald, auf den alten Spielplatz, Mr. Lewis«, informierte Mr. Chang meinen Onkel.
Während Onkel Finley befahl, dass wir bleiben sollten, wo wir waren, lief ich einfach weiter. Ich hörte gar nicht zu, was mein Onkel anordnete. Ich fühlte nur die stärker werdenden Gefühle meiner Schwester. Sie war traurig, um nicht zu sagen deprimiert. Wer wusste schon genau, in welchem Zustand sie wirklich war. Ich hatte keine Zeit, auf die Anweisungen meines Onkels zu hören. Jetzt stand ich direkt vor den ersten Baumgruppen des Waldes. Angst, Wut, Trauer waren jetzt deutlich spürbar.
»Jade, warte! Dein Onkel ...!« Tom versuchte, mich am Arm zu fassen, doch schon war ich den ersten Schritt in die Dunkelheit gelaufen.
»Jade, es ist zu dunkel. Woher willst du wissen, ob sie dort ist?«
»Lass sie gehen, Tom. Ich glaube, wir sollten ihr einfach folgen. Wir müssen nur zusammenbleiben. Mit drei Taschenlampen werden wir schon etwas sehen. Vielleicht haben wir Glück und das Mondlicht dringt durch die Blätter.«

Am Anfang des Waldes war es dunkel und wir hatten

wirklich Schwierigkeiten, etwas zu erkennen. Doch als wir endlich auf den kleinen Pfad trafen, war uns der Mond wirklich gnädig und wir liefen den kleinen Schotterweg entlang. Plötzlich wusste ich genau, wo sie sich befand. Meine Schritte wurden schneller.
Knirschend hörte man unsere Schritte auf dem Weg. Ich überprüfte meine Haut, doch keine Wärme und auch keine Ornamente bildeten sich. Immerhin war das ein gutes Zeichen. Kein Taluri in unserer Nähe.
Warum bin ich denn nicht gleich darauf gekommen, dass Amy sich hier verstecken könnte? Schließlich waren wir als Kinder oft hier gewesen und Amy liebte dieses kleine Kinderparadies. Die größte Attraktion war die kleine Holzburg, auf die man klettern und sich verstecken konnte. Sie hatte viele Klettersteigen und kleine Nischen, in denen sie sich oft aufgehalten hatte. Damals spielten wir immer in dem großen Turm, während Tom darauf bestand, der Ritter in goldener Rüstung sein zu dürfen. Ich grinste, als ich mich daran erinnerte, wohl aber auch, weil ich mir nun sicher war, Amy hier vorzufinden. Trotzdem überwachte ich meine Haut. Jetzt hier angefallen zu werden würde sich für uns nicht gerade als Vorteil erweisen. Doch meine Haut zeigte keinerlei Gefahr an, als ich den weichen Moosboden des Spielplatzes betrat.
Alles lag still im Mondschein. Die kleinen Holztürme der Kletterburg ragten dunkel in den Nachthimmel. Das kleine Karussell und die Rutschbahn standen verlassen an ihren Plätzen. Sehen konnte ich Amy nicht, aber ich wusste genau, dass sie hier war. Besser gesagt, ich spürte es so deutlich, als würde ich sie berühren.
»Amy?«, rief ich. Doch sie gab sich nicht zu erkennen.
»Amy, komm schon«, versuchte ich es noch einmal.

Manchmal konnte sie störrisch wie ein Esel sein.
»Vielleicht hast du dich getäuscht und sie ist nicht hier!«, meinte Tom. Sein Taschenlampenlicht leuchtete die kleine Holzburg ab, während Mr. Chang das Gelände des Spielplatzes absuchte.
»Nein! Ich bin mir sicher! Sie ist hier.« Ich kletterte die ersten Sprossen hinauf. Früher war das Klettern hier einfacher gewesen. Die Holzbalken und die Windungen waren einfach zu klein für mich. Es war schwierig, mir vorzustellen, dass ich früher spielend leicht hier hochgeklettert war. Mit etwas Mühe schaffte ich es doch, und gerade als ich den kleinen Steg zum Turmzimmer laufen wollte, brüllte sie mich an.
»Hau ab!«
Jetzt erkannte ich ihre Umrisse. Es waren zwar nur Schatten, doch eindeutig erkannte ich ihr langes, braunes Haar und ihre Gestalt, die zusammengekauert in der kleinen Nische des Spielturmes lag.
»Amy! Gott sei Dank! Geht es dir gut?«
Erleichterung und Freude strömten lila und rosa aus mir, während ich ihre Farben vergeblich suchte, aber dafür ihre Wut und Verärgerung deutlich wahrnahm.
»Hey, was ist los?«
»Ich will einfach, dass ihr verschwindet, und zwar sofort«, zischte sie mich an.
»Wir suchen dich schon seit Stunden. Onkel Finley hat sogar die Polizei angerufen«, erklärte ich ihr. Doch das schien sie nicht zu beeindrucken.
»Lasst mich einfach in Ruhe. Ich will euch nicht mehr sehen. Ihr steckt doch alle unter einer Decke.« Kurz sah ich zu Tom, der unten alles mit angehört hatte. Er nickte und deutete mir, ich solle versuchen, zu ihr zu gehen.

»Jetzt sei nicht kindisch, Amy. Lass uns nach Hause gehen und alles wird sich klären.«
»Ich bin kindisch? Ich bin kindisch?«, schrie sie mich an. »Und was bist dann du? Glaubst wohl, du bist schlauer, nur weil du vier Minuten älter bist als ich. Mir heute Mittag so einen Schwachsinn zu erzählen und mich dann als kindisch bezeichnen. Nein, ich habe so die Nase voll davon, und dass ausgerechnet du mir so in den Rücken fällst und dich auf die Seite von Alegra stellst, hätte ich nie von dir gedacht, Jade!«
Jetzt glaubte meine Schwester doch tatsächlich an eine Verschwörungstheorie. Obwohl, wenn ich so darüber nachdachte, war es leichter und auch sachlicher, so einen Unsinn zu glauben. Schließlich war die Geschichte mit den Taluris noch unsinniger. Doch ich erwiderte nichts und lief langsam über den Steg. Im Grunde wusste ich, dass sie jemanden brauchte, mit dem sie sprechen konnte. Sie protestierte nicht, als ich mich zu ihr setzte.
»Ich weiß, dass das nicht leicht zu glauben ist. Aber alles, was Onkel Finley und ich dir gesagt haben, ist wahr, Amy. Das hat mit Alegra nichts zu tun«, sagte ich leise. »Ich wünschte, es wäre tatsächlich alles ihre Schuld, dann wäre es wirklich einfach, aus diesem Schlamassel wieder herauszukommen. Aber leider liegt das Problem ganz woanders und ...«
»Wie kannst du dir da so sicher sein? Ich meine, ist dir klar, was ihr da behauptet?«
Ich konnte ihr Gesicht nicht erkennen, doch ich spürte deutlich ihre Skepsis, die auch nicht verwunderlich war.
»Überleg doch mal. Könnte es nicht sein, dass das der wahre Grund ist, warum Onkel Finley uns so wenig Freiheiten gibt? All die Jahre, die wir nie alleine das Haus

verlassen durften? Egal wie sehr wir ihn angebettelt hatten? Nie gab er nach. Und auch das Kampftraining, wieso wollte er unbedingt, dass wir lernen, uns zu verteidigen? Wieso verlangt er das von uns, wenn nicht nur aus dem Grund, dass er uns damit schützen will. Und das allerwichtigste, wieso können wir beide unsere Gefühle sehen? Niemand kann das. Das ist nicht normal, Schwesterchen. Hast du dich das selbst nie gefragt? ... Dann der Unfall gestern und die anderen merkwürdigen Dinge.«

»Was für merkwürdige Dinge?«, fragte sie und jetzt hörte ich Interesse in ihrer Stimme. Kurz zögerte ich, doch dann besann ich mich darauf, ihr die Wahrheit zu erzählen. »Es gab ein paar merkwürdige Zwischenfälle, die ich dir nicht erzählt habe. Ich hatte in den letzten Tagen ein paar seltsame … Begegnungen. Erst als ich merkte, dass unser Onkel größere Geheimnisse vor uns hat und ich ein Gespräch belauschen konnte, war er endlich bereit, mir die Wahrheit zu sagen. Onkel Finley, Mr. Chang und auch Mr. Tramonti erzählten mir diese Sache mit den Taluris und erst dann begann ich zu begreifen, wie ernst die Lage ist«, berichtete ich ihr leise. Ich sollte vermeiden, dass Tom meine Worte mitbekam. Im Dunklen sah ich kurz zu ihm, wie er sich mit Mr. Chang an der Sprossenleiter unterhielt. Amy überlegte und ich hoffte, sie könnte ihre Zweifel an Onkel Finley, Alegra und mir loswerden.

»Erzähl mir mehr davon!«

»Ich verspreche dir, alles zu erzählen, aber lass uns bitte nach Hause gehen. Wir sollten uns in Sicherheit bringen.«

Sie sagte nichts und überlegte. Endlich setzte sie sich auf und sah mich an.

»Dann ist das wirklich wahr? Aber ...?«

Es war schwer, das alles zu begreifen, doch endlich schien ihr das wohl alles einzuleuchten und ich war sehr froh darüber. Anfangs hatte ich auch meine Zweifel. Doch jetzt wusste ich, dass es die Wahrheit war.
Ich hielt inne und deutete ihre Gefühle. Doch diesmal kitzelte mich nichts. Konnte sie etwa auch die Gefühle, die ich gespürt hatte, abstellen? Ich fühlte nichts mehr. Nur meine eigenen erleichterten und hoffenden Emotionen strömten farbig aus mir.
»Und Onkel Finley? Er ist bestimmt mächtig böse auf mich, weil ich abgehauen bin.« So konnte sie es auch nennen. Trotzdem glaubte ich, dass er zuallererst erleichtert sein würde, sie unverletzt und halbwegs munter wiederzuhaben.
»Lass das mal meine Sorge sein. Ich rede mit ihm. Trotzdem wirst du ihm erklären müssen, wie du es geschafft hast, das Grundstück zu verlassen, ohne den Alarm auszulösen.«
Amy nickte, dann drangen Stimmen aus dem Wald zu uns. Unser Onkel und die Sicherheitsleute würden jeden Augenblick auf dem Spielplatz ankommen. Ich hoffte nur, dass er nicht allzu sauer auf mich reagieren würde, schließlich hatte ich mich auch nicht ganz an seine Anordnung gehalten. Jetzt konnte ich die Taschenlampen erkennen, die sich uns näherten.
»Sie sind da. Wir sollten jetzt gehen«, sagte ich zu ihr und während ich mich erhob, berührte Amy meine Schulter.
»Entschuldige, dass ich dich so angeschrien habe. Ich wollte …!« Erst jetzt erkannte ich ihre geschwollenen Augen und ihre gerötete Nase. Sie hatte viel geweint. Sie sah mich an und ich wusste, dass es ihr wirklich leidtat. Ihr Stolz hatte sie wieder einmal in eine gefährliche Situation

gebracht. Doch in Zukunft würde sie lernen müssen, darauf zu achten, denn eine Fehlentscheidung könnte ihren Tod bedeuten.

Wir liefen zusammen den Holzsteg entlang zur kleinen Sprossenleiter und kletterten nacheinander hinunter. Knackend gab das Holz unter meinem Gewicht nach und ich befürchtete schon, dass es brechen würde.
Tom erwartete uns, runzelte die Stirn, doch er blieb still und sagte nichts. Kurz trafen sich unsere Blicke und es tat mir leid, dass ich ihn in diese Sache mit hineingezogen hatte. Für ihn musste sich das alles äußerst beunruhigend angehört haben, wobei ich immer noch hoffte, dass er gar nicht so viel verstanden hatte.
Doch kaum hatte Amy wieder festen Boden erreicht, ging sie Onkel Finley entgegen. Da flüsterte Tom mir etwas ins Ohr.
»Du bist mir eine Erklärung schuldig, Jade Lewis! Und ich hoffe, du kannst mir soweit vertrauen, mir die ganze Wahrheit zu sagen.« Ich schluckte und selbst im Dunkeln konnte ich seinen hoffenden Gesichtsausdruck erkennen. Mein schlechtes Gewissen war riesig. Weitere Lügen hatte er einfach nicht verdient.
Meine Haut fühlte sich normal an und das gab mir die Sicherheit, dass wir nicht in Gefahr waren, als Tom plötzlich seinen Arm um meine Schulter legte und mich an sich drückte.
»Egal, was es ist. Du kannst mir vertrauen, Jade. Ich werde zu dir stehen.«
Ich schloss meine Augen und gab mich dem Gefühl hin, das mich tröstend auffing. Ich wusste, dass er die Wahrheit sagte. Er würde zu mir stehen, egal, was passieren würde.

Er verdiente keine weiteren Lügen. Er war ein wahrer Freund. Wenn ich es ihm erzählte, könnte ich ihm beweisen, wie wichtig er für mich war. Ich erwiderte seine Umarmung und war den Tränen nahe, konnte sie jedoch hinunterschlucken.
Der Tag war anstrengend gewesen und ich wäre einfach nur froh gewesen, endlich zu Hause zu sein. Ich sehnte mich nach meinem Bett, und während ich meine Augen geschlossen hielt, machte sich die Müdigkeit bemerkbar, die durch das Adrenalin unterdrückt worden war. Jetzt würde alles gut werden. Wir hatten Amy gefunden. Ich öffnete meine Augen und sah zu den Bäumen, die schwarz in den Himmel ragten. Gerade löste Tom sich aus meiner Umarmung, als ich für einen Moment eine Bewegung in einem Baumwipfel erkannte. Ich hielt die Luft an. Kurz leuchtete durch das Mondlicht etwas kobaltblau auf und eine Maorikrähe, die uns beobachtet hatte, breitete ihre Flügel aus und flog davon.

Kapitel 13

Jade

Die Hände hatte ich unter meinen Kopf gelegt und genoss die Ruhe. Meine Augen hielt ich geschlossen und ließ mich einfach treiben von jener Leichtigkeit, die mich sonst immer in den Schlaf begleitete. Jeden Gedanken an Sorgen und Probleme, die wir nun hatten, verbannte ich aus meinem Kopf. Doch sie schlugen wie Wellen gegen meine innere Brandung auf. Es war schwierig, sich davon loszureißen.

Bis wir zu Hause in Sicherheit waren, hatte niemand ein Wort im Auto gesprochen. Die Sicherheitsleute sprachen sowieso wenig, die Stimmung war gedrückt. Das lag hauptsächlich an Onkel Finley. Er hatte es zwar vermieden, Amy auf dem Spielplatz Vorhaltungen zu machen, aber dafür sprach sein Gesichtsausdruck Bände. Mit versteinerter Miene warf er ihr hin und wieder einen Blick zu und seine Augen blitzten dabei auf. Wahrscheinlich schrie er sie innerlich an. Trotzdem war er sehr erleichtert gewesen, als sie ihm auf dem Spielplatz entgegenlief. Er hatte sie an den Schultern gepackt, sie kurz angesehen und dann fest an sich gedrückt.

Kaum hielt der Wagen am Haus, nahm Agnes Amy komplett in Beschlag, sodass Onkel Finley erst mal keine Möglichkeit fand, mit ihr zu sprechen. Natürlich ließ sie sich bereitwillig von Agnes bemuttern. Sie wusste genau, was sie erwartete und war froh, dem Ärger noch für eine Weile zu entkommen.

Tom saß während der Fahrt neben mir. Auch er sagte nichts, doch ich glaubte, seine Gedanken zu kennen. Es fiel ihm schwer, sich neutral gegenüber den Leuten meines Onkels zu verhalten. Ich ging davon aus, dass er nun doch den Gerüchten im Ort Glauben schenkte. Dass Onkel Finley in dubiose Machenschaften verstrickt sei und er dadurch seine Nichten in Gefahr gebracht hätte.

Ich überlegte, was nun besser wäre. Sollte ich ihn in dem Glauben lassen oder wäre es sinnvoll, ihm die Wahrheit zu sagen? Beides wäre schwer zu ertragen.

»Jade? Bist du noch wach?« Amy riss mich aus meinen Gedanken. Sie schaltete das kleine Nachttischlämpchen ein, das direkt neben ihrem Bett stand.

Ich kniff die Augen zusammen, bis sie sich an das Licht gewöhnt hatten. Sie saß im Schneidersitz auf ihrem Bett und sah zu mir herüber. Ihr frisch gewaschenes Haar glänzte wieder und die Rötung ihrer verweinten Augen war nicht mehr sichtbar.

»Jetzt schon«, gab ich brummig zurück und legte meinen Arm über mein Gesicht, weil mich das Licht blendete.

»Also, … schieß los. Du hast es mir versprochen«, quengelte sie, verließ ihr Bett, um sich auf meines zu setzen. Ich rutschte ein wenig. Erwartungsvoll sah sie mich an und konnte es offensichtlich nicht erwarten, dass ich begann, von all den seltsamen Dingen zu erzählen, die ich in den letzten Tagen erlebt hatte. Gebannt saß sie mir im Schneidersitz gegenüber, als würde ich ihr gleich den neusten Klatsch und Tratsch erzählen. Nun gut, schließlich war Amy ein Quälgeist und würde keine Ruhe geben, bis sie alles wusste. Müde richtete ich mich auf und sah sie eine Weile an, bevor ich begann.

Ihre ganze Aufmerksamkeit galt mir. Ich erzählte ihr von dem Eindruck, den ich von Matteo hatte, der ersten Begegnung mit der Krähe, bis zu meiner körperlichen

Veränderung. Sie sah mich starr mit weit aufgerissenen Augen an, als ich ihr von dem Kampf, den ich mit einem der Taluris hatte und von den Verletzungen, die ich davontrug, erzählte. In allen Einzelheiten berichtete ich ihr, wie einer der Taluris mich vor dem anderen gerettet hatte und wie schnell diese Wunden wieder völlig ausgeheilt waren. Gebannt hing sie mir an den Lippen. Ihre Augen wurden immer größer, als ich von dem Brennen meiner Haut und von den Ornamenten erzählte, die ich an mir entdeckt hatte. Ich gestand Amy meine Angst vor diesen eigenartigen Veränderungen und auch meine Panik, als sie verschwunden war und wir sie suchen gingen. Ich berichtete ihr, was ich über Roy Morgion erfahren hatte und wie groß unsere Probleme waren. Es tat so gut, sich das alles einmal von der Seele reden zu können. Selbst als ich geendet hatte, sah sie mich minutenlang an und schwieg.
Lange konnten wir beide nichts sagen. Amy nicht, weil das alles neu für sie war und sie dabei war, unsere Gesamtsituation zu erfassen und ich nicht, weil es mich nach wie vor schockierte, wie schnell sich unser Leben innerhalb weniger Tage verändert hatte.
»Mein Gott, Jade!«, brach es aus ihr heraus. »Dann ist das wirklich alles wahr? … Ich kann es nicht glauben. Das ist so ... verrückt!«
Ich brauchte nichts weiter zu sagen, damit sie endlich erkannte, in welcher Lage wir uns befanden. Sie war eine Illustris, was auch immer das bedeuten würde. Es ging um ihr Leben, das wir zu schützen versuchten.
»Verstehst du jetzt, warum Onkel Finley uns so behandelt? Ich meine, Amy, er tut alles, um dein Überleben zu sichern. Dein ganzes Leben lang hat er das getan. Er liebt dich so

sehr, dass er das alles für uns aufgebaut hat.« Ich deutete mit einer Handbewegung in unser Zimmer, doch sie verstand meinen Wink, dass ich unser Zuhause und eigentlich unser komplettes Leben meinte.
»Er hat so große Angst um dich, dass er unbedingt will, dass du lernst, dich zu verteidigen.«
Immer noch sagte sie kein Wort, stand von meinem Bett auf und lief aufgeregt im Zimmer umher. Ich wartete gespannt auf eine Reaktion von ihr. Sie wurde bleich und ihre Augen füllten sich mit Tränen, die langsam in kleinen Rinnsalen ihre Wangen hinunterliefen. Endlich öffnete sie ihren Mund, aber ihre Stimme klang dünn und sie brachte nur ein Flüstern zustande.
»Die wollen mich wirklich töten. Aber ...? Ich habe doch niemandem etwas getan.« Ihre Hände zitterten und selbst ich kämpfte mit meiner inneren Furcht, sie zu verlieren. Sofort stand ich auf und ging zu ihr, nahm sie an ihren Schultern und sprach leise tröstend auf sie ein.
»Mach dir keine Sorgen. Das werden wir schon hinkriegen. Hörst du?«
»Und wenn nicht? Was dann?«, schluchzte sie.
»Das werde ich nicht zulassen. Onkel Finley, Mr. Chang und ich werden alles tun, hörst du! Ich werde hart trainieren, um dich zu beschützen. Mr. Chang hat gesagt, er bringt mir alles bei, damit hätte ich eine Chance. Außerdem heilt mein Körper schnell und solange sie glauben, dass ich du bin, werden wir sie in dem Glauben lassen. Verstehst du?«
Sie nickte langsam. Daraufhin drückte ich meine Schwester fest an mich und hoffte, sie etwas beruhigt zu haben. Schließlich zog ich sie auf mein Bett zurück.
»Ich hab Angst, Jade. Ich habe so schreckliche Angst. Ich

bin doch noch zu jung zum Sterben. Ich meine, das ist doch nicht fair. … Wieso ich?«, wieder brach sie in Tränen aus und es dauerte eine ganze Weile, bis sie sich wieder fing. »Schsch, ... hab keine Angst. Ich werde nicht zulassen, dass sie dir etwas antun«, versprach ich ihr und wischte ihre Tränen aus dem Gesicht. Sanft zog ich sie wieder in mein Bett, unter meine Decke und sie ließ sich in die Kissen sinken. Schweigend tröstete ich sie. Ich gab ihr die Zeit, die sie brauchte, um sich zu beruhigen. Fast glaubte ich, dass sie eingeschlafen war, doch dann bewegte sie ihren Kopf zu mir und sah mich fragend an.
»Und wie willst du das anstellen? Ich meine, wie willst du mich beschützen? Hat dieser Tramonti nicht selbst gesagt, dass nur wenige Illustris überleben?«
Das stimmte zwar, aber ich hatte es mir geschworen, alles zu tun, was in meiner Macht stand, um sie zu schützen.
»Mr. Chang glaubt an mich. Er rechnet mir große Chancen aus, wenn ich weiter hart trainiere. Und du solltest auch weiter daran arbeiten, stärker zu werden.«
Amy nickte nachdenklich. »Ich verstehe einfach nicht, weshalb dieser Taluri dein Leben gerettet hat? Ich meine, sie wollen mich töten, wissen aber nicht, dass wir Zwillinge sind? Warum hat er dich nicht am Schulgelände getötet? Warum hat er Matteo davon abgehalten? Das ergibt doch alles keinen Sinn!«
Amy hatte recht, es war wirklich paradox und ich war wild entschlossen, den Grund dafür herauszufinden. Doch wie sollte ich das anstellen? Ich kannte den Aufenthaltsort der Taluris nicht. Wie viele von ihnen waren hier in Bayville? Waren sie überhaupt hier, oder versteckten sie sich in einer anderen Gegend? Ich sah sein Gesicht noch genau vor mir. Seine Augen und die kleinen Grübchen an seinen

Mundwinkeln. Wärme durchfuhr mich. Schnell schob ich das Bild beiseite. Erst jetzt bemerkte ich, wie Amy mich beobachtet hatte.
»Was starrst du mich so an?«
Ein Grinsen huschte über ihre Lippen. »Er gefällt dir, hab ich recht?«
»Was? Bist du verrückt geworden? Hast du vergessen, was die vorhaben?«, gab ich empört zurück.
»Nein, das hab ich nicht vergessen, aber ich kenne deinen Blick, wenn dir jemand gefällt. Und dieser Taluri tut es offensichtlich, außerdem hab ich es gesehen.«
Natürlich! Meine verräterische Aura. Zartes Rosa entwich mir. Ich verfluchte meine Emotionen und zog die Decke weiter über meine Schultern.
Das konnte doch nicht wahr sein. Es ging doch nicht um ein Spiel, das es zu gewinnen galt. Er war der Feind und wir sollten uns wirklich darauf konzentrieren, uns die Taluris vom Hals zu schaffen, als sie genauer anzuschauen. Genauso schnell, wie das Rosa aus mir geströmt war, verschwand es auch wieder und damit wurde Amy auch wieder ernster.
»Meinst du wirklich, dass es Matteo war, der dich angegriffen hat?«
Ich überlegte eine Weile und war mir schließlich sicher.
»Ja, außerdem hatte ich in dem Club schon so ein merkwürdiges Gefühl. Ich bin mir fast sicher, dass er mich mit dir verwechselt. Er hat mich mit deinem Namen angesprochen. Offensichtlich hat er noch nicht begriffen, dass es uns zweimal gibt«, meinte ich nachdenklich.
»Meinst du? Aber wir waren doch zusammen in dem Club.«
»Das schon, aber es ist die einzige Erklärung, die ich habe.

Warum sonst sollte er mich mit Amy ansprechen und dann auf mich einprügeln?« Sie nickte zustimmend. Wir hingen beide unseren Gedanken nach, bis ich Amy leise und gleichmäßig atmen hörte. Sie war eingeschlafen. Vorsichtig, um sie nicht zu wecken, deckte ich sie behutsam zu. Das letzte Mal, als sie in meinem Bett geschlafen hatte, war mehr als vier Jahre her.
Meine Augen wurden schwer und auch ich schlief ein. Mein letzter Gedanke in dieser Nacht war bei diesem seltsamen Taluri, dessen Namen ich immer noch nicht kannte. Und obwohl mir klar war, dass er meine Schwester töten würde, war ich fasziniert von ihm.

Der folgende Tag war trüb und der Himmel blieb bedeckt. Der Regen passte zu meiner Stimmung. Als ich aufwachte, lag meine Schwester nicht mehr neben mir. Völlig verschlafen sah ich zu ihrem Bett. Aber auch dies war leer. Im Badezimmer hing der Dunst noch vernebelt an den Wänden und am Spiegel. Seit wann war Amy ein Frühaufsteher? Normalerweise verließ sie ihr Bett nie freiwillig, und schon gar nicht, wenn sie nicht zur Schule musste.
Ich weckte meine Lebensgeister und wusch mein Gesicht mit kaltem Wasser und putzte schnell die Zähne. Meine Haare band ich unordentlich zu einem Pferdeschwanz zusammen. Als ich den Flur betrat, hörte ich laute Stimmen, die aufgeregt durcheinander diskutierten. Neugierig horchte ich einige Augenblicke der Diskussion. Tom, Onkel Finley, Amy und Mr. Tramonti standen in der Eingangshalle. Die kleine Versammlung bemerkte mich gar nicht, als ich zögerlich die Treppe herunterkam.
»Ich finde das unverantwortlich. Du kannst die Mädchen

nicht einsperren wie Tiere, Finley. Außerdem wird das auffallen. Meinst du nicht, dass die Polizei und die Behörden aufmerksam auf euch werden?«, fragte Tom aufgebracht.
Amy stand neben ihm und versuchte ihn zu besänftigen, während Onkel Finley immer wieder den Kopf schüttelte.
»So ist es nicht, mein Junge. Außerdem solltest du dich nicht in Dinge einmischen, die dich nichts angehen.«
»Oh, ich denke, es geht mich sehr wohl etwas an, wenn du Jade und Amy ihrer Freiheit beraubst. Hinzu kommt, dass ich seit gestern Nacht ein paar Dinge weiß, die ich hätte lieber nicht erfahren dürfen«, gab er gereizt zurück. Seine Wangen waren gerötet vor Aufregung. Das passierte immer, wenn Tom nervös war.
»Das sehe ich genauso, deshalb finde ich es besser, wenn du dich aus dieser Sache heraushältst. Vielleicht solltest du jetzt lieber gehen. Zwing mich nicht, dich vom Grundstück entfernen zu lassen«, drohte Onkel Finley herrisch.
Noch nie hatte ich es erlebt, dass mein Onkel so mit Tom gesprochen hatte. Wir kannten die Perskys schon unser ganzes Leben. Niemals hatte Tom sich gegen ihn gestellt und sich schon gar nicht in die Angelegenheiten meines Onkels eingemischt.
»Ich schlage vor, dass wir uns alle beruhigen«, versuchte Mr. Tramonti die Situation zu entschärfen, wobei Tom sichtlich mit seiner Wut zu kämpfen hatte.
»Ich kann verstehen, dass Sie sich um die Mädchen sorgen, Mr. Persky, aber Sie können mir glauben, dass die Zwillinge wirklich in Sicherheit sind, solange sie sich auf dem Grundstück aufhalten.«
Tom schnaufte verächtlich. »Sehen Sie, das ist es ja, was ich gerade meine. Wieso sind sie überhaupt in Gefahr? Das

hat mit seinem ...«
»Tom!«, unterbrach ich ihn. Ich wusste genau, was er sagen wollte, und es war wohl besser, wenn er es nicht laut aussprach. Eilig lief ich die letzten Stufen hinunter, bis ich endlich im Erdgeschoss der Eingangshalle stand. Alle Augen waren nun auf mich gerichtet.
»Jade!«, rief Tom, und als sich unsere Blicke trafen, glitzerten seine Augen wütend und gleichzeitig erleichtert auf.
»Was tust du denn so früh hier?«
Genau in dem Augenblick, als ich vor der kleinen Gruppe angekommen war, klingelte Onkel Finleys Handy. Er wendete sich von uns ab und widmete sich genervt dem Anrufer.
»Ihr junger Freund scheint sich offenbar Sorgen zu machen und wollte ihren Onkel um eine Erklärung bitten«, kam ihm Mr. Tramonti zur Hilfe.
Tom sah mich unentwegt an. Die dunklen Schatten unter seinen Augen erzählten ganz deutlich von einer schlaflosen Nacht und er machte auf mich einen verwirrten Eindruck. Er hatte Fragen. Was sollte ich tun? Durfte ich Tom einweihen? Wie gern würde ich ihm alles erzählen.
Onkel Finley beendete das Gespräch und warf Mr. Tramonti einen vielsagenden Blick zu, der mir nicht verborgen blieb.
»Vico, folge mir in mein Arbeitszimmer. Es gibt Neuigkeiten. Oh, Jade, guten Morgen! Tom, es tut mir leid, dass du einen falschen Eindruck von uns hast, aber leider ...«
»Onkel, darf ich ...?«, unterbrach ich ihn. Mehr sagte ich nicht, er wusste genau, was ich meinte. Es folgte ein langer Blick. Ich hoffte, er würde mir sein Einverständnis geben,

Tom alles erzählen zu dürfen.
Er überlegte, sagte jedoch nichts. Er presste seine Lippen zusammen und mir wurde klar, dass er nicht wollte, dass ich Tom einweihte. Ich konnte ihn verstehen. Jeder, der das Geheimnis kannte, war ein Mitwisser und damit in Lebensgefahr.
Onkel Finley liebte Tom und gerade deshalb wollte er ihn aus der Schusslinie halten. Außerdem war meinem Onkel auch klar, wie sehr Tom an Amy und mir hing. Wie entschied er sich nun? Amy biss sich auf ihre Unterlippe, während Onkel Finley unsicher zu Mr. Tramonti und zu mir sah. In dessen Gesicht war nichts zu lesen. Er senkte zwar kurz seinen Blick, doch dann sah er wieder zu meinem Onkel und gab ein kurzes sorgenvolles Seufzen von sich. Was sollte das bedeuten?
Onkel Finley nahm mich ein paar Meter beiseite, so dass Tom nicht hören konnte, was er mir zu sagen hatte. Sein Gesichtsausdruck war völlig ernst.
»Hör zu Jade, du musst ihn fortschicken.« Er machte eine kleine Pause. »Ich weiß, was ich da von dir verlange, aber dir liegt doch etwas an ihm, oder?«, flüsterte er.
Ich nickte, während ein kalter Schauer meinen Rücken hinunter fuhr. Sein Ausdruck wurde sanfter und einige Falten milderten den harten Zug um seine Lippen ab.
»Auch ich liebe Tom wie einen Sohn«, sagte er leise.
»Aber, ...«, versuchte ich ihn zu unterbrechen, da ich erst jetzt langsam begriff, was er mit fortschicken meinte.
»Du musst es tun. Sein Leben ist in Gefahr, wenn er davon erfährt. Wenn ihm etwas zustößt, dann könnte ich es genauso wenig ertragen, wie wenn dir oder Amy etwas geschehen würde. Außerdem würden Emilia und Bob es mir nie verzeihen, wenn ihrem einzigen Sohn durch meine

Schuld etwas passieren würde.«
Ihn fortschicken? Das würde bedeuten, ihn zu verlieren. Meinen einzigen Freund zu verlieren! Für immer! Onkel Finley erkannte meine Gedanken.
»Ich weiß, ich verlange viel. Aber Jade, könntest du damit leben, wenn die Taluris ihn auf dem Gewissen hätten?«
Ich dachte nach und versuchte, das Krampfen meines Herzens zu ignorieren und weinte innerlich die Tränen, die ich nach außen so sehr zu vermeiden versuchte. Auch weil ich gestern Nacht noch davon geträumt hatte, durch ihn einen Verbündeten zu haben. Ich musste dieses Opfer bringen, um ihn am Leben zu erhalten. Ihn fortzuschicken war das Schwerste, was ich je hatte tun müssen. Aber ich musste es tun, um ihn zu retten. Es war der einzige Ausweg, der mir blieb. Hatte ich eine andere Wahl?
»Sei stark, mein Mädchen. Manchmal muss man große Opfer bringen, um die zu schützen, die man liebt«, sagte Onkel Finley noch zu mir, drückte mich sanft an sich, bevor er mit Vico Tramonti, Amy und Clive in seinem Arbeitszimmer verschwand.
Ich schluckte und schloss meine Augen. Kämpfte gegen die aufkommende Übelkeit an. Nach wenigen Momenten, in denen ich meinen Mut zusammenraffte, wandte ich mich Tom zu. Er war immer noch bleich, doch sein Ärger schien verflogen. Sanftheit war zu lesen, wenn er mich ansah. Langsam ging ich auf ihn zu. Ich glaube, es waren die schwersten Schritte meines bisherigen Lebens.

Wir sprachen kein Wort. Er folgte mir in die Küche und setzte sich auf den Barhocker und beobachtete mich genau, während ich eine Wasserflasche nahm und uns daraus etwas in zwei Gläser einschenkte. Ich ließ mir Zeit und

kramte in meinem Kopf nach den passenden Worten, doch nichts Sinnvolles wollte mir einfallen.
Wie fing man ein solches Gespräch an? Mit einem Streit? Ich hatte mich noch nie mit Tom gestritten. Wie vergraulte man einen Freund? Oh Gott, es war so schwer.
Erwartungsvoll sah er mich an, und als ich immer noch nichts sagte, hielt er es schließlich nicht mehr aus.
»Jade, jetzt sag schon endlich, was diese ganze Geheimniskrämerei soll? Die ganze Nacht habe ich mir den Schädel zerbrochen, in welchen Schwierigkeiten ihr stecken könntet.«
Ich straffte meine Schultern und begann zu lügen.
»Tom, leider sind die Gerüchte, die du im Ort gehört hast, wahr. ... Onkel Finley hat viele Feinde.«
Fassungslos sah er mich an.
»Bei unserem letzten Auftrag gab es Schwierigkeiten, daher haben wir ein paar Probleme.«
Seine braunen Augen wurden dunkler, während ich ihm eine Lüge nach der anderen auftischte. Ich betete, dass er mir alles glaubte und sprach einfach weiter.
»Ein paar Leute sind hinter uns her, denen wir noch Geld schulden, deshalb ...«
»Moment, Moment! Was heißt hier wir? Willst du damit etwa sagen, dass ihr zwei davon wusstet?« Ungläubig schüttelte er den Kopf.
»Nicht nur das!«, log ich vorsichtig weiter. »Dieses Geschäft ist äußerst … lukrativ. Was glaubst du, wo der ganze Luxus herkommt?« Eine Spur Arroganz mischte sich in meine Stimme.
»Du willst mir sagen, dass du die ganze Zeit gewusst hast, was hier gespielt wird?«
Ich schaffte es nicht, seinem Blick standzuhalten, und

suchte mir einen Punkt auf meinem Wasserglas.
»Ich helfe ihm schon lange und teilweise habe ich schon meine festen Aufgaben, um die Geschäfte abzuwickeln. Dabei ist das letzte Mal etwas schiefgelaufen.«
»Was für Geschäfte?«, fragte er kalt.
Oh, nein! Jetzt musste mir schnell etwas einfallen.
»Drogen! Deshalb gehen wir von hier fort«, log ich. Ich trank einen Schluck aus meinem Glas und hoffte, er würde die Schreie, die mein Herz von sich gab, nicht hören.
»Das glaub ich einfach nicht. ... Was ist mit …?« Seine Stimme erstarb und ich versuchte, ihn so kalt wie möglich anzusehen. Er dachte verzweifelt nach. Seine Pupillen wanderten schnell umher. Sein Gesichtsausdruck wankte zwischen Unglaube und Fassungslosigkeit.
»Du bist doch nicht kriminell, Jade! Nein, das kann ich nicht glauben.«
Ich zuckte mit den Schultern in der Hoffnung, Tom würde die Gleichgültigkeit erkennen, die ich mit Schwerstarbeit in mein Gesicht gebrachte hatte.
»Aber, das ...!«
»Versteh doch, Tom, wir werden von hier weggehen. Schon bald. Außerdem ist es nicht gut für dich, wenn du über alles Bescheid weißt. Daher ist es besser, wenn du gehst und nicht mehr zurückkommst. Ich wusste, dass ich dir früher oder später die Wahrheit sagen musste, doch dass es jetzt schon so weit sein würde, damit hatte ich nicht gerechnet.«
Ich zog die Kette aus, die er mir geschenkt hatte, und legte sie auf die Theke. Sekundenlang blieb sein Blick darauf haften.
»Das kann doch nicht dein Ernst sein, Jade?«
Doch ich blieb hart. Blinzelte nicht einmal, in der

Hoffnung, er würde mir alles abkaufen.
»Ich will einfach, dass du gehst. Glaub mir, es ist besser so. Du warst ein guter Freund, doch jetzt beginnt ein neues Leben für mich. Verstehst du das nicht?«
»Das nennst du ein Leben?«, schrie er mich an. Ich zuckte kurz zusammen. Noch nie hatte er so mit mir gesprochen. »Als kriminelle Nichte, eines ... eines ...? Was glaubst du, wie es sein wird? Meinst du nicht, dass das irgendwann irgendjemandem auffällt? Ich weiß ja nicht genau, was genau ihr da treibt, aber früher oder später wird man euch erwischen. Du wirst im Gefängnis landen, ebenso deine Schwester und dein Onkel, oder - falls es wirklich so gefährlich ist - vielleicht auch getötet werden«, rief er entsetzt.
»Ach was, jetzt mal den Teufel nicht an die Wand, Tom. Bisher ist alles gutgegangen und da, wo wir hingehen werden, wird uns niemand so schnell finden. Keiner wird uns etwas nachweisen können, dafür wird Onkel Finley schon sorgen.«
Er schüttelte fassungslos den Kopf und wusste nicht, was er noch sagen sollte. Tom glaubte mir.
»Seit wann treibst du diese Geschäfte schon?« Seine Stimme hatte sich nun verändert. Verachtung und Kälte lagen darin.
»Schon eine Weile. Wir hatten eine schöne Zeit, Tom. Doch jetzt, da du die Wahrheit kennst, wirst du verstehen, dass ich nicht länger mit dir befreundet sein kann. Es wäre nicht gut für dich.«
»... Was ist mit uns, Jade?«, flüsterte er. Ich spürte genau, wie er seine Wut unterdrückte und sich innerlich wappnete gegen das, was ich ihm gleich sagen würde.
»Uns? Ich habe dir gesagt, dass ich nicht mit dir zusammen

sein kann«, antwortete ich kühl.
Seine Augen verloren all die Wärme, die ich sonst immer darin gesehen hatte. Ich schluckte und kämpfte gegen die aufkommenden Tränen an.
»Das glaube ich einfach nicht. Habe ich mich so in dir getäuscht? Hast du mir das nur alles vorgespielt?«, fragte er leise.
Ich erwiderte nichts und fixierte die aufsteigenden Kohlesäurebläschen meines Mineralwassers. Meine Angst, dass mich meine Stimme verraten könnte, war groß.
Ich stand auf und trat zum großen Küchenfenster, da ich seinen gequälten Gesichtsausdruck nicht länger ertragen konnte.
»Heißt das, du empfindest nichts für mich?«, fragte er und folgte mir langsam.
»Versteh doch, Tom. Du warst immer ein guter Freund, aber ich kann nicht weiter mit dir befreundet sein, außerdem …«
»Außerdem?«, bohrte er nach.
»Es ... gibt da jemanden, der mir mehr bieten kann«, log ich. Diese Lüge war der letzte Dolchstoß für ihn und gleich würde ich ihn für alle Zeiten verletzt haben. Er stand nun direkt hinter mir, ich hörte das Zittern in seiner Stimme.
»Dann war das alles nur gespielt? Du hattest nie Gefühle für mich? Warst nie ehrlich zu mir?«
Auf diese Fragen gab ich ihm keine Antworten, sonst hätte ich mich zu ihm drehen müssen und ihm gestehen, dass ich alles nur erfunden hatte. Doch ich musste hart bleiben. Das schaffte ich und blieb stumm.
»Hat Finley keine Angst, dass ich zur Polizei gehen könnte?«
»Warum? Niemand würde dir glauben, … außerdem kann

man heutzutage … alles kaufen«, erklärte ich ihm.
Da packte mich Tom an den Schultern und drehte mich zu sich um, so dass ich gezwungen war, ihn anzusehen. Schmerz und Enttäuschung standen in seinem Gesicht und ich unterdrückte den Impuls, mich an seine Brust zu werfen.
Sein Blick war überrascht, aber auch fassungslos und entsetzt. Er versuchte hinter die Fratze zu blicken, die ich ihm vorhielt. Kurz schüttelte er mich in seiner Verzweiflung.
»Wie kann es sein, dass ich mich so in dir getäuscht habe? Jade, weißt du überhaupt, was du da sagst?« Er sprach mehr mit sich selbst, als zu mir. »Ich kann das nicht glauben. Ich weiß, dass du nicht so kalt bist. Ich kenne dich doch!« Er klang verzweifelt und weigerte sich, zu akzeptieren, was er in mir sehen sollte. Doch ich unterstrich meine unterkühlte Art und verdrehte meine Augen, befreite mich aus seinem Griff.
»Es hat keinen Zweck, Tom. Es ist besser, wenn wir uns nicht mehr sehen. ... Komm nicht mehr hier her«, sagte ich mit festem Ton.
»Du bist verrückt«, stellte er fest, als ich nichts mehr sagte. «Ihr seid alle verrückt«, schrie er, nahm zornig die Kette vom Tresen und lief wutentbrannt aus der Küche.
Ich schloss die Augen und konnte jetzt gegen die aufsteigenden Tränen nichts mehr tun. Schon hörte ich die Eingangstür in der Halle laut zuknallen.
»Tom!«, flüsterte ich und rannte ihm weinend hinterher, blieb jedoch im Türrahmen der Küche stehen, da ich wusste, dass ich ihn nicht einholen konnte. Meine Kehle schnürte sich zu und dringend musste ich an die Luft. Mein Schmerz war so groß, dass ich glaubte, keine Luft mehr zu

bekommen. Blind vor Tränen rannte ich zur Sicherungstür, öffnete diese und rannte hinaus. Es war mir egal, ob eine Maori mich sehen konnte oder nicht. Ich hatte gerade meinen besten Freund verloren. Ich war noch nie eine besonders gute Lügnerin gewesen, aber diesmal musste meine Vorstellung fantastisch gewesen sein. Er hatte mir geglaubt und nie würde ich seinen entsetzten Gesichtsausdruck vergessen. Verletzt und angewidert hatte er mich angesehen. Jede einzelne Lüge, die aus meinem Mund kam, hatte er mir abgenommen, bis seine Augen mich kalt und leer angestarrt hatten.
Ich rannte weiter, am Pool vorbei, die Treppen zum kleinen Park hinunter und hörte, wie vor dem Haus ein Motor aufheulte und das Gaspedal ganz durchgedrückt wurde. Tom war nun fort und mit ihm mein geliebter, treuer Freund. Den einzigen, den ich jemals hatte. Es war die richtige Entscheidung gewesen. Tom war nun in Sicherheit, aber ich fühlte mich schrecklich. Trotzdem hatte Onkel Finley recht gehabt. Ich hätte mir nie verziehen, wenn ihm etwas zugestoßen wäre. So konnte ich sicher sein, dass er sein normales Leben weiterführen konnte.
Irgendwann würde er schon über mich hinwegkommen. Mich vielleicht sogar vergessen. Doch ich wusste, dass ich ihn immer in meinem Herzen tragen würde. Ich weinte um Tom, um Amy, um unser verkorkstes Leben. Einfach um dieses beschissene Schicksal, für das Amy auserwählt war.

Ich brauchte eine Weile, bis ich fassen konnte, was ich ihm Schreckliches angetan hatte. Eine Mischung aus schlechtem Gewissen und Trauer hielt mich noch über eine lange Zeit gefangen. Ich war grausam zu ihm gewesen. Er würde mich hassen. Schuld an allem hatten Roy Morgion

und die Taluris. Ich konnte nicht verhindern, dass mein Bedürfnis nach Rache immer größer wurde.
Irgendwann streifte ich, so gut es ging, meine Gedanken an Tom und die Taluris ab. Jetzt stand Amy im Mittelpunkt. Meine Aufgabe war klar, meine Schwester verteidigen und weiter lernen, wie man etwas gegen diese kranke Macht ausrichten konnte.
Die letzte Lektion, die Mr. Chang mir erklärt hatte, war, auf den Gegner einwirken. Ich sollte ihn studieren, ihn beobachten, ihn verwirren und ihn abschrecken. Doch wie sollte ich das anstellen, wenn ich nur ganz wenig über die Taluris wusste? Ihm nur begegnete, wenn er es wollte?

Kapitel 14

Jade

»Wie du das anstellst, ist deine Sache. Aber ich wünsche, dass du dich entschuldigst«, sagte Onkel Finley. Deutlich konnte ich seine Verärgerung hören. Gerade als ich die Eingangshalle betrat, schloss Amy die Tür zum Arbeitszimmer. Als sie mich entdeckte, kam sie zu mir gelaufen und sofort nahm sie mich in die Arme. Ich hatte keine Tränen mehr, meine Augen brannten.
»Es tut mir so leid, Jade. Das alles ist einfach schrecklich«, flüsterte sie in mein Ohr.
»Ich weiß, aber es ist besser so. Jetzt wissen wir wenigstens, dass er sicher ist und ihm nichts zustoßen wird.«
Sie löste sich von mir, hielt mich aber weiter fest.
»Was hast du ihm gesagt?«, wollte sie neugierig wissen.
Die Erinnerung an die letzten Worte, die ich mit Tom gesprochen hatte, hinterließ einen schalen Geschmack in meinem Mund. Sein Gesicht tauchte wieder vor meinen Augen auf.
»Er glaubt, dass Onkel Finley kriminell ist und wir ihm dabei helfen«, brachte ich tonlos hervor.
»Das hast du ihm gesagt?«
»Wie hätte ich ihm das alles sonst erklären sollen? Er hat einfach zu viel mitbekommen. Er hätte mir doch kein Wort geglaubt, wenn ich ihm von den Taluris und von dir erzählt hätte. Es schien mir die einfachste Erklärung.«
»Und er hat dir alles geglaubt?«
Ich nickte. »Ja, er war sehr enttäuscht und verletzt.«
Jetzt traten mir wieder Tränen in die Augen, die ich aber

tapfer wegblinzelte.
»Wie geht es deinem Handgelenk heute?«, wollte ich wissen, nur um nicht weiter über Tom sprechen zu müssen. Sie winkte mit ihrem weißen Gips. »Geht schon! Tut auch gar nicht mehr so weh.«
»Und was hat Onkel Finley zu dir gesagt, als ihr ins Arbeitszimmer gegangen seid?« Sie zog mich ein Stück durch die Eingangshalle, bis wir vor dem Treppenabsatz standen.
»Ich muss mich bei Alegra entschuldigen und er will, dass ich mich weiter auf das Training konzentriere.«
»Was? Wie stellt er sich das vor?«, fragte ich kopfschüttelnd.
»Das weiß ich auch nicht so genau, aber er meinte, Mr. Chang soll mir Theorieunterricht in Sachen Kampftechnik geben. Ob das aber was bringt, weiß ich nicht. Das Haus darf ich nur verlassen, wenn ich ins C.O.B laufe.« Sie rollte genervt mit den Augen.
»Das finde ich aber vernünftig, Amy. Vor allem die Entschuldigung an Alegra. Du hast ihr Unrecht getan. Es wäre nur fair, wenn du versuchst, es wieder in Ordnung zu bringen.« Abschätzend sah sie mich an.
»Hey, auf wessen Seite stehst du eigentlich?« Ihre gespielte beleidigte Art brachte mich dazu, ein wenig zu grinsen.
»Auf deiner natürlich, aber trotzdem hat Onkel Finley in diesem Fall recht.«
»Ja, ich weiß, aber gerne mache ich das nicht.«
»Ich kann zwar verstehen, wie schwer dir das fällt, aber egal, was zwischen dir und Alegra vorgefallen ist, das hat nichts mit unserem Problem zu tun. Diesmal bist du eindeutig zu weit gegangen.« Ich hätte niemals gedacht,

dass ich so etwas sagen würde, trotzdem wusste ich, dass es das Richtige war. Alegra konnte nun wirklich nichts dafür. Außerdem war sie total ahnungslos. Verständlicherweise musste sie glauben, dass wir sie hassten und versuchten, sie aus dem Haus zu ekeln. Wahrscheinlich würde Onkel Finley sie in den nächsten Tagen fortschicken, um sie aus der Gefahrenzone zu wissen, genau wie Tom.

»Außerdem sagte Mr. Tramonti, ich solle versuchen, in mich zu gehen und ihm gleich jede Veränderung mitteilen, die ich körperlich spüre. Aber Jade, da ist nichts. Ich meine, ich verstehe einfach nicht, warum ich mich nicht anders fühle. Sie meinten zwar, dass das bald der Fall sein würde, doch ehrlich gesagt, glaube ich, dass du mehr Anzeichen von dir gibst, als ich«, sagte sie zweifelnd.

»Hast du schon mal daran gedacht, dass Onkel Finley sich getäuscht hat?«, fragte sie mich, während sie sich durch ihr langes Haar strich. Ich dachte nach. Sie hatte recht. In den letzten Tagen hatte sich nicht nur unser Leben von Grund auf verändert, sondern auch mein Körper. Das Brennen und diese Zeichen auf meiner Haut, sobald ich einem Taluri begegnete, meine Kraft, die sich verstärkte, wenn ich an den Unfall und an den Kampf dachte, und an diese ungewöhnlich schnelle Heilung meiner Wunden. Das waren alles schon sehr gravierende Dinge, die ich nicht abstreiten konnte. Aber vielleicht war ich diejenige, die Amy schützen sollte. Ausgestattet mit einem Frühwarnsystem, falls diese Mörder in unserer Nähe waren, dadurch konnte ich schon zweimal das Leben meiner Schwester und auch mein eigenes retten.

»Was haben sie denn gesagt? In welcher Form soll sich etwas bei dir verändern?«

»Mr. Tramonti meinte, ich würde in der Gegenwart eines Taluris leuchten und stärker sein, als ich es jetzt bin. Er meinte, ich würde es ganz deutlich spüren. Aber ehrlich gesagt glaube ich das nicht. Jedenfalls ist bei mir alles wie immer.«

»Mach dir nicht so viele Sorgen. Du solltest nicht so ungeduldig sein. Wer weiß, vielleicht kommen diese Veränderungen ja einfach über Nacht.« Ich schnippte mit dem Finger. Ich wollte mich gerade abwenden, um ins Arbeitszimmer zu gehen, als Amy mich noch einmal am Ärmel festhielt.

»Jade, wirst du mir helfen, die Sache mit Alegra wieder in Ordnung zu bringen?« Sie legte ihren Hundeblick auf, den sie meistens gebrauchte, um Onkel Finley von etwas zu überzeugen. Doch diesmal wollte ich nicht, dass sie es so einfach hatte. In wenigen Wochen würden wir beide 18 Jahre alt werden und offenbar hatte sie immer noch nicht begriffen, dass sie für ihre Fehler selbst einzustehen hatte. Auf der anderen Seite war Alegra schon ein harter Brocken. So wie ich sie einschätzte, würde sich Amy die Zähne an ihr ausbeißen und Alegra konnte sehr nachtragend sein, egal, welche Mühe sich Amy geben würde. Alegra würde sie spüren lassen, dass sie einen Fehler begangen hatte. »Wir reden später darüber. Ich muss noch ins Arbeitszimmer. Onkel Finley will bestimmt wissen, ob Tom endgültig gegangen ist.« Sie nickte mir noch einmal zu und stieg die Stufen zu unseren Zimmern hinauf.

Im Arbeitszimmer unterhielten sich mein Onkel und Mr. Tramonti. Als ich den Raum betrat, unterbrachen sie das Gespräch sofort und schwiegen. Onkel Finley stand von

seinem Sessel auf und kam mir entgegen.
»Jade! Was hat Tom gesagt?« Er führte mich zum Sofa, setzte sich neben mich und nahm mitfühlend meine Hand.
»Er ist fort«, sagte ich tonlos.
Er nickte, presste seine Lippen fest zusammen und sah mich mitleidig an. »Und wie geht es dir jetzt?«
Hastig stand ich auf. »Wie soll es mir schon gehen? Er wird nie wieder kommen. Er war mein bester Freund, Onkel Finley. Du selbst weißt, wie er zu Amy und mir stand.« Meine Stimme war brüchig und heiser. Tapfer schluckte ich und hatte mich sofort wieder im Griff.
»Es tut mir leid, Mädchen. Aber ich sehe keine andere Möglichkeit, ihn sonst zu schützen. Es war für ihn ganz bestimmt das Beste so.«
Ich lief zum Fenster und starrte hinaus. Es fiel mir schwer, meine Verzweiflung und Enttäuschung nicht an jemandem auszulassen. Und schon gar nicht an Onkel Finley, der nur das Beste für uns wollte. Er konnte ja schließlich nichts dafür. Aber wer dann?
»Warum ist das so? Ich meine, warum kann man Roy Morgion nicht das Handwerk legen? Es wäre doch ganz einfach! Irgendjemand geht mit der ganzen Sache an die Öffentlichkeit, die Polizei nimmt ihn fest und dann bekommt er sein Urteil.«
Vico Tramonti und Onkel Finley grinsten über meine naive Idee. »Wenn das so einfach wäre, Jade, dann könnten alle Illustris ein schönes Leben führen. Doch leider sieht die Realität anders aus«, sagte Mr. Tramonti. »Zuerst ist das Problem, dass es keine Beweise gibt, und zum anderen muss das Geheimnis der Illustris gewahrt werden. Es gibt zu viele Menschen, die sich daraus Macht und Geld erhoffen.«

Im Arbeitszimmer war es still geworden. Onkel Finley schenkte an seiner Bar Whiskey in zwei Gläser, reichte eines davon Vico. Kurz klirrten die Gläser, bevor er sein Glas in einem Zug leerte.
»Wir wissen genau, was Morgion getan hat und auch weiter tun wird. Wir planen, ihn aufzuhalten, doch das ist alles nicht so einfach«, sagte Onkel Finley, setzte sich auf seinen Lederstuhl und starrte in das leere Glas.
»Von fast 144 Illustris leben nur noch 16. Das heißt, vorgestern war das noch die Zahl, die Vico mir mitteilte.«
»Dann gibt es noch mehr junge Mädchen mit dem gleichen Schicksal wie Amy?«, fragte ich erstaunt. »Wo sind die anderen Illustris?«
»Einige befinden sich in unserer Obhut und von den anderen wissen wir nichts. Wenn in den Nachrichten von einem jungen Opfer gesprochen wird, dem man den Kopf abgetrennt hat, gehen wir davon aus, dass es sich um eine Illustris handelte. Die meisten Mädchen verstecken sich oder führen ein völlig normales Leben, bis die Taluris sie aufspüren und töten.«
Vico schob seine Kugelbrille höher auf die Nase, während Onkel Finley aufstand und ein weiteres Mal zu der kleinen Bar lief. Doch diesmal nahm er gleich die ganze Flasche mit, füllte Vicos Glas noch einmal auf und schenkte sich selbst nach. Zwei Schlucke später tat der Alkohol seine Wirkung und mein Onkel entspannte sich allmählich. Seine Wangen färbten sich rosa. Er lehnte sich zurück und zog an einer Zigarre. Der Rauch breitete sich aus und hüllte ihn ein.
»Morgion sieht eine Gefahr in den Illustris. Er ist ein brillanter Forscher und Wissenschaftler. Er hat die Taluris erschaffen und Gott allein weiß, wozu er noch fähig ist.

Erstens, hat er die Taluris so gedrillt, dass sie die Illustris mit bloßem Auge erkennen können, zweitens sind sie unsagbar stark und drittens einfach nur kaltblütig und skrupellos«, berichtete er und blies den Rauch in die Luft. »Daher denke ich nach wie vor, dass wir von hier verschwinden sollten, solange die Taluris nicht angreifen. Es gibt bestimmt ein Plätzchen für uns, wo wir unbemerkt ein paar weitere Jahre leben könnten. Meinst du nicht?«
»Um dann wieder entdeckt zu werden? Jedes Mal, wenn man euch aufspürt, ist das ein Risiko«, meinte Vico und nippte an seinem Glas.
»Immer noch besser, als hier auf den Tod zu warten, Tramonti. Es ist mir schon einmal geglückt, warum sollte es nicht ein zweites Mal klappen?«

Eine halbe Stunde später verließ ich tief in Gedanken das Arbeitszimmer, zog meine Sweatshirt-Kapuze über den Kopf und ging auf die Terrasse. Ich brauchte dringend etwas Zeit, um nachzudenken und wollte allein sein. Der Tag war noch nicht einmal halb vorbei und schon wieder gab es so viel Neues, das ich erst einmal verdauen musste. Der Summer ertönte und schwungvoll stieß ich die Tür zur Terrasse auf.
Es war ein schöner Tag. Die Sonne strahlte und nur wenige Wolken hingen am Himmel. Gleich als ich im Freien war, sah ich mich um und versuchte, das kleinste Brennen auf meiner Haut wahrzunehmen. Doch nichts geschah. Mein Blick streifte langsam alle Bäume in der Nähe. Eine Maorikrähe konnte ich nicht entdecken. Geschützt unter meiner Kapuze machte ich mich auf den Weg zur großen Wiese.
Es gab einige Ungereimtheiten, die mich beschäftigten.

Schon vor ein paar Tagen hätte ich Mr. Tramonti oder Onkel Finley über alles, was in und mit mir vorging, informieren sollen, doch jetzt war es eindeutig zu spät. Aber es ging einfach nicht, auch wenn sie es vielleicht als Verrat sehen würden, wollte ich mein Geheimnis nicht preisgeben. Ich entwickelte Gefühle, die mich, immer wenn ich an diesen einen Taluri dachte, leicht kitzelten. Und obwohl ich wusste, dass ich keine Gefühle ihm gegenüber haben durfte, konnte ich nicht dagegen ankämpfen. So kaltblütig und gefährlich kam er mir nicht vor. Im Gegenteil, ich empfand seine Stimme als angenehm, ja fast schon erotisch. Außerdem sollte ich mir eingestehen, dass nicht Amy, sondern ich die Illustris war. Damit wäre alles anders. Man würde mich jagen, mein Name stand auf der Todesliste und nicht der meiner Schwester. Ob Onkel Finley dies jemals in Erwägung gezogen hatte? Aber das Härteste, was mich traf, war mein Freund Tom. Obwohl ich mir einredete, dass ich ihn gerettet hatte und es so wirklich besser für ihn war, würde er mir schrecklich fehlen. Es war richtig, ihn aus meinem Leben verbannt zu haben.
Den restlichen Tag über beherrschten mich diese Gedanken und es fiel mir schwer, mich zu konzentrieren. Ich versuchte mich mit hartem Training abzulenken, doch auch abends als ich im Bett lag, holten mich die Ereignisse wieder ein. Es dauerte lange, bis ich endlich einschlief.

Unsanft wurde ich in dieser Nacht aus dem Schlaf gerissen.
»Jade, wach auf!«, flüsterte Amy und rüttelte mich wach.
Ich schreckte schlaftrunken hoch und erkannte die Umrisse meiner Schwester.
»Was ist denn?«

»Da! Sieh nur!«, flüsterte sie.
Ihr Blick war starr Richtung Fenster gerichtet, sie zitterte und dunkles Schwarz entfuhr ihr. Ich spürte deutlich ihre Angst. Zuerst konnte ich am Fenster nichts erkennen, doch als ich mich aufsetzte, sah ich einen dunklen Schatten auf dem Fensterbrett.
Mich beschlich genau wie meine Schwester Furcht, doch als ich die Maori-Krähe erkannte, gewann meine Neugier die Oberhand.
Langsam, um das Tier nicht zu erschrecken, streifte ich die Decke von mir, stand vom Bett auf und schritt vorsichtig ans Fenster. Im Nu waren meine Sinne wach, während Amy sich ängstlich in mein Bett verkroch und die Decke bis ans Kinn zog.
Dieser Vogel saß tatsächlich auf unserem Fenstersims und pickte gegen die Glasscheibe. Es war das erste Mal, dass ich ihn so nah zu Gesicht bekam. Seine Größe war unglaublich. Noch nie hatte ich eine so große Krähe gesehen. Sie glich einem Raubvogel. Die Federn glänzten grau-blau im Mondlicht und verliehen ihr etwas Märchenhaftes.
Der Vogel gefiel mir, auch wenn ich wusste, dass er nichts Gutes bedeuten konnte. Ich beobachtete ihn weiter, während er immer wieder ans Fensterglas pickte.
»Was will dieses Vieh hier?«, kam unter der Bettdecke hervor.
»Ich habe keine Ahnung, vielleicht beobachtet er uns nur?«
Um ihn noch besser sehen zu können, stellte ich mich auf die Zehenspitzen. Da pickte er wieder, als würde er um Einlass bitten.
Ich traute mich einen weiteren Schritt zum Fenster und legte meine Hand an den Fenstergriff.

»Was tust du?«, flüsterte Amy panisch. Sie presste sich auf meinem Bett sitzend in die hinterste Ecke. Wie ein ängstliches Kind, dachte ich und rechnete damit, dass sie sich gleich wieder unter der Decke verstecken würde.
»Ich will ihn mir nur ansehen. Keine Angst!«, versuchte ich, sie zu beruhigen.
Die Krähe beobachtete mich genauso, wie ich sie. Etwas war merkwürdig und mir bisher noch nie aufgefallen. Es sah aus, als hätte jemand an ihrem Fuß ein schwarzes, kleines Kästchen befestigt. Ein dünnes, kurzes Kabel führte von dem Kästchen direkt in ihre Haut.
»Jade, verscheuch sie doch einfach!«
»Warum denn? Ich glaube nicht, dass wir in Gefahr sind. Vielleicht beobachtet sie uns nur«, meinte ich, »Mr. Tramonti hat doch gesagt, dass das eine ihrer Aufgaben ist. Die Taluris wissen ohnehin schon, wo du wohnst.«
Der Vogel hatte den Kopf geneigt, während ich mit Amy gesprochen hatte. Immer wieder tockte sie mit ihrem Schnabel gegen das Fensterglas.
Vorsichtig öffnete ich das Fenster, was Amy sofort in Panik versetzte.
»Schsch ...! Sie wird uns nichts tun, versprochen.«
Ich hatte keine Ahnung, woher ich das Wissen nahm, doch ich fühlte, dass die Krähe in dieser Nacht eine andere Aufgabe hatte.
Natürlich wusste ich, dass das Tier mich nicht verstehen konnte. Trotzdem hatte ich das Gefühl, dass sie zugehört hatte. Es klang verrückt, doch was war schon normal nach all den unglaublichen Dingen, die wir in der letzten Zeit erlebt hatten. Sofort strich die nächtliche Sommerluft meine Haut und eine Gänsehaut überzog meinen Oberkörper. Ich hielt die Luft an. Fast hatte ich erwartet,

dass ein Taluri in der Nähe war und das Brennen meiner Haut ihn verraten würde. Doch nichts geschah. Die Krähe scharrte und pickte nach etwas. Ich ging auf Zehenspitzen und versuchte, etwas zu erkennen. Durch das Mondlicht erkannte ich ein gefaltetes Stück Papier, das im Schatten auf dem Fensterbrett lag.
»Was tut sie da?«, flüsterte Amy, die das Scharren auch gehört hatte.
»Ich weiß nicht genau, … aber da liegt etwas«
»Sei bloß vorsichtig, nicht, dass das ein Trick ist, Jade.«
»Ja, ja. … Es sieht aus wie ein Stück Papier.« Es lag direkt neben der Krähe rechts von mir.
Plötzlich schob sie das klein gefaltete Papier näher zur Fensteröffnung. Sollte ich das als eine Aufforderung verstehen?
Der Vogel schob das Papier Stück für Stück auf die linke Seite zu mir, und als er damit fertig war, sprang er mit einem Satz wieder zur rechten Seite hinüber. Offenbar erwartete er nun wirklich, dass ich es an mich nehmen sollte. Vorsichtig und ganz langsam glitt meine Hand in die Richtung und griff danach, ohne dass ich das Tier aus den Augen ließ. Und genau in dem Augenblick, als ich es in der Hand hielt und das Fenster schnell wieder schloss, flog der Vogel mit einem lauten Krächzen davon.
Ich sah ihm nach, bis die Dunkelheit ihn schließlich verschluckt hatte.
»Jade!«, rief Amy ängstlich.
»Schsch ..., nicht so laut. Du weckst noch die Gorillas. Außerdem ist sie schon weg«, ermahnte ich sie.
Neugierig betrachtete ich das Stück Papier in meiner Hand. Es war ein kleiner Zettel. Ich faltete ihn auseinander, während Amy endlich aus ihrem Versteck kam und sich

neugierig zu mir stellte.
»Was ist das? Das ist ja an mich gerichtet!«
Wir waren beide sehr erstaunt darüber und sie begann, die handschriftlichen Zeilen laut zu lesen.

Amy,
ich schlage einen vorübergehenden, gegenseitigen
Waffenstillstand vor, weil ich dich gerne treffen möchte.
Ich werde dir nichts tun, verlange aber,
dass du unbewaffnet und allein kommst.
Als Treffpunkt schlage ich den alten Spielplatz vor.
Morgen gegen Mitternacht.

»Das ist eine Falle, Jade. Wir sollten es sofort Onkel Finley sagen.« Vielleicht hatte Amy recht, vielleicht aber auch nicht. Ich wusste nicht, was ich davon halten sollte. Einerseits könnte es wirklich eine Falle sein und andererseits wäre es eine Möglichkeit, mehr über ihn zu erfahren.
»Jade, das kann nicht dein Ernst sein. Bist du lebensmüde?«, rief sie völlig verängstigt, als ich lange nichts dazu sagte. Sie starrte mich an, als hätten mich alle guten Geister verlassen. Dabei hatte ich keinen Ton gesagt. Wie immer verriet mich meine Aura. Orange, grün und weiß mischten sich zu einem Farbenspiel, das meine Schwester sofort richtig zu deuten wusste.
»Ich weiß nicht warum, aber wenn er gewollt hätte, wäre ich schon lange nicht mehr am Leben. Er wird mir nichts tun«, sagte ich vorsichtig.
»Woher willst du das wissen? Es könnte genauso gut sein, dass er dein Vertrauen erschleichen will. Vielleicht war das von Anfang an seine Absicht?«

Natürlich konnte ich mich täuschen. Trotzdem konnte ich nicht anders und erlag dem Drang, ihn wiederzusehen. Wenn wir Onkel Finley darüber informierten, würde der Taluri das wissen und erst gar nicht auftauchen. Außerdem, wie sollte ich Onkel Finley all dies erklären? Zu lange hatte ich geschwiegen.
Ich sah seine Augen vor mir, als ich an den Taluri dachte. Sein Lächeln, das ich nur schemenhaft sehen konnte, da es auf dem Spielplatz zu dunkel gewesen war. Schon an diesem Abend spürte ich, dass etwas mit ihm nicht stimmte. Er war derjenige gewesen, der mich fortgeschickt hatte, als würde er sich selbst nicht über den Weg trauen. Er trug ein Geheimnis mit sich, das ich unbedingt herausfinden wollte.

Mein Entschluss stand fest. Ich wollte dieses Treffen. Amy war überhaupt nicht einverstanden damit. Sie hatte solche Angst und war der Meinung, dass es eine Falle war. Doch mein Gefühl sagte mir etwas anderes.
Diesmal würde es nicht einfach werden, das Grundstück zu verlassen. Onkel Finley hatte, seit Amy verschwunden war, die Sicherheit erhöht. Den ganzen Tag und auch die Nacht über patrouillierten jeweils zwei Gorillas im Außenbereich und zwei weitere im Haus. Die einzige Möglichkeit war, über die Mauer zu klettern. Wichtig war, dass ich genau den Moment abpasste, wenn sich die Gorillas näher am Haus befanden. Das konnte allerdings sehr schwierig werden, da ich vorher unbemerkt aus dem Fenster klettern musste.
Amy war den ganzen Vormittag lang schon sehr nervös. Ein paar Mal rempelte ich sie unterm Tisch an und verzog warnend mein Gesicht. Sie sollte sich endlich

zusammenreißen, sonst konnte ich meinen Plan heute Nacht wohl vergessen.
Sie zappelte unruhig auf ihrem Stuhl und sah ständig auf die Uhr, sodass Agnes schon auf sie aufmerksam wurde.
»Hast du noch etwas vor?«
Ihre Wangen röteten sich und ihr Blick wurde glasig. Das war das sichere Zeichen dafür, dass sie etwas zu verheimlichen versuchte.
»Nein, warum?«, antwortete sie gespielt gleichgültig.
Ich biss auf die Zähne, in der Hoffnung, dass sie sich eine gute Ausrede einfallen ließ. Kurz sah sie zu mir. Ein weißer, geheimnisvoll schimmernder Nebel umgab mich.
»Na, du bist so unruhig heute. Gegessen hast du auch kaum«, bemerkte Agnes.
Onkel Finley und Mr. Chang, die mit uns im Esszimmer saßen, unterhielten sich und achteten nicht weiter auf Amy. Ich war so froh darüber, ihre Nervosität hatte keine Aufmerksamkeit bei ihnen erregt.
»Jade und ich wollen uns später einen Film ansehen. Auf den freue ich mich schon sehr lange«, log sie und nickte mir auffordernd zu, mitzulügen. Die gute Agnes blickte nun zu mir, so dass ich gezwungen war, etwas zu erwidern.
»Ja, ... Amy wollte schon mit mir ins Kino, aber ich hatte damals keine Lust«, ergänzte ich, stocherte weiter lustlos in meinem Essen. Schnell schob ich meine volle Gabel in den Mund, das stellte Agnes immer zufrieden und ich hatte Zeit, mir weitere Ausreden fallen zu lassen. Ich war eine schlechte Lügnerin und unsere Ziehmutter wusste das. Trotzdem schien es, als hätten wir sie überzeugt und ich war froh, dass Onkel Finley Agnes mit einem anderen Thema ablenkte.
Später sprach er über das Training, das Mr. Chang mit uns

intensivieren wollte.
»Es wäre gut, wenn ihr ab morgen zwei Mal täglich ein paar Stunden trainiert. Am besten morgens und abends.«
Agnes fing an, das Geschirr vom Tisch zu räumen, während Amy sofort aufstand und laut klappernd ihren und meinen Teller ineinander stellte. Was sollte das? Konnte sie sich nicht einfach benehmen wie immer? Sie half sonst nie, den Tisch abzuräumen. Selbst Agnes runzelte die Stirn. Innerlich verfluchte ich sie schon. Wenn das so weiter gehen würde, konnte mein nächtlicher Ausflug wirklich in Gefahr sein. Offensichtlich aber hatte sie begriffen, wie merkwürdig ihr Verhalten war, nahm trotzdem beide Teller und lief in die Küche.
»Ich halte es für eine gute Idee, zweimal zu trainieren, doch sollten wir es nicht übertreiben. Für Amy ist es schwierig, so viele Stunden damit zu verbringen, allein weil ihre Hand noch nicht vollkommen verheilt ist«, sagte ich zu Mr. Chang, als sie den Raum verlassen hatte.
Er nickte kurz. »Es wäre aber gut, wenn sie die Bewegungsabläufe weiter trainiert. Dafür braucht sie ihre Hand nicht. Damit sie darin sicherer wird. Und wir sollten gleich damit beginnen. Je mehr Stunden ihr trainiert, desto stärker werdet ihr.«
Und so verbrachten Amy und ich fast den restlichen Nachmittag in der Trainingshalle. Es war sehr anstrengend, doch es lenkte uns beide von meinem nächtlichen Vorhaben ab. Durch das Training konnte ich für einige Zeit mein gefährliches Treffen vergessen. Durch die Meditation beruhigte ich mich und verlor die Nervosität. Ich konnte mich entspannen und fühlte wieder diese tiefe innere Ruhe. Es war so ein berauschendes Gefühl, dass ich völlig darin versank. Nichts nahm ich mehr wahr, nur diesen Frieden,

der sich warm in meinem Körper ausbreitete. Ich schöpfte Kraft und Stärke daraus. Bei den Kämpfen, die ich mit Mr. Chang anschließend übte, ging ich als Sieger hervor, was ich kaum glauben konnte. Zufrieden nickte er mir jedes Mal zu.
»Sehr gut, Jade. Ich bin mir sicher, die Taluris werden es mit dir nicht leicht haben. Trotzdem musst du noch etwas schneller werden. Aber das wirst du auch noch hinbekommen. ... Du kannst duschen gehen. Versuche bitte heute Abend, die Technik nochmals zu verfeinern. Amy, dir will ich jetzt noch ein paar Dinge zeigen, damit du dich besser verteidigen kannst«, sagte er und sah sie dabei an. Ganz einverstanden war sie nicht, doch schließlich blieb ihr nichts anderes übrig. Sie hatte uns zugesehen, während ich gegen Mr. Chang kämpfte. Euphorisch hatte sie laut für mich aufgeschrien, als unser Trainer kampfunfähig auf der Matte lag. Von Eifersucht war keine Spur. Sie freute sich aufrichtig über meinen Triumph. Ich nahm mein Handtuch und trocknete mir die Stirn.
»Wir sehen uns später«, rief ich ihr zu und verschwand auch schon aus dem C.O.B.
Frisch geduscht aber müde machte ich mich auf den Weg zum Gebäude, als mich meine Gedanken wieder einmal zu Tom trieben. Was er jetzt wohl von mir dachte? Auch wenn es weh tat und ich ihn schrecklich vermisste, würde ich diese Entscheidung jederzeit wieder treffen.
Alegra war nach Paris zu irgendwelchen Aufnahmen geflogen. So hatte Amy noch keine Gelegenheit gefunden, sich bei ihr zu entschuldigen. Sie war nicht traurig darüber, sondern froh über den kleinen Aufschub, den sie dadurch hatte. Agnes hatte das meiste im Zimmer wieder aufgeräumt und der Schaden war doch nicht so hoch

gewesen, wie wir alle gedacht hatten. Die Klamotten hingen wieder fein säuberlich an den Kleiderhaken, nur die Schuhe waren nicht mehr zu retten gewesen.
Kurz bevor sie abgereist war, hatte ich noch einen Streit mitbekommen, den sie mit Onkel Finley hatte.
Natürlich waren wir Mädchen das Thema gewesen, aber es gab noch einen anderen schwerwiegenden Grund, den wir leider nicht verstanden. Egal, sie hatten schließlich auch ihre Privatsphäre und ich war mir sicher, es wäre ihnen nicht sehr recht gewesen, wenn sie gewusst hätten, dass Amy und ich ihr Gespräch belauscht hatten. Onkel Finley hatte versucht, ihr gut zuzureden, doch das Model war immer noch stinksauer. Vielleicht würde sie sich in ein paar Tagen wieder beruhigt haben.
Ich saß in unserem Wohnbereich auf dem Sofa und zappte mich gelangweilt durch die Kanäle. Es kam mal wieder nur Mist in der Kiste. Schließlich schlummerte ich ein und erwachte erst wieder, als Amy laut die Tür zuknallte.
»Jade, stell dir vor, ich spüre etwas!«, rief sie mir freudestrahlend entgegen. Sie tanzte durch den Raum, als hätte sie die Erlaubnis zu einer Party bekommen. Ich wischte mir den Schlaf aus dem Gesicht und setzte mich auf.
»Was?« Ich hatte keine Ahnung, wovon sie sprach.
»Na, dass ich die Illustris bin! Zuerst war es ganz merkwürdig, doch dann, als es stärker wurde, wurde mir klar, dass es das sein musste.«
Jetzt war ich hellwach, sah sie an und wusste nicht, was ich davon halten sollte. Alle glaubten, dass sie eine Illustris war, doch durch meine eigenen Fähigkeiten verstärkte sich bei mir der Verdacht, dass sie sich vielleicht alle irrten.
»Was ist passiert?«, wollte ich schließlich von ihr wissen.

»Also, Mr. Chang zeigte mir ein paar Tricks und sagte mir, ich solle mich ganz und gar auf meinen Körper konzentrieren und da passierte es einfach.« Sie grinste wie ein Honigkuchenpferd.
»Was passierte?«, fragte ich ungeduldig.
»Wie soll ich es sagen? Ich konnte sehen, wie er sich fühlte. Ich sah es ganz deutlich. Ist das nicht einfach unglaublich?«
Ja, das war es tatsächlich. Noch nie war es vorgekommen, dass wir die Gefühlsfarben von anderen sehen konnten. Das würde bedeuten, dass sie tatsächlich die Illustris war. So sehr sich Amy darüber freute, wurde mir eines klar, sie war das Opfer, ihr wollten die Taluris den Kopf abschlagen.
»Hast du es Mr. Chang gesagt?«
»Nein, wo denkst du hin? Er hat mich nur seltsam angesehen, aber war dann voller Lob für mich. Freust du dich denn gar nicht?«
»Ich weiß nicht, Amy, ob das ein Grund zum Freuen ist. Du weißt, was das bedeutet«, gab ich zu bedenken.
Langsam erstarb ihr Lächeln.
»Die ganze Zeit über habe ich geglaubt, dass sich Onkel Finley und die anderen täuschen und dass du in Wahrheit die Illustris bist. Doch nachdem, was heute passiert ist, denke ich, dass doch ich dieses Schicksal habe«, sagte Amy leise.
»Die gleichen Gedanken hatte ich auch schon. Aber ich wusste nicht, ob dies nun ein gutes oder ein schlechtes Zeichen sein würde. Ob du oder ich? Letztendlich ist eine von uns immer in Gefahr.« Wir schwiegen beide und dachten darüber nach. War es nicht egal, wer von uns beiden nun immer den Tod im Nacken haben würde? Nein,

ich hätte ihr gerne dieses Schicksal erspart. Amy hatte sich schon immer ein Leben mit Partys, Freunden und Reisen gewünscht, was ihr nun nicht vergönnt war.
»Was hältst du davon, wenn ich dich heute Nacht begleite?« Ich hatte mir schon gedacht, dass es nicht lange dauern würde, bis sie mit dieser Frage herausrücken würde.
»Was ich davon halte? Na - nichts, natürlich. Wir werden es so machen, wie wir es besprochen haben. Es ist einfach zu gefährlich, Schwesterchen.«
»Ach? Obwohl ich jetzt weiß, dass ich die Illustris bin und genauso gegen diese Typen kämpfen könnte?«
Da war sie wieder. Diese rebellische Ader meiner Schwester. War das jetzt ein Wettbewerb zwischen uns?
»Was soll das? Findest du nicht, dass du diese Sache auf die leichte Schulter nimmst? Das ist kein Spaß, Amy. Außerdem sollten wir unseren Trumpf noch nicht ausspielen. Solange die nicht wissen, dass wir Zwillinge sind, hast du die Chance, zu überleben und dich aus dem Staub zu machen, bevor sie es herausfinden. Gerade da wir endlich wissen, dass du zu deinen ... Gaben gefunden hast, brauchst du noch mehr Schutz.«
Ich war streng mit ihr, jedoch wollte ich ihr den Enthusiasmus und ihren Kampfgeist nicht nehmen. Es war wichtig, dass sie nicht vergaß, wie gefährlich die ganze Sache für uns war.
»Entschuldige, du hast recht. Es ist nur, ... endlich zeigen sich meine Fähigkeiten, die man von mir erwartet, und darüber freue ich mich.«
»Ach, Schwesterherz. Auch wenn du sie nicht spürst, bist du etwas Besonderes«, versuchte ich, sie zu trösten. Sie nickte schweigend, sah mich aber nicht an.
»Du bist die Illustris, aber gerade deshalb hat dein Leben

die oberste Priorität. Verstehst du?«
Wieder nickte sie, doch diesmal hob sie ihren Kopf und sah mir in die Augen.
»Du wirst vorsichtig sein, ja? Ich will, dass du wieder zurückkommst, hörst du?« Ihre Augen füllten sich mit Tränen, die durch einen Wimpernschlag in kleinen Rinnsalen die Wangen hinunter liefen. Auch mir wurde bewusst, welches Risiko das Treffen barg und mein Kloß im Hals wurde größer, als ich daran dachte, meine Schwester vielleicht nie wieder zu sehen.

Kapitel 15

Jade

Der restliche Tag verging nur sehr langsam. Das brachte die Anspannung wieder zurück, die wir durch das Training vergessen konnten. Nach dem Abendessen schalteten Amy und ich den Fernseher in unserem Wohnzimmer absichtlich lauter. Vor den Augen von Onkel Finley trugen wir eine Schüssel Chips und einige andere Leckereien hoch in unser Zimmer. Er sollte an einen gemütlichen Fernsehabend glauben.

Bald zogen sich alle zurück. Die Gorillas begannen ihre Schichten, während Terry Agnes nach Hause fuhr, da sie sich nicht gut fühlte. Ich spürte die Nervosität, die Amy schon nicht mehr still sitzen ließ. Wir hatten alles vorbereitet, und während wir so taten, als würden wir brennend interessiert diesen Film ansehen, hatten wir eigentlich ganz andere Gedanken.

Ich ertappte meine Schwester, wie sie ganze Ozonlöcher in die Luft starrte und ständig ihre Lippen vor Anspannung aufeinander presste. Mir ging es nicht besser. Ich war zwar sicher, dass das Treffen gut verlaufen würde, doch ein kleines Restrisiko blieb.

In der ersten Stunde schaffte ich es, mich vom Film mitreißen zu lassen. Er war nicht schlecht, doch nach einiger Zeit war mein Interesse erloschen und ich ertappte mich, wie ich ständig auf die Uhr sah. Allein der Gedanke an ihn und seine Stimme steigerte meine Nervosität. Unbewusst strich ich über meine Haut. Ich würde wieder seine Gegenwart spüren. Mein Gesicht, meine Arme und mein Oberkörper würden brennen, bis die Ornamente

wieder sichtbar wurden. Ich war gespannt, was sonst passieren würde. Vielleicht wollte er nun doch seinen Auftrag erledigen. Ich hoffte inständig, dass es wirklich keine Falle war.
Gegen elf hielt ich es nicht mehr länger auf dem Sofa aus. Ich stand auf und fing an, mich vorzubereiten. Die Kleidung, die ich ausgesucht hatte, lag auf meinem Bett bereit. Mit einer schwarzen Hose und einem langärmeligen Shirt könnte ich mich zwar nicht unsichtbar machen, doch würde ich damit in der Dunkelheit nicht gleich auffallen.
Es war still im Haus - so still, dass wir die Standuhr aus der Bibliothek elf Mal läuten hörten.
»Noch eine Stunde«, sagte Amy, die mir ins Schlafzimmer gefolgt war.
»Mach dir keine Sorgen, es wird schon schiefgehen«, erwiderte ich und fing an, mich umzuziehen. Meine Haare band ich zu einem geflochtenen Zopf zusammen, ich schnürte meine Turnschuhe und warf noch einen letzten Blick in den Spiegel im Badezimmer. Ich war bereit. Amy stand draußen auf dem Flur und lauschte. Alles lief nach Plan. Onkel Finley war in seinem Arbeitszimmer, und die Sicherheitsleute taten ihre Arbeit. Sie kam wieder herein und schloss leise die Tür hinter sich.
»Es wird Zeit«, sagte sie leise.
Ich nickte nur und lief wieder in unser Schlafzimmer, um die restlichen Dinge zu holen, die ich brauchen würde.
»Sag mir, welche Uhrzeit du genau auf deinem Handy hast.«
Kurz zog ich es aus meiner Gesäßtasche.
»23.18 Uhr«, gab ich kurz als Antwort.
»Gut, ich auch. Hast du die Taschenlampe?«
»Hab ich, und auch das Messer.« Ich drehte mich um und

zeigte ihr, dass ich es im hinteren Hosenbund befestigt hatte. Amy hatte es heimlich aus Mr. Changs Waffenschrank genommen, während er noch damit beschäftigt war, die Matten wegzuräumen.
»Sobald du die Gorillas abgelenkt hast, gehe ich los. Falls irgendetwas schiefgehen sollte, gehst du sofort zu Onkel Finley und erzählst ihm alles - und komm bloß nicht auf die Idee und suche mich. Du weißt, was dann passieren könnte«, sagte ich und hoffte inständig, dass Amy sich dieses Mal an alles halten würde, was wir vereinbart hatten.
»Ja, ja! Ich weiß schon. Wenn du nicht binnen anderthalb Stunden wieder da bist, oder nicht anrufst, gebe ich Großalarm. … Aber bitte, pass auf dich auf, Jade. Ich will, dass du zurückkommst«, meinte sie mit zittriger Stimme.
Mein Mund fühlte sich trocken an und meine Hände begannen zu schwitzen. Schnell rieb ich sie an meinen Oberschenkeln trocken, drückte meine Schwester an mich, ließ sie aber genauso schnell wieder los. Ich wollte keine große Abschiedsszene. Das hätte alles noch schwerer gemacht.
»Gut, dann los!«, sagte ich, löschte das Licht und ging zum Fenster. Leise öffnete ich es und sah auf unser Grundstück. Alles lag friedlich, nur die kleinen Laternen an der Terrasse leuchteten und von Weitem konnte ich den hellen Lichtschein auf der rechten Grundstücksmauer erkennen. Wer genau jetzt Wache hielt, wusste ich nicht, doch darum würde sich Amy kümmern, damit ich unbemerkt über die Wiese am See vorbeilaufen und über die Mauer klettern konnte. Noch war der Lichtschein, der von einer Taschenlampe kam, weit genug entfernt, sodass ich vorsichtig vom Fensterbrett aus auf den Baum springen

konnte. Es raschelte verdächtig, also klammerte ich mich regungslos an den großen Ast, der mich ein paar Minuten tragen sollte. Schnell suchte ich mir eine bequemere Haltung. Währenddessen schloss Amy das Fenster und machte sich auf den Weg in den Garten.
Es dauerte eine Weile, bis ich ihren Schatten am Pool sehen konnte. Leise lief sie um das Becken herum und verschwand schließlich hinter dem Haus. Wie vereinbart warf sie einen Stein, der die Größe eines Apfels hatte, an die äußere Grenze der Mauer. Dann war nur ein lautes »Hey!« zu hören, während sie eilig wieder ins Haus lief. Wieder einige Sekunden später konnte ich schon die beiden Gorillas erkennen, die durch das Geräusch, das der Stein beim Aufschlag gemacht hatte, neugierig angelaufen kamen. In der Zwischenzeit stand meine Schwester schon wieder am Fenster. Wir hatten ausgemacht, dass sie nicht so schnell rennen sollte, damit ihr Atem in einem einigermaßen normalen Tempo ging.
»Hey, habt ihr das auch gehört? Was war das?«
»Mach das Fenster zu, Amy, und geh rein«, befahl Clive. Er leuchtete mit seiner Taschenlampe gefährlich nahe zu ihr hoch. Schon befürchtete ich, er könnte mich entdecken. Die beiden Männer liefen eilig um den Pool und leuchteten links am Haus vorbei, zogen sogar ihre Waffen. Die Funkgeräte knackten, doch das, was gesprochen wurde, konnte ich nicht verstehen.
»Vielleicht ein Tier oder so. Könnt ihr mal nachsehen?«, rief Amy ihnen noch hinterher, als die Gorillas hinter dem Haus verschwanden.
Das war genau der Zeitpunkt, zu dem ich vom Baum herunterklettern konnte. Ich gab Amy ein kurzes Zeichen und schon stand ich mit beiden Füßen auf der Erde. Jetzt

musste ich mich beeilen. Clive und Terry waren abgelenkt und ich hatte freie Bahn. In geduckter Haltung rannte ich los. Ich nahm nicht die Stufen, sondern lief an der linken Hausmauer entlang, nicht zu nah am Gemäuer, da die sensiblen Sensoren sonst einen Alarm ausgelöst hätten. Die Kameras hatte ich im Blick, um nicht erfasst zu werden. Etappe für Etappe schaffte ich es schließlich, unbemerkt am kleinen See vorbeizukommen, und steuerte den äußersten Punkt der Grundstücksmauer an.
Noch war alles ruhig, alles schien geklappt zu haben. Mein Herz pochte wild, als ich mich kurz hinter einem großen Baumstamm versteckte und zurück zur Villa sah. Von Weitem blinkten immer wieder die Taschenlampenlichter der Gorillas auf, die wieder zu ihren Posten liefen. Wie von Amy und mir geplant, hatten sie nichts gefunden, sie vermuteten ein Tier, das sich verirrt hatte. Ich musste mich beeilen. Ein paar Sekunden gab ich mir noch, als ich plötzlich zusammenzuckte. In meiner unmittelbaren Nähe hörte ich ein Funkgerät leise rauschen. War mir etwa ein Gorilla gefolgt? Es hatten doch drei Leute Nachtschicht. Oder hatte ich mich getäuscht?
Vorsichtig sah ich mich um und lauschte. Nichts war zu hören. Nur das Zirpen der Grillen in der Nacht. Doch dann hörte ich es wieder und erkannte die Stimme von Terry.
»Alles in Ordnung, wahrscheinlich nur ein Marder oder eine Katze. Jedenfalls ist alles ruhig.«
Aus der Richtung, aus der die Funkstimme gekommen war, konnte ich niemanden entdecken. Ich war allein. Aber jemand musste doch hier sein? Ein wenig unsicher trat ich in die Richtung, und falls sie mich erwischten, könnte ich sagen, ich wäre noch joggen oder spazieren gewesen, wobei ich mir sicher war, dass mein Onkel mir das nicht

abnehmen würde. Kurz sah ich auf meine Uhr. 23.30 Uhr. Ich sollte mich beeilen. Wieder hörte ich das Knacken und eine Stimme. In dem Augenblick, als ich angestrengt in die Dunkelheit blickte, erkannte ich das kleine rote Lämpchen, das sich an unseren Funkgeräten befand. Es lag nicht weit von mir auf der Wiese. Sollte ich es an mich nehmen? Die Taschenlampenlichter kamen von beiden Seiten näher und ich musste mich entscheiden. Angst beschlich mich. Die Anwesenheit eines Taluris spürte ich nicht, doch unheimlich war das schon. Wieso lag hier ein Funkgerät? Ich lehnte immer noch an dem großen Baumstamm und überlegte fieberhaft mit geschlossenen Augen, was ich tun sollte. Was soll's, dachte ich, rannte los, hob das Gerät auf und machte mich auf die letzten Meter bis zur Mauer. Während ich rannte, steckte ich das Funkgerät in meine hintere Hosentasche, damit ich die Hände zum Klettern freihatte. Mit einer letzten Anstrengung bestieg ich den Baum und schon konnte ich die Mauer überqueren. Geschafft. Ein wenig war ich außer Puste. Doch das kam wohl eher von der Aufregung. Kurz lehnte ich mich an die Mauer, nahm das Funkgerät und schaltete es auf lautlos. Unsere beiden Sicherheitsleute waren auf ihrem Weg an diese äußere Grenze, und wenn das Gerät auch nur einen Mucks von sich geben würde, wäre alles umsonst gewesen. Ich drehte das Rädchen auf null, da bemerkte ich einen kleinen weißen Zettel, der daran befestigt war. Er trug die gleiche Handschrift wie die letzte Notiz, die die Krähe uns gebracht hatte.

Das Funkgerät ist zu deiner Sicherheit.
Folge der Krähe.

Überrascht ließ ich meine Arme hängen und versuchte zu verstehen, was dies zu bedeuten hatte. Das Funkgerät war sicher ganz nützlich. War das der Beweis, dass er mir wirklich nichts antun wollte? Die Reichweite des Gerätes war ausreichend, um einen Notruf durchzugeben.
„Folge der Krähe“, stand auf dem kleinen Zettel. Ich sah mich um und erschrak, als ich den Vogel direkt über mir auf der Mauer im Schatten eines Astes sitzen sah. Wie hatte der Taluri das alles gemacht? Konnten die auch zaubern oder was? Schon breitete er seine Flügel aus und flog über meinen Kopf hinweg die Straße zur Schule entlang - und ich folgte ihm.
Es war gar nicht so einfach, die Krähe flog viel schneller als ich rennen konnte. Außerdem war es dunkel und daher schwierig, sie im Blick zu behalten. Die dunklen Federn und die Nacht machten das Ganze nicht einfacher. Sie legte zwar immer wieder kleine Pausen ein, doch nach einer kurzen Strecke war ich schon völlig verschwitzt. Ich sollte meine Kräfte schonen, falls es doch zu einem Kampf kommen würde. Entschlossen, es langsamer anzugehen, zog ich mein Handy aus der Tasche und rief meine Schwester an. Schon nach dem ersten Klingeln nahm sie ab.
»Jade? Alles in Ordnung?«, ihre Stimme klang besorgt.
»Ja, alles läuft nach Plan. Bei dir auch?«
»Natürlich! Sie sind wirklich drauf reingefallen«, kicherte sie.
»Gut, ich melde mich dann später wieder bei dir. Ich bin gleich am Treffpunkt.«
»In Ordnung. Pass bitte auf, Jade, ja?«
»Klar, bis später.« Dann legte ich auf.
Die Maori-Krähe wartete geduldig eine Etappe nach der

nächsten ab und es dauerte nicht mehr lange, bis wir an den Waldrand kamen. Es war unheimlich, die ersten Schritte in den Wald zu wagen. Die Taschenlampe leuchtete den Weg aus, hin und wieder strahlte der Mond auf den Schotterweg, ansonsten war er von den vielen Ästen und Zweigen verdeckt.

Meine Schritte wurden langsamer und vorsichtiger. Ich konzentrierte mich genau auf meine Haut, bis ich ganz allmählich das leise Kribbeln darauf wahrnahm. Jetzt wusste ich sicher, dass ein Taluri in meiner Nähe war. Jeden Meter, den ich voran schritt, wurde das Kribbeln mehr zu einem Brennen, und als ich den Spielplatz betrat, bildeten sich bereits die Ornamente auf meiner Haut. Meine rechte Hand hielt ich auf dem Rücken, das Messer war bereit, dass ich es herausziehen könnte, falls es nötig werden würde. Angespannt ging ich in kleinen Schritten weiter. Nirgends konnte ich ihn entdecken, obwohl ich wusste, dass er hier war. Ich drehte mich und sah angestrengt in die kleinen Nischen des Kletterturms, in die Hecken des Spielplatzes, in die vielen kleinen Winkel, in denen er sich hätte versteckt halten können.

»Ich weiß, dass du hier bist. Also zeig dich«, befahl ich ihm und hoffte, er würde es auch tun, damit ich endlich wusste, in welcher Richtung er sich befand. Ein ganzes Stück von mir entfernt, hinter mir, in der Nähe der Schaukel hörte ich etwas und drehte mich blitzschnell um. Da stand er, groß, muskulös und geheimnisvoll, völlig in Schwarz gekleidet. Er hielt seinen Kopf gesenkt und sah von unten zu mir her. Sein Gesichtsausdruck war nicht gerade freundlich, gefährlich blickte er zu mir. Ein Schauer fuhr mir eiskalt den Rücken hinunter bei seinem Anblick. Das Gefühl, das ich schon damals hatte, als ich ihn das

erste Mal sah, wich nicht. Fasziniert stand ich völlig in seinem Bann, ich verspürte keinerlei Angst, doch angespannt war ich schon.
»Schön, dass du gekommen bist, Amy«, sagte er. Auch er wirkte verkrampft, das hörte ich an seiner Stimme. Ich nickte ihm zu, mehr brachte ich in diesem Augenblick nicht zustande.
»Könntest du bitte so nett sein und das Messer weglegen?«
Woher wusste er das? Peinlich berührt bemerkte ich, wie sich meine Wangen rot färbten und ich war froh, dass es dunkel war.
Als Zeichen dafür, dass er keine Waffen bei sich trug, breitete er seine Arme aus, damit ich sehen konnte, dass auch er wirklich unbewaffnet war. Seltsamerweise glaubte ich ihm sofort, nahm widerwillig das Messer und warf es ein paar Meter weiter in den Sand.
»Sehr schön«, lobte er mich, »und jetzt entspann dich. Ich werde dir nichts tun.«
»Wie hast du das gemacht?«, entfuhr es mir, als ich ein kleines Rauschen des Funkgerätes hörte und es mich daran erinnerte, dass er es mir zu meiner Sicherheit auf die Wiese im Garten gelegt hatte.
»Wie habe ich was gemacht?«
»Na, das Funkgerät. Wie kamst du auf das Grundstück? Warst du in unserem Haus?« Seine weißen Zähne blitzten in der Dunkelheit auf, er grinste.
»Und wie schaffst du es, einen Taluri solchen Qualen auszusetzen?«, wollte er wissen, ohne mir eine Antwort auf meine Fragen zu geben. Er ging ein paar Schritte nach rechts, behielt mich jedoch im Auge. Es war mir nicht bewusst, dass ich überhaupt etwas in ihm auslösen konnte. Von was für Qualen sprach er?

»Wie meinst du das?«, fragte ich und ging langsam ein paar Schritte nach vorn.
»Halt! Stopp!«, rief er laut und erschrocken blieb ich sofort stehen. In seinen Augen funkelte etwas und sein Gesicht nahm einen gequälten Ausdruck an. Nur langsam trat ich die Schritte wieder zurück.
»Eine Unterhaltung wird mit so einem Abstand auf die Dauer aber anstrengend«, rief ich ihm zu, während ich ihn nicht aus den Augen ließ.
»Ich weiß, aber näher kann ich dich nicht ertragen, ohne dass ich für deine Sicherheit garantieren kann.«
Was sollte das nun wieder bedeuten? Traute er sich selbst nicht über den Weg? Ich trat noch einen Schritt zurück. Sicher war sicher!
»Danke, so ist es schon besser«, rief er und in seiner Stimme konnte ich eine deutliche Entspannung hören. Hatte sein Leid etwas mit meiner Nähe zu tun?
Er setzte sich auf einen kleinen Felsen direkt neben der Rutschbahn und ich sah mich auch nach einer Sitzgelegenheit um. Ich fand aber nichts, sodass ich kurz überlegte, ob ich mich in den Sand setzen sollte oder nicht. Dadurch wäre ich leichter angreifbar. Nein, so leicht wollte ich es ihm nicht machen, daher beschloss ich, lieber stehen zu bleiben.
»Was passiert mit dir, wenn ich näherkomme?«, fragte ich neugierig. Schon bei unserer letzten Begegnung war mir aufgefallen, dass er irgendwie litt. Ich konnte es mir jedoch nicht erklären, geschweige denn vorstellen, dass ich wirklich der Auslöser dafür sein konnte.
»Das weißt du nicht?«, rief er erstaunt und verschränkte seine Arme.
»Nein, woher soll ich das denn wissen? Es ist das erste

Mal, dass mir jemand den Kopf abschlagen will«, gab ich sarkastisch zurück. Doch insgeheim ärgerte es mich, dass ich nicht über alles informiert war, was die Illustris betraf. Er lachte laut auf, sodass der tiefe Hall seiner Stimme ein kleines Echo von sich gab. »Eines muss ich dir lassen, Mea Suna! Du hast in all dem Schrecken deinen Humor behalten, das tun nicht alle Illustris. Hat dir denn niemand gesagt, was ihr mit uns Taluris anstellt?«
Ich schüttelte den Kopf und war gespannt auf seine Antwort.
»Du willst mir ernsthaft sagen, dass du das nicht weißt?«, fragte er ungläubig. Verblüfft sah er mich an. Unangenehm war es mir schon, dies zugeben zu müssen, trotzdem wollte ich es unbedingt wissen. Ich schüttelte noch einmal mit dem Kopf.
»Nein, sag es mir.«
Er überlegte eine Weile. »Wir können eure Gegenwart spüren. Es fängt an, in uns zu brennen, je näher wir euch kommen. Ich falle in eine Art Blutrausch, wenn du neben mir stehst. Dieses Brennen schürt eine Glut, die nur durch deine Enthauptung gelöscht werden kann. Verstehst du? Deshalb möchte ich nicht, dass du näherkommst. Ich habe versprochen, dir nichts anzutun. Und ich halte für gewöhnlich meine Versprechen.«
Völlig baff hatte ich alles, was er mir sagte, aufgesogen. Dies erklärte auch, warum er mich damals, als er Matteo von mir weggezogen hatte, anschrie, ich solle verschwinden. Jetzt verstand ich seinen gequälten Gesichtsausdruck, als wir uns das erste Mal sahen. Instinktiv trat ich noch zwei Schritte zurück. Ich wollte nicht, dass er ... Ja, was? Litt? Oder Schmerzen ertrug? Wegen mir? Was war mit mir los? Er war mein Feind! Er

wollte meine Schwester töten und bestimmt auch mich, wenn er erfahren würde, dass Amy und ich Zwillinge waren. Ich schluckte und zwang meine Gedanken und Gefühle zur Ordnung.
»Das heißt, dein Körper reagiert auf mich? Du musst einen Abstand zu mir halten, damit dieser Rausch nicht Besitz von dir ergreift?« Nahm er sich absichtlich für mich zurück? Aber warum? Und warum konnte Amy Matteo damals im Club so nahe sein? War sie wirklich eine Illustris? Oder lag es an ihrer Fähigkeit, ihre Aura abzustellen? Aber viel wichtiger war für mich im Augenblick die Frage, warum er seinen Auftrag nicht erfüllte.
»Warum tust du das? Ich meine, warum hast du mich noch nicht getötet? Das ergibt für mich einfach keinen Sinn«, sagte ich mehr zu mir selbst.
Er sah nachdenklich aus und je länger ich mich mit ihm unterhielt, wuchs meine Neugier. »Das kann ich dir nicht sagen, noch nicht. Vielleicht wollte ich einfach hinter die Maske der Illustris blicken. Du kannst mir glauben, dass mir das noch nie passiert ist. Und es ist nicht leicht, da ich ständig erwischt werden könnte. Mein Auftrag ist seit meinem 12. Lebensjahr klar. Ich spiele mit meinem Leben, genauso wie du deines aufs Spiel setzt, wenn du dich hier mit mir triffst.«
»Du bringst dich mit dem Treffen in Gefahr? Was ist mit deinem Freund?«
»Matteo? Nein, auch wenn er dich angegriffen hat, vor ihm bist du vorerst sicher. Du brauchst dich vor ihm nicht zu fürchten.«
Das Funkgerät rauschte wieder und machte mir bewusst, dass ich mich an meinen Zeitplan halten musste. Kurz sah

ich auf die Uhr. Noch hatte ich Zeit und zu meiner Überraschung stellte ich fest, dass ich mich langsam entspannte.
»Und die Krähe? Wo ist sie jetzt?«, fragte ich und sah mich in den Baumwipfeln nach ihr um.
Er grinste und seine weißen Zähne waren wieder sichtbar.
»Du meinst Gavin?«
»Wie kommt es, dass er auf dich hört? Hast du ihn dressiert?«
Wieder lachte er auf. »Nein, hab ich nicht. Er ist mein Freund und … mein Assistent, wenn du so willst«, erklärte er, streckte seinen Arm aus, spitzte die Lippen und pfiff laut nach ihm. Aus einer völlig anderen Richtung, als ich es erwartet hatte, flog ein schwarzer Schatten über mich hinweg, direkt auf den Taluri zu und setzte sich auf seinen Unterarm. Behutsam streichelte er ihn.
Ein Lächeln entglitt mir, so süß fand ich den Anblick, wie liebevoll er das Tier streichelte und liebkoste.
Unvorstellbar, dass dieser Mann das Leben von vielen Mädchen einfach ausgelöscht hatte, in dem er ihnen auf bestialische Weise den Kopf abschlagen hatte. Die zwei waren sehr vertraut miteinander.
»Amy, das ist Gavin. Gavin, Amy kennst du ja schon«, witzelte er, worauf der Vogel ein lautes Krächzen von sich gab.
Diese ganze Situation war verrückt. Ich stand hier, mitten auf dem Spielplatz mit dem Mann, der mich töten wollte.
Einen Moment sah der Taluri auf, als hätte er eine Idee.
»Willst du ihn mal halten?«, fragte er und schien begeistert von seiner Idee. Es klang fast freundschaftlich. Ein wenig war ich überrumpelt und traute mich erst nicht.
»Du brauchst keine Angst zu haben. Er tut niemandem

etwas. Strecke einfach deinen Arm aus«, forderte er mich auf. Zuerst zögerte ich, doch schließlich wollte ich nicht feige sein. Schüchtern streckte ich meinen Arm aus und wartete ab, was passiert.
Er flüsterte der Krähe etwas zu, was ich allerdings nicht verstand, als der Vogel Sekunden später direkt auf mich zugeflogen kam. Beim Landen auf meinem Arm erschrak ich mich ein wenig über die Größe und das Gewicht des Vogels. Er saß nun direkt bei mir. Er war viel schwerer als ich erwartet hatte. Seine Krallen bohrten sich in mein Sweatshirt, ohne dass er mir dabei wehtat. Der scharfe, spitze Schnabel war mir so nahe, dass ich die Luft anhielt und ängstlich meinen Kopf zur Seite neigte. Trotzdem war er wunderschön in seiner Art. Geheimnisvoll, dunkel und anmutig, genau wie sein Meister. Seine kobaltblauen Wangen leuchteten und auch das kleine schwarze Kästchen, das mit einem Kabel mit ihm verbunden war, konnte ich nun aus der Nähe betrachten.
»Du kannst ihn ruhig streicheln, wenn du möchtest.«
Ob ich so mutig war? Ganz vorsichtig, um auf jede seiner Bewegungen vorbereitet zu sein, wanderte meine Hand zu seinen schwarzen, großen Flügeln. Weich und zart fühlten sie sich an. Ein paarmal streichelte ich ihn.
»Hallo Gavin«, flüsterte ich vorsichtig.
Wenn Amy mich jetzt sehen könnte! Sie würde kreischen vor Begeisterung, obwohl sie große Angst vor Tieren im Allgemeinen hatte.
»Er ist wunderschön«, sagte ich.
Der Taluri lachte. »Sag ihm das aber nicht zu oft, sonst wird er noch eingebildet. … Er scheint dich zu mögen.«
Eine Krähe, die uns seit Tagen beobachtete und mit einem Mörder umherzog? Es war einfach unglaublich.

Gavin bewegte sich, und ehe ich mich versah, war er auch schon wieder in der Luft. Ich sah ihm nach, wie er sich auf einen Ast setzte, unterhalb seines Meisters Sitzplatz. Dort verschmolz er mit der Dunkelheit.
»Hört er auf jedes Wort, das du ihm sagst?«
»Ja, das sollte er, wenn er bei mir bleiben will.« In seiner Stimme klang eine Ernsthaftigkeit mit, die mir wieder bewusst machte, in welchem Umstand ich mich befand. Ich sollte aufhören, ihn sympathisch zu finden und ihm schon gar nicht vertrauen. War das etwa sein Ziel? War das seine Masche, mit der er mich einlullen wollte?
Eine kleine Pause entstand zwischen uns. Er beobachtete mich, genau wie ich ihn. Da fiel mir ein, dass ich seinen Namen nicht kannte.
»Wie heißt du überhaupt?«
»Warum willst du das wissen?«, entgegnete er.
Fing er dieses Spiel schon wieder an? Bei unserer letzten Begegnung hatte er mir seinen Vornamen auch nicht genannt.
»Ganz einfach, du weißt ja schließlich auch, wie ich heiße. Da ist es doch natürlich, dass ich das ebenfalls wissen will.«
»Okay, schon gut«, gab er von sich. »Mein Name ist Luca.«
»Luca«, wiederholte ich wie ein Papagei. Ich musste völlig verrückt sein.
»Sag, wie lange wird dieser Waffenstillstand zwischen uns andauern, Luca?«, wollte ich wissen, während ich ein paar Schritte hin und her lief, was mir beim besseren Denken half.
»Solange es nötig sein wird«, gab er knapp zurück. So langsam ärgerte ich mich ein wenig über ihn. Ständig

sprach er in Rätseln.
»Was heißt das denn schon wieder?«
»Du bist ungeduldig, stimmt´s?«
»Was erwartest du denn? Du bestellst mich hier her, lässt mich deinen Spion halten und streicheln, willst unbedingt mein Vertrauen, obwohl wir beide wissen, dass das paradox ist. Ich habe keine Ahnung, woran ich nun bin, und verstehe ehrlich gesagt überhaupt nicht, warum du wolltest, dass ich hierherkomme.«
Lange sah er mich schweigend an. »Tja, ... wenn ich ehrlich bin, weiß ich es selbst nicht so genau. Aber ich sage dir was, Amy, auch wenn ich ein Taluri bin und es meine Aufgabe ist, dich zu töten, spüre ich noch etwas anderes. … Es ist wie eine Barriere, die mich stoppt, das zu tun, was ich schon viele Male getan habe. Mein Gefühl sagt mir, dass es falsch wäre. Das Verrückte an der Sache ist, ... normalerweise habe ich keine ... Empfindungen. Seit ich dich das erste Mal gesehen habe, nehme ich etwas wahr, das mir völlig fremd ist, und ich habe keine Erklärung dafür.«
Konnte das sein? Kurz dachte ich über seine Worte nach. Nichts zu empfinden war für mich unvorstellbar. Wie sollte das funktionieren? Gefühle wie Angst, Glück, Trauer oder Wut kann doch jeder fühlen! Das war doch menschlich. Sollte ich ihm das abnehmen? Hatte dieser Morgion etwas damit zu tun?
»Du kannst nichts empfinden?«, fragte ich ungläubig und kräuselte angestrengt meine Stirn.
»Nein, nichts. Außer bei dir.« Mit seiner Hand berührte er seinen Oberarm und massierte den Muskel unterhalb seiner Schulter. Sein Geständnis verwirrte mich. Wie sollte ich damit umgehen? War das vielleicht eine Möglichkeit, ihn

zu töten, bevor seine Gefühlswelt in Ordnung kam und er seine Meinung wieder änderte?
»Was fühlst du denn?«, wollte ich wissen.
Er dachte nach und schwieg. Auch er hatte sich von dem kleinen Felsen erhoben und ging nun ein paar Schritte umher.
»Ich weiß nicht genau, ob das mit dir persönlich zu tun hat oder dich als Illustris betrifft, aber ich spüre, wenn ich dich enthaupten würde, dass es falsch wäre, was eigentlich unmöglich ist. Zu dem fühle ich ... naja, ich weiß nicht genau, wie ich es sagen soll. Es sind meist ... aufregende und ... schöne Gefühle. Ich denke, … ich mag dich und genau das ist das Verrückte daran. Ich kann normalerweise niemanden mögen, außer meine Brüder.«
Er mag mich! Seine Worte hallten in mir nach, während er mich unsicher ansah. Ich war nicht entsetzt darüber, im Gegenteil, mein Herz schlug schneller und ich fühlte genau wie er.
»Du bist mir … sympathisch, seit ich dich das erste Mal sah«, sagte er leise gedankenverloren. »Vergiss es, vergiss einfach, was ich gerade gesagt habe, ... das ist alles so verwirrend für mich.« Jetzt wollte er sein Geständnis zurücknehmen und machte dazu eine abwinkende Handbewegung.
»Nein!«, unterbrach ich ihn eine Spur zu schnell.
Luca musterte mich neugierig. Ich fühlte förmlich seine Verzweiflung, die mir den Schrecken vor ihm nahm. »Ich habe keine Angst, obwohl ich weiß, wer und was du bist. Ich bin ... gerne heute Nacht gekommen.«
Mir war nicht klar, warum ich ihm dies sagte, doch der Augenblick seines Geständnisses verursachte auch in mir ein Durcheinander. Einerseits sollte ich ihm zeigen, dass

ich mich nicht von seinem Vorhaben einschüchtern lassen würde und andererseits spürte ich, wie mein Körper in freudigem Aufruhr war.
Schweigend sahen wir uns lange an. Ich war fasziniert von ihm, obwohl ich ihn hassen sollte. Doch ich wusste, dass ich das nicht konnte, und ich hatte es geschafft, mir dies einzugestehen.
Aus unseren ernsten Gesichtern wichen die tausend Fragen und die Zurückhaltung, bis wir uns schließlich anlächelten. Ich musste völlig verrückt geworden sein!

Wieder einmal unterbrach das Rauschen des Funkgerätes unser Gespräch und es erinnerte mich daran, dass es Zeit wurde. Ich sollte mich auf den Rückweg machen. Seine Geschichte hatte mich ergriffen. Ich verstand zwar nicht viel von seiner Welt, doch löste er mehr in mir aus, was ich lieber schnell unterdrückte.
»Du solltest jetzt gehen, Amy«, sagte er tonlos und ich glaubte, Bedauern herauszuhören.
Schweigend sah ich ihn an. Er tat mir fast leid, er wirkte irgendwie verloren. Eigentlich sollte ich froh sein, dass er so ehrlich zu mir war, denn so wusste ich nun, dass es etwas gab, was ihn bisher gehindert hatte, seinen Job zu erledigen.
»Vielleicht ist es ein Fehler ...«, begann er, während ich ihn sofort unterbrach.
»Nein, das war es nicht.«
»Heißt das, du würdest dich vielleicht noch einmal mit mir treffen?«, fragte er vorsichtig.
Zuerst war ich völlig überrumpelt von seiner Frage, doch je länger ich darüber nachdachte, gefiel mir die Vorstellung immer besser. Vielleicht könnte ich so mehr über ihn und

meine Gegner herausfinden. Es war zumindest eine Möglichkeit.

»In Ordnung«, begann ich, »es ist aber schwierig für mich, unser Grundstück zu verlassen. Mein Onkel hat die Sicherheit erhöht.«

»Das weiß ich bereits, Mea Suna«, lachte er, »geh jetzt, ich finde eine Möglichkeit.«

Kapitel 16

Jade

Auf dem Heimweg fragte ich mich, ob ich das Richtige getan hatte. Konnte ich es wagen, ihn noch einmal zu sehen? Und wieso nannte er mich Mea Suna? Schnell zog ich mein Handy aus meiner Gesäßtasche und rief Amy an. Sie sollte wissen, dass es mir gut ging und ich gleich zu Hause wäre. Wie beim ersten Anruf nahm sie nach dem ersten Klingeln ab.
»Hi, ich bin's. Ich bin gleich da«, sagte ich atemlos und lief eilig aus dem Wald.
»Jade! Mein Gott!«, rief sie aus. »Ich bin so froh, mein Gott, ich bin so unsagbar froh. Bis gleich.«
Der Zeitpunkt, den Amy ausspioniert hatte, wann unsere Gorillas Pause machten, passte perfekt. So war es leicht, mich wieder auf das Grundstück zu schmuggeln, und noch leichter, ins Haus zu gelangen.
Mein nächtlicher Ausflug war geglückt und niemand hatte bemerkt, dass ich fort gewesen war. Kaum hatte ich unser Zimmer betreten, schlang meine Schwester ihre Arme um mich. Deutlich fiel die Anspannung von ihr ab und dabei konnte sie ihre Tränen der Erleichterung nicht zurückhalten.
»Oh Jade, ich bin ja so froh, dass du wieder da bist«, weinte sie in meinen Armen.
»Schsch ... ist ja schon gut. Mir geht es gut und alles ist in Ordnung. Mir ist nichts passiert.« Liebevoll strich ich eine Haarsträhne aus ihrem Gesicht und wischte ihre Tränen fort.
»Komm, setzen wir uns, dann kann ich dir alles erzählen.«

Aufmerksam hörte Amy zu, während ich ihr von der Begegnung mit dem Taluri erzählte. Ihre Augen wurden immer größer, als ich ihr von Gavin und Luca berichtete, jedoch sagte sie nichts, bis ich endete.
»Das ist so … unglaublich, Jade. Und du willst dich wirklich noch einmal mit ihm treffen?«
Ich nickte. »Ja, er glaubt, dass er herausfinden kann, warum er so auf mich reagiert und ich kann so mehr über unsere Feinde erfahren.«
»Und wann soll das nächste Treffen stattfinden? Und vor allem wo?«, fragte sie. Ihre Augen waren noch ganz glasig.
»Das weiß ich noch nicht. Er meinte, er wird es mich wissen lassen. Was immer das bedeutet, wir werden es erfahren.«
»Aber wie kam er an das Funkgerät? … Das würde ja bedeuten, dass er hier auf dem Grundstück war«, dachte Amy laut. Stimmt, darüber hatte ich gar nicht mehr weiter nachgedacht. Falls er sich wirklich Zutritt auf unser Grundstück verschafft hatte, dann war es auch für andere betretbar. Oder kannte er etwa unser geheimes Schlupfloch? Auch diese Frage konnte ich mir nicht selbst beantworten. Ich würde Geduld aufbringen müssen, bis ich ihn das nächste Mal traf.
»Wir werden sehen, Amy, wie sich das alles weiter entwickelt. Wichtig ist jetzt, dass das unser Geheimnis bleibt. Verplapper dich bloß nicht!«
»Ja, ja. Ich bin ja nicht doof!«, gab sie entrüstet von sich.
Es war schon kurz vor halb drei, als wir endlich in unseren Betten lagen. Doch schlafen konnte ich nicht. Die Erinnerungen an Luca wühlten mich auf. Wäre er nur kein Taluri, sein Körper, seine Ausstrahlung und seine

wohlklingende Stimme, er war einfach nur perfekt. Es fiel mir schwer, etwas Böses in ihm zu sehen. Die Art, wie er gelacht und mit mir geredet hatte, war so natürlich ..., dass er ein Mörder war, war schwer vorstellbar. Irgendwann wurden meine Augen schwer und ich schlief erschöpft ein.

Am nächsten Morgen war der Himmel mit einer grauen Decke verhangen. Irgendwann in der Nacht musste es geregnet haben. Die Luft hatte sich abgekühlt und der Tag versprach, nicht mehr ganz so drückend zu werden. Gleich nach dem Frühstück hatte ich mich auf den Weg zur Turnhalle gemacht, während Amy sich gerade erst aus dem Bett gequält hatte.
Mr. Chang trainierte mich ungewöhnlich hart an diesem Morgen. Fast glaubte ich zu spüren, dass er schlechte Laune hatte. Obwohl ich ihn bisher nur als freundlichen und fröhlichen Menschen kannte. Er machte ein grimmiges Gesicht, sprach nicht viel mit mir und gab mir nur kurze und knappe Anweisungen. Seine Anforderungen an diesem Morgen waren hoch und ich hatte Mühe, ihn zufriedenzustellen. Ich verlor jeden Kampf, während er mich erbarmungslos weiter zu neuen Bestleistungen antrieb.
»Mr. Chang, ich brauche eine Pause, bitte«, bat ich ihn, doch er überhörte meine Bitte einfach und trieb mich weiter. So lange wie möglich versuchte ich, seinem Rhythmus zu folgen. Es waren zwar immer wieder die gleichen Bewegungsabläufe, trotzdem erschienen sie mir anstrengender als sonst.
»Weiter Jade, immer weiter. Und vergiss das Atmen nicht. Deine Muskeln müssen brennen, erst dann fängt alles an, richtig zu arbeiten, verstehst du?«

Ich biss die Zähne zusammen und tat, was er von mir verlangte. Auch wenn er an diesem Morgen etwas ruppig war, wusste er, was er tat. Ich wollte so schnell wie möglich alles lernen und so fit werden, dass ich es jederzeit mit einem Taluri aufnehmen konnte. Insgeheim glaubte ich nicht daran, einen richtigen Kampf je zu überleben. Eine gewisse Zeit würde ich einen Taluri bestimmt aufhalten können. Lange genug, dass meine Schwester sich mit Onkel Finley in Sicherheit bringen konnte. Beim Krafttraining kam ich an meine Grenzen. Mr. Chang vermied es, in mein Gesicht zu sehen, während ich stöhnend die Übungen hinter mich brachte. Er hatte kein Erbarmen, mein Körper gab nach, was zur Folge hatte, dass meine Glieder schmerzten und ich einfach auf der Matte schwer atmend liegen blieb. Da hatte er endlich ein Einsehen und entließ mich aus der Trainingsfolter. Er warf mir ein Handtuch entgegen, das ich gerade noch sitzend auffangen konnte.

»Ich bin sehr zufrieden mit dir. Du gehst jetzt bei jedem Training ein Stück weiter. In den nächsten Stunden werden wir das Tempo beim Stockkampf und auch beim Nahkampf erhöhen«, sagte er. Er lächelte diesmal nicht, sondern sagte es tonlos. Ich fragte mich, welche Laus ihm über die Leber gelaufen war.

»Du kommst heute Abend mit Amy wieder, dann könnt ihr weitermachen.« Der Schweiß strömte aus meinen Poren und ich sehnte mich nach einer Dusche. Ich stand von der Matte auf und legte das Handtuch um meinen Hals.

Mr. Chang überlegte. »Heute Abend kann ich euer Training nicht betreuen, Jade. Ich möchte aber, dass du weiter an deiner Technik übst.«

Es war noch nie vorgekommen, dass Mr. Chang bei einer

Trainingseinheit nicht dabei sein konnte. Seit er uns trainierte, lebte er abgeschieden in dem kleinen Gästehaus, das sich gleich neben der Trainingshalle befand. Ich hatte keine Ahnung, ob er eine Familie hatte oder ob er schon immer alleine lebte. Eigentlich wusste ich nichts über ihn, außer, dass er ein ausgezeichneter Trainer war. Mein Interesse beschränkte sich darauf, dass er mich trainierte und uns viel beibrachte. Hatte er etwa eine Verabredung? Ich fragte natürlich nicht, sondern nickte nur stumm. Schließlich konnte ich auch allein mit Amy üben.

Alegra war noch keine zwei Tage fort, da hatte Amy für Wiedergutmachung gesorgt. Die teuren Schuhe, deren Absätze sie abgesägt hatte, wurden durch einen großzügigen Einkaufsgutschein wieder ersetzt. Der Betrag war zwar sehr hoch, doch den Wert der Schuhe, die Amy mutwillig zerstört hatte, konnte man nicht gerade als gering bezeichnen. Onkel Finley hatte darauf bestanden, dass meine Schwester den Gutschein von ihrem eigenen Konto bezahlte. Zähneknirschend gab sie nach, jedoch ließ sie sich einige Flüche darüber nicht nehmen.
Frisch geduscht, aber erschöpft vom Training, traf ich Mr. Tramonti, Amy, und Onkel Finley beim Frühstück in der Küche.
»Ich hoffe, es wird dir eine Lehre sein. Das nächste Mal kommst du nicht mehr so glimpflich davon«, verkündete Onkel Finley meiner Schwester, die sich gerade eine Tasse Kaffee von Agnes einschenken ließ. Mr. Tramonti grinste, während Amy mal wieder ihre Augen verdrehte. Sie sah zwar ihren Fehler ein, doch nagte die fällige Entschuldigung an ihr.
»Guten Morgen zusammen«, sagte ich in die Runde,

vermied es aber, meinen Onkel dabei anzusehen. Weiß, Rot, Rosa und Orange waren die Farben, die nur Amy sehen konnte. Gott sei Dank, dachte ich, sonst wüsste Onkel Finley sehr schnell, dass meine Schwester und ich ihm etwas verschwiegen. Nur Amy warf mir einen vielsagenden Blick zu, als Agnes mir ebenfalls einen Kaffee in die Tasse goss. Das Training hatte mich ausgelaugt, daher griff ich beherzt zu und gönnte mir ein Honigbrötchen mit frischer Butter und eine Schüssel Müsli.

»So, ich glaube, ihr habt nun alles, was ihr braucht. Ich bin in der Waschküche, eure Wäsche macht sich ja schließlich nicht von allein«, gab Agnes von sich und verließ den Raum. Kurz sahen wir ihr hinterher. Die Arme! Wir bereiteten ihr viel Arbeit, dachte ich und beschloss, ihr heute etwas zu helfen. Das Haus, der Garten und uns bekochen, waren bestimmt keine leichten Aufgaben - und das jeden Tag. Onkel Finley sah mir zu, wie ich eine dicke Schicht Butter auf mein Brötchen strich. Kurz schüttelte er den Kopf und schien meinen morgendlichen Appetit nicht zu verstehen. Er wandte sich noch einmal zur Tür, doch Agnes war gegangen.

»Mr. Tramonti wird uns nach dem Frühstück verlassen«, sagte Onkel Finley. Sofort waren alle Augen auf den Professor gerichtet.

»Warum?«, platzte es neugierig aus Amy heraus.

Mr. Tramonti lächelte und schob seine Brille wieder etwas höher auf seine Nase. »Oh, ich würde gerne noch bei euch bleiben, doch leider wurde ich heute Morgen zurückbeordert, da es in unserer Zentrale … Neuigkeiten gibt.«

»Was für Neuigkeiten?«, fragte Amy neugierig, was Onkel

Finley schon wieder als vorlaut wertete und sie ermahnte.
»Amy, sei nicht so indiskret.«
»Nein, nein. Das ist schon in Ordnung. Es betrifft sie ja schließlich. Sie ist schließlich eine Illustris«, beschwichtigte er meinen Onkel. »Man rief mich heute Morgen an und teilte mir mit, dass es Anzeichen für verdächtige Aktivitäten gibt. Jedoch konnte ich am Telefon nicht weiter sprechen, da die Gefahr besteht, dass wir abgehört werden. Daher werde ich heute nach Europa fliegen. Diese Sache hat höchste Priorität.« Mr. Tramonti nahm einen Schluck von seinem Kaffee.
»Was ist das für eine Organisation?«, wollte ich genauer wissen und biss hungrig von meinem Honigbrötchen ab.
»Wir, die Padre de Luz, sind Wissenschaftler und Ärzte, die das Phänomen der Illustris schon seit Jahrhunderten studieren. Anfangs nahmen sich Mönche aus einem Kloster der Illustris an, heute machen wir es. Das Ziel unserer Organisation ist, herauszufinden, wie wir ihre Kräfte für die Menschheit sinnvoll nutzen können, wobei wir die Illustris aber auch vor Missbrauch zu schützen versuchen.«
»So lange gibt es Ihre Organisation schon?«, unterbrach Amy ihn und sah ihn mit großen Augen an.
Mr. Tramonti lächelte. »Ja, damals wie heute versuchen wir, die noch lebenden Illustris zu schützen, indem wir sie ausfindig machen und sie bei uns aufnehmen. Wir klären die Mädchen auf und bilden sie in Kampf- und Heilkunde aus.
Das hörte sich richtig professionell an. »Sie meinen, wie in eine Art Schule für Illustris?« »Richtig, Jade. Ähnlich, wie in einer Schule. Das Problem ist, dass die Mädchen oft nicht wissen, was sie mit ihrer Gabe anfangen sollen. Die meisten sind völlig verängstigt, erst recht, wenn wir ihnen

von den Taluris erzählen. Dadurch dauert die Schulung, die sie von uns bekommen, recht lange. Sie werden zwar psychologisch betreut, aber ihr Heimweh ist stärker, so dass sie uns meistens unausgereift verlassen«, sagte er und Traurigkeit lag plötzlich in der Luft.
»Und was sind das für Neuigkeiten, die Sie nun erhalten haben? Eher gute oder schlechte?«, fragte ich und biss herzhaft in mein Brötchen.
»Das kann ich beim besten Willen nicht sagen. Doch meistens sind es … leider nicht die allerbesten Nachrichten«, meinte er.
»Doch das muss nichts heißen, es könnte sich genauso um ...« Mr. Tramonti brach mitten im Satz ab und überlegte. »Ihr braucht euch keine Sorgen zu machen, ich werde euch selbstverständlich informieren, falls unsere Leute Aktivitäten registrieren, die euch in Gefahr bringen könnten. Trotz allem wisst ihr, dass sich ein Taluri in eurer Nähe befindet und es nach einiger Zeit wieder versuchen wird, Amy zu ... . Nun ja, ihr wisst schon!«
Nicht mal Vico Tramonti konnte die Grausamkeit aussprechen, die diese Mörder besaßen. Und ich konnte mir nicht vorstellen, dass Luca so etwas Entsetzliches tat. Obwohl er es selbst ganz ungeniert und frei zugegeben hatte.
Clive betrat die Küche. »Das Taxi ist da, Mr. Lewis«, sagte er und verschwand wieder.
»Okay, dann wird es wohl Zeit für mich.« Vico Tramonti stand auf und verabschiedete sich von Amy. »Keine Angst, du hast viele Leute um dich herum, die dich beschützen. Es war mir eine Ehre, euch kennenzulernen.« Kurz deutete er eine kleine Verbeugung an, dann kam er zu mir.
»Jade, ich bin absolut beeindruckt von deiner Kampfkunst.

Beschütze deine Schwester so gut du kannst. Versprich es mir«, forderte er mich auf.
Ich nickte, war unfähig etwas zu sagen, da mir bewusst wurde, wie viel davon abhing, dass Amy lebte. Er tätschelte kurz meinen Oberarm, als wolle er mich damit motivieren, mein Bestes zu geben. Dann verließ er zusammen mit Onkel Finley die Küche. Amy setzte sich wieder und führte ihr Frühstück schweigend fort. Ich stand am Türrahmen und sah Mr. Tramonti nach, wie er sich von Onkel Finley verabschiedete.
»Ich rufe an, sobald ich etwas erfahre und bis dahin schaut, dass ihr am Leben bleibt. Hörst du, Finley?«
Mr. Tramonti war fort und hatte Amys Zuversicht mitgenommen.
Vor ein paar Stunden war das alles für Amy noch wie ein großes Abenteuer gewesen, indem sie die Königin war, doch nun standen Hoffnungslosigkeit und Angst in ihrem Gesicht. Von dem rebellischen jungen Mädchen, das gerne ihren eigenen Kopf durchsetzte, war nicht viel übrig, außer ein deprimiertes und nachdenkliches Häufchen, das in unserer Küche saß und lange in seine Tasse starrte.
»Was ist?«, fragte ich sie und setzte mich wieder an unseren Frühstückstisch zurück.
»Du hast selbst gehört, was er gesagt hat«, gab sie patzig zurück. Sie hatte dabei nicht aufgesehen, spielte mit ihrem Müsli.
»Amy, er hat erzählt, wie es in der Vergangenheit gelaufen ist, mehr nicht. Wir sollten jetzt nicht Trübsal blasen, sondern etwas dagegen tun.«
»Und was!«, fuhr sie mich an. »Sollen wir einfach losmarschieren und die Taluris alle töten?«
»Nein, natürlich nicht. Aber es sind doch nur zwei Taluris

hier, soweit wir das wissen. Wir haben Clive, Terry, Frank und Mr. Chang. Außerdem kannst du selbst auch viel dazu beitragen, dass dir nichts passiert«, versuchte ich ihr klarzumachen.
»Und wie? Soll ich mich für den Rest meines Lebens hier in diesem Haus versteckt halten? Soll das mein Leben sein? Lieber sterbe ich, Jade. Das kann doch nicht euer Ernst sein! Bei dieser ganzen Sache hat mich niemand gefragt, ob ich überhaupt eine blöde Illustris sein will. Und das alles nur, weil einer Angst um seine Macht hat? Nein, ich wurde so geboren und kann nichts dagegen machen. … Was ist mit meinem Leben, das ich vorher geführt hatte? Was ist mit der Schule, was ist mit meinen Freunden, mit Spaß oder Freiheit? Soll das etwa alles gewesen sein?«
Wütend stand sie vom Tisch auf und rannte aus der Küche. Ich ging ihr nicht nach, denn ich konnte meine Schwester sehr gut verstehen. Sie brauchte Zeit. Die typischen Achterbahnfahrten ihrer Gefühle war ich gewohnt. Es war wirklich etwas viel verlangt, doch auch ich hatte meine Kämpfe mit der ganzen Geschichte. Es gab so Vieles, was ich nicht wusste und noch mehr, was ich nicht verstand. Antworten gab es zwar, aber die änderten nichts daran, dass Amy ein Schicksal hatte, das nicht leicht anzunehmen war.
Onkel Finley kam auch nicht mehr zurück in die Küche, als er Mr. Tramonti verabschiedet hatte. Wahrscheinlich brauchte auch er Zeit, um nachzudenken.
Ich räumte den Tisch ab und stellte das schmutzige Geschirr in den Spüler. Als die Küche aufgeräumt war, zog ich mich in die Bibliothek zurück, jener Ort, an dem ich mich schon immer wohl und aufgehoben gefühlt hatte. Ich kuschelte mich mit einem kleinen Kissen in den

Ohrensessel, der vor dem großen Kamin stand, und genoss die Ruhe, die mich umgab. Es war so friedlich in der Bibliothek und ich hing eine Weile meinen Gedanken nach. Soweit ich wusste, waren es nur Luca und dieser Matteo, die hinter uns her waren, wobei ich nicht sicher war, ob Luca wirklich seinen Auftrag durchführen wollte. Mit ihm schien etwas nicht in Ordnung zu sein und von der Grausamkeit und Härte, wie Mr. Tramonti die Taluris beschrieben hatte, konnte ich bei ihm nichts feststellen. Im Gegenteil, wenn ich ehrlich war, war er mir sogar sympathisch. Von Anfang an löste er Gefühle in mir aus, die mir fremd, aber gleichzeitig nicht unangenehm waren. Abgesehen davon, dass er absolut gut aussah und seine Augen mich in seinen Bann zogen, war da noch etwas, was mich faszinierte. Beim besten Willen konnte ich diesen Mörder nicht als einen solchen ausmachen. Vielleicht täuschte ich mich auch und unterschätzte ihn. Vielleicht trat ich genau in die Falle, in der er mich mit seiner Freundlichkeit haben wollte. Trotzdem wussten die Taluris immer noch nicht, dass wir Zwillinge waren, dies blieb ihnen bisher verborgen. Und das war gut so. Es war eine Frage der Zeit, bis sie es herausfinden würden und bis dahin könnte Amy schon fort sein. Ich könnte dieses Versteckspiel weiter aufrechterhalten. Zumindest, bis Onkel Finley und Amy einen großen Vorsprung hatten und die Spuren verwischt waren. Es war die Chance für die Illustris, den Taluris zu entkommen. Meinem Plan würde Onkel Finley niemals zustimmen, doch wenn ich Mr. Chang einweihte und ihn auf meine Seite zog, hätte ich zumindest einen Fürsprecher.
Plötzlich wurden meine Gedanken durch Kratzgeräusche an der Fensterscheibe unterbrochen. Sofort setzte ich mich

aufrecht hin. In der ersten Schrecksekunde blieb mir fast das Herz stehen, als ich die riesige Maorikrähe auf der Fensterbank wahrnahm. Sofort wich die Angst und Vertrautheit durchströmte mich. Schließlich hatte ich das samtig, weiche Federkleid der Krähe schon einmal gestreichelt. Gleichzeitig keimte leise ein wenig Ärger über Luca auf. Damit hatte er es geschafft, dass ich zumindest seinem Agenten vertraute. Ich stand auf und vergewisserte mich, dass die Tür geschlossen war. Was hätte ich Onkel Finley sagen sollen, wenn er mich mit der Krähe sehen würde? Langsam lief ich zum Fenster. Ich hatte die richtige Ahnung. Ein kleiner, zusammengefalteter Zettel lag auf dem äußeren Fensterbrett, genau wie beim letzten Mal.
»Hallo, Gavin«, sagte ich sanft, um das Tier nicht zu erschrecken. Er legte seinen Kopf schief und sah mich an, als würde er mich verstehen. Er tapste an das äußerste Ende des Fenstersimses, und sobald ich das Stück Papier in meiner Hand hielt, flog er auch schon wieder davon. Ich sah ihm nach, wie er über unseren Park, über die Grenze flog, die mich von einem reellen Leben trennte. Schnell und leise schloss ich das Fenster, und als ich Schritte auf dem Gang hörte, stopfte ich das Papier schnell in meinen Hosenbund. Da öffnete sich auch schon die Tür und Agnes kam herein. »Ach, hier bist du. Ich hab dich schon gesucht. Kannst du mir sagen, was mit Amy ist? Habt ihr euch etwa wieder gestritten?«
Mein Herz klopfte laut, als ich erkannte, dass Agnes nichts bemerkt hatte und schnell überlegte ich, ob es wohl besser wäre, sie in dem Glauben zu lassen. Ein Streit war zwar etwas übertrieben, doch immerhin war es eine Meinungsverschiedenheit gewesen.
»Du weißt ja, wie sie ist. Manchmal muss man ihr einfach

mal die Meinung sagen und damit kommt sie eben nicht klar.« Das war zumindest nicht gelogen.
»Was hat sie nun schon wieder? Ist es wegen dem Training? Oder wegen der Sache mit Alegra?«, fragte Agnes und kam zu mir ans Fenster.
Ich zuckte mit den Schultern. »Ich weiß nicht, ich denke, alles ist ein wenig viel im Augenblick. Das Training ist hart. Sie strengt sich wirklich an und die Sache mit Alegra ist auch eine harte Nuss für sie, aber da muss sie durch.«
»Da hast du allerdings recht. Du weißt, ich bin kein Fan von Mrs. Marten, aber da ist Amy zu weit gegangen. Trotzdem … glaube ich, dass etwas hier nicht stimmt«, sagte sie leise vor sich hin. Jetzt klopfte mein Herz schneller. Hatte sie doch etwas bemerkt?
»Wie meinst du das?«, fragte ich. Meine Stimme hörte sich scheinheilig an, und ich war mir sicher, dass ich mich dadurch verraten hatte. Agnes wusste genau, wann ich sie anlog. Ich hatte das Gefühl, in der Falle zu sitzen, ausgeliefert zu sein.
Sie wandte sich von mir ab, lief zum Ohrensessel und setzte sich müde hinein. Sie stöhnte leise auf.
»Meine Beine bringen mich heute um«, erklärte sie und massierte sich ihre rechte Wade. »Ich habe das Gefühl, dass der Haussegen etwas schief hängt. Ich kann es dir nicht richtig erklären, aber seit ein paar Tagen ist hier eine ganz merkwürdige Stimmung. Findest du nicht?« fragte sie und lehnte sich zurück.
»Eine merkwürdige Stimmung?«
»Es ist so viel passiert. Überleg mal, zuerst hattet ihr diesen schrecklichen Unfall, dann die Sache zwischen Alegra und Amy, wobei ich bis heute nicht verstanden habe, warum Amy so wütend auf sie war. Dann will dein

Onkel mit euch in einen Kurzurlaub fliegen und räumt zeitgleich sein Arbeitszimmer aus. Du trennst dich von Tom und … das ist einfach zu viel für mich, und das Ganze wird durch die Stimmung im Haus nicht besser.«
»Mach dir keine Sorgen, es kommen bestimmt auch wieder bessere Zeiten. Vielleicht ist Onkel Finley einfach auch nur überarbeitet«, versuchte ich zu erklären, in der Hoffnung, sie würde mir das abnehmen.
Agnes stand wieder auf und kam auf mich zu. »Und du? Geht es dir gut? Ich meine wegen Tom.«
Auch das noch. Sie glaubte doch tatsächlich, dass wir ein Paar waren. Aber das war immer noch besser, als würde sie die Wahrheit kennen.
»Es geht schon. Er ist ein Idiot, wenn er glaubt, dass ich ihm hinterherlaufe«, gab ich vor.
»So ist es recht, Mädchen. Lass ihn ruhig noch etwas zappeln. Das habe ich damals mit Ron auch getan. Spätestens nach ein paar Tagen kommen sie wie kleine Hündchen wieder angekrochen«, lachte sie, tätschelte meine Wange und lief langsam wieder aus der Bibliothek.
Die ganze Zeit über brannte der Zettel wie Feuer in meinem Hosenbund. Aber auch mein schlechtes Gewissen wurde ständig größer. All die Lügen, die ich den Menschen, die ich liebte, aufgetischt hatte, nagten an mir.
Endlich war ich wieder allein, schluckte das schlechte Gefühl schnell hinunter und zog das Papier hervor, drehte mich zum Fenster und faltete es eilig auf.

<u>Heute Abend</u>

… war nur darauf zu lesen, mehr nicht. Was sollte das bedeuten, heute Abend? Wann genau und wo?

Unglaublich, der Typ hatte vielleicht Nerven. Der Zeitraum „heute Abend“ war ein sehr dehnbarer Begriff. Glaubte er, ich würde nur darauf warten? Ich schob den Zettel kopfschüttelnd in meinen Hosenbund zurück und verließ die Bibliothek in der Hoffnung, mich mit etwas anderem ablenken zu können. Vielleicht könnte ich Agnes beim Kochen helfen, oder im Garten.
So vergingen wenigstens ein paar Stunden, an denen ich nicht an unsere verzwickte Lage dachte. Obwohl ich beschäftigt war, trieben mich meine Gedanken zu Tom. Ich vermisste ihn. Was er jetzt wohl gerade tat? Er hatte Semesterferien und die verbrachte er nun allein und nicht wie geplant mit uns. Immer noch war das Gefühl, ihn verloren zu haben, so stark und hin und wieder musste ich mich zusammenreißen, um meine Wut nicht an der Wäsche auszulassen, die ich für Agnes aufhängte. Der Tag neigte sich langsam dem Ende zu und ich spürte, wie ich mich mehr und mehr verspannte. Das bevorstehende Treffen mit Luca machte mich nervös. Diese innere Unruhe konnte ich nicht abstellen, auch wenn ich mich noch so anstrengte.
Amy, Onkel Finley und ich saßen am Esstisch in der Küche und nahmen einen kleinen Imbiss zu uns, den Agnes noch schnell für uns zubereitet hatte, bevor sie in ihren Feierabend ging. Vor Aufregung brachte ich fast nichts hinunter, doch ich zwang mich dazu. Amy hatte sich den restlichen Nachmittag in unserem Zimmer aufgehalten. Laute Musik dröhnte durch die Eingangshalle. Es war das sichere Zeichen dafür, dass sie ihre Ruhe wollte. Da ich mit Hausarbeit beschäftigt war, tat ich ihr den Gefallen. Sie schien sich beruhigt zu haben und das freute mich. Wiederum bestätigte sich mein Eindruck, dass ihr das Training mehr als gut tat. So konnte sie ihre Wut

abtrainieren und sich auspowern. Ihr Gemüt hatte sich beruhigt und ich glaubte, dass ihre depressive Stimmung verflogen war und ihr Kampfgeist wieder die Oberhand hatte.
Onkel Finley war sehr still gewesen während des Essens. Den ganzen Tag über hatte ich ihn nicht einmal gesehen. Auch jetzt beim Essen schien er nicht wirklich bei uns zu sein.
Hin und wieder sah er mich an, aber auch gleich wieder auf seinen Teller. Er wollte uns seine Gedanken mitteilen, das spürte ich, doch irgendwie schien er nicht den richtigen Faden zu finden.
Beim nächsten Blick sah ich ihn fragend an und wartete darauf, dass er uns endlich mitteilte, was ihm auf dem Herzen lag. Und tatsächlich, er räusperte sich.
»Hört mal, auch wenn Vico Tramonti uns nun verlassen hat, heißt das nicht, dass wir hier bleiben müssen und darauf warten sollten, bis etwas passiert. Ihr wisst, dass ich eine Maschine gechartert habe. Wir können jederzeit von hier fort und uns in Sicherheit bringen.«
Amy hörte abrupt auf zu essen und starrte ihn an. Ich auch, aber ich senkte schnell wieder meinen Blick, da mein Plan, den ich geschmiedet hatte, wieder präsent war.
»Du meinst, für immer von hier fortgehen?«, fragte Amy.
Er nickte und plötzlich sah er müde aus. »Ja, für immer, Kleines«, flüsterte er.
»Und was wird aus unserem Haus und … Agnes?«
Meine Schwester hatte sich bisher darüber keine Gedanken gemacht. Nur ich ahnte, was eine Flucht für uns alle bedeuten würde. Das wusste er zwar auch, doch Onkel Finley schien den Gedanken nicht ertragen zu können, hier auf unser Schicksal zu warten. Er zog es vor, alles hinter

sich zu lassen und noch einmal von vorne anzufangen. Irgendwo auf dieser Welt, wo uns niemand kannte und wir vielleicht noch nicht einmal die Sprache verstanden, in völliger Fremde. Natürlich schien es logisch und für ihn das Einfachste, doch ich sah darin nur den verzweifelten Versuch, etwas zu schützen, was nicht länger zu schützen in seiner Macht lag. Sie würden uns finden, egal wohin wir gingen! Doch vielleicht war es eine Möglichkeit, die wir nutzen sollten, solange sie nicht wussten, dass wir Zwillinge waren und sie glaubten, dass ich Amy wäre. Mr. Tramonti hatte es selbst gesagt, von den Illustris gab es nicht mehr viele. Falls die Taluris weiterhin glaubten, dass ich die Illustris wäre und sie mich töteten, dann wäre die wahre Illustris sicher.

»Und wohin willst du?« Amy legte ihre Gabel auf den Teller und schob diesen von sich.

»Ich weiß es nicht, aber vielleicht finden wir einen Ort, an dem wir bleiben können«, gab er zur Antwort. Es war still am Tisch und ich überlegte, ob nun der Zeitpunkt gekommen war, um ihnen meinen Plan mitzuteilen.

»Vielleicht ist die Idee gar nicht so schlecht«, begann ich vorsichtig. Onkel Finley sah mich erstaunt an, sagte aber kein Wort. Wahrscheinlich war er froh, dass ich mich anders entschieden hatte.

»Und für wie lange? … Bis sie uns dort auch finden?«, mischte sich Amy heftig ein. »Ich denke, wir sollten bleiben und das Beste daraus machen. Erst mal glaube ich, was Mr. Tramonti gesagt hat, die Taluris können im Augenblick nichts tun. Sie müssen warten, bis Gras über die Sache gewachsen ist und außerdem, solange wir die Schule nicht besuchen, wird jeder glauben, dass der Schock vom Unfall noch tief sitzt. Sie können uns nichts

tun und wenn doch, werden wir kämpfen.« Vor ein paar Stunden hatte Amy noch ganz andere Töne gespuckt. So kämpferisch hatte ich sie schon lange nicht mehr erlebt.
»Und wie willst du dich mit deinem Arm verteidigen? Der Zeitpunkt, von hier zu verschwinden wäre gerade jetzt mehr als günstig, egal was Tramonti sagt. Er ist nicht hier und er kann uns auch nicht helfen, wenn es zu einem Angriff kommt«, erwiderte Onkel Finley.
»Mr. Chang und Jade werden uns beschützen, außerdem haben wir die Sicherheitsleute und ein Alarmsystem.«
»Sei nicht kindisch, Schatz. Meinst du etwa, das könnte sie aufhalten?«
»Hört auf zu streiten!«, mischte ich mich ein. Ich warf meiner Schwester einen warnenden Blick zu. Onkel Finley wusste ja nichts von dem kleinen Waffenstillstand, den ich mit Luca ausgehandelt hatte, von den heimlichen Treffen ganz zu schweigen.
Die Diskussion war erst einmal beendet, da Onkel Finleys Handy klingelte. Er stand auf und verließ die Küche.
»Wie kannst du nur wollen, dass wir von hier fortgehen?«, warf sie mir vor, als wir allein waren.
»Es ist die einzig sichere Lösung«, gab ich knapp zurück, räumte mein benutztes Geschirr in die Maschine und hoffte, sie würde nicht weiter in mich dringen, da ich ihr meine Idee auf keinen Fall weiter erklären wollte. Mit Mr. Changs Unterstützung würde ich bessere Karten haben, Amy und auch Onkel Finley davon überzeugen zu können.
Auch ihr war der Appetit gänzlich vergangen. Gemeinsam räumten wir den Tisch ab.
Schon während des Abendessens sah sie mich immer wieder fragend an und ich wusste genau, warum. Ich hatte ein Geheimnis, und dieses Wissen strahlte mal wieder

verräterisch weiß durch meine Haut.
»Er hat mir eine Nachricht geschickt. Er will sich heute Abend mit mir treffen«, sagte ich leise.
»Und wo?«
»Tja, wenn ich das wüsste. Ich habe keine Ahnung. Heute Mittag saß seine Krähe am Fensterbrett der Bibliothek und übergab mir einen kleinen Zettel, auf dem nur »heute Abend« draufstand«, erzählte ich ihr.
»Mehr nicht?«
»Nein. Ich denke, er wird es mich schon wissen lassen. Es wäre gut, wenn du nicht so offensichtlich an den Fenstern vorbeilaufen würdest, damit unser Geheimnis noch länger eins bleiben kann.«
Amy nickte. »Ich hatte für heute Abend sowieso vor, die SMS-Flut, die ich seit dem versuchten Mord bekommen habe, zu beantworten.«
»Verplappere dich aber nicht!«, ermahnte ich sie.
»Ja ja, ich bin ja nicht doof.«
Ich verließ die Küche und zog mich in meinem Zimmer um. Da ich heute Abend allein trainieren würde, beschloss ich, dies mit meiner Lieblingsmusik zu tun.

Kapitel 17

Jade

Bevor ich den Code an der Tür eingab, zog ich meine Kapuze über und schaltete die Musik ein. Das Summen hörte ich nicht, doch ich spürte das leichte Vibrieren der Klinke.

Die Sonne ging unter und tauchte den Himmel in wunderschöne rote Farben, deren Farbspektrum von dunkel bis hell ging. Für einen Moment blieb ich stehen, bestaunte die Leuchtkraft und das Panorama, das sich mir darbot. Das Blau unseres Pools liebte ich in den Abendstunden besonders. Dazu der Park mit seinen Bäumen und der kleine See. Wie schön das alles gepflegt und mit viel Liebe angelegt worden war. Ich liebte unser Zuhause. Es mit Tom zu verlassen, war einst mein Traum gewesen, doch jetzt konnte ich mir nichts anderes mehr vorstellen, als den Frieden, den es ausstrahlte, zu bewahren.

Meine Haut meldete keine Taluris, sodass ich mich auf den Weg ins C.O.B. machte. Ich joggte, nahm dabei einen kleinen Umweg um den See, damit ich schon warm gelaufen war, wenn ich mit meinen Übungen in der Halle begann. Nach einer halben Stunde, die ich mit Dehnübungen verbracht hatte, ging ich in die kleine Waffenkammer, die ursprünglich mal ein Aufbewahrungsraum für Putzmittel und Werkzeug war. Seit Mr. Chang uns trainierte, hatte er selbst diesen kleinen Raum ausgeräumt, um seine persönlichen Trainingswaffen und Trainingsutensilien, verschiedene Schwerter, kleine Wurfsterne und Kampfstäbe, darin aufzubewahren.

Der Kampf mit dem Schwert war schon immer eine meiner Schwächen und ich verstand nicht, warum Mr. Chang mich nicht mehr darin unterrichtete. Vielleicht dachte er, dass ich dies nicht brauchen würde. Anfangs durften Amy und ich mit Pfeil und Bogen üben. Das hatte uns Spaß gemacht. Zwei Tage lang durften wir es ausprobieren. Doch Mr. Chang zog die Selbstverteidigung, verschiedene Schläge und Griffe und körperliche Ausdauer vor. Vor allem die Ausdauer! Für heute beschloss ich allerdings, meine Kondition mit Tanz zu meiner Lieblingsmusik weiter auszubauen. Vielleicht würde ich gegen Ende noch ein wenig mit dem Schwert üben, nahm es mit und legte es auf den kleinen Tisch neben der Tür. Ich konzentrierte mich auf meine Choreografie und rief sie mir ins Gedächtnis. Die Bewegungsabläufe wiederholte ich so lange, übte an meinem Stil, bis ich zufrieden mit dem Ergebnis war. Ich war so vertieft, dass ich das beginnende Brennen erst nicht wahrnahm. Als sich die kleinen Flammen auf meinen Armen und meinem Gesicht ausbreiteten, fuhr ich erschrocken herum.

Er musste hier sein. Sofort verkrampfte ich mich, ich konnte ihn nirgends in der Halle entdecken. Ich nahm meinen ganzen Mut, und riss mich zusammen.

»Ich weiß, dass du hier bist. Zeig dich!«, rief ich und ein Echo ertönte in der Halle. Erst jetzt bemerkte ich seine dunkle Gestalt am anderen Ende der Halle, als er durch die Hintertür hereinkam. Wie immer völlig in Schwarz gekleidet, stand er mit hoch erhobenen Händen da und sah mich grinsend an.

»Erwischt!«

»Bist du verrückt? Wenn dich jemand sieht! Wie bist du überhaupt auf das Grundstück gekommen?«, entfuhr es mir

und ängstlich sah ich zur Umkleide. Wenn Amy jetzt käme, wäre das eine Katastrophe.
Sein Grinsen wurde noch breiter und gab seine tadellosen, weißen Zähne frei. »Keine Sorge, niemand ahnt etwas.«
Meine Haut brannte und mein Blick wanderte zur Hallenwand, wo ich meine Kapuzenjacke hingeworfen hatte. Kurz entschlossen zog ich mir die Jacke über. Es war mir unheimlich, wenn er sehen konnte, was mit mir geschah, wenn er in meiner Nähe war. Wobei ich mir sicher war, dass er meine Ornamente schon entdeckt hatte.
Luca blieb auf der anderen Seite des C.O.B, lehnte an der Wand und verschränkte seine Arme. Erleichtert stellte ich an seiner Haltung fest, dass er entspannt war, nicht vorhatte, seinen versprochenen Waffenstillstand zu brechen. Nichts hatte sich seit unserem letzten Gespräch geändert. Oder etwa doch?
Gerade zog ich den Reißverschluss meiner Jacke hoch, als er verschlagen grinste. »Ist dir etwa kalt?«
Natürlich war mir nicht kalt und er wusste das genau. Ich schwitzte, um ehrlich zu sein. Am Handtuch trocknete ich meine Stirn und gab ihm keine Antwort.
»Habe ich dich etwa beim Training gestört?«
»Ja, das hast du!«, erwiderte ich, warf das Handtuch in die Ecke und sah ihn erwartungsvoll an. Sein Blick wanderte von mir, hinüber zum Tisch.
»Übst du etwa mit dem Ding da?« Verwirrt, was er meinte, sah ich auf das Schwert, das auf dem Tisch lag. Deutlich hörte ich den Spott in seiner Stimme heraus.
»Und wenn schon, außerdem ist das Ding, wie du es nennst, besser als gar nichts, oder?«, gab ich schnippisch zurück. Mist! Es kränkte mich, wenn er mich auslachte.
»Könntest du bitte das Ding da weglegen?«, bat er. Stimmt

ja, er wollte keine Waffen bei unseren Treffen.
»Mit welchen Waffen trainierst du denn?«, fragte ich, während ich das Schwert wieder in Mr. Changs Kammer zurücklegte.
»Wir haben richtige Waffen, die scharf sind und mit denen man sich ganz leicht verletzen kann. Nicht solches Kinderspielzeug«, gab er arrogant von sich, verzog dabei abwertend den Mund. Doch nur kurz, dann war sein Grinsen wieder da. »Wie lange trainierst du schon, Amy?«
Jedes Mal, wenn er mich mit dem Namen meiner Schwester ansprach, fühlte ich Erleichterung, doch auch das leise Ziehen nagte an mir, da ich noch nie gehört hatte, wie sich mein Name aus seinem Mund anhörte. Mein Gott! Was dachte ich da schon wieder? Versuchte er mich einzulullen? Vielleicht hatte Amy recht und er versuchte nur, mein Vertrauen zu erschleichen. Um mich abzulenken, wandte ich mich kurz von ihm ab und nahm meine Wasserflasche.
»Ich weiß nicht, vielleicht ein paar Stunden? Wie hast du es geschafft, unbemerkt hier herzukommen?«
Trotz dem unsagbar schönen Gefühl, dass er sich in die Höhle des Löwen getraut hatte, um mich zu sehen, wusste ich, dass es ein Kinderspiel für die Taluris sein würde, uns anzugreifen.
»Ich kenne dein kleines Geheimnis von dem unbewachten Mauerstück, aber keine Sorge, ich werde dich nicht verraten.«
Ich presste meine Lippen aufeinander und nickte, um es nicht abzustreiten. Er wusste es und damit musste ich nun klarkommen. Falls er und sein Kumpel Matteo zu meiner Schwester wollten, würden sie über die Mauer kommen. Wie konnte ich nur so dumm sein? Genau so hatte er auch

das letzte Mal das Funkgerät für mich deponiert und es wahrscheinlich auch entnommen. Es wurde immer klarer, Amy musste fliehen, je schneller, desto besser.
»Mach dir keine Gedanken. Ich habe dir versprochen, ich werde dir nichts tun. Weißt du noch, was ich dir bei unserem letzten Treffen erzählt habe?«
Meine Zunge wog schwer, als ich erkannte, dass die Taluris hier ein und aus gehen konnten, wie sie wollten. Wahrscheinlich kannte er sich mittlerweile hier genauso gut aus wie ich. Der Verdacht wurde in mir lauter, dass er ein Spiel mit mir spielte und er womöglich wusste, dass ich ihn belog.
Ich nickte, da ich im Augenblick nicht fähig war, zu sprechen. Leise kroch Angst in mir hoch.
»In den letzten Tagen habe ich viel über dich nachgedacht.«
Er dachte über mich nach? Ich musste mir eingestehen, dass auch meine Gedanken viel mit ihm zu tun hatten. Endlich fand meine Stimme wieder Kraft.
»So? Und zu welchem Ergebnis bist du gekommen?« Er stieß sich von der Wand ab und lief einige Meter hin und her, ohne dabei den Abstand zwischen uns zu schmälern.
»Da gibt es einiges. Nach wie vor kann ich mich dir nicht nähern, ohne dir wehtun zu wollen.« Er blieb stehen und wehrte meinen unausgesprochenen Protest mit einer Handbewegung ab.
»Keine Sorge, du kannst mir vertrauen.«
»So? Kann ich das?«
Er sah mich eine Weile an und ich spürte regelrecht, wie mein Widerstand langsam unter seinem Blick dahinschmolz.
»Ja, Amy. Merkwürdigerweise kannst du das. Ich weiß

zwar nicht, wie lange, aber für den Augenblick bist du sicher.« Er sagte das so ernst und gleichzeitig so sanft, dass ich ihm glauben musste. Jeglicher Verdacht, auf eine Masche von ihm herein zu fallen, schwand. Es klang so ehrlich und absolut freundschaftlich, dass ich fast der Versuchung erlag, nicht das in ihm zu sehen, was er tatsächlich war. Ein Mörder, ein Monster. Ich verstand überhaupt nichts mehr. Ein beauftragter Killersoldat, der plötzlich Gefühle entwickelte, wo - nach seiner Aussage - keine sein sollten?
»Erzähl mir mehr von dir! Was tust du den ganzen Tag über?«
»Warum willst du das wissen?«
»Kannst du dir das nicht denken? … Ich will herausfinden, warum du so anders bist. Du tust genau die Dinge, die eine Illustris nie tun würde.«
»So? Was tue ich?«, wollte ich ehrlich neugierig wissen. Mir war nicht bewusst, dass es etwas gab, das typisch für eine Illustris war.
»Du passt irgendwie nicht in das Schema. Alle Illustris sind normalerweise nicht gerade gesellig - und freundlich schon gar nicht. Sie haben nicht viele Freunde, sind eigenbrötlerisch und außerdem sehr reizbar. Sie sind angriffslustig und überaus gefährlich.«
Ich lachte laut auf, als ich mir meine Schwester mit diesen Eigenschaften vorstellte. Obwohl ich zugeben musste, dass einige Punkte auf sie schon zutrafen, doch so gefährlich und eigenbrötlerisch war sie nicht. Sie wollte zwar stets mit dem Kopf durch die Wand, dennoch schafften wir es meistens, sie mit gutem Zureden wieder auf den richtigen Weg zu bringen.
»Du lachst jetzt, aber die meisten Illustris sind richtige

kleine Psychopathen.«
»Sagt wer?«, platzte ich mit der Frage heraus und sofort war sein Grinsen verschwunden. Sein Blick wurde finster und verursachte mir eine Gänsehaut. Seine Augen bekamen diesen dunklen Glanz.
»Erzähl mir lieber, welche Rolle Tom Persky in deinem Leben spielt.« Jetzt war mir das Lachen vergangen und erschrocken wich ich einen Schritt zurück. Was hatte Tom mit der ganzen Sache zu tun? Eigentlich war ich davon ausgegangen, dass die Taluris sich hauptsächlich auf die Illustris konzentrierten. War Tom damit in Gefahr?
»Woher … Wieso weißt du von ihm?«, stotterte ich.
Sein Ausdruck um seine Mundwinkel wurde hart. »Das spielt keine Rolle. Und? Bist du mit ihm zusammen?«, forderte er mich auf. Hörte ich in seiner Stimme etwa Eifersucht heraus?
»Glaubst du wirklich, ich würde dir etwas von ihm erzählen? Ausgerechnet dem Mann, der mich töten wird?«, fauchte ich.
Er starrte mich an. »Du hast Angst um ihn«, stellte er fest und sprach mehr mit sich selbst, als mit mir. Eine Pause entstand und krampfhaft versuchte ich ihn vom Thema abzulenken.
»Wirst du dein »Problem« wieder in den Griff bekommen?« Eine Gänsehaut fuhr mir den Rücken hinunter, als ich seinem Blick begegnete. Die Stille, die im C.O.B eintrat, war gespenstisch.
»Heute nicht. Ich bin gekommen, um dir zu sagen, dass ich zurückmuss. Noch in dieser Stunde.«
Was hatte das zu bedeuten? Er ging und würde nicht mehr wiederkehren? Waren wir damit aus der Gefahrenzone?
»Meine Brüder und ich wurden zurückgerufen, aber ich

werde höchstwahrscheinlich wiederkommen«, sagte er trocken. »Wenn du fliehen willst, dann wäre jetzt ein guter Zeitpunkt. Ich kann dir keine Garantie geben, dass, wenn ich wiederkomme, noch alles so sein wird, wie es jetzt ist. Verstehst du?« Unruhig lief er wieder einige Schritte an der Wand entlang.
Wenn er zurückkäme, könnte es sein, dass seine Gefühle wieder ausgeschaltet waren und er dann seinen Job ausführen würde. Damit schenkte er mir einen Vorsprung.
»Warum tust du das?«, fragte ich ihn. Er blieb stehen.
»Weil ich jetzt noch etwas fühlen kann, Mea Suna.«
Für einen Moment war ich sprachlos. Er kam hierher, um mich zu warnen, gab mir die Chance zu verschwinden. Er war wohl doch nicht so böse, wie ich dachte. Dazu sprach er mich mit diesem Namen an. Er klang warm und sinnlich, wenn er ihn aussprach.
»Mea Suna? Du nennst mich schon eine ganze Weile so. Was bedeutet das?«
Er lächelte. »Mea Suna heißt meine Sonne.«
Ich kräuselte fragend meine Stirn. »Meine Sonne?«
»Ja, … deine Strahlen sind so hell und warm, eben wie die der Sonne. Mea Suna. … Ich kann mich an dir verbrennen. Komme ich dir zu nahe, wird die Hitze unerträglich. Und, …«, er brach seine Ausführungen ab.
Fasziniert und selbstvergessen hing ich an seinen Lippen. Dieser Vergleich gefiel mir, ließ es in meinem Bauch kitzeln.
»Und? Sprich weiter«, bat ich ihn. Er schien kurz darüber nachzudenken. »Das erste Gefühl, das ich empfand, war Wärme. Es geschah, als ich dich das erste Mal sah«, erklärte er und augenblicklich fing mein Herz zu rasen an. Es gefiel mir, sehr sogar. Ich war seine Sonne! Wie

ungewöhnlich und gleichzeitig schmeichelhaft.
»Ich fühle etwas in deiner Gegenwart. Das macht mich nervös. Es … fühlt sich gut an, aber andererseits macht es mir … Angst«, gestand er.
»Angst?«
Unruhig fuhr er sich durchs Haar und vermied es, mich anzusehen. Er schien unsicher und verwirrt und kurz befürchtete ich, er würde nicht weiter sprechen. Dabei sog ich seine Worte wie ein Schwamm regelrecht auf.
»Ja, Angst! Ich werde schwach in deiner Nähe. Und das gefällt mir nicht. Ich darf niemals schwach werden. Ich bin ein Taluri und wir Taluris zeigen niemals Schwäche.«
Aus seinem letzten Satz hörte ich so etwas wie Verachtung heraus, doch es klang nach ihm und dem Gesetz, nach dem er zu leben hatte. Er klang verzweifelt und gleichzeitig enthusiastisch.
»Ich fühle das nur bei dir. Es geht so weit, dass ich sogar von dir träume und ich ständig in deiner Nähe sein will. Ich kann mir das alles nicht erklären. Bei keiner Illustris vor dir ist es mir je so ergangen.«
Das Kribbeln, das er mit seinen Worten in mir auslöste, nahm mich völlig ein und ich fühlte mich zu ihm hingezogen. Er gefiel mir. Er war ein Taluri, gefährlich, stark und geheimnisvoll. Und obwohl mir klar war, dass er meine Schwester töten will, war ich fasziniert von ihm. Hinzu kam, dass er auch noch fantastisch aussah, was meinen Verstand lähmte. Nach allem, was ich von ihm wusste, sollte ich Angst vor ihm haben und schreiend davonrennen. Doch eigentlich trauerte ich sogar um die Tatsache, dass ich mich ihm nie würde nähern können.
»Ich wollte dir das sagen, bevor ich gehe.«
Ich nickte stumm und schweigend sahen wir uns

abschätzend an. Mein Herz klopfte laut und am liebsten wäre ich näher zu ihm gelaufen, doch das durfte ich nicht. Sein Blick war finster, fast Angst einflößend. Vielleicht ärgerte er sich über sein Geständnis. Oder dachte er, ich würde ihn für seine Ehrlichkeit auslachen? Er offenbarte mir seine Schwachstelle. Er vertraute sie mir an. Warum tat er das, wenn nicht aus Zuneigung?
»Du magst mich wirklich«, erkannte ich flüsternd.
Zaghaft wurde sein Blick sanfter, ein zartes Lächeln erschien auf seinen Lippen und er nickte leicht.
»Jetzt noch, Mea Suna.«
Wir sahen uns lange an. Sein Blick war intensiv und ich konnte Sehnsucht darin erkennen. Auch wenn einige Meter zwischen uns standen, verursachten seine Worte und seine melodische Stimme ein Ziehen in meiner Brust. So gern hätte ich die undurchsichtige Mauer zwischen uns eingerissen. Er würde fortgehen und als Monster wiederkommen. Es wäre besser, wenn ich ihn vergaß. Sein Lächeln und seine braunen Augen würde ich nicht vergessen. Kurz schloss er sie und verschwand so leise, wie er gekommen war.

Luca war fort. So durcheinander wie ich war, setzte ich mich auf den Boden und trank meine Wasserflasche aus. Ich wollte nicht, dass er ging und doch war seine Information unsere Chance, die wir jetzt ergreifen mussten, um endgültig zu fliehen. Ich fühlte mich allein. Sehnsüchtig sah ich zum Hinterausgang und hoffte, er würde wiederkommen. Würde ich ihn je wiedersehen? Natürlich würde ich das, doch dann wäre er nicht mehr er selbst. Er war kein Monster, zumindest nicht in diesem Augenblick. Vielmehr würde er wieder der Mörder sein,

wenn er zurückkam. Er gab mir die Chance, abzuhauen. Und genau das sollte ich nun nutzen. Ich verbot mir sämtliche Gefühlsduseleien, verdrängte meine Gefühle und beschloss, ihm nicht mehr länger nachzutrauern, auch wenn ich es doch im Grunde meines Herzens tat. Egal, wie sehr er mich irritierte. Meine sentimentalen Gefühle hatten hier nichts verloren. Er war ein Taluri und er war mein Feind.
Wenn die beiden Taluris abgezogen wurden, war es die Gelegenheit, zu verschwinden, ohne Spuren zu hinterlassen. Ich stand auf und beschloss, endlich Mr. Chang auf meine Seite zu ziehen. Nur er konnte auf Onkel Finley genug Druck ausüben, dass er mit Amy von hier verschwand, während Mr. Chang und ich die Taluris verwirrten. Als ich das Licht in der Halle gelöscht und die Tür hinter mir zugezogen hatte, lief ich den Kiesweg entlang, vorbei an unserem Tennisplatz. Links zwischen den Bäumen konnte ich von Weitem erkennen, dass in Mr. Changs kleinem Gästehaus noch Licht brannte. Es war zwar noch nicht spät, aber ich wusste, dass er sich immer früh schlafen legte. Es war sogar eher ungewöhnlich, dass er heute noch auf war. Das Gästehaus, das er seit ein paar Monaten bewohnte, war nicht sehr groß, aber es war modern und komfortabel eingerichtet. Mr. Chang schimpfte oft über den neumodischen Kram, den vor allem Amy ständig mit sich herumtrug. Handy, I-Pod oder Tablet-PC - davon hielt er nicht viel. Er war ein Mann, der die Natur als den größten Besitz der Menschheit betrachtete. Für mich gab er das typische Bild eines Japaners ab, der seine Kultur und Bräuche liebte. Als ich den kleinen Weg zu seinem Haus entlang lief, wurden meine Schritte langsamer. Ich war erstaunt, als ich sah,

dass seine Haustür halb offen stand.
»Mr. Chang?«, rief ich ihn und trat die drei Stufen hinauf. Jetzt stand ich direkt vor seiner Tür und spähte hinein. Niemand war zu sehen, ich hörte keine Geräusche. Merkwürdig! Ich sah mich noch einmal in der Dunkelheit nach ihm um, bevor ich ein zweites Mal nach ihm rief.
»Mr. Chang? Ich bin es, Jade.«
Vorsichtig öffnete ich die Eingangstür, um mehr sehen zu können. Das Haus besaß keinen Flur, so dass ich mitten im Wohnbereich stand. Überall brannte Licht. Rechts war die Treppe, die in die beiden oberen Schlafräume und das Badezimmer führten.
»Mr. Chang? Sind Sie da?« Ich schlich weiter hinein und sah mich um. Die Küche war sehr sauber. Auf dem großen Küchentisch entdeckte ich eine Teekanne, einen Becher, eine Zeitung und einen Stift. Ich fasste Mut und lief zur Mitte der Wohnküche. Es gab hier keine Tür, nur einen Fadenvorhang, den ich beiseiteschob.
»Hallo?«, rief ich noch einmal fragend, doch wieder blieb alles still. Auch hier war er nicht. Das rote Sofa sah unbenutzt aus, sodass ich den Raum gleich wieder verließ. Ob er überhaupt jemals den Fernseher oder das Sofa benutzt hatte, bezweifelte ich. Plötzlich erschrak ich. An meinen Füßen fühlte ich etwas, das sich weich und sanft um meine Beine wand. Ein kleines, pechschwarzes Kätzchen mit vier weißen Pfötchen miaute mich leise an.
»Hallo, wer bist du denn?«, fragte ich und nahm es hoch. Ich wusste nicht, dass Mr. Chang eine Katze besaß. Ich kraulte sie kurz an ihrem Kopf, dann ließ ich sie wieder hinunter. Sie beschwerte sich und lief direkt in ein Körbchen, das ich erst jetzt neben dem großen Küchenschrank stehen sah. Meine Aufmerksamkeit wurde

von der Katze auf die Fotos gelenkt, die sich in der Glasvitrine befanden. Es waren anscheinend alte Aufnahmen. Die Menschen, die darauf abgebildet waren, waren mir fremd. Ich öffnete die rechte Tür und nahm ein Bild heraus, um es genauer betrachten zu können. Kurz sah ich mich um, da ich das Gefühl hatte, in Mr. Changs Privatsphäre einzudringen, doch meine Neugier war einfach größer. Drei kleine Kinder, ich schätzte ihr Alter auf etwa 5 bis 11 Jahre, lachten in die Kamera. Ich legte es wieder zurück und nahm ein weiteres. Es war das einzige Foto, das farbig war. Diesmal erkannte ich Mr. Chang. Er war zusammen mit ein paar Kindern abgebildet, die alle unterschiedlichen Alters waren. Mr. Chang selbst hatte noch keine weißen Haare und wirkte sehr viel jünger. Ein weiteres Foto zeigte ihn in jungen Jahren mit einer sehr hübschen Frau. War er verheiratet? Ich kannte ihn so gut wie überhaupt nicht. Ich wusste nicht einmal, ob er Familie hatte. Eigentlich sollte ich mich schämen. Da lebte ich mit einem Mann auf unserem Grundstück, den ich täglich sah und kannte keine Details aus seinem Privatleben.
Ich sah mir die anderen Bilder an. Schließlich machte ich den Schrank zu, als ich plötzlich jemanden hinter mir hörte.
»Was tust du hier?«
Erschrocken fuhr ich herum. Mr. Chang stand in der Eingangstür und starrte mich an.
»Oh, verzeihen Sie. Ich wollte hier nicht eindringen. Die Tür stand offen, ich habe geklopft, und als mir niemand öffnete, da ...«
»Bist du einfach eingetreten«, beendete er den Satz für mich. Beschämt senkte ich den Kopf.
»Es tut mir leid.«

Mr. Chang trat herein und schloss von innen die Tür. Er lief zur Küche und schaltete den Wasserkocher ein.
»Möchtest du auch einen Tee?«, fragte er völlig ruhig und gelassen. Leise und peinlich berührt, dass er mich ertappt hatte, trat ich näher. Eine Weile sah ich ihm zu, wie er zwei Tassen aus einem Küchenschrank nahm und das Wasser in eine Kanne leerte. Wir sprachen nicht. Es war ein seltsames Gefühl, bei ihm in der Küche zu sitzen, er war mir so vertraut und doch so fremd. Er setzte sich zu mir an den Tisch und stellte die Tasse mit dem dampfenden Tee vor mich.
»Pass auf und verbrühe dich nicht. Der Tee ist noch sehr heiß.«
Ich nahm einen winzigen Schluck.
»Warum bist du hergekommen?«, fragte er mich ohne Umschweife. Zuerst sah ich ihn an, doch dann senkte ich meinen Blick und sortierte meine Gedanken. Ich hatte so viele Fragen und nur wenige Antworten in meinem Kopf.
»Ich wollte Sie sprechen«, begann ich vorsichtig. »Ich frage mich, wie ...« Er unterbrach mich, indem er seine Hand hob, was mich sofort zum Schweigen brachte.
»Ich kann verstehen, dass du noch einiges wissen willst, aber ich weiß nicht, inwieweit ich dir antworten darf. Ich will deinem Onkel nicht vorgreifen. Verstehst du?«
Nickend nahm ich einen weiteren Schluck.
»Wer sind diese Kinder und die junge Frau auf den Bildern?«, platzte es aus mir heraus. Mein Blick wanderte zur Vitrine. Er brauchte ein paar Sekunden, bis er mir antworten konnte.
»Das sind alte Erinnerungen aus einer anderen Zeit«, erzählte er gedankenvoll und diesmal sah ich, wie sich seine Gesichtszüge veränderten. Ein Schleier legte sich um

seine Augen. Ich hoffte, nicht allzu schmerzliche Erinnerungen in ihm wachgerufen zu haben. »Ich war verheiratet mit ihr. Sie starb und unsere Tochter mit ihr.«
»Oh, das tut mir leid«, brachte ich hervor. Jetzt verstand ich auch die Traurigkeit, die er ausstrahlte. Jedoch wollte ich nicht näher darauf eingehen. Als die Pause zwischen uns unerträglich wurde und er offensichtlich in Gedanken immer noch bei seiner Frau war, nahm ich meinen ganzen Mut zusammen.
»Würden Sie mir helfen, meinen Onkel dazu zu überreden, mit Amy zu fliehen?«
Sofort war seine Aufmerksamkeit wieder bei mir und er sah mich erstaunt an.
»Wenn er mit Amy geht, dann haben sie eine reelle Chance, den Taluris zu entkommen. Ich könnte sie mit Ihrer Unterstützung ablenken. Wir könnten so tun, als wäre ich ihr gesuchtes Opfer. Bis dahin wäre Amy in Sicherheit.«
Lange sah er mich an, bis er schließlich einen Schluck seines Tees nahm.
»Ich weiß, was ich da sage, aber es wäre doch möglich, dass mein Plan funktionieren könnte, oder nicht?«
Er nahm einen weiteren Schluck und grinste kopfschüttelnd.
Was war so witzig? Wahrscheinlich nahm er mich nicht ernst.
»Mr. Chang, ich meine das wirklich ernst. Es geht hier um das Leben meiner Schwester und ich bin mir sehr wohl bewusst, dass ich dabei sterben könnte und gerade deshalb brauche ich Ihre Hilfe.«
Sein Lächeln erstarb und jetzt sah er mich vollkommen verdutzt an.

»Du bist verrückt, Mädchen!«
»Wieso? Sie selbst haben gesagt, dass es wichtig ist, dass sie überlebt. Ich könnte es nicht ertragen, wenn ihr etwas zustoßen würde, daher sehe ich das als die einzige Möglichkeit«, brachte ich hervor.
»Jade, deine Liebe zu deiner Schwester ehrt dich, doch ... ich kenne dein Geheimnis.«
Weit riss ich meine Augen auf und sah ihn erstaunt an. Woher wusste er es? Wodurch hatte ich mich verraten?
»Keine Angst, ich werde es niemandem sagen. Doch es wundert mich, dass dein Onkel noch nicht selbst darauf gekommen ist.«
Ich verstand nicht genau, was er meinte. Wusste er, dass auch aus mir die Farben meiner Aura strahlten? Oder, dass sich diese seltsamen Zeichen auf meiner Haut bildeten, oder dass meine Wunden innerhalb weniger Stunden heilten? Welche der Verrücktheiten meinte er genau?
»Was meinen Sie?«, flüsterte ich.
»Du brauchst keine Angst zu haben, eigentlich hätte Mr. Lewis selbst darauf kommen können, da ihr Zwillinge seid. Es ist naheliegend, dass du auch in der Lage bist, die Farben zu sehen.«
Erleichtert ließ ich mich gegen die Stuhllehne fallen. Mr. Chang kannte nur dieses Geheimnis. Und das war auch gut so.
»Habe ich recht?«, bohrte er weiter. Nickend bestätigte ich seine Frage und es war noch nicht einmal eine Lüge.
»Aber woher wissen Sie das?«
Unser ganzes Leben konnten Amy und ich es für uns behalten. Nie war uns jemand auf die Schliche gekommen. Obwohl meine Schwester es Onkel Finley schon früher einmal verraten hatte, konnte ich mich nicht erinnern, dass

er mich je etwas in diese Richtung gefragt hatte oder sich sonst irgendetwas hatte anmerken lassen. Und Mr. Chang hatte nur wenige Monate gebraucht, um es herauszufinden? Er antwortete nicht, grinste stattdessen. »Noch etwas Tee?«
Ich hatte das Gefühl, dass er mich nach wie vor nicht ernst nahm, deshalb startete ich einen weiteren Versuch.
»Bitte, Mr. Chang, Sie müssen mir helfen. Meine Schwester muss mit Onkel Finley von hier verschwinden.« Ich lehnte mich ein Stück über den Tisch und sah ihn bittend an.
»Das ist reiner Selbstmord, Jade. Du kannst nicht hier bleiben und dich den Taluris in den Weg stellen. Sie würden dich sofort zermalmen. Sowieso ändert die Tatsache, dass du ebenfalls eine Illustris bist, alles«, meinte er. Er verschränkte die Arme und schüttelte nachdenklich den Kopf. »Jade, du willst dein Leben für deine Schwester opfern, das kann ich nicht zulassen«, versuchte er, mich zur Vernunft zu bringen.
»Und wenn ich Ihnen sage, dass ich glaube, dass ich dazu bestimmt bin?«
Gerade wollte er etwas erwidern, sagte jedoch nichts und sah mich abschätzend an.
»Mr. Chang«, drang ich weiter in ihn, »seit ich denken kann, passe ich schon auf meine Schwester auf. Manchmal ist sie störrisch wie ein Esel, aber ich weiß, dass sie lieber gestern als heute gegangen wäre. Ich bin bereit, mein Leben für sie zu opfern. Ich fühle mich stark genug, die Taluris aufzuhalten, zumindest für eine Weile.«
»Was macht dich da so sicher? Und wieso solltest du als Illustris dein Leben für deine Schwester lassen? In diesem Fall bist du für die Padre de Luz genauso viel wert wie Amy. Außerdem hast du keine Erfahrungen mit den Taluris

und noch nie hattest du eine Begegnung mit ihnen.«
Wieder musterte er mich.
»... Oder etwa doch?«
Seine Augen waren kleine Schlitze, die mich neugierig anstarrten.
Nein, nein, nein! In diese Richtung wollte ich dieses Gespräch nicht lenken. Die Gefahr, dass ich mich verraten würde, war zu groß. Ich senkte meinen Blick und suchte fieberhaft nach einer Lüge. Leider war ich darin nicht so talentiert. Zu allem Überfluss spürte ich, wie mir das Blut in die Wangen schoss. Die Hoffnung, dass er es nicht bemerken würde, schwand mit jeder Sekunde, die verstrich.
»Jade!«, rief er und machte große Augen. »Was verschweigst du?«
Ich hielt es nicht länger auf dem Stuhl aus und stand auf.
»Nichts!«, gab ich als Antwort, wusste aber sofort, als ich es ausgesprochen hatte, dass es wenig überzeugend klang. Um ihm die Sicht auf mein errötetes Gesicht zu nehmen, lief ich zu seinem Kätzchen.
»Ich will nur Ihre Hilfe.«
Er schwieg und sein Blick blieb auf mir haften, während ich das schnurrende Kätzchen streichelte.
»Bist du dir sicher, was das für dich bedeutet?« Er trat zu mir, während ich mich erhob und ihn ansah.
»Ja, ich weiß, dass es auch schiefgehen kann. Aber es ist eine Chance, egal ob ich eine Illustris bin oder nicht. Ich kann Amy vielleicht retten, umgekehrt wäre dies wohl kaum möglich.«
Ich versuchte, meiner Stimme einen starken und sicheren Ausdruck zu verleihen. Ich war mir jedoch nicht sicher, ob es funktionierte. Eine Weile erwiderte er nichts, bis er

schließlich anfing, zu nicken.
»Ich kann dir nichts versprechen, Jade. Ich weiß nicht, ob dein Onkel auf mich hören wird. Außerdem liebt er dich und ich kann mir nicht vorstellen, dass er jemals ohne dich von hier fortgehen würde«, gab er zu bedenken.
»Dann müssen Sie ihn überzeugen oder es mit einem Trick versuchen«, fiel mir spontan ein. Es war mehr ein laut ausgesprochener Gedanke, der mir jedoch, je länger ich darüber nachdachte, immer besser gefiel. Grinsend ging ich zum Tisch zurück, nahm meine Tasse und trank den Tee in einem Zug aus.
»Du bist ein sehr mutiges, junges Mädchen. Ich kenne kein Mädchen, das so viel geben würde, außer …«
»Außer ...?«, fragte ich.
Nachdenklich sah er mich an. »Nichts, Jade. Geh jetzt nach Hause, bevor dein Onkel sich Sorgen macht. Gute Nacht.«
»Gute Nacht, Mr. Chang.«
Ich konnte es nicht erwarten, bis ich Amy davon erzählen konnte. Luca hatte recht, jetzt wäre genau der richtige Zeitpunkt, um zu verschwinden.
Euphorisch betrat ich unser Schlafzimmer und war enttäuscht, als ich meine Schwester schlafend in ihrem Bett liegen sah. Ich rief sie zwei Mal leise, doch es blieb still in ihrer Ecke, ich konnte nur ihren gleichmäßigen Atem hören.
Na gut, dann würde ich es ihr gleich morgen früh erzählen, dann könnten wir auch Onkel Finley sagen, dass wir bereit waren, hier alles hinter uns zu lassen und Mr. Chang würde sein Übriges tun.
Meine Gedanken kreisten um Luca. Er war gekommen, um mich zu warnen und mir einen Tipp zu geben. Allein diese Tatsache verursachte ein Kribbeln in meinem Bauch.

Dieses neue Gefühl wandelte sich in Traurigkeit, weil ich wusste, dass wenn ich ihn das nächste Mal sehen würde, es auch das letzte Mal sein könnte. Das hatte er selbst gesagt und es klang wie eine Warnung. Er riet mir sogar, bis dorthin verschwunden zu sein. Damit schloss ich jedes romantische, zart aufkeimende Gefühl, das ich jemals für ihn empfunden hatte, tief in mir ein. Ich bündelte es und vergrub es in die hintersten Winkel meines Gedächtnisses. Was hatte ich von diesen neuen Emotionen? Wirre Gedankenstränge, die mich davon abbrachten, meinen Plan durchzuziehen.

Kapitel 18

Luca

Ich sollte jetzt gehen, wenn ich nicht entdeckt werden wollte. Es war nicht schwer gewesen, sich auf das Grundstück zu schleichen. Das war es meist nicht. In der Regel waren die Illustris leicht zu täuschen und zu manipulieren. Doch dieses Mal spürte ich den Drang, in ihrer Nähe sein zu wollen.
Bevor ich zurück nach Rom ging, wollte ich sie noch einmal sehen. Ihre Gegenwart brachte mich zwar durcheinander, aber gleichzeitig spürte ich diese unbeschreibliche Anziehungskraft, die mir sehr gefiel, die mir aber auch unheimlich Angst machte.
Sie war ohne Zweifel die schönste Illustris, die ich jemals gesehen hatte, dennoch wusste ich, dass es früher oder später soweit kommen würde und ich sie töten musste. Im Augenblick wollte ich nicht daran denken. Ganz instinktiv spürte ich, dass ich mit ihr das Geheimnis, das mich umgab, lösen konnte. Mit ihr und durch sie meinen inneren Dämon zwingen könnte, die Antwort preiszugeben.

Lange stand ich nicht in diesem merkwürdigen Schuppen, der mehr einer Spielwiese für sportliche und verspielte Jugendliche glich. Sie spürte mich, das wusste ich. Dennoch genoss ich jeden Augenblick, in dem ich sie beobachten konnte und sie frei und ungezwungen war. Sie tanzen zu sehen war faszinierend. Ihr Körper war überaus anmutig und gleichzeitig kraftvoll. Ihr braunes Haar fiel ihr ins Gesicht und bei der nächsten Bewegung blieben einzelne Strähnen an ihrem Gesicht kleben, was sie wild

und unbezähmbar aussehen ließ. Ihre Haut glänzte feucht durch den Schweiß, der durch ihre Poren kam. Mehr als einmal hatte ich mich gefragt, wie es sich wohl anfühlen würde, sie zu berühren, über ihren Hals zu streichen, ihren Atem zu schmecken und ihrer Aura so nahe zu sein. Ihre Brüste zeichneten sich zart unter ihrem Top ab, was meinen Herzschlag beschleunigte.
Anfangs verbot ich mir diese Gedanken, doch diese Gefühle, die sie in mir wachrief, verdrängten alle Regeln und Gesetze, die man mir eingebläut hatte.
Für einen Taluri war es absolut verboten, sich einer Illustris so zu nähern, wie ich es bereits tat. Falls Rom jemals herausfinden würde, welche Anziehungskraft diese wunderschöne Illustris auf mich ausübte, wäre ich meines Todes sicher.
Wir Taluris empfinden nichts, spüren keine Reue, uns plagt kein Gewissen. Doch seit ein paar Wochen war dies bei mir anders. Ich träumte fast jede Nacht von ihr. Höre ihre Rufe, ihre Schreie, fühle etwas, was ich lange nicht deuten konnte. Anfangs raubte es mir den Verstand, und ich tat alles, um meine Träume zu betäuben. Alkohol, Sex, hartes Training, all dies half nicht, um auch nur eine Nacht durchzuschlafen.
Mit niemandem durfte ich darüber sprechen, zu groß war die Gefahr, vor allem für Matteo. Daher machte ich es mit mir selbst aus, bis ich diesen Auftrag bekam, der alles noch viel schlimmer machte.
Sie war so anders, als man uns über die Illustris gelehrt hatte. Entsprach nicht dem, was ich bisher kannte. Sie waren dunkle Seelen, die den Menschen schadeten, die ihre und meine Seele vergifteten. So hatte man es uns gesagt. Oft hatte ich mich gefragt, ob sie meine Seele auch

vergiftet hatte.
Erstaunlicherweise fühlte es sich gut an. Es war zwar fremd und ungewöhnlich, aber auf eine Art und Weise wurden diese Emotionen stärker und der Drang, in ihrer Nähe zu sein, sie zu schützen oder sie lachen zu sehen, nahm zu. Mein Wunsch, sie wieder zu sehen, wurde mit jedem Treffen größer. Ich begehrte sie. Schon seit ich sie das erste Mal gesehen hatte, war mein Wunsch, ihrem Körper ganz nahe zu kommen, unersättlich gewesen. Nacht für Nacht lenkte ich meine Träume mit ihren Bildern ab. Ihre Augen sahen mich an. Fast verfluchte ich die Tatsache, dass sie eine Illustris war.

So leise und unauffällig, wie ich gekommen war, verließ ich das feindliche Lager. Sobald ich ihr nicht mehr nahe war, schien sich in mir fast alles wieder zu normalisieren. Nur die Erinnerung, diese seltsamen Emotionen gespürt zu haben, hallte noch in mir nach. Trotzdem veränderte sich etwas in mir mit jeder Begegnung, die ich mit ihr hatte. Ihre Bereitschaft, sich mit mir zu treffen, war genauso ungewöhnlich, wie dieses Herzklopfen, das ich spürte, wenn ich an sie dachte. Es war nur fair, ihr die Chance zu geben, während meines Aufenthalts in Rom, zu fliehen. Lange könnte ich sie nicht schützen und ich gestand mir ein, dass ich auch diese Illustris töten würde. Aufspüren konnte ich sie überall, egal, wo sie sich versteckte auf dieser Welt. Doch bis es soweit sein würde, hoffte ich, dass ich nicht verrückt wurde und ich bis dahin meine Probleme beseitigt hatte.
In wenigen Stunden würde ich in Rom sein, meiner Heimat. Lange hatte ich meine Brüder nicht gesehen und ich freute mich sehr auf sie. Die Liebe zu unseren Brüdern

ist die einzige Emotion, die wir spüren können. Wir fühlen uns gegenseitig verpflichtet, fühlen so etwas wie Familie. Zu keinem Menschen empfinden wir etwas, keine Liebe, keinen Hass, keine Freude aber auch keine Trauer. Mit der Hilfe der menschlichen Frau sind wir in der Lage, uns körperlich wahrzunehmen. Beim Sex können wir uns selbst empfinden. Dann spüren wir unsere Seele, unseren Geist und vor allem die Macht in uns. Daher ist unser Sexualtrieb recht ausgeprägt und wir verlangen regelmäßig danach.
Manchmal übertrieb es Matteo damit und ich musste ihn zurechtweisen, damit er unsere wesentliche Aufgabe nicht vergaß. Das letzte Mal hatte ihn sein Trieb fast das Leben gekostet. Und nun wusste keiner von uns, ob unsere Fehler entdeckt worden waren oder nicht.
Es war schon sehr ungewöhnlich, zurückfliegen zu müssen, bevor wir unseren Auftrag ausgeführt hatten. Ich konnte nur hoffen, dass Matteo mit seiner Motorradaktion nicht so viel Aufmerksamkeit erregt hatte und man uns nicht deshalb nach Rom rief.

Wir reisten getrennt. Das taten wir schon immer, wenn wir einen Auftrag hatten. Ich würde nach ihm in der Villa Ada ankommen, die bis zu meinem 16. Lebensjahr meine Heimat gewesen war. Damals hatte ich meine Ausbildung als bester in der Geschichte meines Hauses abgeschlossen. Ich war der Stärkste, Schnellste und Gerissenste, wenn es darum ging, meinen Lord und sein Haus zu beschützen. Meine Kindheit dort begann, als ich 4 Jahre alt war. An das Leben, das ich davor hatte, kann ich mich nicht mehr erinnern. Laut meinem Erschaffer hat er uns alle vor einem schlimmen Schicksal bewahrt, welches meist mit dem Tod

geendet hätte.
Abgeschottet und für die menschliche Öffentlichkeit nicht zugänglich, lag das Gelände in einem Wald im Osten von Rom. Wir wurden von verschiedenen Männern mit unterschiedlichen Fähigkeiten ausgebildet. Man lehrte uns zu lesen, schreiben und rechnen, doch die Ausbildung im Waffenwesen, Kampf und diversen Überlebensstrategien standen stets im Vordergrund.
Das Territorium, auf dem wir aufwuchsen, war äußerlich ein Hospiz. Im Gebäude lagen dem Tod geweihte Kinder, die unser Meister wieder zum Leben erweckte, während in den darunterliegenden Katakomben ein noch viel größerer und komplexerer Bau im Verborgenen lag. Die Kinder, welche zu uns hinab in die Katakomben kamen, wurden sorgfältig nach unterschiedlichen Kriterien von unserem Herrn ausgewählt. Wie er es schaffte, die todkranken Kinder dem Leben wieder näher zu bringen, wusste niemand von uns, außer der Lord. Wir Älteren kümmerten uns um die Jüngeren. Sie sollten von uns lernen, was es hieß, ein Taluri zu sein.
Matteo und ich waren schon immer Freunde. Die Sehnsucht nach Freiheit war für uns beide groß. Jahrelang wurden wir auf dieses Leben vorbereitet. Nach einer alles entscheidenden Prüfung bekamen wir das erste Mal unsere Aufträge und durften die Katakomben endlich verlassen. Unser bisheriges Leben bestand aus Training, Disziplin und Gehorsam, welches sich für Matteo hin und wieder als schwierig erwies. Er war stark, und er liebte die neue Freiheit, die uns nun geschenkt worden war, oftmals zu sehr.
Die Welt der Menschen war uns fremd. Sie lebten für den Spaß, den Fortschritt, den Profit. Unsere Aufgabe bestand

darin, alle 144 Illustris zu finden, um sie zu eliminieren. Sie hielten sich gut versteckt und manchmal war es nicht einfach, sie aufzuspüren.
Viele hatte ich getötet, was mir den Respekt und die Bewunderung meiner Brüder einbrachte. In den letzten Monaten hatte ich allerdings Probleme. Meine Tötungsrate war nicht mehr gestiegen, das hieß, die Eliminierung der letzten Illustris lag schon eine Weile zurück. Dazu kam, dass Bilder von Matteo zusammen mit einem bekannten Model durch die Presse gingen. Sofort wurde er nach Rom abgezogen. Ich begleitete ihn, da er genau wusste, was ihm blühte. Das Gremium hatte ihn bereits zum Tode verurteilt, da er sich an einige Gesetze nicht gehalten hatte. Sobald er einen Fuß in die Villa Ada gesetzt hatte, wurde er festgenommen. Zwei Tage hatte ich ihn nicht gesehen, man ließ mich nicht zu ihm. In dieser Zeit hatte ich mir das erste Mal kritische Gedanken über unsere Organisation gemacht, was jedoch mehr als gefährlich für mich war.
Als Taluri war es unsere Pflicht, unser Leben, Dasein und auch unsere Besonderheiten absolut geheim zu halten. Falls wir jemals einem Menschen die Wahrheit über uns verrieten, wäre das unser Todesurteil. Es gab nur wenige Menschen, die über unser Geheimnis Bescheid wussten und das waren unsere Feinde. So hatte Matteo im Alkoholrausch unsere Identität preisgegeben.
Resigniert nahmen meine Brüder das Urteil hin. Ich jedoch konnte mich damit nicht abfinden. Ich kannte Matteo, er war kein schlechter Kerl. Kaum, dass wir durch die Welt reisten, hatte er es lieben gelernt, sich die Zeit in den angesagten Clubs der jeweiligen Städte zu vertreiben. Er trank gern, was ihn leider noch mutiger werden ließ, als er in Wahrheit war. Der Alkohol bewirkte eine Coolness in

ihm, auf die die Mädchen reihenweise hereinfielen und er sie dann am liebsten alle nahm. Drinks, Frauen und Sex waren seine Hauptbeschäftigung, die ihn manchmal seinen Job vergessen ließen.
Der Rat hatte nach der Urteilsverkündung doch beschlossen, mich anzuhören. Matteos Fehler hatte ich beseitigt, alle Spuren, die zu uns führten, verwischt. Damit blieb unsere Identität gewahrt.
Nur aus diesem Grund gab man mir das Privileg, für meinen Bruder zu sprechen. Das war die einzige Ausnahme, die sie jemals gemacht hatten. Mein Lord hatte schließlich nachgegeben, doch nur unter der Voraussetzung, dass Matteo und ich unsere Tötungsrate erhöhten. Außerdem ließ er mich wissen, dass ich sein bester Taluri wäre. Die anderen betrachteten mich als ihr Vorbild, und damit das auch so bliebe, bekam ich den Auftrag, das Urteil zu vollstrecken. Es war meine Aufgabe, Matteo vor den Augen meiner Brüder zu töten, sollte er sich ein weiteres Mal nicht an unsere Gesetze halten. Dass ich sein tödlicher Schatten war, davon wusste er nichts und das war vorerst auch gut so.

Mit Verspätung betrat ich europäischen Boden. Ein Taxi brachte mich zur Villa Ada. Nochmals ging ich alle Daten durch, die durch Gavin nach Rom geschickt wurden. Mit Angst in den Knochen reiste Matteo einen Tag vor mir nach Rom. Sein Patzer - und für uns auch ungewöhnlicher Anschlag auf Amy, der vereitelt wurde - konnte uns beide in große Schwierigkeiten bringen.
Ich hatte allen Grund, nervös zu sein. Dass wir alle nach Rom zitiert wurden, war schon ungewöhnlich. Andre und Toni hatten mich kontaktiert, ob ich mehr wüsste, was ich

jedoch verneinen musste.

Die Villa Ada lag still hinter dem Gemäuer. Alt, jedoch sicher vor neugierigen Blicken, lag das Gebäude tief und abseits zwischen den Bäumen versteckt.
Es war schon spät, als ich den kleinen Weg entlang lief, direkt auf das stählerne Tor zu. Ich klingelte. Die Kamera fixierte mich und sogleich öffnete sich auch das Tor. Von Weitem sah ich schon das hell erleuchtete Haus. Ich durchschritt den mit üppigen Pflanzen angelegten Park. Direkt vor dem Haus befand sich der Spielplatz, der nur von wenigen Kindern genutzt wurde, da die meisten zu schwach und zu krank waren, um darauf zu spielen. Unterirdisch und streng geheim hatten wir hier auch unsere Kindheit verbracht. Versteckt zwischen dem Wald und der Einsamkeit wurden wir ausgebildet.
Das Gelände war alt, doch in Wirklichkeit glich es einem Hochsicherheitstrakt, dessen Sicherheitssystem unser Lord zu unserem Schutz hatte einbauen lassen.
Mit meiner Sporttasche, die ich locker über meine Schulter geschwungen hatte, stieg ich die Eingangsstufen empor. Was war der Grund für unser Treffen? Ich konnte nur spekulieren. Seit meiner Prüfung war es noch nie vorgekommen, dass man uns alle zwölf von unseren Aufträgen abzog und hier her nach Hause zitierte.
Gleich rechts, neben der Tür, sah ich in die Kamera und ganz automatisch öffnete sich die Tür und schloss sich sofort wieder hinter mir.
Rechts befand sich die obligatorische Anmeldung, die in Wahrheit, nichts anderes als ein Überwachungsraum war. Ein zentraler Punkt, der alles auf dem Grundstück und im Haus überwachte. Hinter einer dicken Glasscheibe saß Gio,

unser Mann, der dafür sorgte, dass niemand das Haus betrat, der nicht zu uns gehörte. Wie immer sah er grimmig auf und begrüßte mich lediglich mit einem Nicken.
Ich tat es ihm gleich und lief weiter bis zum Aufzug. Eine große breite Steintreppe führte in die beiden oberen Stockwerke. Das Weiß der Wände wirkte steril und sauber, so wie ich es seit meiner Kindheit kannte. Ich betätigte den Knopf und wartete auf den Lift.
»Hey Luca!«, flüsterte eine kindliche Stimme.
Ich sah mich um, konnte aber niemanden entdecken.
»Pst …, hier!«, rief die Stimme leise ein weiteres Mal.
Nicht weit vom Aufzug, in einer kleinen Nische, entdeckte ich im Licht der Neonröhren einen kleinen roten Lockenkopf, der sich sofort, als er nach mir gerufen hatte, gegen die Wand drückte, um nicht von Gio entdeckt zu werden.
Vorsichtig trat ich einen Schritt in seine Richtung, sah mich jedoch schnell nach Gio um, der nichts bemerkt zu haben schien. Er saß hinter seiner Glasscheibe und war ins italienische Fernsehprogramm vertieft.
Die rötlichen Locken gehörten Pepe Gambino. Als ich vor ein paar Monaten das letzte Mal hier gewesen war, war er gerade von seiner tödlichen Krankheit geheilt worden.
Unser Lord hatte ihn gerettet und von da an war er auf dem guten Weg, eines Tages ein Taluri zu werden.
Er stand in der Nische und grinste mich frech an. Er war ein ganzes Stück gewachsen, seit ich ihn das letzte Mal gesehen hatte. Seine roten Locken hingen ihm vereinzelt ins Gesicht. Er hatte braune Augen und in seinem Gesicht waren eine Menge Sommersprossen. Eine große Zahnlücke lachte mir entgegen.
»Pepe, was tust du hier oben?«, fragte ich leise, in der

Hoffnung, Gio würde nicht aufmerksam auf uns werden.
Der Junge grinste verschämt und nestelte nervös mit seinen Händen an seinem schwarzen T-Shirt.
»Ich habe auf dich gewartet«, stammelte er.
Genau in diesem Augenblick öffnete sich die Aufzugstür. Um die Aufmerksamkeit nicht auf mich zu lenken, sollte ich ihn schnellstmöglich betreten. Dennoch konnte ich den Jungen nicht einfach hier stehen lassen. Kurz spähte ich zu dem Angestellten. Da schnappte ich den kleinen Kerl an seinem Arm und zog ihn vor mir in die Aufzugskabine. Um die Sicht auf den Jungen zu schmälern, hielt ich meine Sporttasche hochkant und verdeckte damit einen Großteil seiner Gestalt. Ich richtete meine Augen auf das Lasergerät, welches meine Iris abscannte. Nach einem Signalton setzte sich der Aufzug endlich in Bewegung.
Ich spürte, wie die Anspannung von dem Lockenkopf abfiel und er setzte sich auf den Boden. Finster sah ich ihn an. Er wusste genau, dass ich über seinen Leichtsinn verärgert war. Er musste doch wissen, dass es ihm verboten war, sich außerhalb der schützenden Katakomben aufzuhalten.
»Kannst du mir erklären, was du da oben zu suchen hattest?«, wollte ich von ihm wissen.
Er erhob sich und ließ den Kopf verschämt hängen.
»Ich wollte auf dich warten, Luca. Du warst so lange nicht mehr da und ...«, stammelte er leise.
Mein Ärger verflog, als ich sein Gesicht sah. Er war einsam.
»Warum bist du nicht bei den anderen?«
Er zuckte mit den Schultern.
»Sie warten schon alle auf dich, aber ich wollte dich unbedingt sehen.« Die Unsicherheit in seiner Stimme

besänftigte mich vollends.
»Du weißt, dass ich dich melden müsste?«, belehrte ich ihn.
Weit riss er seine Augen auf. »Aber das würdest du nicht tun, oder?« Er biss sich auf seine Unterlippe und wartete gespannt auf meine Antwort.
Ich konnte ja verstehen, wie es ihm unten ging. Alles würde sich ändern ab dem Tag, ab dem er ein Taluri war.
»Wieso wartest du auch mich?«
Wir wurden durch das Stoppen des Aufzuges unterbrochen. Pepe trat ängstlich hinter mich, als sich die Aufzugstüren öffneten. Vorsichtig spähte ich in den Flur, der lang und im Halbdunkel vor uns lag. Alles war still und niemand war zu sehen.
»Die Luft ist rein und du bist sicher«, sagte ich, während er hinter mir hervortrat und sich der Aufzug geräuschvoll schloss. Zuerst rang er mit sich und ich hatte den Eindruck, er wollte nicht sagen, was sein Problem war.
»Aber du bist nicht sicher«, flüsterte er.
»Wie meinst du das?«
»Ich muss dich dringend sprechen, aber nicht hier. Ich muss dir was zeigen und das darf niemand wissen«, flüsterte er weiter.
»Jetzt? Du hast selbst gesagt, dass sie alle auf mich warten«, erwiderte ich ihm, was er sofort enttäuscht aufnahm. Doch dann grinste er mich frech an, sodass seine Zahnlücke wieder zum Vorschein kam. »Es darf niemand wissen, dass ich dir dieses Geheimnis erzähle.«
Noch ein Geheimnis? Es war schon schwer, die vielen anderen Geheimnisse unentdeckt zu halten. Doch was konnte so ein kleiner Junge schon für Heimlichkeiten haben?

»In Ordnung, es bleibt zwischen dir und mir«, sagte ich und sofort strahlte er über das ganze Gesicht.
Ich spürte eine kleine Gefühlsregung, als ich sein Gesicht sah und unterdrückte diese sofort.
»Ich gehe jetzt. Man sollte seine Herren nie warten lassen«, erklärte ich ihm.
»Dann sehen wir uns später. Aber Luca, vergiss mich bitte nicht«, bat er. »Es ist wirklich wichtig.«
Ich lachte. »Wie könnte ich dich vergessen. Wir sind doch Freunde.«
»Okay, dann sehen wir uns später«, rief er aufgeregt und rannte schon den langen Flur entlang. Ich sah ihm hinterher, bis er die Tür aufstieß, hinter der er verschwand.
»Verrückter Kerl«, sagte ich laut, grinste, nahm meine Sporttasche und folgte ihm.

Kapitel 19

Jade

Der nächste Tag flog nur so dahin und ich bemerkte nicht einmal, wie intensiv das Training mit Mr. Chang war. Er forderte mich, wo er nur konnte und von Stunde zu Stunde fühlte ich mich kräftiger und stärker. Ob das allein am Training lag, wagte ich zu bezweifeln. Ich ging über meine Grenzen hinaus, weil ich wusste, was auf dem Spiel stand. Nochmals drängte ich Mr. Chang, ein Gespräch mit Onkel Finley zu suchen, um meinen Plan umzusetzen. Er berichtete mir, dass er dies schon versucht hatte, jedoch ohne Erfolg. Onkel Finley hatte ihn noch nicht einmal ausreden lassen. Er versprach, es erneut zu versuchen.
Amy und ich gingen nie gemeinsam aus dem Haus. Getarnt mit unseren Kapuzenjacken schlichen wir uns nacheinander ins C.O.B. Auch wenn Amy mit ihrem verletzten Arm nicht viel machen konnte, so ahmte sie verschiedene Bewegungsabläufe langsam nach, damit sie nicht allzu viel vom Training verpasste. Anfangs stand sie am Fenster und suchte die Bäume nach dem Vogel ab. Doch ihre Suche blieb erfolglos.
Onkel Finley hielt sich die meiste Zeit in seinem Arbeitszimmer auf. Hin und wieder kamen einige Lieferwagen und nahmen Kartons mit, die er hatte packen lassen. Wahrscheinlich schaffte Onkel Finley seine Wertsachen in Sicherheit.
Die Anspannung war kaum zu ertragen. Agnes löcherte Amy und mich, was eigentlich los sei. Zu allem Überfluss war sie sehr erkältet und fühlte sich nicht wohl. Onkel Finley wollte sie schon ein paarmal nach Hause schicken,

was sie jedoch ablehnte. Wahrscheinlich spürte sie, dass etwas nicht stimmte. Ich konnte es ihr nicht verdenken, sie versorgte uns schon das ganze Leben lang. Sie wusste genau, wenn etwas im Argen lag.
An diesem heutigen Abend sollte Alegra zurückkommen. Und je näher die Stunde rückte, desto gereizter wurde unser Onkel. Ständig schnauzte er seine Leute an und fuhr wegen Kleinigkeiten noch schneller aus der Haut als sonst. Amy schüttelte den Kopf, weil sie sein Verhalten absolut nicht verstehen konnte und einmal hatte sie sich sogar eingemischt, als Onkel Finley den Gorillas eine Standpauke hielt.

Ich war wohl die Einzige, die verstand, warum er sich so benahm. Diese ganze Verantwortung schlug ihm aufs Gemüt und so langsam keimte der Verdacht auf, dass seine Gefühle für Alegra ehrlich und aufrichtig waren, was mir jedoch nach wie vor schleierhaft war.
Ihm war klar, dass es mit dem heutigen Tag nur noch Stunden waren, die er mit ihr verbringen konnte. Ich war mir sicher, dass er Alegra fortschicken würde, genau wie ich Tom. Seine Gefühle schienen echt zu sein und er würde sich selbst das Herz brechen, nur um sie zu schützen. All die Monate, die wir Ärger mit Alegra hatten, hatte er immer zu ihr gehalten. Er war derjenige gewesen, der uns alle drei, wenn wir gestritten hatten, besänftigte. Auch wenn seine Versuche, aus uns eine liebevolle Familie zu machen, kläglich gescheitert waren, hielt er immer an ihr fest.

Nach dem Training hatten Amy und ich es uns mit Onkel Finley im Wohnzimmer gemütlich gemacht. Eine Zeit lang

unterhielten wir uns über belanglose Dinge, da keiner das Hauptthema anschneiden wollte, über das wir alle ständig insgeheim nachdachten. Eine krampfhaft erzwungene Unterhaltung, über das Wetter oder über Sport, lenkte uns zumindest für einige Zeit ab.
Gerade verzog Amy das Gesicht, als sie Alegra in der Eingangshalle hörte. Die Entschuldigung war nun fällig, was sie lieber vergessen hätte. Auch Onkel Finley erhob sich unruhig von seinem Sessel und räusperte sich. Er strich sein Hemd glatt und wappnete sich für das Gespräch, das er mit seiner Geliebten würde führen müssen. Kurz nickte er Amy zu, erinnerte sie daran, dass sie noch eine Aufgabe zu erledigen hatte.
»Huhu!«, rief die schrille Stimme des Models, deren Echo ich unangenehm im Ohr hatte. Das laute Klackern ihrer Stöckelschuhe kam näher.
»Na? Bist du wieder da?«, fragte unser Onkel und ein breites Lachen zog über sein Gesicht. Seine Augen funkelten kurz auf.
Alegra erschien im Türrahmen, top-gestylt und wie immer sehr attraktiv. So posierte sie ein paar Sekunden an der Tür. Ihr platinblondes Haar hatte sie kunstvoll zu einer Hochsteckfrisur drapiert, das Make-up saß perfekt und ihr neues Kostüm, das sie trug, war bestimmt sehr teuer gewesen. Genau wie Onkel Finley für sie, hatte sie nur Augen für ihn. Sie strahlte ihn wie ein verliebtes Mondkalb an, was Amy nur wieder dazu brachte, sich kopfschüttelnd vom Sofa zu erheben.
Alegra ignorierte uns. Wahrscheinlich war sie nach wie vor sauer, was ich absolut nachvollziehen konnte.
Es dauerte nicht lange, da lag sie in seinen Armen und sie küssten sich zärtlich, als hätten sie beide vergessen, dass

wir auch noch im Raum waren. Ohne Zweifel liebte er sie. Wenn ich ehrlich war, erkannte ich auch bei Alegra zumindest Freude. Hatten Amy und ich uns etwa getäuscht und sie verband mehr, als wir dachten?
»Ich geh mal, so wie es aussieht, sind wir hier überflüssig«, meinte Amy und ihr Unterton verriet ihre Eifersucht, die kurz gelb aus ihr brodelte.
Onkel Finley und Alegra waren zu sehr mit sich selbst beschäftigt, als dass sie mitbekommen hätten, wie meine Schwester grußlos an ihnen vorbeilief.
Ich beobachtete beide, ohne, dass sie Notiz von mir nahmen, und stellte fest, wie sehr ich mich selbst nach Nähe sehnte. Es war dieses Gefühl, das ich erst seit Kurzem kannte. Nachts träumte ich von seinem dunklen Haar und seinen markanten Gesichtszügen. Kaum waren meine Gedanken bei ihm, schossen Bilder von Tom dazwischen. Mit ihm hätte ich das haben können. Er hatte sich diese Nähe von mir gewünscht. Doch ich hatte ihn von mir gestoßen. Schmerzliche Erinnerungen und grausame Bilder wurden wieder wach. Mein schlechtes Gewissen meldete sich und ich wünschte mir in dem Augenblick nichts sehnlicher, als dass er hier wäre. Ich vermisste ihn schrecklich.
»Oh, entschuldige, Jade. Ich habe völlig vergessen, dass ihr auch noch hier seid«, sagte Onkel Finley, als er sich nach einer gefühlten Ewigkeit endlich von Alegra löste.
»Wo ist Amy?«, wollte er wissen, während er mit Alegra Arm in Arm zum Sofa schlenderte.
»Oben, sie kommt bestimmt gleich wieder«, log ich. »Ich muss dann auch noch etwas erledigen, außerdem will ich euch nicht weiter stören.«
»Nein, bleib. Du … störst nicht«, sagte Alegra schnell, was

mich stocken ließ. Sie wollte, dass ich blieb? Das war neu! Mitten in meiner Bewegung hielt ich inne und sah sie erstaunt an. Sie hatte einen völlig neuen Gesichtsausdruck, den ich an ihr noch nie zuvor gesehen hatte. Sie meinte es ernst. Um ihrem guten Willen noch mehr Ausdruck zu verleihen, berührte sie meinen Oberarm.

»Bitte, Jade, lass uns reden. Ich denke, es wäre an der Zeit, dass wir einige Dinge zwischen uns klären sollten.«

Was war denn mit der auf einmal los? Hatte sie Drogen genommen oder so etwas? Solche Töne kannte ich von ihr gar nicht. Was war aus der launischen und unausstehlichen Zicke geworden, die sie noch vor ein paar Tagen war?

Onkel Finley war sichtlich stolz auf sie und grinste wie ein Honigkuchenpferd. Ungeduldig wartete er auf meine Antwort. Womöglich hätte Amy sie auflaufen lassen und das hätte ich zu gern auch getan, doch mich verunsicherte ihre neue und fast freundliche Art. Außerdem hörte ich meine Stimme der Vernunft, die mich anschrie, ich solle ihr gefälligst einen Schritt entgegen kommen. Damit würde ich Amy helfen und auch Onkel Finley glücklich machen.

»Es stimmt. Wir hatten wirklich nicht den allerbesten Start«, sagte Alegra und ich hoffte ehrlich, dass sie es ernst meinte. So ganz traute ich ihr nicht über den Weg, zu viele Facetten hatte ich schon von ihr kennengelernt. Uns blieb nicht viel Zeit und Onkel Finley lag unsere Aussprache sehr am Herzen.

»In Ordnung«, erklärte ich mich einverstanden und grün strömte aus mir, das deutlich machte, wie durcheinander meine Gefühle ihr gegenüber waren.

Alegra sah unsicher zu meinem Onkel, der ihr aufmunternd zunickte. Ich dagegen machte es mir bequem, indem ich meine Beine anzog und sie erwartungsvoll musterte.

»Ich hab noch was zu erledigen. Falls ihr mich braucht, ich bin im Arbeitszimmer«, sagte er zu uns, schenkte Alegra noch einen vielsagenden Blick und verließ das Wohnzimmer.
Nervös strich sie sich eine Haarsträhne aus ihrem Gesicht und offensichtlich fiel es ihr schwer, einen Anfang zu finden.
»Vielleicht wäre es ganz gut, wenn Amy auch dazukäme«, sagte sie leise. »Ich möchte, dass sie alles, was ich zu sagen habe, mitbekommt.« Ihre Stimme hatte sich völlig verändert. Sie war so dünn und leise, ähnlich wie bei einem kleinen Kind.
»Warte, ich rufe sie.«
Ich rief mit dem Telefon in unserem Zimmer an und bat sie, zu uns zu kommen. Es dauerte nicht lange, da setzte sich Amy widerwillig zu uns, verschränkte ihre Arme und sah Alegra erwartungsvoll an. Deutlich spürte ich ihre ablehnende Haltung, jedoch war nun der Augenblick gekommen, in dem Amy sich entschuldigen musste. Keine wollte den Anfang machen. Musste etwa ich das Gespräch eröffnen?
»Dein Kleiderschrank und auch deine Kommode ist wieder in Ordnung«, begann ich. Alegra sah auf und lächelte. Das war die erste freundliche Reaktion von ihr. Ich hoffte, Amy verstand meine kleine Hilfestellung und würde endlich das Wort ergreifen. Und tatsächlich, sie verdrehte die Augen, als meine stummen Blicke sie aufforderten, etwas zu sagen.
»Es … tut mir leid, dass ich dein Schlafzimmer so verwüstet habe, und auch das mit deinen Schuhen war nicht in Ordnung ...«, brachte sie endlich über ihre Lippen. Unruhig rutschte sie auf dem Sessel umher.

»Ich nehme deine Entschuldigung an. Aber kannst du mir erklären, warum du so wütend auf mich warst?«
Kurz sah Amy zu mir. Sie wusste, dass sie Alegra unser Geheimnis nicht anvertrauen durfte. Diese Aufgabe würden wir Onkel Finley überlassen.
»Wenn ich ehrlich sein soll, ich hatte geglaubt, du würdest unseren Onkel beeinflussen und ihn zwingen wollen, dass er uns fortschickt«, gestand Amy.
»Wie kommst du denn darauf? Ich wollte nie, dass er so etwas tut, … im Gegenteil, eigentlich wollte ich eher … zu euch gehören.« Beim letzten Satz verließ Alegra der Mut und aus ihrem Mund kam fast nur noch ein Flüstern.
»Euer Onkel liebt euch wirklich sehr und ich gebe zu, dass ich anfangs etwas eifersüchtig auf euch war. Doch als ich bemerkte, dass er meine Liebe erwidert, wich dieses Gefühl. Doch dann musste ich feststellen, dass ihr euch schon gegen mich entschieden hattet und mich nicht leiden konntet«, sagte sie traurig und nestelte verlegen mit ihren Händen. Es erstaunte mich, dass sie ehrlich etwas zugeben konnte. Überhaupt hatte ich das Gefühl, dass sie wirklich aufrichtig zu uns war.
»Trotzdem hast du nicht unbedingt viel dazu beigetragen, dass unser Leben hier angenehmer und ruhiger wurde. Wir hätten uns aus dem Weg gehen können.«
Alegra verzog ihr Gesicht, so wie ich es bisher von ihr kannte, wenn sie anderer Meinung war.
So wie Amy es sagte, klang es vorwurfsvoll und ich befürchtete schon, dass das Gespräch in die falsche Richtung lief.
»Wir haben alle Fehler gemacht«, beeilte ich mich zu sagen und warf meiner Schwester einen warnenden Blick zu.

Schweigend spielte Alegra mit ihren Fingernägeln.
»Warum hast du dich immer so zickig uns gegenüber verhalten? Du hast dich noch nie für etwas anderes interessiert, wie nur für dich selbst. Was hätten Jade und ich denn denken sollen? Unser Onkel bringt dich eines Tages hier her, du sprichst kaum mit uns, benimmst dich total daneben und erwartest dann, dass wir dich mit offenen Armen empfangen?«, warf Amy ihr vor. »Ich habe auch Fehler gemacht, aber du warst oft so herzlos zu uns.«
Alegra behielt ihren Blick weiter auf ihren Händen. »Es tut mir leid, dass ihr so von mir denkt. Es war nie meine Absicht. Ich bin kein einfacher Mensch.«
»Was hast du denn erwartet? Dass wir uns so sehr freuen und Mami zu dir sagen? Kannst du nicht verstehen, dass wir Angst um unseren Onkel haben?«
Auch wenn Amys Worte nicht gerade leicht waren, sprach sie doch die Wahrheit. Alegra sagte kein Wort, hatte sich alles angehört. Zu meinem Erstaunen schüttelte sie plötzlich ihren Kopf.
»War ich wirklich so schlimm?«, flüsterte sie. »Ich weiß, dass ich nicht einfach bin, aber ihr müsst mir glauben, ich liebe euren Onkel wirklich. Ich gebe zu, dass das anfangs nicht so war, aber ich versichere euch, dass ich noch nie in meinem Leben so viel für einen Mann empfunden habe. Ich habe ihm viel zu verdanken und er nimmt mich so, wie ich bin. Das …, das hat wirklich noch nie jemand getan.«
Ihre Stimme erstarb und die ersten Tränen flossen ihre Wangen hinunter.
War dieser Gefühlsausbruch echt? Misstrauisch blieb mein Blick an ihr haften. Natürlich stellte ich mir die Frage, was in den letzten Tagen mit der Alegra passiert war, die wir alle kannten? So hatten Amy und ich sie noch nie zuvor

erlebt. Sensibel und verletzlich.
Unsicher und verwirrt tauschten Amy und ich Blicke aus. Eine gelbe Aura umschloss mich, was Amy dazu brachte, warnend die Lippen zu spitzen und ihren Kopf zu schütteln. Ich sollte nicht auf diese Masche hereinfallen, doch das Gelb sprach eindeutig für Mitleid und Emotionalität, was ich nicht leugnen konnte.
Alegra schluchzte tief. »Ich wollte das alles nicht und es tut mir wirklich leid. Ich wünschte, ich könnte es wieder gutmachen.« Sie schnäuzte in ein Taschentuch, das ich ihr gereicht hatte.
Ja, ich hatte Mitleid mit ihr und was das Verrückteste war, ich glaubte ihr sogar. Ich verstand zwar nicht, was diesen Sinneswandel ausgelöst hatte, aber es interessierte mich brennend, denn ich spürte genau, dass es Alegra im Augenblick nicht gut ging und dass mehr dahinter stecken musste. Es war still im Wohnzimmer und wir warteten darauf, dass Alegras Tränen versiegten. Als die Stille schon unangenehm wurde, begann sie zu erzählen.
»Ich komme aus einer einflussreichen und vielleicht auch euch bekannten Familie. Ich wuchs als Einzelkind auf.«
»Bitte, jetzt nicht die alte Leier von dem armen reichen Mädchen, dessen Kindheit sooo grausam war«, unterbrach Amy sie.
»Amy! Lass sie doch erst mal erzählen«, ermahnte ich meine Schwester, wofür ich von Alegra einen dankbaren Blick erntete.
»Nein, Amy. Ich kann dich beruhigen, mein Leben war gar nicht so schlecht. Ich hatte alles, was ein Mädchen brauchte, ein großes Zimmer mit allen Spielsachen, die ich mir nur wünschen konnte, genug zu essen und Kleidung, welche immer ich wollte.« Während sie uns davon

erzählte, glitt ihr Blick ins Leere und sie hatte aufgehört zu weinen.
»Meine Mutter war viel unterwegs und dadurch verbrachte ich die meiste Zeit mit meinem Vater. Ich vermisste sie schrecklich. Ich fühlte mich einsam … und mein Vater wohl auch. An einem Weihnachtstag, damals war ich zehn, war seine Einsamkeit wohl unerträglich. Es war das erste Mal, dass er … nachts in mein Zimmer kam.«
Amy und ich wagten nichts zu sagen, stattdessen starrten wir sie schockiert an.
»Von da an kam er regelmäßig, bis ich es mit sechzehn nicht mehr aushielt und abhaute.«
»Du meinst, dein Vater hat …?«, wollte Amy schockiert wissen.
»Ja, über sechs Jahre hinweg hat er mich missbraucht«, sagte sie, immer noch gefangen in ihren Erinnerungen.
Selbst die Abwehr meiner Schwester bröckelte. Sie war genauso fassungslos wie ich. »Und deine Mutter? Ich meine, konntest du es ihr nicht erzählen?«, fragte ich völlig irritiert.
Sie sah mich an und grinste sarkastisch. »Natürlich! Anfangs glaubte ich, dass das normal wäre, das zumindest erklärte mir mein Vater. Er sagte, alle Väter würden das mit ihren Töchtern tun. Aber irgendwann hatte ich solche Schmerzen, dass ich mich meiner Mutter anvertraute. Leider glaubte sie mir kein Wort. Erst der Arzt bestätigte es ihr, mehr oder weniger.«
»Und dann habt ihr deinen Vater angezeigt?«, hoffte ich ehrlich mitfühlend.
Wieder lag dieser sarkastische Ausdruck in ihrem Gesicht.
»Nein, meine Mutter wollte diesen Skandal unter allen Umständen vermeiden und gab mir die Schuld. Ich hätte

ihn dazu gebracht. … Sie gab mir die Schuld für seine Neigungen. Sie schlug mich, da sie der Meinung war, ich hätte ihn ihr weggenommen.«

»Das ist krank!«, meinte Amy entsetzt und schüttelte angewidert den Kopf.

»Das ist nicht dein Ernst! Sie ist doch deine Mutter! Wie kann jemand nur so grausam sein?«, fragte ich.

»Ich verschwand einfach mit sechzehn, lebte eine Weile auf der Straße, trank Alkohol und nahm Drogen. Es war eine harte Zeit. Dennoch hatte ich Glück im Unglück, konnte mich endlich durch eine intensive Therapie von all den Erinnerungen lösen. Mein Vater erhängte sich, nachdem ich gegangen war und meine Mutter starb vor ein paar Monaten. Eurem Onkel habe ich zu verdanken, dass ich noch am Leben bin. Er half mir, das alles durchzustehen. Wir lernten uns in einer Arztpraxis kennen, lange bevor wir zusammenkamen. Eigentlich kennen wir uns schon mehr als fünf Jahre und er war der Einzige, der in all der Zeit immer für mich da war. Er ermutigte mich, mit meinen Eltern abzuschließen und ein neues Leben zu beginnen. Das war nicht so einfach. Viele Menschen in meinem Leben konnten mit meiner arroganten Art nicht umgehen und mieden mich. Ich beschloss, einfach niemanden mehr an mich heranzulassen. Niemals wieder wollte ich so verletzt werden. Es war ein hartes Stück Arbeit, mich selbst wieder zu mögen, und dass andere mich mögen, daran muss ich noch …«

»Ihr seid die ersten, denen sie ihre Geschichte erzählt. Niemand weiß etwas darüber. Bisher wussten das nur Alegras Therapeut und ich«, hörten wir Onkel Finley hinter uns sagen. Er hatte im Türrahmen gestanden und ihre Lebensgeschichte mit angehört. Jetzt kam er langsam auf uns zu und ließ dabei Alegra nicht aus den Augen. Sie erhob sich und lief ihm in seine Arme.

»Ich bin stolz auf dich, mein Schatz. Du hast endlich einen großen Schritt in die richtige Richtung gemacht«, lobte er sie.

Sie weinte hemmungslos für ein paar Minuten, während Amy und ich keinen Ton hervorbrachten. Wir mussten Alegras Geschichte erst mal verdauen.

»Ich hatte euch zwar gesagt, dass sie einen Modelauftrag hat, doch das stimmte nicht. Die letzten vier Tage hat sie das Grab ihrer Eltern besucht, um endlich mit diesem Kapitel ihres Lebens abzuschließen.« Mir fehlten die Worte. Dieses Schicksal hatte ich hinter dieser perfekten Fassade nicht erwartet. Auch Amys Betonwand war nun endgültig eingebrochen. Sie seufzte tief betrübt.

Alegra löste sich aus seinen Armen. »Ich entschuldige mich bei euch für mein schlechtes Benehmen. Ihr hattet recht, doch ich konnte nicht anders. Das Grab meiner Eltern zu besuchen, kostete mich sehr viel Kraft. Aber dank Dr. Miller, der mich die ganze Zeit über betreute und mich auch begleitete, konnte ich endlich einsehen, dass diese Zeit endgültig vorbei ist und ich dieses Kapitel in meinem Leben abschließen kann. Ihr könnt euch nicht vorstellen, wie frei ich mich seither fühle.«

Sie lief auf Amy zu, blieb direkt vor ihr stehen und reichte ihr die Hand. »Verzeihst du mir?«

Auch Amy hatte sich vom Sessel erhoben und sah Alegra eine Weile an. Sie sah ihr direkt in die verweinten Augen. Jetzt lag es an ihr, dass endlich Frieden einkehrte zwischen uns. Gespannt wartete ich darauf, was meine Schwester tun würde.

… Amy schlug ihre Hand aus, zog sie dafür aber herzlich

in ihre Arme und drückte sie.

Kapitel 20

Jade

Ratlos lag ich in dieser Nacht in meinem Bett und konnte nicht schlafen. Alegras Geschichte hatte mich nachdenklich gestimmt. Den Abend hatten wir gemeinsam verbracht und wir sprachen über alle Streitigkeiten und Missverständnisse, die wir jemals hatten. Die Aktion mit den zersägten High Heels ließ uns schmunzeln, auch wenn sie den Schuhen noch nachtrauerte. Als Amy ihr den Gutschein übergab, fing sie wieder an zu weinen und ein weiteres Mal lagen sich die beiden in den Armen.
Wir hatten uns in Alegra getäuscht und doch blieb ein kleiner Restzweifel. Onkel Finley würde es nun noch schwerer fallen, sich von ihr zu trennen. Hatte er dies überhaupt vor? Natürlich war es kein leichter Brocken, den Alegra mit sich herumschleppte, doch was nutzte uns der Frieden? Mit den Taluris im Nacken würde er sich von ihr trennen müssen.
Die folgende Zeit verlief harmonisch. Für mich war es ungewohnt und auch Amy musste sich daran gewöhnen, doch je mehr Stunden sie mit Alegra verbrachte, desto lockerer wurde sie. Es kam sogar soweit, dass sie ihr ein paar teure Kleidungsstücke schenkte, welche Amy mit großem Jubel annahm. Ich selbst hielt mich zurück, da ich glaubte, dass uns das große Drama noch bevorstand. Ich war mir sicher, dass Onkel Finley mit uns bald das Haus

und Bayville verlassen würde. Er musste dafür nur Alegra loswerden. Wäre es da nicht einfacher, einen Streit mit ihr anzuzetteln? Stattdessen war die Stimmung so liebevoll und voller Glück, dass ich mich lieber öfters im C.O.B aufhielt, da ich das alles nicht ertragen konnte. Die neu gewonnene freundschaftliche Art, die Alegra uns entgegenbrachte, schien zwar ehrlich, aber das nützte momentan leider nicht viel.

Onkel Finley fand ich an diesem frühen Abend wie immer in seinem Arbeitszimmer. Ich klopfte an und wurde gleich hereingebeten. Das Zimmer, in dem nur noch sein Schreibtisch und ein paar leere Regale standen, wirkte kalt. Alle Bilder, Bücher und Büro-Accessoires hatte er verpacken lassen.
»Hast du kurz Zeit?«, fragte ich ohne Umschweife und schloss die Tür hinter mir.
»Klar, setz dich. Gibt es ein Problem?«, wollte er wissen, nahm einen Stapel Papiere und fing an, diesen zu sortieren. Seine Krawatte hatte er mal wieder gelöst und sie achtlos auf seinen Tisch geworfen.
»Das weiß ich noch nicht, das will ich eher von dir erfahren.«
Kurz sah er auf, ließ sich jedoch nicht von mir ablenken und sortierte konzentriert weiter. Er hatte wirklich keine Ahnung, was ich von ihm wollte.
»Hast du mit Alegra gesprochen?«
Er nahm sich mit seiner Antwort Zeit. Doch je länger er diese hinauszögerte, spürte ich seine Unentschlossenheit.
»Du weißt doch, was vielleicht passieren wird, oder hast du vergessen, in welcher Gefahr wir sind?«, begann ich.
»Nein, das habe ich nicht vergessen und deshalb brauchst

du dir auch keine Sorgen zu machen. … Wir werden morgen früh von hier fortgehen und … Alegra wird mit uns kommen.«
»Was?!«, rief ich lauter aus, als ich wollte. »Wann hattest du vor, uns das zu sagen?«
»Beim Abendessen«, sagte er, ohne dabei aufzusehen.
»Du willst fliehen? Mit ihr? Und wieso nimmst du sie mit? Ich dachte, es wäre zu gefährlich?«, entfuhr es mir und ich hatte Schwierigkeiten, meine Wut zu unterdrücken.
»Hast du ein Problem damit?«, fragte Onkel Finley völlig ruhig.
»Ob ich ein Problem damit habe? Ja, natürlich habe ich ein Problem damit! Du verlangst von mir, ich soll mich von Tom trennen und ihn für immer fortschicken, weil es so gefährlich ist, und du nimmst Alegra mit? Hast du überhaupt eine Ahnung, wie grausam es für mich war, Tom so zu belügen? Findest du das fair?« Wie konnte er nur? Ich empfand es als völlige Ungerechtigkeit und musste mir Luft verschaffen. Ich stand auf und ging aufgebracht auf und ab.
»Jetzt beruhige dich. Ich weiß, wie schwer es für dich gewesen sein muss. Aber wir hatten keine andere Wahl. Und nein, Alegra weiß nichts und das wird sie auch nicht. Aber ich kann sie nicht gehen lassen. Sie braucht mich, verstehst du?«
»Sie braucht dich?« Meine Stimme wurde schrill und ich hörte mich schon fast wie Alegra in ihren besten Zeiten an. Endlich legte er die Papiere zur Seite und damit hatte ich nun seine volle Aufmerksamkeit. »Wir vier werden morgen früh von hier fortgehen. Wenn ich mich von ihr trenne, dann könnte das fatale Folgen für sie haben. Außerdem, … liebe ich sie«, gestand er. »Ich kann sie nicht gehen lassen.

Wir brauchen uns gegenseitig.«
Ich schnappte nach Luft. »Und was ist mit mir? Hättest du dir nicht einen besseren Plan für Tom ausdenken können, als dass ich mich von ihm trennen musste?«
»Was hätten wir ihm sagen sollen?«
»Was weiß ich, dass wir auf einem anderen Kontinent ein neues Leben anfangen würden«, gab ich sauer von mir.
Onkel Finley stand auf und setzte sich vor mir auf die Tischkante. »Du weißt, dass er keinen Kontakt zu uns haben darf. Es wäre einfach zu gefährlich für ihn gewesen. Er hat Familie. Menschen, die ihn lieben und die er nicht einfach verlassen würde. Bei Alegra ist das anders. Sie ist völlig allein. Sie hat niemanden mehr.«
Natürlich, so einfach war das. Ich fühlte mich hintergangen. Hinzu kam mein schlechtes Gewissen und der Schmerz des Verlustes, der an mir nagte. Und vielleicht auch ein klein wenig Eifersucht.
»Ich dachte, ihr habt euch ausgesprochen, du und Alegra? Hast du immer noch etwas gegen sie?« Er fasste mich an meinen Schultern und sah mich ernst an.
»Nein, hier geht es nicht darum, wie ich zu Alegra stehe. Zwischen ihr und mir ist soweit alles klar, aber ich dachte, du würdest dich von ihr trennen und …«, sagte ich und kämpfte schon mit den Tränen. Vor Wut und Enttäuschung brachte ich kein Wort mehr heraus.
»Vico hat mir eine Nachricht zukommen lassen. Er meinte, die Padre de Luz konnten Aktivitäten verzeichnen. Das bedeutet, dass etwas im Gange ist und wir in den nächsten Stunden fortgehen sollten. Die Nachricht kam heute Nacht. Unser Flieger steht, wir müssen nur den Startschuss geben und schon sind wir weg.«
»Aber? … Was genau …?«, stammelte ich.

»Das kann ich dir nicht sagen. Fakt ist, wir gehen. Bis dahin habt ihr Zeit, eure wichtigsten Sachen zu packen.«
Sekundenlang sah ich ihn an. Ich brauchte einen Moment, um zu begreifen, dass nun der Augenblick gekommen war, an dem wir wirklich für immer von hier fortgehen würden.
»Und wohin?«
»Das sage ich dir, wenn wir im Flieger sind.«
Das würde bedeuten, dass ich Luca wohl nicht mehr sehen würde. Und auch Tom wäre nur noch eine Erinnerung aus schöneren Zeiten. Luca hatte mich gewarnt, er schlug sogar eine sofortige Flucht vor. Und nun saß ich hier und konnte nicht glauben, dass es schon so weit war. Meine aufkommenden Tränen schluckte ich tapfer hinunter. Ich wollte stark sein. Ihm beweisen, dass ich mit der Situation klarkam.
»Wichtig ist, dass wir Amy hier raus bringen. Es wird alles gut werden, du wirst sehen. Und wegen Tom, ... mach dir nicht so viele Vorwürfe. Du hast gezeigt, wie groß deine Gefühle für ihn sind, indem du ihn hast gehen lassen. Er hat ein Recht auf ein sorgenfreies Leben. Glaub mir, es ist besser so.«
»Amy! Amy! Immer höre ich Amy! Habe ich nicht auch ein Recht? Ist dir mein Leben nicht auch wichtig?«, forderte ich ihn heraus.
Sein Blick wurde kühl und ich spürte, wie Ärger in ihm aufkam. »Sei nicht ungerecht, Jade. Deine Schwester ist nun mal die Illustris. Sie kann nichts dafür.« Sein Ton war herzlos.
Es tat weh. Seit ich von der ganzen Sache mit den Illustris wusste, drehte sich alles nur noch um Amy. Ich war eifersüchtig, dabei wollte ich nur seine Anerkennung. Ich wusste, dass er mich liebte, doch warum musste ich auf

alles verzichten und er erlaubte sich seine Liebe. Ich wollte nur meine Freundschaft zu Tom und selbst die durfte ich nicht behalten. Konnte ich so leben? Ich hatte keine Ahnung, was ich glauben, fühlen oder denken sollte. Den Überblick hatte ich schon lange verloren. Aus meinem geordneten und schönen Leben war pures Chaos entstanden.

Meine Haltung zu ihm veränderte sich. Ich sah in ihm nicht nur den liebevollen Onkel. Jetzt erkannte ich die Kälte und seinen Egoismus. Wäre es vielleicht anders, wenn er wüsste, dass ich auch eine Illustris bin? Ich senkte meinen Blick. Ich wollte nicht weiter darüber nachdenken. »Was ist mit Mr. Chang, Agnes und den Sicherheitsleuten?«

Er richtete sich wieder auf und lehnte sich an den Schreibtisch. »Chang wird uns begleiten, Agnes ist krank, … sie werden wir leider nicht mehr sehen, was mir sehr leid tut, aber so ist auch sie in Sicherheit. Uns begleiten werden nur Clive, Terry und Frank. Sie haben die größte Erfahrung. Die anderen werde ich heute Nacht entlassen.«

»Und unser Haus?«

Onkel Finley sah sich um. »Auch mir fällt es schwer, aber ich wusste, dass wir eines Tages von hier fortgehen müssen.«

Nachdenklich stand ich auf und lief langsam zur Tür.

»Jade!« Er sah mich lange an. »Kümmere dich um deine Schwester.«

Ich starrte schon eine Weile aus dem Fenster im Wohnzimmer, sah der Sonne beim Untergehen zu. Die wichtigsten Dinge hatte ich gepackt. Alte Fotos, meinen Plüschhasen aus Kindertagen, einige Schmuckstücke, mein Lieblingsbuch und meinen iPod. Viel war es nicht, aber

den Rest konnte ich getrost hier lassen.
Amy würde da mehr Zeit und vor allem mehr Taschen brauchen. Ich hatte meinen großen, schwarzen Rucksack gepackt. Noch in dieser Stunde würden wir hier abhauen. Dass ich mich nicht mehr von Agnes verabschieden konnte, tat sehr weh. Was würde man ihr sagen? Sie machte sich bestimmt Sorgen, wenn sie uns nicht mehr zu sehen bekam und sie feststellte, dass wir einfach über Nacht verschwunden waren. Vielleicht fand Onkel Finley eine Möglichkeit, ihr ein paar Worte mitzuteilen. Ich würde ihn darum bitten, sobald wir in unserem neuen Heim angekommen waren. Ich war mir sicher, dass Luca uns finden würde. Er würde uns aufspüren, das hatte er gesagt. Doch es wäre entsetzlich, wenn er vielleicht nicht mehr der Mann sein würde, den ich kennengelernt hatte. Es könnte sein, dass er schon bald wieder das Monster wäre, vor dem Amy und ich uns verstecken mussten.
Ich war so in Gedanken, dass ich aufschreckte, als ich die lauten Stimmen aus der Eingangshalle hörte. Jemand schrie meinen Namen. Sofort lief ich zur Tür.
»Lasst mich los, ich will zu ihr. Ich muss mit ihr sprechen.«
Eilig rannte ich hinaus in den Gang, um zu sehen, was los war.
»Ihr sollt mich loslassen, sag ich. Jade! Jade!«
Um Gottes Willen! Das war Tom. Frank und Clive hielten ihn fest, sodass er sich nicht rühren konnte. Die Arme hatten sie auf seinen Rücken gepresst, während er versuchte, sich gegen die Gorillas zu wehren. Schon hörte ich Onkel Finley unten und auch Mr. Chang.
»Tom, was machst du hier?«, fragte mein Onkel schroff.
Sofort lief ich die Stufen zu ihnen hinunter. »Lasst ihn los,

sofort!«, rief ich.
»Jade, ich muss mit dir reden«, presste er hervor, weil Clive seinen Griff nicht lockerte.
»Lasst ihn sofort los!«, rief ich ein zweites Mal und war schon unten angekommen. Clive und Frank warteten auf ein Zeichen von Onkel Finley, erst dann würden sie von ihm ablassen.
»Um Gottes Willen, es ist Tom. Lasst ihn frei!«, bettelte ich und endlich nickte mein Onkel. Clive und Frank entließen ihn aus seiner Haltung und halfen ihm auf. Er schwitzte, seine Hose war verdreckt und sein Hemd war an einer Stelle zerrissen. Er sah mitgenommen aus. Die Schatten unter seinen Augen waren noch deutlicher als vor ein paar Tagen. Er rieb seine Handgelenke, die durch den Griff von Frank gerötet waren. Er atmete schwer.
»Jade«, er schluckte, »ich muss dich sprechen, bitte.«
Es dauerte eine ganze Weile, bis Onkel Finley nachgab und er ihm auch diesen Wunsch gewährte. Mit einer bestimmenden Kopfbewegung gab er seinen Männern, Mr. Chang, Alegra und Amy ein Zeichen, ins Wohnzimmer zu gehen und uns allein zulassen.
Endlich waren Tom und ich unter uns, erwartungsvoll sahen wir einander an. Er war nervös. Ich entdeckte die Kette, die er mir einmal geschenkt hatte. Sie erinnerte mich daran, was er sich von mir wünschte.
»Jade, ich … «, drängte er und kam einen Schritt auf mich zu, »ich bin so froh, dich zu sehen. Mir ist etwas klar geworden und ich wollte, dass du es weißt.«
Seine Stimme klang fast wie immer. Nur die Aufregung darin war für seine Verhältnisse ungewöhnlich. So aufgewühlt hatte ich ihn noch nie gesehen.
»Was willst du mir sagen, Tom?«

Die Sekunden, in denen er nach den richtigen Worten suchte, kamen mir wie eine Ewigkeit vor. Seine Augen wanderten über mein Gesicht und fanden keinen Halt.
»Ich…, ich wollte dir sagen, dass es mir egal ist, was für Dinge du getan hast. Es ist mir auch egal, was du und dein Onkel …, was ihr für kriminelle Geschäfte macht. Ich weiß nur eines, ich will nicht länger von dir getrennt sein. Ich werde mit dir gehen, ganz egal wohin. Ich … liebe dich - das habe ich schon immer getan.«
Kaum hatte er diese Worte ausgesprochen, wich sämtliche Aufregung und Nervosität von ihm. Völlig ruhig sah er mich an und erst Momente später registrierte ich, dass er auf eine Antwort wartete.
Ich war perplex, mir fehlten die Worte. Er wollte mit mir zusammen sein, ganz egal, was ich getan hatte oder auch noch tun würde? Wow! Er liebte mich wirklich.
Seine Finger zitterten, als er seine Kette abnahm und sie mir entgegenstreckte. Der Anhänger glitzerte im Licht. Langsam kam er näher und legte die Kette um meinen Hals. Ich war sprachlos und erschüttert über seine Gefühle für mich, die er so offen dargelegt hatte. Was sollte ich nur tun? Was sollte ich ihm sagen? Ich liebte ihn ja, aber reichte das?
»Tom, ich …« Genau in dem Augenblick, als ich krampfhaft versuchte, eine Antwort zu formulieren, ertönte die Alarmanlage. Sofort wurde die Tür des Wohnzimmers aufgerissen und Clive, Onkel Finley und Mr. Chang stürzten in die Eingangshalle, dicht gefolgt von den restlichen Männern, meiner Schwester und Alegra. Orientierungslos liefen zuerst alle durcheinander, bis Clive in die Zentrale lief und auf die Überwachungskamera starrte.

»Mr. Lewis, jemand Fremdes ist auf dem Grundstück!«, rief er. Sofort war mein Onkel bei ihm. Plötzlich fielen Schüsse und Onkel Finley geriet in Panik.
»Terry«, schrie er, »bring die Mädchen in Sicherheit, sofort!«
Weitere Schüsse hallten durch die Nacht. Gebrüll, das vom Park her kommen musste, drang zu uns. Ich war völlig verwirrt und Amy und Alegra starrten ängstlich zu Mr. Chang.
»Ich werde hinausgehen. Ich glaube, ich bin ihnen hier nicht sehr nützlich«, sagte er durch die laute Sirene hindurch und war auch schon auf dem Weg ins Wohnzimmer.
»Die automatische Verriegelung lässt niemanden hinein und auch nicht hinaus«, rief Onkel Finley ihm hinterher. »Das ganze Haus ist gesichert, alle Türen und Fenster sind zu.«
»Finley, was ist hier los?«, fragte Alegra in dem Durcheinander. Er gab ihr keine Antwort. Auch Tom sah stirnrunzelnd dem Treiben zu, jedoch hatte er schützend seinen Arm um mich gelegt. Amy kam ängstlich zu mir gelaufen.
»Ist es jetzt soweit? Werden sie mich jetzt töten?«, fragte sie und fing an zu weinen.
»Reiß dich zusammen, Amy. Niemand wird dir etwas tun«, sagte ich in strengem Ton. Ich hoffte, dass meine Worte nicht so leer klangen und ich ihnen selbst Glauben schenken konnte. Insgeheim fragte ich mich schon, ob dies nun der Angriff war? Mein Gott, Luca! War er als Mörder gekommen, oder als Luca? Würden unsere Gorillas ihn jetzt töten? Nein, das durfte ich nicht zulassen! Oder doch?
»Aber es muss doch einen Weg geben, hier raus zu

kommen!«, rief Mr. Chang zu Onkel Finley. Das Getöse im Park wurde lauter. Deutlich konnte ich hören, wie Möbel auf der Terrasse zersplitterten.
In der Zwischenzeit hatten sich Clive, Frank und Terry bewaffnet. »Folgt mir«, wies Terry uns an. Er öffnete die Tür zum Keller und wartete, bis Tom, Amy, Alegra und ich die Treppen hinabgestiegen waren.
»Es gibt einen Hinterausgang durch den Keller, dort werde ich die Verriegelung aufheben«, sagte Onkel Finley. Ich sah noch, wie er in die Überwachungszentrale ging, um die Bildschirme zu überprüfen, bevor Terry die Kellertür hinter mir schloss.
Kühle Luft strich über meine Haut. Unten angekommen, ging Terry vor und schloss eine Eisentür auf, die ich all die Jahre für den Eingang zu einem Heizraum oder so etwas Ähnlichem gehalten hatte. Wie viele Jahre hatte ich schon hier gelebt und ich war immer davon ausgegangen, dass ich jeden Winkel und jede Nische kannte?
Auch von hier unten konnten wir die Schüsse hören, doch deutlicher waren die Geräusche, die von einem Kampf kamen. Während Terry die Eisentür öffnete, kamen Onkel Finley, Mr. Chang und Clive die Treppen herunter.
»Fin, ich habe Angst!«, rief Alegra panisch und warf sich meinem Onkel gleich an den Hals, als er bei uns unten ankam. Clive ging zur Tür, die Mr. Chang hinauslassen würde. Offenbar wollten sie diese erst öffnen, wenn wir alle hinter der Stahltür in Sicherheit waren.
»Wir müssen uns beeilen. Die Zeitschranke schließt die Tür in wenigen Sekunden wieder«, rief Clive.
Onkel Finley trieb uns zusammen mit Terry in den dunklen Raum, der sofort mit Licht durchflutet wurde. Eine weitere Tür befand sich in dem kleinen Vorraum, den ich bisher

noch nie gesehen hatte. Gleich daneben befand sich ein Tastenfeld, auf dem Onkel Finley eine Zahlenkombination eingab. Mit einem lauten Klicken öffnete sich auch diese Tür. Schnell traten wir alle hinein, während Clive die Tür von außen wieder verriegelte.
Der Raum war hell erleuchtet. Zu unser aller Erstaunen war er gut möbliert und verfügte über alles, was man zum Leben brauchen würde. Eine kleine Küchenzeile befand sich direkt gegenüber der Wand. Links entdeckte ich eine weitere Tür.
»Mein Gott, wie lange gibt es das hier schon?«, wollte Amy wissen. Neugierig sahen wir uns um. Alles wirkte wie in einer Wohnung. Irgendjemand hatte sogar Bilder aufgehängt. Exakt das gleiche Duplikat unseres Familienporträts hing an der gegenüberliegenden Wand. Es war größer als das, welches in der Bibliothek hing. Ein goldener, prunkvoller Rahmen mit edlen Verzierungen schmückte das Bild. Alte Fotos von Amy und mir hingen an den Wänden und ein bunt gemusterter Teppich lag in der Mitte des Raumes.
»Macht euch keine Sorgen«, sagte Onkel Finley, ging zu einem großen Tisch hinüber und legte seine Waffe darauf. »Wir werden bestimmt nicht lange hier unten bleiben.«
Ich öffnete die linke Tür und warf einen Blick hinein. Ein großer Schlafraum mit mehreren Betten verbarg sich dahinter und hinter einer weiteren Tür ein komplett eingerichtetes Badezimmer mit Dusche und WC. Ein Vorratsraum, der vollgepackt mit allen möglichen Lebensmitteln war, eröffnete sich in einem weiteren Raum. Ich hatte genug gesehen, um zu wissen, dass mein Onkel wohl noch mehr Geheimnisse vor uns hatte.
Niemand sprach, aber Alegra weinte. Amy hatte sich

zusammen mit Tom aufs Sofa gesetzt. Die Luft war kühl und eigentlich recht angenehm, hier konnte man es aushalten. Onkel Finley hatte dies alles erbauen lassen für den Notfall, der schneller eingetroffen war, als ich geahnt hatte.
Ich wurde unruhig, je länger die Ungewissheit andauerte. Wir hatten keine Ahnung, was genau dort oben vor sich ging, bis es ganz plötzlich völlig still war. Angestrengt versuchte ich, Stimmen oder Geräusche auszumachen, und als das Funkgerät in Onkel Finleys Hand laut und unverständlich rauschte, zuckten wir alle erschrocken zusammen.
»… krrrrr, ... niemand, … Pool, …, wir … krrrrr ...« Dann war es wieder still.
»Leider ist der Empfang sehr schlecht hier unten«, meinte Terry. Er streckte den Arm aus und hoffte, ein besseres Signal zu bekommen. Es war mucksmäuschenstill, nur Alegras ängstlicher Atem war zu hören.
»Mr. Lewis, … kein Taluri, … gefunden. Wir werden alles weiter absuchen, krrrrrr … zwei Leichen«, hörten wir leise, und den Inhalt verstanden wir alle.
Ich hatte die ganze Zeit über darauf gewartet, dass meine Haut reagieren würde. Entweder war wirklich kein Taluri in der Nähe, oder er war zu weit von mir entfernt, als dass ich ihn hätte spüren können. Inständig konnte ich nur hoffen, dass wir die Sache mit den beiden Leichen falsch verstanden hatte. Eiskalt lief es mir den Rücken hinunter. Onkel Finley kannte meine Gedanken.
»Es dauert bestimmt nicht lange, dann können wir hier raus.« Doch sein Gesicht sprach eine andere Sprache. Minuten vergingen, indem wir nichts anderes taten, als zu warten. Amy hatte ihre Angst so weit im Griff und lief zur

Küche.
»Gibt es hier etwas zu trinken?« Terry öffnete für sie den Kühlschrank, der mit Wasserflaschen gefüllt war. »Will noch jemand etwas?«, fragte sie, worauf ihr niemand eine Antwort gab. Weitere Minuten vergingen. Nichts hatte sich getan, das Funkgerät blieb still und auch von außen drangen keine Geräusche zu uns.
Unruhig tigerte Onkel Finley durch den Raum. Ich wusste genau, woran er dachte. Er hielt es genauso wenig hier aus wie ich und wollte unbedingt wissen, wie es oben aussah. Ein paar Mal sah er mich an, als wollte er etwas sagen, beließ es aber beim Schweigen.
»Was meinst du, wann wird Clive uns hier rausholen?«
»Das kann ich nicht sagen. Aber ich glaube, ich werde es riskieren und nachsehen.«
»Was? Nein, Fin, bitte bleib hier!«, rief Alegra panisch und lief sofort zu ihm. Sie weinte wieder und er hielt sie einige Sekunden fest an sich gedrückt.
»Keine Sorge, mir geschieht nichts. Ich will nur nachsehen und werde euch sofort holen, sobald die Luft rein ist.«
»Aber was ist, wenn der Taluri nur darauf wartet, dass du rauskommst?«, fragte Amy ängstlich.
»Schatz, er ist nicht an mir interessiert.« Mehr brauchte er nicht zu sagen, um sie zum Schweigen zu bringen, was jedoch die Stirn von Tom runzeln ließ. Ich mied seinen Blick. Für Erklärungen würde vielleicht später noch Zeit sein.

Onkel Finley gab Terry ein Zeichen, sofort die Tür hinter ihm wieder elektronisch schließen zu lassen, sobald er draußen war. Er küsste Alegra und uns Mädchen, während wir direkt hinter der Tür stehen blieben und ihm

nachsahen, wie er verschwand.
Mein Herz klopfte. Meine Gedanken waren bei Luca. Ich betete, dass er nicht Recht behielt. Ich wünschte mir so sehr, dass er der gleiche, nette, wenn auch geheimnisvolle Mann war und unserem Onkel nichts geschehen würde. Niemand sprach, alle hielten wir die Luft an und versuchten, jedes Geräusch zu deuten. Doch es war aussichtslos. Was, wenn es gar nicht Luca war, der hier war? Vielleicht hatten sie einen anderen geschickt? Vielleicht war die Polizei schon hier. Die Sirene hatte jemand schon lange abgeschaltet. Diese Warterei machte mich verrückt. Nachdenklich ging ich ein paar Schritte auf und ab. Mr. Chang meinte, ich wäre stark genug. Er hatte mich trainiert und schon einmal konnte ich mich gegen Matteo kurz zur Wehr setzen. Warum also auch nicht jetzt? Amy wäre in Sicherheit.
»Denk noch nicht einmal daran«, ermahnte mich Tom, der von seinem Platz aufgestanden war und mich nicht aus den Augen gelassen hatte.
Abrupt blieb ich stehen und sah ihn ernst an. »Du hast keine Ahnung, was hier vor sich geht. Du weißt nicht, zu was ich fähig bin, Tom.«
»Du wirst nicht nach oben gehen. Das lasse ich nicht zu. Und es ist mir ehrlich gesagt scheißegal, was genau hier los ist.«
Kurz musste ich grinsen. Noch nie hatte Tom einen solchen Ausdruck benutzt. Aber es machte mir deutlich, wozu er bereit war. So leicht würde er mich nicht gehen lassen.
»Es ist die einzige Möglichkeit. Sie wollen Amy und verwechseln mich mit ihr. Ich kann sie ...«, schlagartig spürte ich ein Kribbeln auf meiner Haut und es strahlte weiß aus mir. Es würde nicht lange dauern, bis sich die

Ornamente auf meiner Haut bilden würden. Ein Taluri musste hier sein. Ich wusste es, spürte es immer deutlicher. Und mit einem Mal war das Kribbeln wieder verschwunden. Der Gedanke an Luca drängte mich. Er hatte mir das Leben gerettet, ich lag in seiner Schuld, auch wenn er sich vielleicht nicht mehr daran erinnern konnte. Doch ich musste wissen, ob er da ist. Ich sollte mich beeilen.
»Terry, öffne die Tür«, befahl ich. Doch auch er zögerte.
»Jade, das darf ich nicht. Dein Onkel wird mich umbringen, wenn dir etwas zustößt.«
»Verdammt, lass mich raus. Sie wollen doch Amy und nicht mich, aber vielleicht kann ich Mr. Chang helfen«, rief ich wütend. Amy mischte sich ein und diskutierte mit mir und Alegra wild durcheinander. Ich hatte alle gegen mich. Sie wollten mich nicht gehen lassen.
»Das ist einfach zu gefährlich«, meinte Amy einstimmig mit Tom und Alegra.
»Das darf doch nicht wahr sein. Amy, du weißt ganz genau, dass ich das kann. Hast du vergessen, was damals bei dem Kampf mit Matteo passierte? Ich kann das, vertrau mir.«
Endlich hatte ich sie zum Schweigen gebracht und Amy starrte mich sekundenlang an. Sie haderte mit sich.
»Jade, das …!«
»Ich werde vorsichtig sein, versprochen.«
»Aber du hältst dich im Hintergrund, überlass Chang das Kämpfen«, sagte sie. Auch wenn sie nicht völlig einverstanden war, war sie bereit, mich gehen zu lassen.
»Amy, das kann nicht dein Ernst sein!«, schrie Tom. Sie nahm Terrys Waffe vom Küchentresen und drückte sie mir in die Hand.

»Nur für alle Fälle. Und Tom, du musst ihr vertrauen.«
Fassungslos starrte er von Amy zu mir.
»Warum willst du dort hinaus? Ich verstehe dich nicht. Du spielst mit deinem Leben, Jade. Bitte, tu es nicht«, bat er mich inständig.
Doch ich konnte nicht anders.
»Sei unbesorgt. Mir passiert nichts«, beschwichtigte ich ihn. »Terry bitte, öffne die Tür.« Ich war völlig ruhig, berührte Tom an seiner Schulter und wandte mich der Tür zu. Langsam ging Terry zur Eingabefläche, sah mich noch einmal an, dann tippte er endlich den Code ein.
Kurz blickte ich noch mal zu meiner Schwester, zwinkerte ihr und Tom zu, und als sich die Tür öffnete, schlich ich mich hinaus.

Kapitel 21

Jade

Leise schloss ich die Metalltür hinter mir. Die zweite Tür, die zum eigentlichen Keller führte, war angelehnt. Keine Stimmen waren zu hören, es war absolut still, nur das Brummen der Heizungsanlage. Vorsichtig lief ich zu den Stufen hinauf, die zur Eingangshalle unseres Hauses führten. Die Kellertür oben stand nur einen kleinen Spalt weit offen, sodass ich Onkel Finley und Clive schon sprechen hören konnte.

»Chang wird sich um das Problem kümmern. Sobald er ihn erledigt hat, können wir alle unten befreien und verschwinden.«

Die Stimmen von Onkel Finley und Clive waren ruhig und wiesen auf keine Gefahr hin. Leise lehnte ich die Kellertür an und sah mich um. Nichts schien hier verändert. Die Stimmen kamen aus der Überwachungszentrale. Ich schlich dort hin, lauschte und spähte vorsichtig hinein.

»Sehen Sie, dort ist Chang.« Clive und Onkel Finley standen vor den Bildschirmen und konnten das Geschehen draußen beobachten. Ich trat näher und starrte gebannt auf die Mattscheibe. Ich erkannte die Kämpfenden nicht, dafür war es zu dunkel und einer der Männer hatte sein Gesicht mit einem schwarzen Tuch verhüllt. Ich trat näher, bis Onkel Finley mich entdeckte.

»Jade! Bis du wahnsinnig? Was machst du hier oben?«, brüllte er mich entrüstet an. Ich sagte nichts, wusste, dass es besser wäre, mich auf keine Diskussion mit ihm einzulassen. Jetzt stand ich direkt vor dem Bildschirm und sah, dass es sich tatsächlich um Luca handelte. Mein Herz verkrampfte sich und ich spürte, wie es in Aufruhr geriet. Ich hatte Angst um Luca. Die Pistole in meiner Hand wog schwer und ich begann zu zittern.

»Du gehst sofort wieder hinunter zu den anderen. Wieso hat Terry dich überhaupt hinausgelassen?«

Gebannt sah ich auf den Bildschirm, sah den beiden Männern zu, wie sie kämpften. Eine weitere Kamera zeigte Bilder von der Terrasse und vom Pool. Eine Leiche schwamm auf dem Bauch. Ich konnte nicht erkennen, wer es war, doch ich fühlte mich irgendwie erleichtert - eigentlich unsagbar erleichtert - dass es nicht Luca war.

»Wer ist der maskierte Mann?«, wollte ich wissen, obwohl ich es eigentlich an der Kampftechnik hätte erkennen müssen.

»Das ist Chang. Er wird das Problem gleich erledigt haben«, bestätigte Clive.

»Aber warum ist er maskiert?«

»Damit ihn niemand erkennt. Nur so ist gewährleistet, dass er uns begleiten kann. Niemand kennt sein Gesicht. … Jade, geh bitte wieder hinunter. Dort bist du sicher.«

Clive nahm mich am Oberarm und führte mich zur Kellertreppe, die ich brav wieder hinabstieg. Ich wusste, dass dort unten der Ausgang war, aus der Mr. Chang ins Freie gelangt war. Zeit, einen Plan zu schmieden hatte ich nicht, deshalb zögerte ich nicht lange, als Clive und ich unten ankamen, zog ich die Pistole aus meinem Hosenbund und richtete sie auf ihn.

»Bitte Clive, ich will dir nicht wehtun, öffne die Tür.«

Damit hatte er nicht gerechnet. Entsetzt riss er seine Augen auf, als er erkannte, dass ich mit der Pistole auf ihn zielte.

»Bist du verrückt geworden, Mädchen?« Langsam hob er beide Arme.

»Nein, ich weiß genau, was ich tue«, sagte ich und damit er mich ernst genug nahm, verlagerte ich mein Ziel kurz in die Luft, drückte ab, bis sich ein lauter Knall entlud. Sofort zielte ich wieder auf ihn. Jetzt wusste er, dass ich keine Scheu hatte, abzudrücken.
Endlich setzte Clive sich in Bewegung und tippte den Code der Tür ein. Onkel Finley stürzte die Stufen hinunter. Ein kurzes Summen und die Metalltür öffnete sich. Stickige, heiße Sommerluft schlug mir entgegen.
»Jade, bleib hier! Hörst du!«, schrie Onkel Finley, doch ich ignorierte ihn. Ich trat den ersten Schritt hinaus und sofort brannte meine Haut, als hätten die Mauern des Hauses das Schlimmste abgeschirmt. Weiß schimmerte aus mir. Ich zögerte nicht lange, eilte die letzten Stufen hinauf und befand mich seitlich des Hauses, direkt hinter einem dicken Gebüsch.
Lautes Keuchen und Stöhnen kam von der Terrasse. In dem Moment, als ich den maskierten Mr. Chang und Luca sah, wie sie in unmittelbarer Nähe aufeinander einschlugen, hatten sich die Ornamente völlig auf meinem Dekolleté, Hals und meinen Armen ausgebildet.
Oh Gott! Ich war Luca viel zu nah! Uns trennten nur wenige Meter. Erschrocken sog ich scharf die Luft ein und brachte sofort ein paar Meter zwischen uns.
Genau wie ich vermutet hatte, wurde Luca durch meine weiße Aura und durch das Feuer, das ich in ihm entfachte, abgelenkt. Seine schwarzen, seelenlose Augen starrten mich finster an. Im ersten Augenblick erschrak ich. Er war aggressiv und wild wie ein Tier. Mr. Chang, dessen Augen ich hinter seiner Maske erkannte, erstarrte kurz, als er mich erkannte. Doch schneller als Luca, erfasste er die Situation und nutzte den Augenblick. Mit einem harten Schlag

schlug er Luca zu Boden, hielt ihn so in Schach.
In Lucas Augen sah ich nichts als nur das Schwarz seiner Seele. Er war nicht er selbst. Er erkannte mich nicht. Es tat weh, ihn so zu sehen, doch etwas geschah auch mit mir. Je länger ich zu ihm sah, desto intensiver wurde das Leuchten meiner Ornamente, die sich weiter auf meinem Körper ausbreiteten. Sie ließen mich in einem sanften Licht erscheinen. Mein Blick hing an Luca. Jegliche Gedanken verschwanden und ich nahm nur den schwarzen Nebel in ihm wahr, welcher seine Gefühle gefangen hielt. Ich spürte, dass er versuchte, gegen den Nebel anzukämpfen. Sein Gesicht war schmerzverzerrt und er zitterte leicht. Doch der schwarze Dunst war stärker.
Ein Kribbeln durchfuhr mich. Ich würde ihn von seinen Qualen befreien können. Dieses Gefühl war ganz instinktiv und fühlte sich natürlich an. Die Ornamente wurden heißer, doch ich nahm den Schmerz nicht als lähmend wahr. Das Licht und die Hitze erhellten mich völlig und die Zeichen glühten golden auf. Durch diese wunderschöne aber auch seltsame Wärme, wusste ich genau, dass ich zu dem gereift war, was ich wirklich war. Sie nahm mich ein, bis genug Energie durch meinen Körper strömte und ich den weißen Schweif direkt zu Luca sendete. Den Drang, ihn mit meinen Strahlen zu erfassen, konnte ich zuerst nicht kontrollieren. Doch dann wurde ich mir immer sicherer. Vorsichtig trat ich näher, bis uns nur noch wenige Meter trennten. Der Schleier aus Licht und Wärme, den ich ihm schickte, würde ihn heilen. Er war rein und Balsam für seine Seele und genau das, was Luca brauchte. Ich war das Gegengift, das seine Seele ins Licht führen würde.
Er atmete schwer und kämpfte innerlich. Sein Haar klebte an seiner nassen Stirn und seine mit Schweiß benetzte,

nackte Brust glänzte im Mondlicht. Genau in der Sekunde, als mein heilender Nebel ihn berührte, kamen Onkel Finley und Clive. Perplex blieben sie durch das Schauspiel, das mein Körper ihnen bot, stehen.
»Aber, … das gibt es doch nicht! Das kann nicht sein!«, rief Onkel Finley und wollte in meine Richtung laufen, doch Clive hielt ihn zurück. Beide standen sie da und beobachteten, wie sich meine weiße, geheimnisvolle Aura auf den Taluri übertrug.
Dieser kauerte noch immer auf seinen Knien. Meine Strahlung milderte den Hass in seinen Augen und vertrieb den dunklen Nebel ganz langsam aus seinem Körper. Ich konnte sehen, dass sein rechter Oberarm noch immer dunkel ausgefüllt war. Ich schaffte es nicht, diesen auch an dieser Stelle zu zerstören. Wie aus einer schwarzen Quelle sprudelte neuer, kalter Dunst empor. Auch mit meiner ganzen Anstrengung brachte ich diese Quelle nicht zum Versiegen. Schließlich zog ich meinen heilenden Nebel wieder zurück und er schimmerte schwach und sanft um mich.
Luca öffnete seine Augen, seine Lippen bebten, bevor er mich anlächelte. Einen großen Teil seines Zwanges hatte ich in kurzer Zeit zu vernichten vermocht. Das Feuer in ihm war zwar noch nicht ganz erloschen, doch er konnte wieder klarer denken. Er erkannte mich und wusste auch, dass er stärker war als das Gift, das in seinem Blut langsam wieder anstieg. Ein lebendiges Braun und das Leuchten in seinen Augen war zurückgekehrt.
Schlagartig erfasste mich eine tiefe Erschöpfung, jegliche Strahlung und Wärme zog sich zurück. Erst jetzt bemerkte ich, welche Anstrengung es mich gekostet hatte und ich sackte in mich zusammen.

Alle Augen waren auf mich gerichtet. Mr. Chang war der Erste, der seine Stimme wiederfand.
»Ich wusste, dass du es bist!«, sagte er und mit einer kurzen Bewegung hatte er sein Schwert, das nicht weit von ihm entfernt auf dem Boden lag, genommen und hielt es Luca an die Kehle. Dieser schloss seine Augen und nahm die stählerne Gefahr, die sein Leben bedrohte, einfach hin.
Onkel Finley taute aus seiner Starre auf. »Chang, worauf warten Sie noch? Töten Sie ihn!«, schrie er ungeduldig.
Endlich erkannte Luca, in welcher Lage er steckte, und blickte zu seinem Peiniger. Mr. Chang hob langsam das Schwert an und drohte damit, ihn zu enthaupten. Luca schloss seine Augen und schien bereit zu sein, sein Urteil anzunehmen.
Angst kroch in meine Glieder. »Bitte, tun Sie es nicht! Bitte!«, flehte ich panisch meinen Trainer an. Onkel Finley stampfte völlig aufgebracht mit den Beinen auf den Boden.
»Jade, halt den Mund. Was redest du da? Das ist ein Taluri. … Los, erledigen Sie ihn, Chang!«, schrie er verständnislos.
Luca sah mich verwirrt an. »Jade? Wieso Jade? Ich dachte, dein Name ist Amy?« Finster sah er mich an, bis ein verschlagenes Grinsen seine Züge milderte. Jetzt wusste er, dass ich versuchte hatte, ihn zu täuschen.
»Erledigen Sie endlich Ihren Job, Chang. Töten Sie das Schwein, oder ich werde es selbst tun«, schrie Onkel Finley wutentbrannt. Mr. Chang hielt den Schaft des Schwertes fest umschlossen über seinem Kopf. Warum zögerte er? Er zitterte und sein Blick stierte auf sein Opfer.
»Bitte Mr. Chang, verschonen Sie ihn. Er ist nicht so ...«, wimmerte ich mit zittriger Stimme, wurde aber von Onkel

Finley unterbrochen.
»Machen Sie endlich, Chang!«
Meine Versuche, Luca vor dem sicheren Tod zu bewahren, schienen gescheitert. Tausend Gedanken schossen wie wild durch meinen Kopf. Flehend sah ich zu Luca, in der Hoffnung, er würde sich verteidigen. Mr. Chang nahm einen letzten Schwung und …
»Wartet! Ich habe wichtige Informationen!«, schrie Luca und erreichte so, dass Mr. Chang in seiner Bewegung ein weiteres Mal zögernd innehielt.
»Was? Ein Taluri gibt Informationen weiter? Das glaubt er ja wohl selbst nicht!«, rief mein Onkel wütend.
»Ich bin gekommen, um die Illustris zu warnen«, rief Luca laut, dass alle es hören konnten. Er machte ein ernstes Gesicht, doch ich spürte deutlich, dass keine Gefahr von ihm ausging, auch wenn meine Haut nach wie vor glühte.
»Das ist eine Falle, Mr. Lewis«, dröhnte Clive, der direkt neben Onkel Finley stand und seine Pistole auf Luca gerichtet hatte. Das Zögern von Mr. Chang ließ die Wut meines Onkels noch mehr entfachen.
»Verdammt, Chang!«, schrie er, »töten Sie ihn endlich!«
»Ich sage die Wahrheit. Ich bin wirklich gekommen, um sie zu warnen. Alle Taluris sind auf das Mädchen angesetzt und werden in Kürze hier sein!«, schrie Luca und sah in das maskierte Gesicht von Mr. Chang.
»Das ist eine Lüge! Wir sollten so schnell wie möglich hier verschwinden. … Jade, komm zu mir. Lass uns gehen«, rief Onkel Finley und streckte mir seine Hand entgegen. Jedoch ignorierte ich ihn und mein Blick blieb auf Luca haften. Er kannte die Wahrheit und wir sollten ihm glauben und so schnell wie möglich von hier fortgehen. Auch Chang schien nachzudenken. Er schüttelte seinen Kopf und

endlich zog er die schwarze Maske ab.
Luca erstarrte. Sein Gesichtsausdruck veränderte sich. Seine Mundwinkel zogen sich zu einer schmalen Linie.
»Sie? … Aber das kann nicht sein? Sie sind doch ... tot!«, rief Luca völlig irritiert. Dieses Verwirrspiel verstand niemand, nicht einmal ich. Luca und Mr. Chang kannten sich? Woher? Was hatte er mit den Taluris zu tun?
»All die Jahre dachten wir, dass Sie tot sind. Dabei sind Sie am Leben?«, rief Luca fassungslos und der Vorwurf in seiner Stimme war unverkennbar.
»Ich hatte meine Gründe, Junge.«
»Sie haben uns im Stich gelassen«, presste Luca wütend hervor. »Sie haben zugelassen, dass Morgion dies alles aus uns machen konnte.«
Mr. Chang erwiderte nichts, legte die Schwertspitze genau an Lucas Kehle.
»Bist nicht du derjenige, der die Taluris verrät? Oder ist das ganze doch eine Falle?«, wollte Mr. Chang misstrauisch wissen.
Onkel Finley riss seine Augen auf, als er erkannte, dass Mr. Chang und der Taluri sich kannten. Mehr noch, deutlich konnte ich die einstige Vertrautheit zwischen ihnen spüren. Was hatte das zu bedeuten?
»Chang! Was ist los? Wieso kennen Sie diesen Mörder?«, rief Onkel Finley, riss Clive die Pistole aus der Hand und zielte damit auf Mr. Chang.
»Mr. Lewis, das ist eine lange Geschichte, aber ich verspreche, ich werde Sie später aufklären. Jetzt ist es wichtig, dass wir eine Entscheidung treffen. Wir sollten herausfinden, ob der Taluri uns die Wahrheit sagt.« Damit richtete Mr. Chang die Worte an Luca.
»Also, wieso schickt er alle Taluris hierher?«

Onkel Finley war außer sich. »Sie wollen diesem Mörder trauen«? Er konnte den Blick nicht von Mr. Chang wenden.
»Amy ist in großer Gefahr. Alle zwölf Taluris werden bald hier sein«, wiederholte Luca tonlos. »Morgion hat herausgefunden, dass sie eine besondere Illustris ist und will sie töten lassen. Und damit das sicher funktioniert, hat er alle 12 hierher beordert. Er sprach davon, dass die Foundation in Gefahr ist. … Wenn dies eine Falle wäre, wäre ich doch nicht allein auf das Grundstück gekommen. Es wäre ein Kinderspiel für meine Brüder und ich müsste einfach nur abwarten«, erklärte er weiter und sah Mr. Chang dabei an.
»Du bist ein Taluri. Du hast einige unserer Männer getötet. Falls du die Wahrheit sagst, bist du durch deinen Verrat zum Tode verurteilt. Wieso verrätst du deine Brüder?«
Luca zögerte mit seiner Antwort. Sein Gesichtsausdruck wurde finster. »Weil ich hinter Morgions Geheimnis gekommen bin. Ich weiß von dem Gift, mit dem er uns kontrolliert.«
Erstaunt hob Mr. Chang seine Augenbrauen. »Du weißt davon? Wie ist das möglich?«
»Das Obsensium verfehlt bei mir schon eine Weile seine Wirkung, ich kenne meine Taten und kann Emotionen wahrnehmen.«
»Das sind doch alles Lügen, Chang. Töten Sie ihn endlich!«, brüllte Onkel Finley wütend.
»Mr. Lewis, bei allem Respekt«, rief dieser ihm zu. »Falls der Junge die Wahrheit sagt, dann sollten wir ihn anhören. Kein Mensch kennt diese Hintergründe und schon gar nicht die Taluris selbst.«
»Verdammt, Chang, tun Sie gefälligst, wofür Sie bezahlt

werden und bereiten Sie dem Ganzen ein Ende.«
»Mr. Lewis, wenn der Junge die Wahrheit sagt, könnte das uns allen das Leben retten! Wollen Sie solch ein Risiko eingehen? Falls wirklich alle zwölf auf dem Weg hierher sind, sind wir so gut wie tot. Warum sollte er allein herkommen? Außerdem kennt er Details, die nur den Padre de Luz bekannt sind. Details, die die Taluris noch nicht einmal ahnen können.«
Endlich schwieg Onkel Finley, doch überzeugt schien er nicht. Hin- und hergerissen sah er von Luca zu Mr. Chang.
»Dann soll er es beweisen?«, entgegnete er.
»Wie soll ich denn das beweisen? Ist es nicht Beweis genug, dass ich hier bin?«, schrie Luca ihm grimmig zu.
Wieder trat diese Stille ein, in der keiner wusste, was zu tun war. Ich wusste, dass Luca die Wahrheit sagte. Ich hatte ihm schon einmal geglaubt und seither war mein Vertrauen stetig gewachsen. Plötzlich nahm Mr. Chang langsam das Schwert von seiner Kehle und rieb sich nachdenklich das Kinn.
»Es gibt eine Möglichkeit«, sagte er zu ihm. »Allerdings würde das für dich bedeuten, dass du für immer alle Privilegien verlieren wirst, die du als Taluri hattest. Du wirst vom Jäger zum Gejagten, auf der Liste deiner Brüder wird dein Name ganz oben stehen und du wirst all jene verlieren, die dir als Familie gegeben wurden.«
Luca sah zu Boden. Offenbar wusste er, wovon Mr. Chang sprach. Sein Blick wanderte zu mir.
»Der Preis, den du zahlen wirst, wird hoch sein, Luca. Du weißt, was du tun musst, um zu beweisen, dass du die Wahrheit sagst. Es ist der einzige Weg«, meinte Mr. Chang.
Er hielt inne und schwieg, schließlich nickte er betreten und langsam fuhren seine Hände zu seinem linken

Hosenbein, was Onkel Finley nervös mit der Pistole hantieren ließ. Dennoch ließ er ihn gewähren. Vorsichtig und ohne hektische Bewegungen zu machen, zog er ein Messer heraus. Er hielt inne und sah wieder zu mir. Ich sog seinen Blick auf, hoffte, er würde keine Dummheiten machen, was meinen Onkel nur noch ungeduldiger werden ließ. Der Taluri war im Begriff, etwas zu tun, was sein Leben grundlegend ändern würde. Ich wusste, er tat es für mich. Mein Herz begann wild in meiner Brust zu klopfen und aufgeregt streifte ich eine Haarsträhne, die sich aus meinem Zopf gelöst hatte, hinter mein Ohr.

Ohne den Blick von mir abzuwenden, setzte Luca das Messer auf seinem linken Oberarm an und schnitt quer und tief in sein Fleisch. Blut strömte in kleinen Rinnsalen aus der entstandenen Wunde. Langsam öffnete sich die Haut. Er empfand offensichtlich keinen Schmerz, schnitt weiter, bis die Wunde ein paar Zentimeter weit offen stand. Nichts war in seinem Gesicht zu lesen. Keine Regung, nicht einmal ein Zucken. Er warf das scharfe Messer auf den Boden, als er den Schnitt beendet hatte. Angewidert verzog Onkel Finley das Gesicht. »Was tut er da?«

Vorsichtig bohrte Luca mit seinem Finger in der Wunde, dabei hielt er die Luft an. Sekundenlang wühlten seine Finger tief in seinem blutigen Fleisch, drangen tiefer und weiter, als würde er nach etwas suchen. Niemand wagte auch nur ein Wort zu sagen. Seine Hand und sein Oberarm waren blutverschmiert, als er plötzlich fest an seinem Gewebe riss und mit leicht verzerrtem Gesicht und mit geringem Kraftaufwand etwas herauszog. Schließlich hielt er ein kleines, schwarzes Plättchen in der Hand, welches er Mr. Chang übergab. Dieser hielt das schwarze Ding in die Höhe und zeigte es Onkel Finley. Er sollte sehen, dass

Luca etwas aus seinem Körper entfernt hatte.
»Sehen Sie das? Das ist ein Spy. Diesen Chip bekommen alle Taluris implantiert. Damit wird die Konzentration des Obsensiums im Blut der Männer gesteuert. Das Obsensium ist ein Gift, welches das Gefühlszentrum der Taluris praktisch ausschaltet. Außerdem kann der Taluri geortet werden und dieses Ding ist auch für die außergewöhnliche Kraft verantwortlich, die diese Männer haben. Sie sind wie Marionetten, und mit diesem Chip werden sie kontrolliert. Sie sehen also, dass der Junge für uns nun nicht mehr gefährlich ist. Das ist der Beweis, den Sie haben wollten. Vermutlich wissen seine Brüder schon, dass er hier ist. Wir sollten den Spy vernichten«, sagte Mr. Chang, und zerbrach ihn sofort in zwei Teile. »Ab jetzt wird seine Kraft stündlich schwächer werden und …«, er legte seine Hand auf Lucas Schulter, »du wirst dich an Dinge erinnern, die du lieber vergessen möchtest.«
Sprachlos und erschüttert konnte ich meinen Blick nicht von Luca nehmen. Das alles hatte er für mich getan?
»Woher wissen Sie das alles, Chang?« Die Frage von Onkel Finley war berechtigt.
»Ich … ich spreche nicht gerne darüber, aber nun gut. Ich wusste, dass mich eines Tages die Wahrheit einholen würde. Ich war ein Ausbilder der Taluris. Ich habe aus Luca de Nondelli Luca, den Taluri, gemacht.«

Kapitel 22

Jade

»Fesselt ihn und bringt ihn rein und Chang, Sie sind mir einige Erklärungen schuldig«, rief Onkel Finley und ging wütend ins Haus zurück. Die Sicherheitsleute gingen nicht gerade zimperlich mit Luca um. Sie packten ihn am Schopf und zerrten ihn ins Haus, wo sie ihn im Wohnzimmer auf den Boden direkt vor den Tisch stießen. Terry blieb bei ihm, und falls Luca eine Bewegung machen würde, hatte er von Onkel Finley die Erlaubnis, ihm eine Kugel in den Kopf zu jagen. Schweigend ließ Luca, an Händen und Füßen gefesselt, mit gesenktem Kopf alles über sich ergehen.

Amy, Tom und Alegra befreiten wir aus ihrer Isolation, und während Alegra sich in Onkel Finleys Armen ausweinte, starrten Tom und Amy mich unentwegt an. Nach all diesen Ereignissen hatte ich fast vergessen, dass meine Aura nun auch für Tom sichtbar war. Diese wurde zwar wieder schwächer, doch seinem Gesicht nach zu urteilen, wusste er, dass etwas Ungewöhnliches mit mir geschehen war. Amy musterte mich neugierig. Sie kräuselte ihre Stirn und schwieg, als sie aus dem Keller kam. Langsam dämmerte es ihr, dass meine Rolle in dieser Sache wohl ausschlaggebender war als ihre. Ich weiß nicht genau, was sie darüber dachte, aber mein Gefühl sagte mir, dass sie zwar nicht beleidigt war, aber einen Funken Neid konnte ich in ihren Augen sehen. Schweigend nahmen wir uns dennoch in die Arme und waren einfach froh, dass uns nichts passiert war.

Als Alegra den ersten Schock überwunden hatte und sie

alle im Wohnzimmer eingetroffen waren, konnten sie ihre Augen nicht von meinen Ornamenten und von Luca lassen. Natürlich verstanden weder Tom noch sie, was genau hier los war, doch ich war ihnen dankbar, dass sie mich nicht löcherten, sondern sich einfach zurückhielten.
Luca verengte seine Augen und sah von Amy abwechselnd zu mir. Langsam begriff er, dass Amy und ich Zwillinge waren.
»Dein Name ist also Jade«, sagte er leise und fast lächelte er, was mich innerlich in helle Aufregung versetzte. Ich nickte schwach und brachte ein kleines zögerliches Schmunzeln zustande. Einen Augenblick verharrten unsere Blicke ineinander, bis Onkel Finleys Stimme in der Eingangshalle widerhallte. Er rief alle Gorillas in die Sicherheitszentrale, gab ihnen dort die Anweisung, alle Spuren zu beseitigen, einschließlich der beiden Leichen, die sich noch auf dem Grundstück befanden.
»Was sollen wir jetzt tun?«, wollte Amy wissen, die sich in sicherer Entfernung von Luca auf einen Barhocker setzte. Dunkles, ängstliches Schwarz strömte aus ihr, gemischt mit neugierigem Grün und ich wunderte mich, dass sie sich keine Mühe gab, es vor mir zu verbergen.
Gerade war Onkel Finley wieder hereingekommen und schloss geräuschvoll die Tür hinter sich. Mr. Chang stand direkt neben Luca, sah ihn jedoch nicht an. Schweigend schien er in seinen Gedanken versunken zu sein, während Luca nach unserem Augenkontakt wieder verbissen stur auf seine gefesselten Hände starrte.
Tom wich mir nicht von der Seite. Bisher hatte er kein Wort zu mir gesagt, aber sein Blick sprach Bände. Meine Aura und auch die Ornamente auf meiner Haut mussten ihn sehr verwirren. Er stand zwar in meiner Nähe, fixierte

Luca jedoch misstrauisch.
»Alegra, geh hinauf in unser Zimmer und packe deine Sachen. Wir müssen fort von hier. Nimm nicht zu viel mit, gerade so viel, dass du es tragen kannst. Und beeil dich«, meinte Onkel Finley, als sie, kaum dass er den Raum betreten hatte, zu ihm lief.
»Aber, …«, wollte sie erwidern.
Verärgert packte er sie an ihren Armen und sein Ton verschärfte sich. »Entweder du tust, was ich dir sage, oder unsere Wege trennen sich jetzt.«
Sofort erstarben ihre Widerworte und sie nickte, bis er sie losließ. Geräuschlos öffnete sie die Tür, sah nochmals zu ihm und verließ eilig das Wohnzimmer.
»So, Chang, ich will eine Erklärung von Ihnen«, sagte er im Befehlston. Mr. Chang hielt immer noch das schwarze Tuch in den Händen, welches er jetzt auf den Tisch warf.
»Was wollen Sie wissen?«
Mein Onkel lachte kurz höhnisch auf. »Na, alles natürlich. Wieso haben Sie das alles verheimlicht?«
Tief atmete Mr. Chang ein, sah zu Onkel Finley und dann zu Luca. »Wie ich Ihnen vorhin schon sagte, war ich vor vielen Jahren selbst einer von ihnen. Ich trainierte die Taluris, bildete sie aus. Luca«, er zeigte nickend auf ihn, »war einer meiner Schüler.« Ausdruckslos saß Luca neben ihm und sah ihn nicht einmal dabei an. Sein Blick lag auf seinen Fesseln.
»Irgendwann erkannte ich die Machenschaften Morgions und kam hinter sein Geheimnis. Er entwickelte das Obsensium und integrierte es in den Spy. Damit hatte er ein Mittel gefunden, um die Jungen zu seinen Marionetten zu machen. Er implantierte es jedem Taluri in den Oberarm. So konnte er sichergehen, dass die Jungs völlig

emotionslos alle Befehle ausführten«, erzählte Mr. Chang. »Ich wusste, dass der Versuch, Morgion zur Vernunft zu bringen, sinnlos war. Außerdem hätte er mich niemals gehen lassen, da ich einfach zu viel wusste. Daher entschied ich, meinen eigenen Tod zu inszenieren und zu fliehen.«

»Das heißt, Sie wussten all die Zeit über die Taluris Bescheid? Wieso haben Sie nichts unternommen?«, platzte es aus Onkel Finley heraus.

»Das wollte ich ja, doch ich wusste, dass ich allein keine Chance haben würde. Daher schloss ich mich der damals noch kleinen Gruppe Padre de Luz an, um meinen Fehler wieder gutzumachen«, erzählte er und man sah, wie schwer es ihm fiel, darüber zu sprechen.

Langsam dämmerte es mir, was es mit den Bildern in seinem Haus auf sich hatte. Die lachenden Kinder auf den Fotos waren Taluri-Kinder. Die heutigen Kämpfer, die uns tot sehen wollten.

»Was ist mir Ihrer Familie?«, fragte ich. Ein Schatten huschte über sein Gesicht und deutlich war ihm anzusehen, wie schmerzhaft das alles für ihn war und wie ungern er dieses Detail seines Lebens preisgeben wollte. Verbitterung lag in seinem Blick und ich erkannte die Qualen, die er seit Jahren mit sich trug.

»Das … ist schon eine Weile her. Anfangs wollte Morgion mich unbedingt als Trainer seiner neuen Soldaten gewinnen und…«, er schluckte, »als ich mich weigerte, drohte er mir.«

»Naoki Chang galt damals als der beste Kämpfer der Welt. Morgion wollte ihn unbedingt für uns engagieren. Damals sagte er, dass nur er in der Lage wäre, aus uns unschlagbare Krieger zu machen. Womit er recht hatte«,

mischte sich jetzt Luca ein.
Alle schwiegen und sahen gebannt zu Mr. Chang.
»Irgendwann sagte ich zu, da Morgion meiner Familie viel Geld, Sicherheit und ein beschütztes Zuhause versprach. Er pflanzte mir unter einem Vorwand einen Spy ein. Dadurch war auch ich seine Marionette, sein Soldat. Genau wie die unschuldigen Jungs. Diese Wahrheit jedoch erkannte ich erst viel später.«
Onkel Finley tigerte wie immer auf und ab und machte mich nur noch nervöser. »Was ist das für ein Gift? Ich meine, habe ich richtig verstanden? Es unterdrückt Emotionen?«, wollte er ungläubig wissen.
»Das Obsensium ist ein Toxikum, das die menschlichen Gefühlsregungen völlig ausschaltet. Wie schwarzer Nebel dringt es ins Gehirn und tötet alle Emotionen ab, selbst Erinnerungen, die die Jungen hatten«, erklärte Mr. Chang und sah aus dem Panoramafenster in den Park.
Also war es das, was ich in Lucas Körper gesehen hatte. Das Gift, das alle Taluris zu kaltblütigen Mördern machte. Nur bei Luca hatte es scheinbar nicht richtig gewirkt.
»Mit zwölf Jahren bekommen die Jungen ihren Spy eingepflanzt. Über diesen Minichip hat Morgion die totale Kontrolle. Sie empfinden nichts, wenn sie töten. Ohne Gewissen führen sie alle Befehle aus. … Deshalb verstehe ich nicht, Luca, wieso du Gefühle entwickeln konntest. Das ist völlig unmöglich«, meinte Mr. Chang und sah ihn an.
Luca sah nicht auf, er verweigerte auch mir seinen Blick, aus dem ich hätte lesen können. Er brauchte eine ganze Weile, bis er die richtigen Worte fand.
»Ich kann seit ein paar Monaten fühlen. Aber erst als ich Jade das erste Mal sah, wurden die Emotionen stärker. So

stark und deutlich, dass ich mich fragte, was mit mir los war. Ich fühlte eine seltsame Wärme. Direkt hier«, er berührte seine linke Brust. »Ihr Blick verursachte ein Kribbeln in meinem Bauch und mein Puls steigt an. Sie ist so anders als die anderen Mädchen und je öfter ich sie sah, desto mehr wurde mir bewusst, dass mit mir etwas nicht stimmte. Durch sie kann ich fühlen, wenn ich in ihrer Nähe bin.«
»Heißt das etwa, du hast Jade schon öfters gesehen?«, mischte sich Tom fragend ein.
Ich wurde unruhig, da ich genau wusste, dass die Antwort Ärger bedeutete. Unsicher warf ich Luca einen verstohlenen Blick zu und betete inständig, er würde nichts von unseren Treffen verraten.
Als würde er meine Ängste bemerken, sah er mich schweigend an. Er wollte mich jetzt genauso schützen wie in all den Begegnungen, die wir vorher hatten. Ich wäre wirklich in Erklärungsnöte gekommen, wenn Onkel Finley erfuhr, dass ich mich sogar vom Grundstück gestohlen hatte, um mich mit einem Taluri zu treffen.
»Rede endlich!«, sagte Clive und versetzte ihm einen kleinen Tritt.
Luca sah grimmig auf. »Nein, ich habe sie mehrmals aufgesucht, sie beobachtet, um mehr über sie herauszufinden. Meine Aufgabe als Taluri ist es, mein Opfer zu beschatten, daher gab es viele Möglichkeiten, diese neuen Gefühle zu spüren. Aber was soll diese Fragerei? Ich habe bewiesen, dass ich die Wahrheit sage. Verschwindet jetzt einfach, bevor es zu spät ist. Meine Brüder werden nicht mehr lange brauchen, bis sie hier sind.«
»Wieso sollten wir dir glauben? Das könnte genauso gut

eine Falle sein«, meinte Onkel Finley.
Zweifelte er etwa immer noch an seinen Worten?
»Morgion schickt uns. Er gab den Befehl, Amy …, ich meine, Jade zu töten. Ich schaffte es, mich davon zu stehlen, bevor meine Brüder aufbrachen. Ich hatte höchstens ein paar Stunden Vorsprung und hoffte, die würden ausreichen, um Sie zu warnen. Meine Abwesenheit ist ihnen bestimmt schon aufgefallen«, meinte Luca nervös.
»Außerdem hast du deinen Spy entfernt. Das bedeutet, dass sie glauben werden, dass du entweder tot bist, oder dass dein Chip nicht mehr funktionstüchtig ist«, mischte sich Mr. Chang ein.
Er hatte recht. Die Zeit wurde knapp. Wir sollten eine Entscheidung treffen. Je eher desto besser.
Onkel Finley gab sich mit der Antwort zufrieden, dennoch tigerte er durchs Wohnzimmer, während wir anderen schwiegen.
»Jade«, sagte Onkel Finley plötzlich und wandte sich zu mir. Er betrachtete meine Arme und mein Dekolleté. Noch schwach konnte man die Ornamente erkennen, da Lucas Obsensium-Konzentration eine Weile brauchen würde, bis sie vollends aus seinem Organismus verschwunden war.
»Das ist nicht typisch für Illustris. Was sind das für Zeichen?«, gab er gereizt von sich und sah ratlos zu Mr. Chang.
»Ich weiß es nicht genau. Ich habe schon viele Illustris gesehen, aber Jade ist absolut bemerkenswert. Ich glaube, Vico Tramonti kennt die Antwort. Die Padre können uns dazu bestimmt mehr sagen.«
»Dann heißt das, dass beide Mädchen Illustren sind?«
Mr. Chang kratzte sich nachdenklich am Kopf. »Davon

sollten wir ausgehen.«
Schweigend blickte Onkel Finley mich an. »Du hast es gewusst, stimmt´s? Wie konntest du uns nur so im Unklaren lassen? Noch dazu hast du dich selbst in Gefahr gebracht«, brachte er vorwurfsvoll hervor.
Ich hatte ihn im Unklaren gelassen? Ich selbst war so durcheinander, dass ich nur ahnen konnte, was mit mir geschehen war.
»Was willst du jetzt von mir hören? Ich habe mich die ganze Zeit über auf Amy konzentriert. Natürlich sind mir manche Dinge aufgefallen, aber ...« Mir blieben die Worte im Halse stecken. Der Schock, unter dem ich stand, lähmte meine Gedanken. »Die ganze Zeit habt ihr nur von Amy gesprochen, und dass sie die Illustris sei. Wir beide haben Gaben, die wir nicht verstehen. Woher soll ich wissen, was ihr alle von uns erwartet?«, rief ich gereizt. »Ich soll Amys Leben schützen, dann plötzlich mein eigenes. Ich bin so durcheinander und überfordert mit der Situation. Ich hab es satt, nicht zu wissen, was das alles zu bedeuten hat. Ich würde gerne verstehen, warum dies alles passiert.« Mr. Chang ging ein paar Schritte und blieb schließlich bei mir stehen. »Ich kann dich verstehen, Jade. Doch leider kann ich dir keine Antworten auf deine … Zeichen geben. Vico Tramonti wäre entzückt von dir, wenn er gesehen hätte, was du heute Abend gemacht hast. War das heute das erste Mal?«
Ich nickte.
»Und warum hast du Luca geheilt? Was hat dich veranlasst, ihm zu helfen?«
»Ich … spürte das Gift. Ich konnte fühlen, wie er dagegen ankämpfte, und wie es seine Emotionen beeinflusste. Ich … wollte ihn einfach davon befreien«, sagte ich

nachdenklich.
»Hast du vorher schon mal jemanden geheilt? Deine Strahlen müssen mächtig sein, wenn du sogar das Obsensium zerstören kannst. Und das ohne, dass du ihn berühren musstest. Das ist grandios!«
»Nein, nein, bisher konnten weder Amy noch ich das«, unterbrach ich ihn, »Amy und ich konnten nur unsere Aura farblich sehen. Stimmt´s, Amy? Das vorhin ist einfach so passiert und es war das erste Mal.«
Ich sah zu meiner Schwester, die mir nickend zustimmte.
»Natürlich, ihr seid noch sehr jung und nun auch von so unschätzbarem Wert für die Menschheit, dass ihr den Schutz der Padre de Luz dringend braucht.« Er sah mich fasziniert an, genau wie Onkel Finley.
»Wir sollten dieses Phänomen weiter untersuchen. Allein die Tatsache, dass ihr eineiige Zwillinge seid, ist schon faszinierend und ungewöhnlich «, gestand Onkel Finley.
»Wir sollten von hier verschwinden. Clive, rufen Sie den Piloten an, er soll alles startklar machen und bereiten Sie alles vor.«
Nickend nahm Clive sein Funkgerät und gab die Befehle weiter, während Onkel Finley sich leise mit Mr. Chang unterhielt. Am liebsten wäre ich allein über das geheime Mauerstück geflüchtet, hätte gerne Zeit für mich gehabt, die ich dringend gebraucht hätte, um zu begreifen, was mit mir geschehen war. Doch dies war ein sehr ungünstiger Zeitpunkt. Es war so viel passiert. Alle murmelten durcheinander, nur Luca und ich schwiegen. Aus seinen Augen kamen mehr Worte als die, die im Augenblick aus allen Mündern kamen. Er verstand mich. Dieser Mann, der keine fünf Meter von mir entfernt auf dem Boden saß, hatte so viel für mich getan und das nur, weil er wusste,

dass ich die Illustris war und er durch mich etwas fühlen konnte. Und nun? Was sollte jetzt aus ihm werden?
»Was soll mit dem Taluri geschehen, Mr. Lewis?«, fragte Clive, der anscheinend die gleichen Gedanken hatte wie ich.
»Nichts! Wir lassen ihn hier. Falls er die Wahrheit gesagt hat und die Taluris wirklich kommen, werden sie sich freuen, ihn wieder zu haben«, gab ihm mein Onkel zur Antwort.
Das konnte doch nicht sein! Sie würden ihn töten. Das musste Onkel Finley doch klar sein!
»Das kannst du nicht machen, er kam schließlich hier her, um uns zu warnen. Hast du das etwa vergessen? So grausam kannst du doch nicht sein!«, feixte ich aufgebracht.
»Jade, wir haben keine Zeit, darüber zu diskutieren. Er ist ein Taluri. Er hat viele Mädchen getötet. Das solltest du nicht vergessen«, meinte er gereizt und wandte sich von mir ab und damit war diese Angelegenheit für ihn offenbar erledigt.
»Ich frage mich, was Alegra so lange macht. Kannst du mal nach ihr sehen, Amy? Vielleicht braucht sie Hilfe beim Packen.« Meine Schwester verdrehte die Augen, hüpfte etwas widerwillig vom Barhocker, gehorchte jedoch.
Onkel Finley gab währenddessen seinen Leuten weitere Anweisungen. Verwirrt sah ich mich um und sah in Toms Gesicht. Sein Blick ruhte ernst auf mir.
»Tom, wir können ihn nicht hier lassen.«
»Jade, bist du wahnsinnig? Wir können ihn genauso wenig mitnehmen! Er ist ein Mörder, der es auf dich abgesehen hat.«
»Das ist nicht wahr. Du hast doch selbst gehört, dass er …

Gefühle empfinden kann und dass ihn eigentlich keine Schuld trifft. Außerdem hat er mir mehr als einmal das Leben gerettet und er hatte schon oft die Möglichkeit, mir etwas anzutun und hat es nicht getan«, brauste ich verteidigend auf. Ich konnte nicht glauben, wie grausam Onkel Finley war. Aber dass sich Tom ausgerechnet auf die Seite von Onkel Finley stellen würde, damit hatte ich nicht gerechnet.
»Lass nur, Jade. Ist schon in Ordnung«, sagte Luca leise. Sein Blick war sanft, warm und fast zärtlich, ich konnte es auf meiner Haut wahrnehmen. Es fühlte sich wie eine Liebkosung an. Ich erwiderte seinen Blick und legte all meinen Kampfgeist und meine Freundschaft hinein, um ihm nur ein Stück davon wieder zugeben, was er mir geschenkt hatte.
»Ich bin es dir schuldig, Luca. Ich lasse dich hier nicht zurück.«
»Das solltest du aber. Für mich ist es zu spät. Geh endlich, verschwinde so schnell du kannst, bitte. Bring dich in Sicherheit.«
Lange blieb mein Blick auf Luca haften, wie er mich flehend darum bat, ihn hier zurückzulassen. Konnte ich das? Alles in mir sträubte sich dagegen, doch kein Wort kam über meine Lippen. Nein! Ich würde ihn nicht hier lassen. Ich musste ihn retten. Irgendwie …
Dass Tom neben mir stand, hatte ich völlig ausgeblendet. Er beobachtete uns und seine Augen hatten sich zu zwei kleinen Schlitzen verengt. Ich spürte seine Abwehrhaltung Luca gegenüber.
»Wie lange werden die Taluris noch brauchen, bis sie hier sind?«, kam nun plötzlich die Frage von Onkel Finley. Luca sah auf und blickte hinaus in die Dunkelheit. »Das ist

schwer zu sagen. Da ich schon seit längerer Zeit fehle, haben sie bestimmt ihren Plan geändert. Ein paar Stunden vielleicht, oder auch nur noch Minuten. Ich weiß es nicht. Es wäre ratsam, dass ihr schnell verschwindet.«
Onkel Finley rief Mr. Chang zu sich und sie verschwanden in die hinterste Ecke des Wohnzimmers.
»Hör auf, dich für einen Mörder starkzumachen. Ich denke, ihr habt nun wichtigere Probleme«, flüsterte Tom.
Ich verzog mein Gesicht und zog ihn zum großen Fenster, wo wir einigermaßen ungestört miteinander reden konnten.
»Aber ich kann ihn nicht hier zurücklassen, verstehst du das nicht? Auch wenn er viele Mädchen getötet hat, er kann doch nichts dafür. Er wurde vergiftet, Tom. Wenn wir ihn zurücklassen, ist es genauso Mord und ich will keine Mörderin sein. Außerdem …«, ich sah zu Luca, »bin ich es ihm schuldig.«
Sekundenlang sagte Tom kein Wort. Er versuchte, mich zu verstehen, doch sein Verständnis für den Taluri hielt sich in Grenzen. Ich sah es ihm deutlich an.
»Und was ist mit mir?«, fragte er noch leiser, sodass ich mich anstrengen musste, ihn zu verstehen. Schweigend sah ich in sein Gesicht und schluckte die aufsteigenden Tränen hinunter.
»Du bist mir noch eine Antwort schuldig. Ich weiß, es klingt egoistisch und ich verlange viel von dir, gerade jetzt. Aber ich muss wissen, ob du für mich das Gleiche empfindest.« Seine Augen sahen mich fragend und hoffnungsvoll an. Er litt und es tat mir in der Seele weh.
»Tom, ich …«, mehr brachte ich in dem Augenblick nicht zustande, ich war noch nicht einmal fähig, etwas zu fühlen. Ich wusste nur, dass wir hier weg sollten, und das so schnell wie möglich. Toms Leben war genauso in Gefahr

wie mein eigenes. Er würde mit uns kommen müssen, während Lucas Schicksal ungewiss war. Die Worte, die Tom von mir hören wollte, konnte ich nicht sagen, was mich unsicher werden ließ.
»Du weißt, dass ich dich liebe. Aber, ...«
»Dieses „Aber“ stört mich, Jade. Wenn du mich wirklich liebst, dann gibt es kein „Aber“. Ich will mit dir zusammen sein, ganz egal, was das alles hier zu bedeuten hat. Ich liebe dich mehr als mein Leben, verstehst du das denn nicht? Ich sehne mich schon lange nach dir. Ich träume von dir, ich werde noch wahnsinnig, wenn du …«, flüsterte er und es klang verzweifelt. Weiter sprach er nicht, er rang mit seiner Fassung. Er nahm meine Hand und küsste sie, ließ mich nicht aus den Augen. Ich war so sprachlos und ein heilloses Durcheinander entstand in meinem Herzen. Sonst war es immer leicht für mich gewesen, es wieder zu ordnen, doch diesmal war es einfach zu viel.
»Du bist wirklich das Beste, was mir je in meinem Leben passiert ist und ich mag dich wirklich, aber ich kann dir auf deine Frage im Augenblick keine Antwort geben, Tom. Das alles … ist einfach zu viel. Mein Leben ist so sehr aus den Fugen geraten, dass ich nicht weiter weiß. Außerdem, ist dir klar, was für ein Leben dich an meiner Seite erwartet? Ich weiß ja selbst nicht, was noch alles auf mich zukommt und das macht mir Angst. Ich habe so schreckliche Angst«, sagte ich leise, die letzten Worte presste ich nur noch flüsternd heraus und unterdrückte die Panik, die in mir hochkroch.
Er zog mich in seine Arme, drückte mich fest an sich. Er war mein bester Freund, ich wollte ihn nicht verlieren und ihm schon gar nicht wehtun. Doch ich konnte ihm das Versprechen nicht geben, das er sich von mir wünschte. Es

ging hier nicht allein um mich. Wäre es nicht vernünftiger, ihn wegzuschicken, wie es Onkel Finley einmal von mir verlangt hatte? Warum war er nur zurückgekommen! Damit erschwerte sich so vieles.
Ich erwiderte den Druck seiner Umarmung und schloss für einen Moment meine Augen. Für eine ganz kurze Weile wollte ich einfach nicht an all diese Probleme denken. Ich schmiegte mein Gesicht an seine Schulter, sog den vertrauten Geruch seines Aftershaves ein, genoss diese Sekunden. Gedankenvoll starrte ich hinaus in die Dunkelheit. Ich sah durch das große Panoramafenster im Wohnzimmer. Eigentlich hätte alles so schön werden können. Doch das Schicksal hatte etwas anderes mit uns allen vor.

Ein dunkler Schatten flatterte auf den Terrassenboden. Neugierig hob ich meinen Kopf von der Schulter und sah auf. Ein weiterer Schatten folgte, glitt zum ersten. Neugierig geworden, löste ich mich aus der Umarmung und spähte angestrengt hinaus. Kobaltblau leuchtete es mir entgegen, während alles andere still und friedlich aussah. Von Weitem sah ich einige Taschenlampenlichter im Park. Sie stammten von den Gorillas, die Onkel Finley auf Patrouille geschickt hatte. Ich erstarrte, als mir bewusst wurde, dass sich Maorikrähen direkt neben dem Pool sammelten. Schon flog die nächste Krähe zu den anderen. Ich hielt den Atem an, beobachtete die Tiere, wie ihr Blick auf unser Haus gerichtet war. Mehr als sechs Krähen befanden sich nun unterhalb der Laterne und es wurden von Sekunde zu Sekunde mehr.
Mein Herz setzte aus und ich hielt den Atem an. Ich wusste, was das nun zu bedeuten hatte. Scharf sog ich die

Luft ein und drehte mich ruckartig zu den anderen um, um sie zu warnen. Da schrie Amy plötzlich aus dem oberen Stockwerk auf. Ihr Schrei ging mir durch Mark und Bein und ich wusste, dass etwas Schreckliches geschehen sein musste. Mein Gott! Bei ihrem Aufschrei erstarben sofort alle Gespräche und Mr. Chang war der Erste, der zur Wohnzimmertür stürzte, dicht gefolgt von Onkel Finley und Clive.

Sobald die Tür offen stand, war ihr Schrei noch deutlicher zu hören. Sie war völlig hysterisch. Nichts hielt mich länger hier unten. Die Angst um meine Schwester trieb mich furchtlos nach oben. Ich rannte durch die Eingangshalle, die Stufen hinauf. Clive zog seine Pistole aus seinem Hosenbund und auch Mr. Chang zerrte das Schwert, das er in einem Halfter um seine Hüften stecken hatte, heraus.

Schnell waren wir oben bei Amy, die, sobald sie uns entdeckte, weinend in Onkel Finleys Armen zusammenbrach. Mr. Chang und Clive sicherten den oberen Flur und während Amy völlig unter Schock schreiend in das Schlafzimmer von Onkel Finley zeigte, betraten sie vorsichtig das Zimmer.

»Da ist niemand«, rief Clive. Onkel Finley sah zu mir. Betrachtete meine Arme und meinen Hals. Er wusste, ich würde die Taluris spüren, falls sie hier wären. Doch meine Haut fühlte sich normal an. Kein Taluri war in der Nähe.

»Ihr könnt reingehen, Clive. Jade wird es euch sagen, sobald sie es spürt«, rief er ihnen zu.

Ich trat hinter Onkel Finley hervor und sah mich im Flur um, während ich auf jedes noch so kleine Anzeichen meiner Haut achtete.

»Jade, wir müssen Amy und die anderen in Sicherheit

bringen«, flüsterte Onkel Finley mir leise zu. Ich nickte, und als ich weiter nichts entdecken und spüren konnte, trat ich ein paar Schritte in das Schlafzimmer zu Clive.
Zögernd folgte ich ihm, wobei Mr. Chang mich leicht zurückdrängte.
Die Tür zum Badezimmer war angelehnt und Licht brannte. Vorsichtig drückte Clive mit dem Pistolenlauf die Tür auf und was wir zu sehen bekamen, war so schrecklich und fürchterlich, dass ich dieses Bild wohl mein ganzes Leben nicht aus meinem Kopf bekommen werde.
Regungslos sah ich den schlaffen Körper von Alegra auf dem Boden liegen. Eine große Blutlache suchte sich bereits ihren Weg in unsere Richtung. So viel Blut, es rann sogar in kleinen Rinnsalen von den Wänden. Ihr Kopf war von ihrem Körper getrennt.
»Wir sollten so schnell wie möglich von hier verschwinden«, sagte Clive in einem fast ruhigen Ton und wollte mich aus dem Badezimmer ziehen. Doch ich konnte nicht anders, ich musste hinsehen. Gespaltene Knochen lagen offen und Blut sickerte langsam aus ihrem Rumpf. Sehnen und Muskelstränge zuckten wie elektrisiert. Der Kopf war unter das Waschbecken gerollt, starre Augen blickten entsetzt ins Leere. Ihr Haar war blutgetränkt und schimmerte rosa.
Mir wurde schlecht, angeekelt wandte ich meinen Blick ab, ließ mich von Clive dann doch benommen aus dem Badezimmer führen. Zitternd gaben meine Knie nach und ich ließ mich auf das Bett fallen. Meine Gedanken kreisten um die tote Alegra. Ich konnte es nicht fassen, die arme Alegra! Man hatte sie enthauptet! Sie war tot und wir saßen in der Falle. Mein Magen krampfte und ich unterdrückte den Reiz, mich übergeben zu müssen.

Mr. Chang betrat den Flur und nickte vielsagend Onkel Finley zu, dessen Farbe völlig aus seinem Gesicht verschwand. Er kämpfte mit den Tränen und kurz glaubte ich, Angst in seinen Augen zu erkennen. Amy drückte er fester an sich. In diesem Moment breitete sich ein Kribbeln auf meiner Haut aus, panisch schrie ich sofort auf. Alles ging sehr schnell. Mr. Chang zerrte mich an meinem Arm in den Flur.
»Los, in den Keller«, schrie Onkel Finley, zog Amy mit sich hoch und rannte mit ihr auch schon die Treppen hinunter.
»Lauf, Jade, lauf!«, schrie er.
Glas splitterte, Schüsse fielen. Ein lauter Knall ließ das ganze Haus beben. Mr. Chang und Clive stürzten vor uns die Treppen hinunter. Dicht folgte mir Tom und trieb mich an, schneller zu laufen. Schon hörten wir schwere, schnelle Schritte auf dem Flur hinter uns. Sofort waren meine Ornamente heiß wie Glut und leuchtend sichtbar. Sie waren hier. Die Taluris.

Eine Explosion ließ uns während des Laufs kurz innehalten. Wir spürten die Druckwelle, die über unsere Körper hinwegfegte. Es krachte und wieder zersplitterte Glas, rauch verbreitete sich wie Nebel im Haus. Amy fing an zu husten und plötzlich stellte sich uns ein Taluri in den Weg. Dunkle tote Augen starrten mich an, ein eiskalter Angstschauer lief mir den Rücken hinunter und zwang mich zum Stehenbleiben. Wie gelähmt sah ich ihm entgegen. Sofort schossen Clive und Onkel Finley auf ihn zu, unbeeindruckt preschte er an ihnen vorbei und suchte den direkten Weg zu mir. Erst als Mr. Chang sich dem Zweikampf stellte, schaffte ich es aus meiner Starre

aufzuwachen und an die Kellertreppe zu rennen. Onkel Finley zerrte Amy mit sich. Tom schob mich die ersten Stufen hinunter, als ich mich hektisch umdrehte.
»Wir müssen Luca holen«, schrie ich in dem Chaos.
»Bist du verrückt? Dafür ist es jetzt zu spät.«
Verzweifelt wollte ich mich an ihm vorbei drängen, doch er hielt mich fest.
»Jade, sei vernünftig! Wahrscheinlich können wir für ihn ohnehin nichts mehr tun.«
Ich weinte hysterisch. »Nein, wir müssen es versuchen, Tom, bitte«, flehte ich. Kurz sah er sich noch einmal in der Eingangshalle um. Er schüttelte den Kopf.
»Jade, komm endlich!«, schrie Onkel Finley vom Keller.
Mr. Chang kämpfte erbittert, während weitere Taluris aus dem Wohnzimmer kamen. Sie alle trugen Tarnhosen, waren muskelbepackt und hatten diesen fiesen, toten Gesichtsausdruck. Gleich würden sie uns erreicht haben.
Da zögerte Tom nicht länger, schloss die Tür hinter sich und schob mich panisch die Stufen hinunter.
Onkel Finley hatte in der Zwischenzeit unseren Rettungsraum geöffnet und wartete nur darauf, dass wir ihm folgen würden. Nur Sekunden später wurde die Kellertür oben geöffnet und mehrere Taluris polterten uns bewaffnet hinterher. Ich sah kurz hinter mich. Der Erste zog sofort seine Pistole, schoss auf uns und verfehlte Tom nur knapp.

Wir rannten weiter, rannten um unser Leben. In allerletzter Sekunde schafften wir es zum kleinen Vorraum des Sicherungsraums. Die Tür stand offen, die Sicherheit zum Greifen nah. Onkel Finley brüllte uns mit hochrotem Kopf an, was ich jedoch nur wie durch Watte hörte. Seine Finger

schwebten zitternd über dem Knopf, der das Schloss aktivieren und die schwere Tür schließen würde. Wieder drehte ich mich um in der Erwartung, Tom direkt hinter mir zu wissen. Erneut entluden sich mehrere Schüsse, Tom kam ins Straucheln - er war getroffen. Mein Herz blieb stehen, als ich erkannte, was geschehen war.
Er riss seine Augen auf, Blut floss aus seinem Mund. Das Entsetzen in seinem Gesicht ließ mich kreischend und panisch aufschreien. Ich schrie und schrie.
»Tooommmmm! Tooooommmmm! Neeiiinnnnnn!!!!!«
Er sank auf die Knie, hielt sich noch kurz und sah mich an. Angst und Bedauern lagen darin, bis seine Augen nach oben rollten und sein Blick ausdruckslos wurde. Dann fiel er vornüber auf seine Brust.
Unfähig, mich zu bewegen, schrie ich völlig außer mir. Die Taluris hatten mich fast erreicht und einer zog schon ein Schwert, als Onkel Finley mich packte und hinter uns die Tür in allerletzter Sekunde verriegelte. Doch all das nahm ich nicht mehr wahr. Ich konnte mich nicht beruhigen, schrie und schlug meinen Onkel, riss an der Stahltür, trommelte dagegen, bis meine Fäuste schmerzten. Ich weinte um Tom. Wir hatten Tom verloren und saßen nun in der Falle.

Ich hämmerte so lange gegen das Stahl, bis mich meine Beine vor Erschöpfung nicht mehr trugen. Ich sank zu Boden, blieb direkt vor der Stahltür sitzen und weinte bitterlich um meinen Freund, bis ich irgendwann völlig ausgelaugt und starr ins Leere schaute.
Die Gewissheit, dass nur diese Tür mich von Toms leblosem Körper trennte, war so bitter, dass sich dieses letzte Bild von ihm für immer in mein Herz brannte. Wir

wollten ihn doch schützen, ihn aus dieser Sache heraushalten. Und jetzt war er tot. In dem verzweifelten Versuch, mich zu retten, wurde er kaltblütig von diesen Monstern ermordet, grausam in den Rücken geschossen. Und es war meine Schuld. Ich war dafür verantwortlich. Zumindest schoss dieses Gefühl in mein Herz und dort lag es schwer und dunkel.
Ich war ihm eine Antwort schuldig geblieben, die er noch vor ein paar Minuten hören wollte. Ich war nicht in der Lage, ihm zu sagen, dass er ohne mich ein besseres Leben gehabt hätte, und auch jetzt fühlte ich so. Tom hatte all dies nicht verdient. Unbändige Wut und unendliche Trauer breitete sich heiß in mir aus. Rot und schwarz schimmerte aus mir, wobei das Rot eine solche Leuchtkraft annahm, die mir bisher unbekannt war. Der Drang nach Gerechtigkeit nagte an mir. Ich begann zu zittern, als mein Körper zu brennen anfing. Der Wunsch nach Rache reifte, welchen ich jedoch sofort unterdrückte. Ich sah zu Amy. Sie musste ich schützen, sie war hilflos und verängstigt. Ich trug die Verantwortung für uns beide.
Mehrere Explosionen waren zu hören, bis es mit einem Mal völlig still war. Ich sah nicht auf, sondern nahm diese Stille einfach hin. Ich machte mir keine Gedanken darüber. Ich wollte nur in Toms Nähe sein, auch wenn uns die Stahltür trennte. Völlig ruhig kauerte ich an der Tür und hing meinen Gedanken nach.

Onkel Finley wachte als erster aus seinem trauernden Schock auf, ging in die kleine Küche und stellte den Wasserhahn an. Er wusch sein überhitztes Gesicht mit kaltem Wasser ab. Mehrmals wiederholte er den Vorgang, bis er sich mit beiden Händen nur noch am Spülbecken

festhielt. Gedankenverloren sah er dem Wasserstrahl zu, wie er geräuschvoll im Abfluss verschwand.
Amy lag wimmernd auf dem kleinen Sofa. Sie lag schon lange in der gleichen Stellung und rührte sich nicht. Sie stand unter Schock. Wie lange waren wir schon hier unten eingesperrt? Minuten? Stunden? Ich konnte es nicht sagen. Jedes Gefühl für Zeit hatte ich verloren. Und was war mit den Taluris? Waren sie noch hier im Haus? Sie wussten, dass wir hier unten waren. Unser Keller war zwar groß, doch diese Metalltür war die einzige, die verschlossen war. Onkel Finley wischte sich sein Gesicht an seinem Hemdsärmel trocken, der völlig verschwitzt und schmutzig war. Endlich schaltete er das Wasser aus, drehte sich zu uns und seufzte tief.
»Ist es vorbei?«, flüsterte ich.
»Ich weiß es nicht«, sagte er und ich spürte, wie hilflos er sich vorkommen musste. Sonst war er der starke und allwissende Onkel gewesen, der für alles eine Lösung hatte, doch diesmal schien auch ihn die Ratlosigkeit befallen zu haben.
Mein Blick schweifte ab und ich betrachtete unser Familienfoto. Sah in die lächelnden Gesichter meiner Eltern. Das Bild war sehr harmonisch. Das Lächeln meiner Mutter war sanft und gleichzeitig geheimnisvoll. Liebe sprach aus ihren Augen und der Blick meines Vaters verriet, wie stolz er auf uns war. Es war ein schönes Bild, das ich schon oft in der Bibliothek angesehen hatte. Doch den Frieden, den es ausstrahlte, ertrug ich nicht lange und schloss meine Augen. Sofort hatte ich das Gesicht von Luca vor mir. Ein heißes Stechen durchfuhr mich, als mir klar wurde, dass auch er es wahrscheinlich nicht geschafft hatte. Der Taluri, der hier hergekommen war, um mich zu

warnen, der mich zum Nachdenken gebracht hatte, dessen Augen mir nicht aus dem Kopf gingen. Er hatte es geschafft, dass mein Herz raste, wenn wir uns begegneten. Ich musste mir eingestehen, dass ich mehr für ihn empfunden hatte, als ich zugeben wollte. Dieser warme und aufregende Gedanke, diese Verbundenheit mit ihm durchströmte mich und mir wurde klar, dass meine Gefühle tiefer waren. Musste ich wirklich hier in diesem Bunker erkennen, dass Luca jemand war, der es in kürzester Zeit geschafft hatte, mein Herz zu erobern, um es dann wieder zu brechen? Tränen stiegen erneut in mir hoch und das Gefühl, so viel verloren zu haben, war so übermächtig, dass ich glaubte, keine Luft mehr zu bekommen. Tom und ... Luca.

Er war im Wohnzimmer gefesselt zurückgeblieben und von da an wusste ich nicht, was mit ihm geschehen war. Die Wahrscheinlichkeit, dass er noch lebte, war sehr gering. Seine Brüder wussten bestimmt, dass er sie verraten hatte. Tränen liefen mir wieder über die Wangen. Ich verstand plötzlich, welche Sehnsucht Tom gequält haben musste. Genau wie er, würde auch ich wohl nie erfahren, wie schön es wäre, dieses Gefühl teilen zu können. War es ein Verrat an Tom, dass Luca solche Gefühle in mir auslöste?

Kapitel 23

Jade

Was war mit Terry, Clive und Mr. Chang geschehen? Konnten sie fliehen oder waren sie auch ermordet worden? Ich wünschte mir von Herzen, dass sie noch rechtzeitig einen Weg gefunden hatten und unbeschadet aus der Katastrophe fliehen konnten. Doch ich wusste, dass das Wunschkonzert schon längst beendet war und ich der Realität ins Auge blicken musste.

»Was machen wir jetzt?«, fragte ich in die Stille, um mich abzulenken. Meine Stimme war belegt. »Wir können schließlich nicht ewig hier bleiben.«

Wie in alter Manier, tigerte Onkel Finley durch den Raum. Er antwortete mir nicht. Ich wusste nur, dass ich niemals durch diese Stahltür treten könnte, solange Toms toter Körper noch dort lag.

»Dieser Bunker ist so ausgestattet, dass wir problemlos mehrere Monate hier unten überleben könnten«, war das einzige, was Onkel Finley sagte.

Eine plötzliche Erschütterung ließ den Putz von den Wänden rieseln. Sofort fuhren Amy und ich hoch, stürzten zu unserem Onkel und fixierten schockiert und ängstlich die Stahltür.

»Die wollen hier rein«, begriff Amy und fing wieder an zu weinen.

»Das schaffen sie nicht. Das kann nicht sein«, beteuerte Onkel Finley, doch ich hörte deutlich, dass er sich nicht sicher war. Es dauerte nicht lange und eine zweite Detonation ließ das komplette Haus erneut erzittern.

»Mein Gott, die wollen wirklich hier rein. Was sollen wir

nur tun?«, rief Amy entsetzt und konnte den Blick nicht von der Tür nehmen.
Onkel Finley sah abwechselnd zu dem Portrait und zur Tür. Falls er eine Lösung suchte, würde er sie sicher nicht auf dem Familienfoto finden. Kurz nahm er Amy in seine Arme, ergriff ihre Schultern und sah sie ernst an. »Hör auf zu weinen. Wir werden hier rauskommen, aber dafür brauchen wir einen klaren Kopf! Verstehst du mich?« Amy schniefte, wischte sich die Tränen aus dem Gesicht und nickte. Dann war es wieder still. Auf die nächste Erschütterung wartend, achteten wir auf jedes Geräusch. Aus Sekunden wurden Minuten. Nichts geschah, es herrschte absolute Stille. Wir hörten nur unseren eigenen Atem.
»Haben sie etwa aufgegeben?«, flüsterte Amy.
»Vielleicht! Dennoch kann diese Ruhe viel bedeuten! Egal wie sicher dieser Raum ist, es wird eine Frage der Zeit sein, bis sie etwas gefunden haben, womit sie das Sicherheitsschloss umgehen können«, meinte Onkel Finley.
Ich war mir sicher, dass es so war. So wie ich die Taluris einschätzte, würden sie alles auch nur Mögliche tun und in Bewegung setzen, um an ihr Ziel zu kommen.
»Durch die Stahltür können wir nicht fliehen. Da würden wir ihnen direkt in die Hände laufen«, sagte Onkel Finley nachdenklich.
Ich sah mich um. Die dicken Betonwände schützten uns zwar, jedoch wussten wir nicht, für wie lange. Onkel Finley presste seine Lippen aufeinander und mehrere Falten bildeten sich auf seiner Stirn.
»Es gibt einen Weg hier raus. … Es gibt einen geheimen Tunnel, den ich damals extra für solch einen Fall habe

bauen lassen«, begann er langsam. Aufmerksam schaute ich ihn an. Er überraschte mich immer wieder.
»Es gibt einen geheimen Tunnel?«, fragte ich verwundert und sah mich suchend danach um.
Onkel Finley schwieg und tigerte unruhig umher. Ich beobachtete ihn und die Zeit, die er brauchte, um einen neuen Fluchtplan zu schmieden, zog sich endlos. Außerhalb des Sicherungsraums war es immer noch still. Nichts war mehr zu hören. Ich betete inständig, dass Onkel Finley einen Weg hier raus finden würde. Bald würde ich es nicht mehr aushalten und verrückt werden. Es wunderte mich schon, dass Amy noch keine Panikattacke erlitten hatte, wahrscheinlich war ihr Schock dafür viel zu groß.
»Was glaubst du, ist mit Mr. Chang, Luca und den Gorillas? Meinst du … jemand hat überlebt?«, wollte ich vorsichtig wissen. Onkel Finley sah mich traurig an und mir wurde klar, dass auch er am Ende war. Er hatte nicht nur Tom, sondern auch Alegra verloren.
»Ich weiß es nicht, Jade. Vielleicht ist es ihnen geglückt zu fliehen, doch wenn das so wäre, dann wäre bestimmt die Polizei hier. … Weißt du, welche Autos in der Garage stehen?«, fing er plötzlich an. Ich war seit Tagen nicht mehr in der Garage gewesen. Onkel Finley besaß mehrere ganz unterschiedliche Autos. Zwei Sportwagen, eine Limousine und einen Pick-up, aber auch einen Transporter für unsere Angestellten.
»Warum willst du das wissen?«
»Der Tunnel führt direkt in die Garage und wir sollten wissen, falls wir es dorthin schaffen, mit welchem Auto wir fliehen können«, meinte er.
Ich dachte nach, doch ich kam zu keinem klaren Ergebnis.
»Ich weiß nicht, aber ich denke die Sportautos und die

Limousine werden drin stehen.« Onkel Finley nickte nachdenklich. »Die Sportautos sind zwar schnell, aber wir drei haben darin keinen Platz«, sagte er. Der Transporter blieb nur nachts in der Garage, tagsüber wurde er öfters gebraucht, somit blieb nur noch der Pick-Up. Er lief zur Küche, nahm eine Taschenlampe, ein Taschenmesser und eine Pistole mit Munition aus dem Küchenschrank. Er legte alles auf den Tresen.

»Was tust du da?«, wollte ich wissen und folgte ihm in den Schlafraum. Aus einem weiteren Schrank nahm er einen kleinen schwarzen Rucksack und lief zur Küche zurück, verstaute alle Sachen außer der Pistole darin. Er lud sie und steckte sie sich in den Hosenbund. Eine Handvoll Munition ließ er lose in die Tasche fallen.

Genau in dem Augenblick donnerte etwas gegen die Stahltür. Diesmal war die Erschütterung so stark, dass die Betonwand Risse bekam. Der Knall war so gewaltig, dass Amy, Onkel Finley und ich heftig zu Boden geworfen wurden. Das Geschirr im Küchenschrank klirrte und Betonstaub rieselte vom ganzen Raum auf uns herab. Wir husteten den Staub aus der Lunge und richteten uns wieder auf.

»Seid ihr verletzt?«, fragte er und sah uns nach Verletzungen suchend an. Uns fehlte nichts, doch wir waren von der Druckwelle der Explosion geschockt.

»Die Zeit drängt, also hört zu! Hier im Boden ist der Abgang zum Tunnel versteckt. Er wird durch einen Mechanismus im Bilderrahmen geöffnet. Sobald ich den Mechanismus in Gang setze, haben wir genau 12 Minuten Zeit, das Grundstück zu verlassen. Das heißt also, wir müssen uns beeilen«, sagte er und hustete hin und wieder dabei.

Neugierig sah ich zu unserem Familienfoto, konnte aber nichts Ungewöhnliches entdecken. »Was passiert, wenn wir es nicht schaffen?«, wollte ich wissen.
Onkel Finley hielt kurz inne und sah mich ernst an. »Die ganze Villa wird in die Luft gehen und wir mit ihr.«
Sprachlos brauchte ich einen kurzen Moment, bis ich verstand, welche Konsequenzen das hätte. Unser Haus und auch dessen Inhalt würde für immer zerstört werden. Und …, oh Gott!
»Aber, … aber das heißt ja, … falls noch jemand überlebt hat und vielleicht schwer verletzt ist, der würde ... «, rief ich entsetzt und brach mitten im Satz ab.
»Darauf können wir keine Rücksicht nehmen, Jade. Die Taluris brauchen nicht mehr lange, dann haben sie die Stahltür gesprengt, oder sie schaffen es, die Betonwand zum Einsturz zu bringen. Wenn es ganz schlimm kommt, bricht die Decke über uns ein. So oder so, wir haben keine andere Wahl. Wir müssen die Zeitschaltuhr aktivieren, sonst sterben wir hier.«
»Aber Onkel, das können wir nicht machen! Dort oben sind Menschen«, schrie ich, während er anfing, unser Vorhaben vorzubereiten.
»Hast du eine bessere Idee?«, schrie er mich an.
»Ich fasse nicht, wie leichtfertig du mit Menschenleben umgehst. Du bist genauso schlimm wie die Taluris«, brüllte ich weinend. Ich war so schockiert über ihn, konnte nicht glauben, wie gefühlskalt er handelte. Meine Worte brachten das Fass zum Überlaufen. Onkel Finley holte aus und schlug mir ins Gesicht, so dass mein Kopf fast seitlich wegflog. Stille.
Fassungslos starrte er mich an. »Jade, … es tut … mir leid. Ich habe die Beherrschung verloren«, stöhnte er.

Amy kam zu mir. Auch sie konnte nicht glauben, was Onkel Finley gerade getan hatte. Niemals hatte er die Hand gegen uns erhoben. Kurz schloss er seine Augen. »Wir haben keine andere Wahl, wenn wir leben wollen.«
Die wütende Glut, die in mir schlummerte, brodelte heiß. Das Rot, das ich ausstrahlte, überlagerte sogar das trauernde Schwarz. Ich wollte leben, wollte frei sein. Jedoch nicht zu jedem Preis. Was für ein Leben würden wir haben? Tom war tot - und falls Luca noch lebte, würde er in ein paar Minuten auch tot sein. Panik ergriff mich.
»Das ist Mord und macht uns nicht besser als die Killer, die hinter uns her sind«, brach es erneut vorwurfsvoll aus mir heraus.
Natürlich widerstrebte es mir, Luca, Mr. Chang, Clive oder einen anderen unserer Leute ohne Rücksicht auf Verluste einfach im Stich zu lassen. Tränen der Panik stiegen in mir auf und ich musste mich mit aller Kraft zusammenreißen, um meiner Wut nicht freien Lauf zu lassen. Ich wagte es aber auch nicht, Onkel Finley ein weiteres Mal zu widersprechen.
»Falls die Taluris dich kriegen, bist du so gut wie tot und mit dir sterben auch Amy und ich. Also, wie entscheidest du dich?«, fragte Onkel Finley gereizt. Amy und ich sahen zu, wie er den Teppich vor dem Sofa zur Seite schob. Die Bodenluke kam zum Vorschein, die uns zur Freiheit verhelfen sollte. Starr vor Angst stand Amy neben mir und weinte leise vor sich hin. Ich presste meine Fäuste so fest zusammen, dass die Knöchel weiß hervortraten. Hatten wir eine andere Wahl? Es war ein schrecklicher Gedanke, doch ich musste zugeben, dass es im Augenblick keine andere Lösung gab. In der Hoffnung, dass das Sicherheitsteam und auch Mr. Chang von dem Mechanismus wussten, trat

ich näher zur Bodenluke und nickte meinem Onkel zum Einverständnis nur kurz zu. »Sobald ich den Magnetmechanismus ausgelöst habe, wird die Zeitschaltuhr aktiviert. Ich werde vor euch gehen, bleibt dicht hinter mir. Sobald wir draußen sind, laufen wir zum Pick-up. Habt ihr mich verstanden?«

Amy nickte stumm. Schwarz und orange schimmerte aus mir. Ich hatte Angst und ich wusste, dass es Amy genauso ging. Sogar Onkel Finley zitterte. Er ging zu unserem Familienfoto, fuhr mit den Fingern über den mit Gold verzierten Rahmen, bis er auf dem Muster eine kleine unscheinbare Erhöhung fühlte und diese eindrückte.

Ich konnte nichts sagen, ich weinte. Der Druck in meiner Brust war so groß, dass ich kurz daran zweifelte, es überhaupt durch den Tunnel zu schaffen. Die Ohrfeige tat nicht so sehr weh wie die Erkenntnis, dass mein lieber Onkel kalt und egoistisch sein konnte. Er wollte uns retten um jeden Preis, selbst wenn andere dafür ihr Leben lassen mussten.

Kurz sah er zu uns. »Bereit? Es geht los, bleibt dicht zusammen«, rief er nervös.

Es zischte kurz und mit einem schiebenden, kratzenden Geräusch rückte die Platte langsam unterhalb des Bodens zur Seite. Dunkelheit erwartete uns. Eilig begann er, die Leiter hinunter zu klettern, die kaum sichtbar ins Dunkle führte. Als nächstes folgte Amy und dann ich.

Es roch nach kalter, erdiger, feuchter Kellerluft und mit jeder Stufe, die ich hinunterstieg, wurde es intensiver. Erkennen konnte ich nur den hellen Taschenlampenstrahl meines Onkels. Jemand berührte mich. Es waren die kalten Hände meiner Schwester.

»Können wir uns festhalten, Jade? Ich habe Angst, die Orientierung zu verlieren«, flüsterte sie und ich spürte ihre Unsicherheit.
»Natürlich.«
Gerade, als wir loslaufen wollten, gingen winzige kleine Lichter an. Sie leuchteten nicht sehr hell, doch stark genug, damit wir den Boden und den Weg vor uns erkennen konnten. Fest umschlossen sich unsere Finger und wir liefen schnell unserem Onkel und dem Taschenlampenlicht hinterher. Vorsichtig folgten wir dem engen Tunnelverlauf. Amy blieb stehen, atmete schwer und zitterte.
»Ich kann nicht weiter«, hauchte sie, was Onkel Finley zum Stehen brachte.
»Doch, du kannst!«, sagte er und leuchtete kurz in ihr Gesicht. »Halt deinen Mund und lauf gefälligst weiter«, presste er wütend.
»Es ist nicht mehr weit«, fügte ich noch hinzu, als plötzlich wieder ein ohrenbetäubender Knall zu hören war. Doch diesmal wurden wir von herabrieselndem Sand getroffen. Amy schrie hysterisch auf, als es hinter uns laut krachte. Sofort war die Luft staubig, was uns husten ließ. Die Taluris hatten es geschafft, die Betonwand einstürzen zu lassen. Gleich würden sie unsere Luke entdecken und uns einholen.
»Los, schnell!«, rief Onkel Finley, und zog Amy am Arm weiter. Nur Sekunden später vernahm ich hinter mir Geräusche. Kurz drehte ich mich um, doch erkennen konnte ich nichts. Ich hoffte nur, dass wir die Garage bald erreicht hatten. Ich atmete schnell und hatte Mühe, nicht in Panik zu geraten.
Endlich, Onkel Finley leuchtete am Ende des Schachtes auf eine Metalltür und hielt kurz inne. Er lauschte. Das

musste der Ausgang zur Garage sein.
Obwohl man deutlich etwas aus der Garage hören konnte, löste er erst den oberen und dann den unteren Haken. Vorsichtig und sachte schob er die Tür einen kleinen Spalt weit auf. Die Geräusche, die wir vernommen hatten, kamen von einem Kampf, der vor der Garage stattfand. Wer dort kämpfte konnte ich nicht sehen.
»Die Luft ist rein, wir können jetzt raus«, sagte er. Deutlich war die Angst in seiner Stimme zu hören. »Der Pick-up steht gleich rechts. Sobald ihr eingestiegen seid, haltet euch so gebeugt wie möglich und schlagt die Autotür nicht zu, das würde zu großen Lärm machen. Verstanden?«
»Ja!«, flüsterten Amy und ich gleichzeitig.
Kurz warteten wir, bis er die Tür weiter aufdrückte und wir nacheinander hinaus schlichen. Sofort brannte meine Haut, wenn auch nicht stark, aber ich wusste, dass mich die Taluris auch bald spüren würden. Vorsichtig sah ich zu den Kämpfenden und erkannte Mr. Chang, der von einem langhaarigen Muskelpaket immer wieder attackiert wurde. Amy stupste mich an. »Los!«, flüsterte sie.
Wir sahen uns kurz um. Vorsichtig öffneten wir die Tür des Autos, schlüpften hinein und duckten uns. Amy beugte sich vornüber, was ich auch tat, jedoch nur so weit, dass ich Mr. Chang weiter beobachten konnte.
Ihn und seinen Gegner trieb es immer weiter von der Garage weg, was meine Hautreaktion sofort milderte.
»Wir sollten Mr. Chang einen Hinweis geben. Vielleicht schafft er es, zu uns ins Auto zu springen«, flüsterte ich in der Hoffnung, wenigstens unseren Trainer zu retten.
»Dafür wird die Zeit zu knapp, wir haben noch 8 Minuten«, flüsterte Onkel Finley, als er sich ans Steuer setzte. »Ich starte jetzt den Motor, haltet euch fest, es wird

eine holprige Fahrt werden.« Doch bevor er den Schlüssel im Zündschloss drehen konnte, krachte es hinter uns auf der Ladefläche. Meine Haut brannte, sofort bildeten sich die Ornamente. Amy schrie erschrocken auf und abrupt drehten wir uns um und sahen durch das kleine Fenster. Panisch nahm Onkel Finley die Pistole aus seinem Hosenbund und schoss, was den Taluri zwar taumeln ließ, ihn jedoch nicht stoppte. Die Kugeln schienen ihn zwar zu verletzen, doch nicht ernsthaft genug.

Er drückte mir die Pistole in die Hand. »Schieße auf ihn, ich werde fahren, vielleicht kann ich ihn von der Ladefläche schleudern«, schrie er.

Das Ding in meiner Hand wog schwer, doch ich tat, was er gesagt hatte, und schoss auf den Taluri, bis das Magazin leer war. Er geriet immer wieder ins Taumeln, schaffte es aber, das kleine Sichtfenster mit der Faust einzuschlagen. Seine Hände zwängten sich an den Splittern der kaputten Scheibe vorbei und versuchten mich zu greifen, während Onkel Finley endlich losfuhr. Das brachte den Taluri erneut ins Straucheln und er fiel laut krachend auf die Ladefläche. Amy schrie und versteckte sich auf dem Boden zwischen Sitz und Armaturenbrett, während ich hilflos zu Onkel Finley sah. »Ich brauche mehr Munition!«

Er lenkte den Wagen ruckartig, was den Typen erneut auf die Ladefläche krachen ließ. Ich sah zu ihm und blickte in tiefschwarze, seelenlose Augen.

Onkel Finley versuchte, den Ballast schlingernd hinter uns loszuwerden, was jedoch nicht so einfach war. Der Kerl hielt sich verbissen fest.

Im Augenwinkel sah ich noch, wie Mr. Chang den Kampf gewonnen hatte. Er war zwar verletzt, aber noch fähig zu rennen und er versuchte, auf den Pick-up zu springen.

Onkel Finley verlor beinahe die Kontrolle über den Wagen, als er das Lenkrad herumriss. Dabei schleuderte es den Taluri brutal gegen das Führerhaus. Der Wagen kam kurz zum Stehen, was Mr. Chang nutzte, um auf die Ladefläche zu springen. Er packte den Taluri, der gerade dabei war, langsam wieder aufzustehen, und schlug ihm mit seinem Schwert den Kopf ab.
Entsetzt sah ich mit an, wie der Körper kopflos zusammenbrach und Mr. Chang ihm einen letzten Tritt versetzte, der ihn vom Pick-up beförderte.
»Wie viel Zeit haben wir noch?«, rief Mr. Chang atemlos.
Onkel Finley sah auf die Uhr. »Noch 5 Minuten«, sagte er, legte den Gang ein und wollte gerade losfahren, als auf uns geschossen wurde. Sofort gingen wir in Deckung, als die Kugeln das Metall des Wagens trafen. Jetzt endlich nahm Onkel Finley die Patronen aus seiner Tasche und riss mir die Pistole aus der Hand. Mit fiebrigen Fingern versuchte er, sie zu laden, während ich zurückblickte, um zu sehen, wer auf uns schoss.
Mr. Chang, der in die Hocke gegangen war, klopfte wild auf das Dach. »Worauf warten Sie? Fahren Sie endlich los«, schrie er.
Die Pistole war geladen und er legte den Gang ein und gab Vollgas. Zwei Taluris rannten über die Garageneinfahrt und gleich würden sie bei uns sein. Ich erkannte Matteo, gefolgt von Luca. Mein Herz machte einen Satz und ich schrie seinen Namen, was er jedoch nicht hören konnte. Matteo hatte aufgeholt und war auf Höhe der Beifahrertür, er zielte auf Onkel Finley und schoss. Voller Schrecken erkannte ich, dass er ihn getroffen hatte, als dieser zur Seite einsackte.
»Mein Gott!« Aber er atmete noch. Ich hielt ihn fest, mit

der anderen Hand griff ich ins Lenkrad und zog ruckartig die Handbremse, sodass der Wagen zum Stehen kam.
Amy schrie panisch, sie konnte sich nicht beruhigen.
»Wir schaffen das!«, rief ich ihr aufmunternd zu und wollte es selbst gerne glauben. Luca hatte Matteo eingeholt und sprang auf ihn. Sie fielen beide zu Boden.
»Chang!«, schrie Luca, »Chang, helfen Sie mir, den Spy rauszunehmen.« Luca hatte Mühe, Matteo festzuhalten. Ob das am nicht mehr vorhandenen Obsensium lag? Die unnatürliche Kraft würde schwinden, das hatte Mr. Chang erklärt.
Mit einem kurzen Satz war Mr. Chang von der Ladefläche gesprungen. Ich wendete den Blick ab, da Onkel Finley laut stöhnte, er hielt seine Augen geschlossen. Mit zittrigen Händen zog ich schnell mein T-Shirt aus und versuchte, die Blutung bei Onkel Finley zu stoppen. Fest drückte ich den Stoff gegen seine Wunde.
»Jade, wir werden Matteo und deinen Onkel auf die Ladefläche hieven, damit wir von hier wegkommen«, rief Mr. Chang mir zu. Das konnte doch nicht sein, dass er das wirklich von mir verlangte, der hatte schließlich versucht, meinen Onkel zu töten.
Die Zeit drängte. Wenn das Haus in die Luft flog, würden wir von der Druckwelle erfasst und ich rechnete damit, das nicht zu überleben. Ich bettete Onkel Finley aufrecht in den Fahrersitz und kletterte aus dem Wagen.
Luca und Mr. Chang hielten Matteo am Boden, der sich wild dagegen wehrte. Schnell öffnete ich die Seitenklappe, die mit einem Ruck herunterfiel.
»Ich denke, ich kann ihn alleine halten, Luca. Hilf lieber den Mädchen, Finley auf die Ladefläche zu heben und beeilt euch, unsere Zeit ist gleich abgelaufen!«, brüllte Mr.

Chang hysterisch.
»Amy, komm, du musst uns helfen«, rief ich. Ihr Gesicht war vom Weinen total verquollen. Doch sie reagierte, als ich mit ihr sprach. Sie rutschte rüber zu Onkel Finley, und während Luca und ich ihn vorsichtig aus dem Sitz hievten, stöhnte er laut auf. Blut sickerte erneut aus seiner Wunde, was ich jedoch sofort wieder mit Druck stoppte, als er auf der Ladefläche lag.
»Jade, hilf mir, Matteo auch auf die Ladefläche zu heben, uns bleiben nur noch Sekunden«, brüllte Mr. Chang. Ich erstarrte, während Amy vor sich hin wimmerte und voller Entsetzen in Matteos Gesicht blickte. Sie musste ihn vom Collections her erkannt haben.
Der Gedanke, Matteo zu helfen, ließ mich verwirrt in Lucas Augen schauen, flehend bat er mich stumm um Hilfe. Widerwillig und grob packte ich mit an. Während Amy bei Onkel Finley kniete und das T-Shirt weiter auf seine Wunde drückte, hoben wir Matteo zu dritt auf die Ladefläche. Als wir es endlich geschafft hatten, blieb Mr. Chang bei ihm und hielt ihn weiter in Schach. Amy blieb bei Onkel Finley, um weiterhin die Blutung zu stoppen. Nacheinander sprangen wir ins Auto und endlich konnte Luca mit Vollgas losfahren. Unsere Zeit war abgelaufen. Luca trieb den Wagen auf Hochtouren, sodass der Motor aufheulte. Nach nur wenigen Metern hörten wir auch schon die erste Detonation hinter uns. Ich blickte zurück und sah, wie mein Zuhause in die Luft ging.

Kapitel 24

Jade

Luca fuhr wie der Teufel und der Abstand zum Grundstück wurde immer größer. Wir schafften es gerade noch. Der ganz große Knall ließ mir die Tränen in die Augen schießen und ich nahm innerlich Abschied. Dennoch blieb mir nicht die Zeit, jetzt darüber nachzudenken, was ich alles hinter mir ließ, denn aus dem Rauch schossen plötzlich Scheinwerfer hinter uns auf. Wir hatten Verfolger. Luca sah immer wieder in den Rückspiegel. »Scheiße«, rief er und auch Mr. Chang rief etwas, das der Fahrtwind jedoch verschluckte.

»Wo genau liegt der Flughafen, in dem dein Onkel das Flugzeug warten lässt?«, wollte Luca wissen und sah kurz zu mir herüber.

»Calverton, das ist der stillgelegte Militärflughafen«, sagte ich und sah mit prüfendem Blick nach hinten. Ich hatte Angst, dass unsere Verfolger uns einholten, sie kamen schnell näher.

Ich war nur froh, dass wir endlich aus Bayville herausfuhren und Luca die Geschwindigkeit erhöhen konnte. Jedoch wusste ich, dass wir es mit den Sportwagen, die uns folgten, nicht aufnehmen konnten. Ich wunderte mich, wieso Luca sich so gut hier auskannte. Er kannte Schleichwege und Abkürzungen, als hätte er sein Leben hier verbracht. Ich musterte ihn von der Seite, sein Gesicht wandte sich mir kurz zu. Schmutz und Blut klebten in seinen Haaren, einige Kratzer und Striemen hatte der Kampf in seinem Gesicht hinterlassen, doch seine Augen hatten einen hellen Glanz, was mein Herz schneller

schlagen ließ.
»Wie hast du es geschafft, dich aus deinen Fesseln zu befreien?«, fragte ich ihn.
»Meister Chang hat mich befreit«, sein Blick verdunkelte sich und Bitterkeit lag in seiner Stimme. »Ich musste einige meiner Brüder töten.« Krampfhaft hielt er das Lenkrad fest, sodass seine Knöchel weiß hervortraten. Sein Gesicht versteinerte sich, als er in den Rückspiegel sah. Ich wandte mich um und erschrak. Der Sportwagen meines Onkels hatte uns fast eingeholt.
»Luca! Fahr schneller!«, schrie ich, doch der Pick-up gab einfach nicht mehr her. Schon waren die Taluris auf gleicher Höhe mit uns und feuerten.
»Kopf runter«, brüllte Luca und drückte mich nach unten. Ich hörte, wie die Schüsse das Blech streiften und auch einige das Metall durchbohrten. Ich betete, dass niemand getroffen war.
»Halt dich fest, Jade!«, schrie er und schon riss er das Steuer herum, um den Sportwagen zu rammen. Kurz sah ich mich suchend um. Der Porsche war zurückgefallen, schloss aber wieder zu uns auf. Panik ergriff mich, als ich erkannte, wie einer der Taluris auf die Motorhaube kletterte, um auf die Ladefläche zu springen. Durch seine schlingernde Fahrweise versuchte Luca, ihn abzuschütteln.
»Tu doch endlich was! Gib Gas! Gleich springt er auf die Ladefläche«, schrie ich und konnte meinen Blick nicht abwenden.
»Was soll ich denn machen? Sie haben einfach mehr PS«, brüllte er zurück. Er drückte zwar konstant das Gaspedal durch, aber schneller wurden wir einfach nicht. Mehrmals wandte er sich um, bevor er mit einem Ruck scharf auf die Bremse trat. Die Reifen blockierten. Mein Kopf knallte

heftig gegen das Armaturenbrett. Ein dröhnender Schmerz breitete sich in meinem Kopf aus. Jedoch galt meine Konzentration dem Geschehen hinter uns.

Die Taluris hatten die Kontrolle über den Wagen verloren. Sie gerieten ins Schleudern. Krachend überschlug sich das Auto und es war nur noch eine dicke Staubwolke zu sehen. Damit hatten wir sie abgehängt. Erleichtert atmeten wir auf, das Brennen ließ auch endlich nach.

»Jade, du blutest ja«, stellte Luca erschrocken fest. Erst jetzt nahm ich ein Kitzeln an meiner Schläfe wahr. »Das ist nicht tragisch, mir geht es gut.«

»Ist bei euch alles in Ordnung?«, erkundigte sich Luca bei Mr. Chang. Dieser signalisierte mit erhobenem Daumen, dass auch sie den Crash unbeschadet überstanden hatten.

Das Flughafengelände tauchte in der Ferne vor uns auf.

»Ich hätte nicht gedacht, dass wir die so leicht abschütteln können«, bemerkte ich voller Bewunderung für Luca.

»Hast du vergessen, wer ich bin?«, fragte er selbstsicher.

Eine Weile sah ich ihn an. »Du bist kein Taluri mehr!«, grinste ich. Er schaute mich ernst an und warf dann einen Blick in den Rückspiegel.

»Frag deine Schwester, ob euer Onkel laufen kann«, sagte er, als ich schon die erste Absperrung erkennen konnte. Ich drehte mich um, sah nach Onkel Finley und befürchtete schon, dass er sein Bewusstsein verloren hatte.

»Kann er laufen?«, brüllte ich. Mr. Chang gab mir ein Zeichen, dass alles in Ordnung sei.

»Ruf den Piloten an und sag ihm, er soll die Motoren starten und zwar sofort.«

Sofort tat ich, was er von mir verlangte. Zum Glück kannte ich unseren Piloten von einigen Flügen persönlich und hatte seine Nummer eingespeichert. Schnell war der Anruf

erledigt, als Luca direkt vor dem alten Tower mit einer Vollbremsung anhielt. Eilig stiegen wir aus. Mr. Chang hielt sein Schwert an Matteos Hals. Luca, Amy und ich stellten den verletzten Onkel Finley auf seine wackligen Beine.
Ein Lichtkegel erhellte den Himmel, mein Herz blieb fast stehen. »Los, da kommt neuer Ärger und diesmal könnte es eng werden«, sprudelte es aufgeregt aus Luca. »Jade, wir zwei stützen deinen Onkel, Chang, Sie halten Matteo in Schach.«
Onkel Finley stöhnte auf, konnte sich aber einigermaßen selbst auf den Beinen halten. Wir liefen am meterhohen Maschendrahtzaun entlang, in der Hoffnung, ein Schlupfloch zu finden. Luca entdeckte einen Eingang, doch dieser war verschlossen. Betreten verboten, stand in fetten Buchstaben auf dem roten Warnschild.
Davon ließ er sich natürlich nicht beirren. Unbeeindruckt schoss er mit einer Pistole auf das Schloss, bis die Tür aufsprang. Genau in dem Augenblick tauchte der Sportwagen auf. Luca drängte uns aufs Flugfeld und schubste uns in Richtung einer einsam dastehenden Maschine mit der Aufschrift „Carol“, dem Namen meiner Mutter.
Wir rannten los. Wir rannten um unser Leben. Es waren nur noch wenige Meter, die Luke öffnete sich, ich konnte schon die Sitze erkennen.
Mr. Chang feuerte auf die Taluris, die uns hinterherrannten, während er Matteo bei sich behielt. Ich sah mich kurz um und bemerkte, dass dieser alles über sich ergehen ließ. Er schien bereitwillig mitzukommen, er wehrte sich nicht und sah gelassen zu, wie Mr. Chang auf die Taluris schoss. Der Feuerhagel wurde auch von der Gegenseite her eröffnet

und wir können von Glück sprechen, wenn wir nicht getroffen wurden.
»Bückt euch!«, schrie Luca, aber da war es schon geschehen. Amy schrie auf und fiel, was zur Folge hatte, dass wir alle stehen blieben.
»Amy!«, schrie ich und sah zu ihr, wie sie mit schmerzverzerrtem Gesicht auf dem Asphalt lag, Blut sammelte sich am Hosenbein.
»Kannst du aufstehen?«
»Nein, kann ich nicht. Das tut so weh!« schrie sie hysterisch.
»Bitte Amy, versuch es! Es ist nicht mehr weit, dann haben wir es geschafft.«
Die Taluris kamen immer näher und meine Ornamente glühten weißgolden auf. Mr. Chang stellte sich mutig dem ersten in den Weg und hielt ihn uns vom Leib, während Luca mich weiter zum Flugzeug ziehen wollte.
»Amy, komm bitte!«, schrie ich verzweifelt.
Endlich stand sie auf und unter großen Schmerzen hüpfte sie so schnell es ging weiter. Allerdings war sie einfach viel zu langsam und gleich hatte ein Taluri sie eingeholt. Dann würde ich eben kämpfen müssen. Ich hatte es geschworen. Sie zu schützen war meine Aufgabe und Mr. Chang hatte mir viel beigebracht. Vielleicht konnte ich erreichen, dass sie es wenigstens zum Flugzeug schaffte.
Ich ließ Onkel Finley los.
»Was tust du da?«, fragte Luca erschrocken, als er den schweren Körper allein trug.
»Ich muss ihr helfen!«
»Bist du verrückt?«
Schon wurden die Schüsse mehr und ich hatte unglaubliches Glück, dass ich nicht getroffen wurde. Mr.

Chang stand nun bei Amy und schützte sie.
»Jade, geh ins Flugzeug, ich werde deine Schwester tragen«, rief Matteo plötzlich.
Erst als ich sah, dass seine Pupillen völlig normal waren und er mir einen vielsagenden Blick zuwarf, wagte ich es und rannte die letzten Meter zu Luca.
Da hörte ich Mr. Chang schreien. »Matteo, kämpfe!« Er ließ Amy hinunter und prügelte tatsächlich auf einen Taluri ein. Also war er wirklich auf unserer Seite. Mr. Chang schnappte sich meine Schwester und beeilte sich mit ihr ans Flugzeug zu gelangen. Luca hatte in der Zwischenzeit Onkel Finley ins Flugzeug gebracht und kam mir entgegen.
»Komm, beeil dich, das Flugzeug setzt sich schon in Bewegung.«
»Aber meine Schwester«, rief ich besorgt und sah zu Mr. Chang, der mit Amy im Arm nur noch wenige Meter hinter sich zu bringen hatte.
Zwei leblose Körper lagen bei Matteo. Offensichtlich hatte er es geschafft, zwei seiner Brüder zu töten. Jetzt rannte er auf uns zu. Luca zog mich zur Maschine und wir kletterten beide hinein, streckten unsere Arme nach Mr. Chang aus, damit wir ihm helfen konnten, Amy ins Flugzeug zu schaffen. Es waren nur noch ein paar Meter und es fiel Mr. Chang sichtlich schwer, durch die zunehmende Geschwindigkeit der Maschine und das Gewicht von Amy, zu uns aufzuschließen. Fast konnte ich ihre Finger berühren, es fehlten nur noch Zentimeter, als Matteo plötzlich auftauchte und Amy aus den Armen von Mr. Chang riss. Dieser kam ins Straucheln, stürzte fast. Anstatt dass Matteo sie uns übergab, rannte er vom Flugzeug weg und verschwand in der Dunkelheit.
Panisch schrie ich auf. »Ammmyyy! Ammmyyy!!!« Ich

kreischte, war hysterisch und konnte nicht glauben, was er da tat. Mr. Chang und Luca schrien ihm hinterher. Jedoch galt es jetzt, schnell in die Luft zu steigen, da zwei Taluris zum Greifen nah an unser Flugzeug gelaufen waren.
Luca schrie Mr. Chang an und dieser legte einen Sprint hin. In letzter Sekunde schaffte es Luca, ihn ins Innere zu ziehen, bevor das Flugzeug vom Boden abhob. Sofort drückte er den Knopf, der die Luke schließen würde, während ich nach meiner Schwester schrie.
»Amyyy, Amyyy!« Ich war völlig am Ende. Fassungslos und außer Atem strich sich Luca durch sein Haar. Mr. Chang schnappte mich von hinten und zog mich von der Luke weg. Beruhigend versuchte er, auf mich einzureden, brachte mich zu einem Sitzplatz und blieb bei mir.
Ich sah durch das kleine Fenster, weinte und rief den Namen meiner Schwester. Durch die Lichter am Flugzeug sah ich, wie die Taluris uns nachblickten. Doch Matteo und meine Schwester konnte ich nirgends entdecken. Die Dunkelheit hatte sie verschluckt.

Stumm blieb ich sitzen und weinte vor mich hin. Ich war wirklich mit meinen Kräften am Ende. Wie viel konnte ein Mensch ertragen?
»Jade, ich weiß, es geht dir nicht besonders gut, aber ich glaube, deinem Onkel geht es sehr schlecht«, sagte Mr. Chang. Ich hatte ihn neben mir nicht wahrgenommen, erst als er mich sanft an meiner Schulter berührte, sah ich zu ihm auf.
Schnell wischte ich mir über mein ohnehin schmutziges Gesicht und stand auf. Onkel Finley lag noch immer dort, wo Luca ihn abgelegt hatte.
Er war bleich und hatte viel Blut verloren. Sein Hemd war

völlig verdreckt und mein Shirt, womit ich ihm die Wunde abgedrückt hatte, war völlig mit Blut vollgesogen. Ich trat näher, kniete mich zu ihm. Mir gegenüber saß Luca und sah mich eindringlich an. Onkel Finley hatte mehrere Kugeln abbekommen.
»Es tut mir leid, aber ich … befürchte, er wird es … nicht schaffen«, flüsterte er leise, und als ich Onkel Finley an seiner Wange behutsam berührte, öffnete dieser seine Augen.
»Hilf mir, heile mich«, sagte er zwar schwach, doch seine Augen waren klar.
Ich sollte ihn heilen? Wie stellte er sich das vor? Natürlich würde ich ihn retten wollen, doch ich wusste nicht wie - auch wenn ich eine Illustris war.
»Komm schon, Jade. Ich weiß, du kannst das«, flüsterte er.
Ich schloss meine Augen und versuchte, mich zu konzentrieren. Doch das beruhigende und warme Gefühl stellte sich nicht ein. Ich wollte ihn heilen, stellte mir sogar die Strahlung vor, doch es passierte nichts.
»Mach schon, Jade! Amy konnte es schließlich auch«, flehte Onkel Finley und leichte Panik schwang in seiner Stimme mit.
Ich sah auf und blickte fragend zu Mr. Chang. Dieser senkte betroffen den Blick. Was sollte das heißen, „Amy konnte das auch“? Hatte Amy ihn schon einmal geheilt? Warum wusste ich nichts davon? Nie hatte sie mir davon erzählt.
Die Zeit wurde knapp, sein Atem wurde flacher und seine Augen flehten mich an. Also riss ich mich zusammen und versuchte, alle Energie, die ich aufbringen konnte, zu bündeln und auf meinen Onkel zu übertragen. Während ich beobachtete, wie sich Onkel Finleys Brustkorb hob und

senkte, erinnerte ich mich an die Worte, die Vico Tramonti mir einmal erklärt hatte.
„Die meisten Illustris haben die Begabung, durch eine Berührung kleinere Krankheiten zu mildern.“
Flach legte ich meine Hände auf seinen Körper, in der Hoffnung, ihm einen Teil meiner angeblichen Heilkraft zu übertragen. Ich konzentrierte mich, schloss meine Augen und wünschte mir nichts sehnlicher, als ihn zu heilen. Mit geschlossenen Augen suchte ich meine Strahlung, wollte sie wie bei Luca von mir strömen lassen. Doch nichts geschah. Er würde sterben, wenn ich sie nicht sofort fand. Erwartungsvoll sah er mich an. Ich konnte seinen Blick nicht ertragen. Es lag so viel Vorwurf darin, als ich resigniert meine Schulter hängen ließ und Tränen über meine Wangen liefen.
»Ich kann es nicht, Onkel«, flüsterte ich und senkte beschämt meinen Kopf.
»Hol Amy«, forderte er mit letzter Kraft.
Was sollte ich ihm sagen? Die Wahrheit? Nein, das wäre grausam. Sein ganzes Leben hatte er für uns gekämpft, war immer um unsere Sicherheit besorgt gewesen. Aber es verletzte mich sehr, dass er mir selbst in den letzten Minuten seines Lebens das Gefühl gab, weniger wert zu sein als meine Schwester. »Sie ist nicht hier«, sagte ich leise.
Verwirrt sah er mich an. Seine Augen wurden zu kleinen Schlitzen und die Wärme, die ich sonst immer in seinen Augen gesehen hatte, verschwand. Mehr noch, Verachtung und Kälte kam mir entgegen. »Deine einzige Aufgabe bestand darin, auf deine Schwester aufzupassen, und nicht mal das schaffst du?«, brachte er noch mühsam hervor.
Verdutzt sah ich ihn an, wollte nicht wahrhaben, welche

Worte gerade aus seinem Mund gekommen waren. Es fühlte sich wie ein Messer an, das er direkt in mein Herz gerammt hatte. Wieso sagte er so etwas? Nach allem, was ich bereit gewesen war, aufzugeben? Nach allem, was ich für uns alle getan hatte? Ich schluckte.
Hitze entflammte in mir, breitete sich in meinem Körper aus, wandelte meine Enttäuschung und meine seelischen Verletzungen in Wut und Zorn. Neue, unbekannte Flammenzungen loderten auf und ließen meine Aura rotgold leuchten. Entsetzt wich Luca zurück. Glut brodelte in meinem ganzen Körper und Schweißperlen bildeten sich auf meiner Stirn, bis ich die angestaute Wut nicht länger zurückhalten konnte. Der Zwang, die Worte auszusprechen, die mir Erleichterung verschaffen würden, war so viel stärker, als dass ich sie zurückhalten konnte.
»Sie ist tot.«
Kaum hatte ich diese Lüge ausgesprochen, wichen die Feuerzungen zurück, wurden kleiner und erloschen schließlich. Nichts war mehr da von der Glut, die wie ein Feuersturm meinen Körper, meine Gedanken und meine Sprache eingenommen hatte. Erschrocken über mich selbst, sah ich zu, wie Tränen aus Onkel Finleys Augen traten und nur Sekunden später wurde sein Blick starr und sein Herzschlag, den ich durch meine Hände gespürt hatte, schwächer. Schließlich verstummte das Pochen in seiner Brust - für immer.

Mr. Chang überdeckte sein Gesicht mit einem weißen Tuch und führte mich anschließend zurück zu den Sitzen. Das laute Motorengeräusch des Flugzeuges nahm ich schon lange nicht mehr wahr. Zu sehr war ich in Gedanken, dachte über vieles nach, versuchte noch mehr zu verstehen,

doch ich kam zu keinem Ergebnis. Das einzige, was ich empfand, waren Hass, Ungerechtigkeit und Hilflosigkeit. Ich hatte alles verloren, was mir wichtig war - alles! Ich fühlte mich leer und die Schwärze, die aus mir strahlte, hüllte mich völlig ein.
Den Feuersturm, der in mir vorher wütete, konnte ich nicht erklären. Die noch glimmende Glut hinterließ den aufkeimenden Gedanken, dass ich Onkel Finley getötet hatte. Mit seinen verletzenden Worten schürte er meine Wut. Ich konnte es nicht länger kontrollieren. Zorn hatte meinen Geist übernommen. All die Jahre zuvor sah ich in ihm den liebenswerten und fürsorglichen Onkel, doch mit seinem letzten Satz sprach er all die Worte aus, die mich erkennen ließen, dass ich nie mehr als nur Mittel zum Zweck für ihn gewesen war. Er wollte, dass ich ihn heilte. Er wollte, dass ich ihn vor dem Tod bewahre. Und was tat ich? Ich ließ ihn einfach sterben, in der Gewissheit, dass er auch seinen Kampf um Amy und mich, verloren hatte. Ich fühlte mich schlecht, ich hatte versagt. Wenn die Illustris früher heilen konnten, wieso konnte ich es jetzt nicht? Warum war ich nicht in der Lage gewesen, ihn zu retten? Ich konnte die Taluris spüren. Hatte sogar das Obsensium neutralisiert. Gegenseitig konnten wir unsere Stimmung durch unsere farbliche Aura erkennen. Hatte diese verdammte Illustris-Sache auch etwas Gutes? - Für mich nicht.

Wie viel Zeit mochte vergangen sein? Als ich aus meiner dunklen Trauer das erste Mal auftauchte, saß jemand neben mir und hatte mir eine Decke übergelegt. Luca. Ich sah ihn nur kurz an, sagte aber kein Wort. Auch er sagte nichts und starrte ins Leere. Ich war mir noch nicht einmal sicher, ob

er verstand oder ob er nachvollziehen konnte, was ich gerade durchmachte. Wir schwiegen beide und ließen uns unsere Gedanken.
»Jade! Jade!«, flüsterte jemand. Ich schlief nicht. Meine Augen waren zwar geschlossen, doch ich fand nicht in den Schlaf. Es war mitten in der Nacht. Ein paar Stunden, nachdem ich Tom, Onkel Finley und meine Schwester verloren hatte.
»Jade, ich muss etwas mit dir besprechen«, sagte Mr. Chang und drückte mir eine Tasse mit heißem Tee in die Hand. Luca saß immer noch neben mir. Vorsichtig nahm ich die Tasse entgegen und roch daran. Es war die gleiche Sorte wie damals in seinem Haus. Er gab mir einen Moment.
»Jade, können wir über deinen Onkel sprechen?«
Am liebsten hätte ich alle Gedanken über meine Familie verbannt. Es schmerzte so sehr.
»Wärst du damit einverstanden, wenn wir ihn … dem Meer übergeben?«, fragte er sanft.
Ich war nicht sicher, ob ich ihn richtig verstanden hatte, oder ob ich überhaupt in der Lage war, darüber nachzudenken, geschweige denn eine solche Entscheidung zu fällen. Ich war immer davon ausgegangen, dass wenn es irgendwann einmal so weit sein würde, Onkel Finley ein ganz normales Begräbnis bekäme.
»Das Problem ist, eine Menge Leute glauben, dass eure ganze Familie bei der Explosion umgekommen ist. Wenn wir landen und ihn bei uns haben, könnte es schwierig werden, dies zu erklären. Wir sind jetzt genau über dem Nordatlantik. Der Zeitpunkt wäre günstig. Die Sonne geht bald auf.«
Schlagartig wurde mir das ganze Ausmaß klar. Unser

Zuhause war explodiert und mit ihm auch die Menschen und all die Dinge, die einmal unser Leben gewesen waren. Ich war eine Illustris, wurde von den Taluris und deren Teufel gehasst. Man würde Fragen stellen, nachforschen und versuchen, mich aufzuspüren. Nur die Taluris wussten, dass wir es geschafft hatten zu fliehen, doch die Menschen in Bayville wussten davon nichts. Sie glaubten, wir wären alle tot. Ja, wir mussten Onkel Finley dem Meer übergeben, allein um sicherzustellen, dass wir nicht auffielen.
Nickend gab ich mein Einverständnis und schloss meine Augen. Es tat mir für uns alle so leid.

Kniend saß ich vor meinem Onkel. Meine Hand lag ruhig auf seinem Körper und ich hielt meine Augen geschlossen. Tränen flossen keine, auch wenn mir zum Schreien zumute war. Ich wollte in diesem Augenblick gedanklich allein bei Onkel Finley sein. Mr. Chang und Luca standen hinter mir und warteten geduldig, bis ich mich von ihm trennte.
Es fiel mir so schwer. Bilder aus glücklichen Kindheitstagen flackerten vor meinen Augen auf. Ich hörte seine Stimme und sein tiefes Lachen. Onkel Finley war stets gut zu uns gewesen, auch wenn er immer streng unsere Aktivitäten kontrolliert hatte. Doch ich erkannte auch die stille Forderung, die er stets von mir verlangt hatte. Ich sollte Amy beschützen, sogar mit meinem Leben. Kurz nachdem er mir das große Geheimnis anvertraut hatte, fragte er mich sogar direkt, ob ich bereit wäre, für Amy zu sterben. Er liebte mich bestimmt, doch seine letzten Worte beinhalteten so viel Macht über mich, dass ich das Gefühl nicht loswurde, auf der ganzen Linie versagt zu haben. Seine Beweggründe und seine Absichten

hatten Amy und ich nie verstanden, doch jetzt fragte ich mich, ob Onkel Finleys Entscheidungen richtig gewesen waren.
Je länger ich den Zeitpunkt hinauszögerte, desto schwieriger wurde es, weil sich mir immer noch mehr Fragen und Vorwürfe aufdrängten. Ich zwang mich, von dem leblosen Körper abzurücken und gab ihn damit frei. »Geh bitte nach hinten, Jade«, sagte Luca, während Mr. Chang zur Luke ging, um sie zu öffnen, sobald ich auf meinem Platz saß. Ich warf einen letzten Blick auf ihn, dann schloss ich die Tür hinter mir. Tränen strömten über mein Gesicht. Dann wurde das Rauschen sehr laut. Die Luke musste offen sein. Durch das kleine Fenster hoffte ich, den Leichnam meines Onkels auf seiner letzten Reise noch einmal sehen zu können. Sekunden später folgte der leblose Körper und verschwand so schnell, dass ich nur kurz einen dunklen Schatten erkennen konnte, der das Flugzeug verließ.

Kapitel 25

Luca

Meister Chang und ich schlossen die Luke. Atemlos und mit klopfendem Herzen blieb ich eine Weile stehen und dachte über die letzten Stunden nach.
Es war viel passiert. Doch das Wichtigste war, ich hatte eine Entscheidung getroffen. Nun war ich der Feind, der gejagt wurde wie all die Mädchen, und doch fühlte es sich richtig an. Leichter, war die einzige Beschreibung, die dazu passte. Es waren ein paar Dinge schiefgelaufen, für die ich selbst keine Erklärungen hatte. Sie lebt und das ist das Wichtigste für mich.
»Geh du zu ihr, Luca. Versuche, sie zu überreden, dass sie etwas schläft. Bring sie in die Koje, dort kann sie sich hinlegen. Ich werde unsere Ankunft vorbereiten«, sagte Meister Chang und drückte meine Schulter. Er war sehr nachdenklich gewesen. Bisher hatten wir noch nicht über unsere Vergangenheit gesprochen. Ich hatte so viele Fragen und hoffte, er würde mir die Antworten darauf irgendwann geben.
Ich nickte und ging, schloss leise die Tür hinter mir. Weinend blickte Jade aus dem kleinen, runden Fenster. Sofort hüllte mich ihre Trauer ein, die mich schon seit Stunden nicht mehr losließ. Das Obsensium hatte immer noch eine leichte Wirkung auf mich, auch wenn es nicht mehr stark war. Ich konnte ihre Aura noch sehen und die Gefühle, die von Stunde zu Stunde stärker wurden, brachen so hemmungslos auf mich ein, dass ich hin und wieder glaubte, verrückt zu werden. Dennoch reichte es, dass ich sie nur ansah, um die Richtigkeit meiner Entscheidung

bestätigt zu bekommen.
Die Trauer, die aus Jade strömte, war grenzenlos. Ich wünschte mir mehr als einmal, ihr den Schmerz nehmen zu können. Ich wünschte, ich könnte sie berühren. Sie trösten und ihr zeigen, wie sehr ich mit ihr fühlte. Ich würde wirklich alles tun, um ihr ein Stück von dem zu geben, was sie nun verloren hatte. Das plötzliche Bedürfnis, sie in meine Arme zu nehmen, traf mich so heftig und unerwartet, dass ich dem Gefühl das erste Mal erlaubte, über meine Handlungen zu bestimmen. Ich spürte, wie sehr sie sich nach einer Schulter sehnte. Langsam ging ich auf sie zu. Sie wusste, dass ich in ihrer Nähe war, doch sie zeigte keine Regung.
»Es tut mir so leid, Jade. Ich wollte nicht, dass das alles passiert. Ich wünschte, ich könnte etwas für dich tun.«
Sie wischte sich ihre Tränen aus dem Gesicht und sah mich an. Dann nickte sie kurz, während ihr Kinn leicht zitterte.
»Möchtest du dich hinlegen und schlafen? Die letzten Stunden waren sehr anstrengend für dich.«
»Ich … will nicht … allein sein«, flüsterte sie.
Mein Herz klopfte und ich wünschte, ich hätte den Mut, sie in meine Arme zu schließen.
»Komm, ich begleite dich zur Koje«, sagte ich stattdessen.
Widerwillig erhob sie sich und ging einen Schritt. Sie schwankte und drohte zusammenzubrechen. Mir blieb nichts anderes übrig, als sie aufzufangen und zu tragen. Sie war zu schwach, um zu laufen. Sie war so leicht und ihr sinnlicher Duft strömte mir in die Nase. Ich hielt den Atem an, damit er so lange wie möglich in mir blieb. Süß und warm durchströmte er meine Sinne. Sie legte ihren Arm um mich und schloss ihre Augen. Ich war ihrem Mund so nahe, und als sie ihre Augen öffnete, sah sie direkt in

meine. Wir verharrten, ohne etwas zu sagen. Ihre Zunge strich leicht über ihre Lippen, was mich fast die Beherrschung verlieren ließ. Ich sollte sie in die Koje bringen, doch meine Beine gehorchten mir nicht. Das lag eindeutig nicht am Obsensium.

Sekunden vergingen, in denen wir regungslos mitten im Gang standen und uns ansahen. Ohne Zweifel, mein Körper reagierte auf sie. Aber nicht, weil sie eine Illustris war. Sie war mehr als das. Sie war Mea Suna - meine Sonne.

Sie brachte mich dazu, zu fühlen. Sie zeigte mir den Weg aus dem dunklen Nebel und wie schön und aufregend sich diese ganzen Emotionen anfühlten.

Ihr Blick verschmolz mit meinem. Ihre Lippen zogen mich magisch an, während sich ihre Aura langsam änderte und ausweitete. Sie leuchtete weiß und golden und in dem Augenblick, in dem sich unsere Lippen berührten, übertrugen sich ihre Strahlen auf mich. Unbeschreibliche Wärme durchdrang mich, die meinen ganzen Körper durchfuhr. Alles wurde klarer. Sämtliche dunkle Nebelreste, die sich in den letzten Winkeln meines Körpers versteckt hatten, erfasste sie, bis die letzten Reste des Obsensiums ganz zerstört waren. Sie hatte mich geheilt. Mein Geist war frei, der Seelensturm vorüber.

Neue und ungeahnte Empfindungen durchfluteten mich, gaben mir das Gefühl zu fliegen. Nie werde ich den Geschmack ihrer Lippen vergessen können. Er war so rein und zart, dass ich glaubte, ihre Reinheit würde sich auf mich übertragen. Mitten in unserem Kuss fühlte ich mich so stark und gleichzeitig menschlich, wie nie zuvor in meinem Leben. Ich wollte mehr von ihr. Wollte sie schmecken und liebkoste ihre Lippen sanft mit meiner

Zunge. Ein neues Feuer entfachte in mir und ich war so überwältigt, als sich unsere Zungen trafen. Unser Kuss war so sanft und so intensiv, dass ich mich allein von ihr nie hätte lösen können. Sie trennte unsere Verbindung und schmiegte sich an mich. Mein Atem ging schneller und ich brauchte ein paar Sekunden, um mich wieder zu fangen. Endlich trat ich Schritt für Schritt weiter den kleinen Gang entlang. Ihr Kopf lehnte weiter an meiner Brust und genau dort fing meine Haut zu kribbeln an.

Die Koje hinter der schmalen Tür war klein. Ich trug sie hindurch, legte sie sachte auf die Matratze und schaltete das kleine Licht am Kopfende ein. Ich zog ihr die Schuhe aus und stellte sie neben die schmale Tür, nahm die Decke und breitete sie über ihr aus.

»Bitte, Luca, lass mich nicht allein. Ich … habe Angst … zu träumen.«

In ihrem Blick lag so viel Flehen, dass ich nicht anders konnte. Ich wusste, wie es war zu träumen! Von Dingen, die ich erlebt und getan hatte. Ich kannte die Angst, die einen ständig begleitete. Jedoch traute ich mir selbst nicht. Ich hatte keine Ahnung, ob ich ihr widerstehen könnte. Mein Verlangen raubte mir die Sinne. Ich wollte sie. Ich wollte sie schon lange, aber nicht heute. Sie war völlig neben sich und wahrscheinlich war es die Angst vor der Einsamkeit, die sie erwartete, wenn das alles endlich vorüber war.

»Jade, ich … «, wollte ich sie gerade beschwichtigen, als sie mir ihre Hand entgegen streckte.

»Bitte!«, flehte sie und sah mich eindringlich an. Ihre Augen bettelten und meine eigene Einsamkeit wurde so übermächtig, dass ich ihre Hand schließlich ergriff und mich vorsichtig zu ihr auf den Rand der Koje setzte.

Übermüdet wie sie war, würde sie bestimmt gleich einschlafen. Die vielen Stunden in dieser Nacht, in der sie um ihr Überleben gekämpft hatte, waren sehr anstrengend gewesen.
»Jade, ich ... «, wollte ich beginnen, doch sie zog mich zu sich auf ihr Kissen und legte ihren Finger auf meine Lippen. Ihre Berührung raubte mir den Atem, was meine Lust sofort wieder antrieb. Jedoch unterdrückte ich diesen Gedanken. Sie war einsam, hatte vor ein paar Stunden ihre gesamte Familie verloren und war durcheinander. Daher sollte ich nicht meinem Verlangen nachgeben.
Schließlich legte ich mich zu ihr. Wir lagen uns gegenüber, sprachen nicht, sahen uns nur an. Es war das erste Mal, dass ich ihr so nahe war und sie ganz frei ansehen konnte, ohne den Zwang zu spüren, sie töten zu wollen. Dieses Feuer hatte sie erstickt. Mit einem Kuss, der so leicht und doch so bedeutend war, einfach aus meinem Körper verbannt.
Ich betrachtete sie. Wie schön sie war. Ihre Haut war makellos, ihr Haar lang und kräftig. Es fühlte sich zwischen meinen Finger so … unsagbar weich an. Ich konnte der Versuchung gerade noch widerstehen, mit meinem Finger über ihre Haut zu streichen. Ihr Duft strömte zu mir, den ich niemals vergessen könnte. Die Form ihrer kleinen Nase und ihrer vollen Lippen gefielen mir besonders gut. Doch das Leuchten ihrer Augen hielt mich von Anfang an gefangen. Ihre Augen waren der Grund, warum ich sie ständig ansehen musste. Ihr Körper war für eine Frau athletisch und durchtrainiert, ohne zu muskulös zu wirken. Ob sie wusste, wie sie auf mich wirkte?
Ich verbot mir selbst jeden weiteren Gedanken an sie und

schloss meine Augen. Auch ich war müde, doch ließen mich diese neuen Emotionen nicht schlafen. Sie wühlten mich auf und brachten mich durcheinander. Sobald ich einschlief, träumte ich von Bildern aus der Vergangenheit, die blutig und grausam waren. Sie hinterließen ein schreckliches Gefühl in mir, welches immer stärker wurde und deshalb verbot ich es mir selbst, zu schlafen. Nach einer Weile blinzelte ich vorsichtig, um zu sehen, ob sie schlief. Ruhig, man konnte fast sagen, zufrieden, lag sie neben mir. Leise, um sie nicht zu wecken, stand ich auf und schloss die Tür.
»Schläft sie?«, fragte Mr. Chang, als ich später wieder zu meinem Sitzplatz zurückkehrte.
»Ja«, gab ich knapp zurück und setzte mich zu ihm.
»Das wird ihr gut tun«, sagte er nachdenklich.
So viele Jahre hatten die Taluris geglaubt, dass er tot war. Es war ein merkwürdiges Gefühl, ihn jetzt vor mir sitzen zu sehen. Sein Haar war ergraut und seine Falten tiefer geworden. Doch sein Blick war noch genauso gestochen scharf wie damals. Meine Brüder und ich liebten ihn. Er war der einzige gewesen, der sich mit uns außerhalb der Trainingseinheiten beschäftigt hatte. Matteo gab er damals Extrastunden, damit seine Wissenslücken gefüllt und die Rückstände im Training reduziert wurden. Geschickt verhalf er ihm dazu, sein Handicap zu verbessern, um ihn somit auch vor Bestrafungen zu schützen. Dies war vielen ein Dorn im Auge, vor allem Rabas, der es gerne gesehen hätte, dass Morgion ihn sogar folterte. Vieles hatten wir Chang zu verdanken. Für manche von uns war er eine Art Vaterersatz. Es gab Zeiten, da erlaubte er uns einfach zu spielen, wenn die Luft rein war. Es waren die schönen Erinnerungen, die ich hatte, bevor ich mein Spying bekam.

Ganz plötzlich war er verschwunden. Man sagte uns, er wäre tot, was uns alle sehr betroffen gemacht hatte. Nach unserem Spying aber dachten wir nicht mehr an ihn und vermissten ihn auch nicht. Allen half das Obsensium somit, unser voriges Leben komplett zu vergessen.

Epilog 26

Das Summen der Motoren weckte mich. Kurz war ich eingeschlafen. Doch ich fühlte mich keineswegs erholt. Ich war müde, sehnte mich nach noch mehr Schlaf, doch die Erinnerungen der letzten Stunden ließen mich nicht mehr zur Ruhe kommen. Onkel Finley und Tom waren tot und Amy verschwunden. Meine schlimmsten Ängste waren eingetreten. Ich hatte alles verloren. Meine Familie, mein Zuhause und auch meinen Freund. Was war mit Amy geschehen? Hatte sie vielleicht doch überlebt?
Ich konnte es nicht sagen, sie war verletzt, als Matteo mit ihr in der Dunkelheit verschwunden war. Die Chance, dass sie sich von Matteo befreien konnte, war gering. Ich schluckte den schalen Geschmack in meinem Mund hinunter. Was würde jetzt aus mir werden?
Ich stand auf, lief zum winzigen Waschbecken und wusch mein Gesicht, starrte in den Spiegel und erkannte mich selbst nicht. Ich hatte dunkle Schatten unter den Augen, die rot umrandet waren. Ich war mir selbst fremd, konnte den Anblick, am Leben zu sein, nicht ertragen. Doch es gab etwas, was mich daran hinderte, aufzugeben. Zuerst war mir nicht bewusst, was es war. Je länger ich dieses Gefühl in mir zuließ, erkannte ich die Augen, die mich seit unserer ersten Begegnung nicht losgelassen hatten. Seine Stärke, sein Mut und seine Entschlossenheit gaben mir Kraft, weiterzumachen. Ich spürte seine Lippen noch auf meinen und obwohl es nur eine Erinnerung war, erwachte mein Wunsch nach mehr Zärtlichkeit. Es war, als hätte er mir neuen Lebenswillen eingehaucht, als wir uns küssten.
Bei dem Gedanken an den Kuss fing mein Herz wild an zu

pochen. Mit seiner Hilfe würde ich Amy finden. Falls sie noch am Leben war, würde Luca sie aufspüren, da war ich mir sicher.

Leise schloss ich die Tür der Koje. Mr. Chang und Luca saßen auf den Plätzen und bemerkten mich erst nicht. Sie schienen in ein Gespräch vertieft zu sein. Als sie mich bemerkten, erstarb ihre Unterhaltung sofort. Luca sah mich lange an. Unsicher erwiderte ich seinen Blick. Mr. Chang war der Erste, der das Wort an mich richtete.
»Jade, … wir wollten dich gerade wecken. Wir landen in ein paar Minuten.« Schweigend setzte ich mich zu ihnen.
»Konntest du etwas schlafen?«
»Nicht lange«, gab ich leise von mir. »Wo bringt ihr mich hin?«
»Wir tauchen für ein paar Tage bei Freunden von mir unter, bis ich den Kontakt zu den Padre de Luz hergestellt habe. Hab keine Angst, dort sind wir sicher«, meinte er.
»Und was ist mit meiner Schwester? Wir müssen sie finden!«
Kurz tauschten Mr. Chang und Luca einen Blick aus. Glaubten sie, Amy sei tot?
»Wir wissen nicht, was mit ihr ist, Jade. Aber wir werden versuchen, etwas herauszubekommen, wenn wir angekommen sind. … Aber stell dich auf … das Schlimmste ein.«
Das Schlimmste? War dies nicht schon eingetreten?
»Bei meinen Freunden wirst du ein paar Tage Zeit haben, dich zu erholen. Dort können wir in Ruhe über alles sprechen, Jade.« Sanft berührte er meine Schultern. »Ich gehe und bereite alles für die Landung vor«, sagte er freundlich, legte ein mitfühlendes Lächeln auf und ging ins

Cockpit.
Luca sah mich an, versuchte, in meinem Blick zu lesen. Er hatte ein paar Schrammen abbekommen und ein blauer Fleck hatte sich unterhalb seines Auges gebildet.
»Du brauchst keine Angst zu haben, Mea Suna. Wir bringen dich in Sicherheit«, beteuerte er.
Seine Hand suchte zaghaft meine, und als er sie berührte, drückte er sie sanft. Ein leises Lächeln folgte, was mir so viel Mut und Zuversicht versprach. Er gab mir durch diese Geste so viel Halt und so viel Vertrauen, dass ich sicher war, zusammen konnten wir alles schaffen.
Mit ihm wollte ich die Taluris und Roy Morgion zerstören, die mir alles genommen hatten, was ich je liebte. Mit Luca an meiner Seite würde ich Amy finden, meine Familie rächen und dem ganzen Wahnsinn ein Ende bereiten.

Ende des 1. Teils

Willst du wissen, wie es weitergeht? Was wird aus Jade? Ist ihre Zwillingsschwester Amy noch am Leben? Welches Geheimnis steckt hinter Roy Morgion? Wird Luca ihr helfen, ihre Familie zu rächen? Werden Jade und Luca je zueinander finden?

Bist du bereit, das Seelenfeuer zu ertragen?

Mea Suna – Seelenfeur
Band 2

Mea Suna - Seelenschmerz
Band 3

erscheint im Herbst 2015

Und ganz neu ...

Der neue, herzzerreißende Liebesroman aus der Reihe YOU & ME von Any Cherubim

Zwei Leben mit dir

Er hat das Herz eines Heiligen, den Geist eines Philosophen und das Geschick des Teufels – Jake Bennet – alias Roger Roon.
Er stürzt meine Gefühle in ein Chaos, er erlaubt mir, so zu sein, wie es mir all die Jahre zuvor verboten war.
Durch ihn habe ich die Chance, einmal das Abenteuer zu spüren – etwas Unvernünftiges zu tun.
Dennoch werde ich Matt heiraten und in mein vorbestimmtes Leben eintreten, er gibt mir Halt – ihn liebe ich!

Band 2
YOU & ME – Der Zauber am Ende des Tages

"Es ist schwierig, mit Lu befreundet zu sein. Sie ist wie eine Rebellion, stürzt sich in mein Leben und wirbelt alles durcheinander - bringt mich um den Verstand."

Matt fällt aus allen Wolken - ausgerechnet er muss Lucinda Godluc, die verrückte Pummelelfe heiraten. Was sie verbindet - die Hoffnung, was sie trennt - die Vergangenheit. Ist ihre Hoffnung stark genug, um die Vergangenheit zu vergessen?

Band 3
YOU & ME – Ein neues halbes Leben

Er trat auf mich zu, strich eine Träne aus meinem Gesicht. "Ich will dir niemals wehtun, aber es ist schwer, weil ich weiß, dass ich keine andere Wahl habe."

Die Zeit läuft. Liam ist nicht aufzuhalten - sein Plan steht. Lisa muss das verhindern und bricht bei ihm ein - in seine Wohnung und in sein Herz. Dabei entdeckt sie die grausame Vergangenheit und eine schreckliche Zukunft. Sie verlieben sich, doch Liam und Lisa dürfen das niemals zulassen - zu schmutzig ist ihre gemeinsame Geschichte.

Der Leser wird sich wünschen, die beiden hätten sich zu

einer anderen Zeit oder in einer besseren Welt kennengelernt.

HERZZERREIẞEND - VERFÜHRERISCH - GEHEIMNISVOLL

Nach dem Bestseller "You & Me - Zwei Leben mit dir" und dem Folgeroman "You & Me - Der Zauber am Ende des Tages" erscheint nun der dritte Teil der erfolgreichen Liebesroman - Reihe. "You & Me - Ein neues halbes Leben" ist ein MUSS für Romance - Fans!

Weitere Informationen über meine Bücher findest du unter:

www.anycherubim.de

oder besuche mich bei Facebook

Impressum

2. Auflage 10/2013
ISBN-13: 978-1493642649
ISBN-10: 1493642642

Autorin:
Any Cherubim
www.any-cherubim.jimdo.com

Lektorat/Korrektorat:
Anja Horn/Katrin Hirsch

Umschlagsgestaltung:
Design: Casandra Krammer
www.casandrakrammer.de
Model: Oleg Gekman - Shutterstock.com
Hintersgrund: Susanitah - Shutterstock.com

Herstellung Druck:
On-Demand Publishing LLC
100 Enterprise Way
Suite A200
Scotts Valley, CA 95066
www.createspace.com

7462018R00257

Printed in Germany
by Amazon Distribution
GmbH, Leipzig